Scarlet
스칼렛

www.bbulmedia.com

핫 세레모니

SCARLET ROMANCE STORY

핫 세레모니

LONDON ♥

Hot

ceremony

바나 장편 소설

♥ london

contents

" "로 기재된 대화는 영어, 「 」로 기재된 대화는 한국어입니다.

프롤로그.

그녀의 엉덩이가 세계를 홀리다

— 순식간에 스루패스 이어받은 다니엘, 골대를 향해 거침없이 질주합니다! 오늘 두 골을 성공시킨 다니엘!

"와아아!"

"다니엘! 다니엘!"

관중들의 함성이 런던의 대형 축구장, 웜블러가 떠나갈 듯 고조되고 있었다. 3대 3의 치열한 접전이었다.

전·후반 총 90분의 경기 시간을 꽉꽉 눌러 채우고도 현재 추가 시간 4분을 더 받은 상황이었다. 그중 3분이 넘어가고 있는 지금, 영국의 유서 깊은 명문 팀 엘튼FC의 미드필더 다니엘이 결정적인 찬스를 잡고 골대 앞으로 내달리고 있었다.

"꺄아악! 다니엘! 다니엘!"

"우오오오! 다니엘!!"

다니엘이 달려드는 골대 뒤로 보이는 관중들이 짐승같이 흥분하기 시작했다. 그때 관중석 제일 앞자리에서 난간에 다리를 척 올리고 다니엘의 등번호 8번이 새겨진 유니폼을 격정적으로 흔들어 대는 동양 여인네가 있었으니, 바로 도란이었다.

"슛! 다니엘! 다니에에에에에엘!"

도란은 얼굴이 벌겋게 흥분되어 있는 우락부락한 영국 본토 축구 팬들 사이에서도 전혀 밀리지 않는 괴력을 발휘하며 자신이 들고 있는 유니폼을 광적으로 흔들어 댔다. 독특하게도 그녀는 커다란 선글라스를 끼고 있었고 머리 위엔 빵빵하게 부풀려진 노란색 비닐봉투를 뒤집어쓰고 있었다.

— 수비수 두 명을 눈 깜짝할 새에 제친 다니엘! 맞은편에서 기다리고 있던 레이에게 길게 패스!!

— 역시 레이와 환상적인 호흡을 보여 주네요! 하지만 아직 부상 여파가 남은 걸까요? 아직까지 점수를 내지 못한 레이 블레어. 과연 이 한 방을 성공시켜서 오늘 그를 보러 온 수많은 팬들의 기대감을 채워 줄 수 있을지!

좀처럼 흥분하지 않는 영국의 점잖은 캐스터도 목소리 톤을 점점 높이고 있던 그 때, 다니엘이 팀의 주전 공격수인 레이에게 패스했다. 그러자 도란의 두 눈에서 시퍼런 불꽃이 튀었다.

"안 돼! 왜 레이 놈한테 주는 거야. 오빠! 오빠도 두 골이잖아! 오빠가 넣어야지!"

한 골만 더 넣으면 다니엘은 해트트릭(한 경기에서 한 선수가 세 골을 넣는 일)이었다. 충분히 넣을 수 있는 입장임에도 주전 스트라이커인 레이에게 골을 넣을 찬스를 넘겨주겠다는 것이었다. 저렇게 속 깊은 남자가 도란의 사랑, 다니엘이지만 그래도 이왕이면 다홍치마라고, 다니엘이 직접 넣으면 얼마나 좋은가!

그 때 그런 도란의 마음을 안 건지 레이가 슛 자세를 취하는 척하더니 다시 다니엘에게 볼을 넘겼다.

　— 아! 레이 선수. 아직 몸이 회복되지 않은 걸까요? 다시 다니엘에게 패스!

　"우오오! 레이, 이 자식. 고맙다!"

　도란은 환호했다. 게다가 남아 있는 수비수 중 대다수가 최전방 스트라이커인 레이에게 달라붙어 있던 터라 다니엘 앞은 허허벌판. 그야말로 골을 넣을 절호의 찬스인 것이다.

　예상했던 레이가 아닌 다니엘에게 다시 볼이 넘어가자 골키퍼도 멘붕이 온 모양이었다. 그는 화다닥 자세를 재정비했지만 표정엔 당황하는 빛이 역력했다.

　— 다시 다니엘에게 패스를 찔러 주자마자 다니엘 무서운 속도로 들어갑니다! 골키퍼와 일대일 정면승부! 자! 이제 어떤 승부를 보여줄…… 고, 골! 골입니다! 다니엘 스미스!! 오늘 세 번째 골 달성!!

　우와아!!

　다니엘의 발끝에서 쏘아 올려진 슛이 투포환마냥 날아가 골망을 철썩하고 때리는 순간 골대 뒤로 펼쳐진 관중석이 동시에 대기권 탈출을 하듯 튕겨 올랐다. 온 선수들이 몸을 던져 탑을 쌓으며 감동의 세레모니를 연출하는 모습을 보며 도란은 폭포수 같은 눈물을 펑펑 흘리며 유니폼을 머리 위로 번쩍 들고 흔들어 댔다.

　"오빠! 우리 오빠 해트트릭! 으허엉! 사랑해요. 다니엘!!"

　흥분한 관중들이 거세게 출렁거리며 승리의 기쁨에 몸부림치는 가운데, 이에 질세라 도란도 그라운드에서 이어진 관중석 난간을 잡고 방방 뛰었다. 그 때 도란의 몸이 크게 기우뚱했다.

　"어억?!!"

도란은 격하게 출렁이는 파도 더미에 휩쓸리더니 이윽고 난간 아래로 다이빙하듯 떨어졌다.

쿠웅!

"사, 사람이 떨어졌다!"

"이럴 수가! 여자애야!"

주변의 모든 사람들이 깜짝 놀라서 소리를 질러 댔다. 동시에 근처에 깔린 무수한 카메라가 일제히 한 곳으로 돌아갔다. 카메라가 향한 곳은 포개져서 사람 탑을 쌓듯 세레모니를 하는 선수들이 아니라 관중석 난간에서 굴러 떨어진 괴상한 차림의 여자애였다.

2미터 가까이 되는 난간에서 미끄러지듯 거꾸로 떨어진 도란은 그 순간에도 선글라스가 벗겨지지 않았는지 확인한 뒤, 다니엘의 8번 유니폼을 꼬옥 부여잡은 채 부들거리는 팔로 세레모니를 이어 가고 있었다.

"다……다니엘…… 해트트릭…… 축하…….'"

"헉……!"

그 때 대형 전광판에 뜬 화면을 본 모든 사람들은 경악을 금치 못했다.

그녀 역시 몰랐다.

뒤집혀진 치마 위로 당당히 드러난 그녀의 팬티가 수십 대의 카메라를 통해 전 세계로 생중계되고 있는 줄은. 거기에 더해 엉덩이 부분에 십자수로 곱게 수놓아진 '다니엘'이라는 글씨가 클로즈업되고 있다는 사실을.

도란은 한순간에 '엘튼 엉덩이녀'로 세계적 전파를 탔다.

탕!

거칠게 로커를 닫는 소리가 조용한 로커룸을 울렸다.

"후우."

가슴을 들썩이며 깊게 숨을 내쉰 레이는 금발 머리칼을 거칠게 쓸어 넘겼다. 이번 시합에도 골을 넣지 못했단 사실이 참을 수 없는 불쾌감으로 그를 괴롭혔다.

제길.

레이는 지끈거리는 머리를 누르며 로커룸을 나섰다. 검은색 트레이닝 복을 입은 레이가 나타나자 경기장 입구부터 전용버스 앞까지 줄지어 서 있던 수많은 레이의 팬들이 비명을 질러 댔다.

"꺄악! 레이! 레이!"

"이쪽 좀 봐 줘요! 레이!"

레이는 표정을 굳힌 채 그대로 버스로 올라탔다. 무득점 시합이 끝도 없이 이어지고 있었다. 도저히 웃으면서 그들에게 손 흔들어 줄 기분이 아니었다.

앞자리에 앉아 있던 감독은 레이의 표정을 살피며 지나가는 그의 등을 두드려 줬다.

"레이. 잘했어. 골만 안 들어갔을 뿐이지 폼은 많이 올라왔던데?"

"그래. 골은 곧 들어갈 거라고. 왜, 누가 그랬잖아. 골은 케첩병과 같아서 아무리 흔들어도 안 나오지만 한 번 터지면 계속 터진다고. 안 그래?"

선수 하나가 농담을 걸어왔지만 레이는 굳은 얼굴 그대로 의자에 앉아 헤드폰을 꼈다. 농담을 걸던 선수도 민망한 듯 어깨를 으쓱거리고는 자리에 앉았다. 옆자리의 다니엘이 슬쩍 몸을 기울이며 조용히 물었다.

"레이. 괜찮아?"

"괜찮으니 말 시키지 마."

레이는 낮게 말하고는 후드를 뒤집어쓰고 수면안대를 꼈다. 더 이상 말하고 싶지 않다는 의미였다. 다니엘은 걱정스러운 눈빛으로 레이를 흘끗거렸다. 오늘 해트트릭을 해서 한껏 축하를 받은 그였지만 레이의 기분을 생각하니 영 맘이 안 좋았다.

《엘튼의 푸른 사자, NO.9 레이 블레어》

윔블러 경기장 바로 앞에 설치된 레이의 대형포스터 앞을 버스가 빠르게 지나갔다.

1.

토끼들의 파티에서 야생마에게 잡히다

"축하해! 란! 자고 나니 스타란 게 바로 이런 거 아니겠어?"

"정말 판타스틱한 엉덩이였어!"

에드와 조의 브라보 터지는 멘트들에 도란의 눈꼬리가 좌악 째졌다.

"좋은 말 할 때 입 다무는 게 좋을 거야. 확 얼굴 긁어 버리기 전에."

"오오~ 무서워."

익살스럽게 몸을 움츠리는 놈들을 뒤로한 채 도란은 식당을 나섰다. 버터만 잔뜩 펴 발라 놓은 토스트도 제대로 먹지 못했다. 당연한 것 아닌가? 다 큰 처녀가 60억 인구에게 자신의 엉덩이를 공개하고 입맛이 있을 리가 없었다.

그나마 다행인 건 머리에 뒤집어썼던 비닐봉지가 쿠션 역할을 해 준 덕분에 뇌진탕은 면했다는 것과 선글라스 아래에 코피 터진 얼굴이 레플(레플리카, 프로 스포츠 선수들이 입는 유니폼을 복제한 옷)에 가려져서 안 보였다는 것 정도?

"으아. 이 미친것아! 도대체 앞으로 시집은 어떻게 가려고 그러니?"

아무리 얼굴이 안 보였다지만 그 엉덩이가 내 엉덩이가 아니라고 할 순 없는 노릇. 내 엉덩이가 세계적 전파를 탄 것이다. 전 세계적인!

그뿐만이 아니다. 엉덩이에 현란하게 수놓아진 다니엘의 이름 부분만 캡쳐돼선 세계적인 유명 동영상 사이트를 점령하다시피 떠돌고 있었다. 그 영상만 생각하면 온몸의 피가 거꾸로 역류하는 기분이었다.

오. 신이시여. 왜 저에게 이런 시련을 주시나이까! 혹시 이런 저를 가련히 여겨 다니엘을 저에게 주신다면 감사한 마음으로 받겠지만요. 흐흑.

도란은 야구모자로 얼굴 반 이상을 푸욱 가린 채 기숙사를 나와 비척거리며 걸어갔다.

"어제 그 다니엘 엉덩이의 주인공이 이 학교 다닌다며? 도대체 누구야?"

"동양인이던데. 중국인인가?"

"헤이! 너도 봤어? 그 핑크색 엉덩이!"

……엉덩이. 엉덩이. 엉덩이! 학교에서도 온통 그놈의 엉덩이 타령이다. 도란은 서슬 퍼런 시선으로 자신의 엉덩이 이야기를 신나게 해대는 영국 놈들을 노려봤다.

하긴 이 도시는 밥 먹고 하는 얘기가 섹스 얘기 아니면 축구 얘기

밖에 없을 정도로 축구 사랑이 각별한 도시다. 더구나 어제 경기는 1위 탈환을 하느냐 마느냐의 중요한 경기였으니 축구에 환장한 대부분의 시민들은 두 눈 부릅뜨고 경기를 봤을 것이다. 그건 즉…… 대부분의 시민들이 내 엉덩이를 봤다는 소리지! 아악!

도란은 머리를 쥐어뜯고 싶은 심정이었다. 하루 종일 들은 '엉덩이'의 주인을 찾는 말에 '엉'자만 들어도 오바이트 쏠릴 것 같은데 범인이 누군지 뻔히 알고 있는 친구들마저 주변에 쟤가 바로 엉덩이의 주인이라며 열심히 설파하는 눈치다.

아아. 결국 런던 땅을 떠야 하나.

「너무 걱정 마. 한국 사람들만큼은 아니지만 여기 사람들도 냄비근성 있더라.」

「진희야…… 고마워. 너밖에 없다…….」

도란은 핼쑥한 눈으로 진희를 건너다 봤다.

진희는 같은 기숙사에서 지내는 한국인이다. 축구엔 관심 없는 애지만 외로운 타지에서 함께 유학하는 처지라 친하게 지내고 있다. 특히 한국인에게 유독 관대한 사장이 있는 알바자리를 소개시켜 준 고마운 녀석이기도 하다. 덕분에 꼬박꼬박 경기장에도 갈 수 있고 다니엘 관련 팬시도 살 수 있…… 지금 그게 문제가 아니지.

「모자로는 안 될 것 같은데…… 나 선글라스도 쓰고 다닐까?」

「그럼 더 튀지 않을까?」

「하, 하긴. 그것도 그러네.」

맨인블랙 요원이 나타나서 엉덩이를 본 사람들의 그 부분 기억만 딱 지워 준다면 얼마나 좋을까? 도란은 한숨을 포옥 내쉬었다.

스물셋, 이도란.

런던 유학생활 2년 6개월 만에 예상치 못했던 최대 난관에 부딪히고야 말았다.

　기숙사로 돌아와 이불을 꽁꽁 싸매고 앞으로 이 힘든 역경을 어떻게 이겨 내야 하는지, 조소 어린 시선들과 실소들을 어떻게 싸워 내야 하는지 좀 더 고민하고 싶었지만 그럴 겨를이 없었다.

　오늘은 중요한 챔스 경기가 있는 날이기 때문이다.

　챔스 경기, 즉 챔피언스 리그 경기는 국가별 클럽대항전에서 높은 순위의 클럽들이 펼치는 리그 경기다. 한마디로 별들의 전쟁. 세계에서 가장 강한 팀을 뽑는 리그인 것이다.

　도란이 좋아하는 다니엘이 있는 엘튼FC는 영국 리그인 프리미어 리그에서 매년 1~2위를 다투는 팀이니 당연히 챔스 리그에 출전한다. 프리미어리그와 챔스, FA컵, 캐피털원컵, 커뮤니티 실드도 챙겨 봐야 하고 거기에 월드컵까지 겹치는 경우도 있다. 그 모든 경기를 다 챙겨 보고 시간이 안 되면 다운로드해서라도 봐야 하기 때문에 도란의 일상은 매우 타이트하다.

　그리고 틈틈이 시간 날 때마다 훈련하는 모습도 보러 가야 하고 돈이 생기는 족족 경기관람권을 끊느라 항상 거지 같은 생활을 영위해야 한다.

　런던 거지…….

　거지가 되고 싶어서 런던에 온 건 아니었는데.

　그래도 경기를 보기 위해선 자는 시간을 쪼개서라도 알바를 해야 한다. 경기장에서 다니엘을 보는 건 가장 큰 삶의 기쁨이니까. 그는 나의 행복이며 로망이다. 거기까지 생각한 도란은 매의 눈빛으로 시계를 봤다.

　"좋아. 시간이 됐군."

엉덩이니 팬티니 하는 건 일단 기억의 안드로메다에다 넣어 두고 꾸물꾸물 후드티를 챙겨 입고 모자를 눌러쓴 뒤 자주 가는 펍(Pub)으로 갔다.

혼자 보는 축구도 재밌지만 역시 여러 명이서 승리의 기쁨을 함께 나눌 때의 쾌감이 제일 크다. 특히 이 런던의 맥주는 아주 맛있다. 가격도 저렴하고. 런던 생활에 가장 맘에 드는 부분 중 하나다.

펍 안엔 여전히 사람들이 바글바글하다. 익숙한 모습도 여기저기 보이고……. 그런데 왜 오늘따라 다들 나를 보며 함박웃음을 짓고 있는 거지?

"헤이, 란!"

혹시……?

도란은 불안한 기분에 모자를 눌러쓰며 인사를 하고 얼른 지나쳤다. 몇 개 없는 테이블은 이미 먼저 온 아저씨들이 차지하고 앉아 있었다. 도란은 늘 그렇듯 기둥에 몸을 기대고 서서 경기 화면에 시선을 두고 맥주를 기다렸다.

"란! 내가 궁금한 게 있는데 말이지."

아까 함박웃음을 지으며 인사했던 중년의 마이클이 슬금슬금 다가왔다.

"네?"

흠칫 놀라 고개를 돌리면서도 도란은 불안했다. 서, 설마 그걸 말하려는 건 아니겠지…….

"아니. 실은 내가 저 사람들이랑 내기를 했는데 말이야. 어제 그 엉덩……."

"아니에요!"

마이클의 말이 끝나기도 전에 도란이 빽 소리 질렀다.

"에이, 그래도 머리의 그 노란 비닐봉투는 분명 란……."

"아. 글쎄 아니라니까요! 저 아니에요!! 아니라고요!!"

"흐음……. 그래? 란이 그렇다면, 뭐 그런 걸로 해 두지."

마이클이 능글맞게 웃으며 도란의 어깨를 위로하듯 툭툭 치고는 돌아갔다. 다시 아저씨 무리로 돌아간 그가 뭐라고 말했는지는 뻔하다. 그들이 맥주로 벌게진 얼굴을 하곤 히죽거리며 이쪽을 보고 있는 걸 보니.

제길!

도란은 벌컥거리며 맥주를 급하게 들이켰다. 아무래도 정말 이 땅을 떠야 할 것 같다. 젠장…… 졸업이 얼마 안 남았는데!

"파하하하하하핫!"

벌써 이틀째 엘튼FC의 구단주인 헨리는 계속 같은 화면만 반복재생하며 미친 듯이 웃고 있었다.

"보스. 재밌는 건 알겠지만 이제 그만 보시고 일 좀 하셔야죠."

"아, 아무리 봐도 웃긴 걸 어떡하라고. 크크큭."

아무래도 헨리는 부여잡고 있는 배를 당분간 놓을 생각이 없는 모양이다. 원래 자유로운 영혼의 헨리이긴 했지만 그런 구단주를 보스로 모시고 일을 하는 조이의 입장에선 속이 타서 죽을 뻔한 적이 한두 번이 아니다.

메이저리그에 비할 바는 아니지만 프리미어리그 역시 구단주 노릇하려면 어지간한 거부가 아니고선 엄두를 못 낸다. 특히 선수들 몸값이 나날이 치솟는 요즘은 이쪽 계도 중동의 석유왕자나 중국 대부호도 뛰어들 만큼 거액이 요구되는 업계였다. 그중에서도 헨리는 궁극의 돈질을 보여 주는 괴짜 구단주로 정평이 나 있었다. 거기다 파티

광이라 사소한 이유로도 성대한 파티를 벌이기로 유명했다.

'그게 왜 하필 우리 보스냐는 말이지.'

조이는 오늘도 위장약을 한 움큼 먹어야 할 판이다. 저 동양 여자의 엉덩이 동영상만 수백 번 반복 감상하고 있는 헨리의 똘끼 때문에!

"보스. 이적 시장 닫히기까지 얼마 안 남은 거 모르십니까? 지금 다른 팀들이 선수 영입에 얼마나 혈안이 되어 있는데 이러고 계십니까. 이러다 우리만 선수 보강 없이 시즌 치르게 생겼어요. 임대해 줬던 애들도 돌아올지 넘길지 빨리 결정해야 하고요."

조이가 따박따박 지금 상황의 문제점을 설파했지만 헨리는 여전히 화면에서 눈을 떼지 않은 채 웃고 있었다.

"잠깐만. 이거 한 번만 더 보고…… 크크…… 크하하하하하하!"

참자. 참아야 하느니…….

조이가 아침에 위장약을 가방에 챙겼던가 생각하고 있을 즈음 헨리는 그제야 화면에서 눈을 떼고 돌아봤다.

"이 여자애, 아직 어려 보이지?"

"네?"

그러고 보니 헨리가 보고 있는 그 엉덩이 영상은 다각도에서 촬영된 풀버전이었다. 떨어지기 전 응원하는 모습부터 바닥으로 떨어진 뒤 팬티 노출을 하기까지의 모든 장면이 담긴. 동양 여자는 영 나이를 짐작하기 힘들긴 하지만 응원할 때 나온 얼굴로 보아하니 아직 학생 같았다.

"어려 보이긴 하네요. 근데 지금 그게 문제가 아니라 어서 선수들을……."

"듣자 하니 아르바모랑 리에니 시장에 나왔다던데?"

헨리가 싱글거리며 하는 말에 조이가 퍼뜩 정신을 차리고 얼른 말했다.

"네? 아. 네. 맞습니다. 지금까지 나온다, 안 나온다 말이 많더니 셀틴의 그 중국부자가 천문학적인 액수를 제시했다는 말과 동시에 풀렸습니다."

"질러."

"네에?"

입이 떡 벌어지는 조이를 헨리가 슥 쳐다봤다.

"지르라고. 둘 다. 셀틴이 얼마를 지르든 거기에 두 배 얹어 줘."

……이 인간은 항상 이런 식이다. 두 배면 그 돈으로 선수 열한 명을 사서 팀 하나를 만든다고!

"아…… 아니 그건 좀…… 상도덕이라는 것도 있고. 너무 지나치게 질러서 데려오면 선수들의 압박감도 상당합니다."

헨리는 화면을 다시 리플레이하며 말했다.

"그럼 그 상도덕 안에서 최대한 질러. 셀틴에 뺏기면 각오하고."

"아…… 네."

능글능글 웃으며 말하는 헨리를 보며 조이는 체념한 듯 대답했다. 아르바모랑 리에니는 우리 팀에 딱 맞는 선수들이긴 하다. 더할 나위 없이.

그런데 정말 미스터리군. 시장에 나왔다는 정보도 극비로 몇 시간 전에 나온 건데 내내 동양 여자 엉덩이만 보고 있던 저 인간이 어떻게 안 거람? 분신술이라도 쓰는 건지 신기한 사람이다. 어쨌든 얼마든지 지르라는 명령이 떨어졌으니 물밑작전에 들어가 보라고 담당한테 얘기해야겠군.

"그럼 전 일단 나가 보겠습니다."

"아, 조이."

조이가 빠르게 방을 빠져나가려는데 헨리가 불러 세웠다.

"이 여자 데려와서 우리 팀 마스코트로 하면 어떨까?"

"……예?"

조이가 벙찐 표정을 짓자 헨리는 손가락으로 화면 속 엉덩이를 쿡쿡 찌르듯 가리켰다.

"못 알아들어? 이 여자 말이야. 이 여자."

"아, 아니 그 여자를 어디서 찾아서……."

"벌써 찾아 뒀어."

"예에??"

놀란 조이의 눈이 더욱 큼지막해졌다. 헨리는 조이의 튀어나올 것 같은 눈은 전혀 상관없다는 듯 자기 할 말만 했다.

"한국인이라더군. 근데 보기와는 달리 나이는 생각보다 많던데? 아무리 봐도 학생으로 보이는데 말이지. 어쨌든 데려와 봐. 이번 파티 때 우리 마스코트로 데려가게."

"하, 한국인이었어요? 아. 그게 아니지! 그보다 어딜 데려 간다고요? 파티 때? 무슨 파티요?"

"당연히 홈구장 증축 축하파티 때지. 얼빠진 얼굴 그만하고 데려오라고, 조이군. 알았나?"

"아, 아니……."

당황해서 어버버하는 조이를 놔두고 헨리는 다시 영상을 플레이시켰다. 파티광인 헨리가 여는 파티만 한 달에 수차례였다. 이번 파티는 헨리가 기존의 홈구장에 천문학적인 돈을 쏟아부어 전에 없는 엄청난 규모의 구장으로 증축 개조한 것을 축하하는 파티였다. 근래의 파티 중 가장 큰 파티인 건 확실한데…… 그런데 그 동양 여자애를 뜬금없이 왜 불러온단 말인가? 헨리라는 이름 새겨서 한 번 더 시원하게 엉덩이 까라고?

으윽.

역시 오늘도 위장약을 먹어야 할 것 같다. 조이는 인상을 찌푸리고 배를 움켜쥔 채 헨리의 방을 빠져나갔다.

"네? 저를요?"

도란이 의아스러운 표정으로 되물었다. 까만 차에서 내린 건장한 양복맨들이 자기를 부르더니 뜬금없이 어딜 같이 가자는 게 아닌가.

"누구신데 저를……."

도란이 미심쩍은 표정으로 슬슬 뒷걸음질 치자 양복맨이 긴장을 풀어 주려는 듯 싱긋 웃었다.

"위험한 사람 아니니 안심하셔도 됩니다. 전 조이라고 합니다. 우리 보스인 헨리가 당신을 만나고 싶어 하십니다. 가능하면 이번 파티에 와 주셨으면 하는데요."

"헨리? 무슨 파티요?"

도란이 의심스러운 눈빛을 거두지 않고 물었다. 세상에서 제일 조심해야 할 놈이 자긴 안심해도 된다는 놈이지.

"그러니까 엘튼 파티에……."

"아! 엘튼 구단주 헨리? 그 헨리요??"

그제야 알아들은 듯 도란이 눈을 크게 뜨자 조이가 안도의 한숨을 내쉬었다.

"맞습니다."

"그런데 왜 저를 파티에 데려오라고 하신 건가요? 구단주님이."

"그건 저도 모릅니다. 전 그냥 명령만 받은 거라. 다만 보스가 이

번 경기장에서의 사건을 눈여겨봤다는 것만 알고 있습니다."

헉! 경기장 사건??

도란의 안색이 노래졌다. 설마 구단의 수치니 뭐니 하려고 날 데려오라는 건가? 나…… 난 다니엘을 좋아한 죄밖에 없는데!

"나쁜 이유로 부르시는 건 아니니 안심하셔도 됩니다."

도란의 표정을 보고 대강 무슨 생각인지 눈치챈 조이가 얼른 말했다.

"아, 그, 그래요? 그럼 다행인데…… 근데 그게 저라는 건 어떻게 아셨어요?"

"저도 모릅니다. 보스가 하는 일이라."

세계적으로 명성을 떨치는 유서 깊은 축구팀을 가지고 있는 구단주. 더구나 헨리는 그 특이한 기행으로 매일같이 스캔들을 뿌려 대는 사람이 아니던가. 천문학적인 재산으로 몇 년 전 구단을 인수하자마자 팀을 위한 온갖 투자를 아끼지 않아서 도란 역시 다른 엘튼 팬들과 마찬가지로 감사하게 생각하는 사람이었다. 그런데 그 사람이 갑자기 파티에 참석하라고 부르다니?

"그래도 전 파티 같은 데 가 본 적도 없고…… 그, 그냥 평범한 한국인 유학생일 뿐인데……."

도란은 역시 미심쩍은 마음에 슬금슬금 뒤로 물러서며 말했다. 그때 조이가 최후의 카드를 꺼냈다.

"파티장에 오시면 다니엘을 만나게 해 주신다고 합니다."

"뭐…… 뭐라고요?"

도란의 눈이 동그랗게 떠졌다. 오, 맙소사! 이게 정말인가? 다니엘을 만나게 해 준다니!

"저, 정말이죠? 거짓말 아니죠? 갈게요! 저 꼭! 꼭 갈게요!"

의심스러운 눈초리로 물러서다가 갑자기 태도를 바꿔 꼭 가겠노라 선언하는 도란을 보며 조이는 생각했다.

'튕기면 이 말을 해 보라더니, 보스 말이 맞았군.'

역시 헨리는 무서운 사람이라는 걸 다시 확인하며 조이가 도란에게 말했다.

"그럼 자세한 일정은 전화로 알려 드리겠습니다."

"아. 네! 부, 부탁드립니다!"

도란은 창피함을 무릅쓰고 여러 번 땅바닥을 향해 머리를 숙이며 굽신거렸다.

다니엘을 만나게 해 준다니! 제대로 대화해 볼 기회를 꿈꾸는 건 상상 속에서만 가능했었는데 실제 파티장에서 다니엘을 만날 기회가 생기다니. 그렇게만 해 준다면 여기서 무릎 꿇고 108배를 하라고 해도 충분히 해 줄 용의가 있었다.

오오, 신이시여. 감사합니다!

도란은 두 손으로 조이의 명함을 받아 들고 꿈꾸는 표정으로 기숙사로 달려갔다.

「우와. 진짜? 대단하다!」

「그치? 나도 완전 깜짝 놀랐다니까? 어떻게 이런 일이 다 생기니, 그래?」

도란은 진희의 깜짝 놀란 표정에 내심 흐뭇해하며 흥분을 감추지 못했다.

「살다 보면 억세게 운 좋은 날이 있다던데 도란이 너한테 그런 날이었나 봐. 꿈에 그리던 다니엘을 만나게 생겼으니…….」

「내 눈물겨운 팬심에 하늘도 감동한 게 아닐까? 이런 일을 만들어

주신 걸 보면.」

「그러게. 하늘도 감동했나 봐. 진짜.」

진희가 연신 고개를 주억거리며 맞장구를 쳐 줬다. 본인은 축구를 좋아하진 않아도 도란이 얼마나 다니엘을 좋아하는지는 잘 알기 때문에 진심으로 축하하는 마음이었다.

「파티가 언젠데?」

「다음 주래. 근데 막상 가려니 입고 갈 옷도 마땅치 않고 좀 그렇긴 하다. 기사 보니까 그야말로 상류계 파티 같던데…… 거기 파리스 힐턴도 온다더라.」

「힐턴만 가겠어? 그런 데는 축구 선수 꼬시려고 온갖 여자연예인들이랑 모델들도 엄청 많이 간다더라.」

「여, 역시 그렇겠지?」

갑자기 닥친 현실적인 문제에 도란은 조금 우울해졌다. 세계에서 가장 아름답고 화려한 여자들 틈에서 내가 껴 있으면 그건 뭘로 보일까? 백조들 사이에 낀 까마귀 한 마리? 인간들 사이에 낀 오랑우탄? 아. 자꾸 우울해지는군…….

그래도 다니엘과 만날 수 있다면 그 어떤 쪽팔림도 감수하리라!

도란은 그렇게 생각하며 연락을 기다리는 휴대폰을 꼬옥 움켜잡았다.

기다리던 조이로부터 연락이 온 건 얼마 지나지 않아서였다. 도란은 그 날부터 흥분과 기대로 매일 밤을 지새우며 다니엘을 가까이서 볼 수 있는 파티날을 손꼽아 기다렸다.

드디어 기다리던 파티날.

헨리의 배려로 샵에서 단장까지 마친 도란을 조이가 직접 에스코트하러 왔다. 조이의 차를 타고 두근거리는 마음으로 파티장에 도착하자 도란은 입이 떡 벌어질 뻔했다.

"우와⋯⋯."

커다란 중세시대 성같이 생긴 건물은 딱 봐도 일반인들이 범접하기엔 너무나 고급스러워 보여서 도란은 차에서 내리기도 전에 겁부터 집어먹었다. 입구부터 기자들의 플래시는 계속 터지고, 눈이 휘둥그레지는 유명 인사들이 포토라인에서 플래시 세례를 받은 뒤 줄줄이 파티장 안으로 들어서고 있었다.

도란의 파랗게 질린 얼굴을 보고 조이가 안심시키듯 말했다.

"걱정할 거 없어요. 뭐 겉은 화려해 보이지만 속은 다 똑같더라고요. 저 사람들도 먹고, 자고, 싸고 다 하니까."

"아아⋯⋯ 네에⋯⋯."

"저랑 웸이랑 같이 들어가면 되니까 걱정 마세요. 웸이 덩치가 있어서 숨으면 잘 안 보일 겁니다."

조이와 함께 차로 데리러 온 웸은 조이와 마찬가지로 헨리의 비서라는데 겉보기는 꼭 보디가드 같다.

"신경 써 주셔서 고맙습니다."

도란은 애써 웃으며 감사의 인사를 하고 그들을 따라 차에서 내렸다. 그래도 역시 기가 눌린 상태라 웸의 등에 껌딱지처럼 딱 달라붙어 걸어갔다.

"이런 파티는 여자들의 꿈 아닙니까?"

자신의 등 뒤에 찰싹 붙어 달달 떠는 도란을 보며 웸이 말했다.

"꿈은 그냥 꿈인 거죠. 실제 상황은 나를 중심으로 돌아가지 않잖아요."

"음. 그것도 맞는 말이네요. 그런데 미스⋯⋯."

"도란이에요. 란이라고 부르시면 돼요. 여기선 다 그렇게 부르거든요."

"미스 란, 너무 긴장하지 마세요."

"노력해 볼게요. 저기 그런데 헨리 님은 왜 저를 데려오라고 한 건가요?"

"글쎄요. 그건 저희도 잘······."

조이와 웸은 모르겠다는 듯 어깨를 으쓱였다. 적어도 자기 이름 박힌 팬티를 만들라는 주문은 없었으니 엉덩이 사건 리바이벌은 아닌 것 같긴 한데, 보스의 생각은 당최 예측하기 어려운지라 뭐라 할 말은 없었다.

도란이 파티장 안으로 들어서자 거대한 파티장 안은 경쾌한 음악과 사람들의 대화 소리로 시끌시끌했다.

"우와······."

헨리의 파티는 워낙 격식 없기로 유명하긴 하지만 거의 헐벗다시피 한 여자들의 모습을 직접 보니 놀라웠다. 까만 수영복 같은 바니 걸 의상에다 기다란 토끼 귀를 달고 사방을 돌아다니는 늘씬한 몸매의 여자들은 도란의 시선도 확 잡아끌었다.

"이번 파티 드레스코드가 토끼라더니······ 진심이었군, 보스."

주위의 토끼 떼를 둘러보며 조이가 한숨을 내쉬었다.

"아무리 그래도 생일파티도 아니고 홈구장 증축 파티인데 이건 너무하지 않아? 격식이라곤 찾아볼려야 찾아볼 수가 없으니, 원. 안 그래?"

조이가 볼멘소리를 하며 돌아보자 웸이 어디선가 토끼 귀를 꺼내더니 자기의 커다란 머리에 터억 걸쳤다.

"그렇긴 하지만 보스의 명령이니까."

웰이 그렇게 말하고는 씨익 웃었다.

"헐……."

덩치는 까만 맘모스같이 육중해선 그 바윗덩이 같은 머리통에 앙증맞은 토끼 귀라니. 조이는 고개를 설레설레 저으며 고개를 돌려 버렸다.

"아주 귀여운데요?"

도란이 엄지손가락을 추켜세워 줬다.

"그렇습니까?"

칭찬을 들어 웰도 내심 기분 좋은 듯 토끼 귀 하나를 더 꺼내서 도란의 머리에 척 끼워 줬다. 호오, 토끼 귀도 했으니 이제 이 파티의 일원이렸다?

도란은 살랑거리는 토끼 귀를 매만지며 호기롭게 주위를 둘러봤다. 그 때 어디선가 커다란 목소리가 들려왔다.

"오! 이 큐티한 아가씨는? '엉덩이걸' 이군?"

헉. 엉덩이걸이라니…….

도란이 썩어 들어가는 표정으로 돌아보자 마치 은갈치마냥 온통 은색 반짝이로 온몸을 치장한 헨리가 활짝 웃으며 다가왔다.

"아, 안녕하세요."

도란이 토끼 귀를 휘날리며 냅다 인사했다.

"아주아주 보고 싶었어요. 엉덩이걸!"

헨리가 싱긋 웃으며 도란의 앞으로 다가왔다. 그는 사진으로 보던 것보다 훨씬 젊어 보였고 잘생겼다. 워낙 특이하게 하고 다녀서 미남이라는 걸 잘 모르고 살다가 어쩌다 한 번 멀쩡하게 있는 사진이 나오면 그제야 아, 이 사람 미남이었지, 하고 깨닫게 됐었는데 실물로 보니 그 화려한 의상도 커버가 될 만큼 뚜렷한 이목구비를 가지고 있었다.

심지어는 까만 머리칼이 섹시해 보이기까지⋯⋯. 듣기로 40대라던데 20대라고 해도 믿을 수 있을 것 같은 외모랄까?

"오느라 힘들었죠? 이렇게 초대를 받아 줘서 정말 기쁘군요."

헨리가 도란의 손을 부드럽게 낚아채더니 손등에 살짝 키스했다.

"아. 네, 네. 제가 더 감사하죠. 뭐."

그런데 그놈의 '엉덩이걸'이란 말 좀 안 하면 안 될까요?

도란이 손을 잡힌 채로 넙죽넙죽 인사하는데 저기서 쭉쭉빵빵 나이스한 몸매의 금발 미녀가 무서운 기세로 이쪽으로 다가오고 있었다. 그 여자는 가슴 계곡이 훤히 다 보이는 제작비를 지나치게 아낀 듯한 아슬아슬한 의상만 걸치고 머리엔 거대한 토끼 귀, 엉덩이에는 토실한 토끼 꼬리를 매단 채 요란한 구두 굽 소리를 내며 다가왔다.

"헨리! 여기서 뭐해요?"

금발 미녀가 날카로운 눈빛으로 도란을 쏘아보고는 헨리에게 찰싹 달라붙으며 물었다.

"아. 소개하지 내 4번째 애인이야."

헉, 네 번째?

도란은 아무렇지도 않게 그 쭉쭉빵빵 미녀를 네 번째 애인이라고 소개하는 헨리를 뜨악스런 눈으로 바라봤다.

"반가워요. 에밀리예요. 근데 이 꼬마 숙녀는 누구?"

"에밀리. 말조심하는 게 좋을 거야. 너보다 3살이나 연상이거든."

"오! 맙소사! 23살??"

그럼 당신은 20살이란 소리? 나보다 언니인 줄 알았는데⋯⋯. 도란은 절대 저 섹시 다이너마이트 같은 여자 옆에 서 있고 싶진 않아서 슬금슬금 뒷걸음쳐서 웸의 등 뒤에 착 달라붙었다. 그걸 본 헨리가 여자를 향해 손을 휘휘 저었다.

"이런, 우리 큐티 엉덩이걸이 부담스러운 모양이군. 에밀리. 절로 가 있어."

"헨리! 너무해. 그럼 오늘 밤은 나랑 있어 줄 거예요?"

"봐서. 일단 좀 가라고."

헨리가 인상을 찡그리고 다시 손을 휘휘거리자 여자는 기분이 상한 듯 미간을 좁히고는 몸을 홱 돌려 토끼 꼬리를 살랑살랑 흔들며 사라졌다. 여자가 사라지자 헨리는 다시 도란 앞으로 폴짝거리며 다가왔다.

"엉덩이걸. 실제로 보니 더 귀여운데 내가 재밌는 기획 하고 있는 거 도와줄래요?"

"무슨 기획이요?"

도란은 여전히 웸의 등 뒤에 달라붙어서 물었다.

"이런, 이런. 아직도 무서워요? 우리 사이에 이런 시꺼먼 놈이 있는 건 맘에 안 드는데?"

"어, 엉덩이걸이라고 부르지 않는다면요."

"아하. 알았어요, 알았어. 그럼 프리티 란이라고 불러 줄까요?"

"그냥 란이요. 미스 란."

도란이 강조하듯 말하고는 웸의 등짝에서 스윽 빠져나왔다. 도란이 빠져나오자마자 헨리는 도란의 손을 꼬옥 붙잡고 말했다.

"내 부탁 꼭 들어줘야 해요. 안 그러면 난 정말 슬플 것 같거든."

"아…… 그…… 가능하면요. 그런데 뭔데요?"

헨리의 반짝이는 눈빛에 부담을 느낀 도란이 자기도 모르게 뒤로 물러나며 말했다.

"우리 구단의 마스코트가 돼 줘요. 란."

"예에? 마스코트요?"

아니 축구클럽에 마스코트라니? 그리고 설사 있다 한들 그게 동양 여자가 될 수 있단 말인가?

"내가 란이 경기장에 온 거 다 찾아봤는데 응원하는 모습이 아주 파워풀하고 퍼니하더라고. 아주 기발해. 특히 그 머리 위에 쓴 노란 비닐. 그건 뭔가요?"

"아…… 그, 그건 우리 고향에서 야구 응원할 때 사용하는 건데 요. 야구장에서 응원하고 갈 때 쓰레기 담아 가라고 준 비닐봉지를 다들 그렇게 머리에 쓰고 응원해요."

"아! 그렇구나! 그런 의미가 있었어! 와우! 정말 재밌어!"

헨리는 뭐가 그리 재미있는지 연신 고개를 끄덕거리며 웃었다.

"그것도 그렇고. 그 팬티에 새겨진 이름 있잖아요. 그것도 한국에 선 다 그렇게 하나?"

"아! 아뇨! 그, 그건 아니에요!"

한국이 어떤 나란데 팬티를 보이자고 그러고 있나요. 아저씨! 우리 나라는 동방예의지국이라고요!

"아~ 그건 아니구나. 그럼 그건 란 아이디어?"

"그……그건 보이려고 그런 게 아니라요. 그냥 제가 다니엘을 너 무 좋아해서…… 절대 보이려고 일부러 입은 건 아니에요. 지금 그 거 때문에 제가 창피해서 모자 없이는 밖을 나갈 수가 없을 정도라 니까요."

도란의 말에 헨리가 싱긋 웃었다.

"하긴 일부러 그 높이에서 거꾸로 떨어지진 않을 것 같긴 해요. 목숨은 소중하잖아요?"

"그, 그렇죠."

지금 이거 놀리는 거 아니지? 도란이 눈을 가늘게 뜨고 쳐다보자 헨리는 간절한 얼굴로 도란의 손을 꼬옥 움켜잡았다.

"어때요? 마스코트 제안 받아 줄 거죠? 난 꼭 받아 줬으면 해요. 란의 그 나이스한 엉덩이가 지금 세계적으로 엄청난 이슈를 낳고 있거든."

"헉……. 그…… 그 정도인가요……?"

도란의 얼굴이 납빛이 됐다. 그 표정을 본 조이가 황급히 말했다.

"보스. 지금 저쪽에서 계속 기자들이 카메라 돌려 가면서 기다리고 있는데요. 빨리 가서 인터뷰부터 하시죠. 마스코트를 보스의 7번째 애인이라고 기사로 내보내고 싶지 않으시면."

아. 헨리의 공식 애인은 6명이었구나.

"오. 그것도 그렇군. 자네 말이 맞아. 그럼 란. 그 얘기는 나중에 다시 하고 일단 오늘은 천천히 즐겨요. 조이, 다니엘 있는 곳에 우리 마스코트 걸을 데려다 드려."

말을 마친 헨리는 그 은색 반짝이 정장에서 번쩍번쩍한 조명 빛을 반사하며 기자들 있는 쪽으로 걸어갔다.

다니엘이 있는 곳!

헨리가 사라지면서 마지막에 한 말이 도란의 귓속을 파고 들어왔다. 그렇다. 이곳은 다니엘을 만나러 온 것이 아닌가! 나의 사랑 다니엘이 저 홀 저편에……!

그런 생각을 하니 갑자기 호흡이 가빠지기 시작했다. 얼굴이 시뻘겋게 달아오르는 게 느껴지고 심박수가 미친 듯이 증가하며 콧김이 훅훅 뿜어져 나온다.

"보스가 저래도 악의가 있어서 한 말은 아니니 너무 속상해하지 말아요."

도란의 표정을 무척 화가 났다고 오해한 듯 조이가 미안해하며 말했다.

"네? 아! 아니에요."

정말 그게 아닌지라 도란은 황급히 손을 내저었다.

"그럼 란이 좋아하는 다니엘에게 인사시켜 줄게요. 이쪽으로 따라와요."

오. 맙소사! 진짜인가 봐요!

도란은 감격에 찬 얼굴로 조이의 뒤를 열심히 따라갔다. 사방엔 어디선가 본 듯한 배우인 듯 모델인 듯 잘빠진 남자들이 넘쳐났지만 그녀의 머릿속엔 오로지 다니엘 딱 한 명뿐이었다.

힘든 유학생활 와중에도 그의 경기를 보겠다는 일념 하나로 미친 듯이 알바를 했던 기억이 주마등처럼 스쳐 지나갔다.

"란, 저기예요."

조이가 도란의 어깨를 툭 치며 어딘가를 가리켰다. 그가 가리키는 한 테이블에는 정말 실물 다니엘이 떡하니 앉아 있었다.

"헉……!"

진짜 다니엘, 다니엘이 저기……!

다니엘의 모습을 보자마자 도란은 다리에 힘이 휘청, 하고 풀려서 웹의 재빠른 부축을 받아야 했다. 그 테이블엔 다른 선수들도 몇몇 앉아 있었는데 그녀 눈에는 오직 다니엘만 보였다. 조이의 안내를 따라 테이블 쪽으로 한 걸음, 한 걸음 다가갈수록 머릿속이 팽글팽글 돌고 숨이 턱턱 막혀 왔다.

맙소사, 심장이. 심장이……. 심장이 마치 갈비뼈를 뚫고 밖으로 튀어나올 것처럼 뛰어 댔다. 그리고 마침내 다니엘 앞에 다다랐던 그때.

주륵.

도란의 코에서 뜨듯한 두 줄기 코피가 흘러내렸다. 그 순간 그녀 얼굴을 그제야 알아본 테이블의 누군가가 소리쳤다.

"아! 엉덩이!!"

그리고 이어지는 미친 듯한 웃음소리.

"크하하하하하하! 맙소사, 저 여자 그 엉덩이잖아! 그런데 저 코피는 뭐야? 쌍코피잖아? 크크크큭!!"

숨도 못 쉴 듯 웃어 젖히는 남자는…… 레이였다.

저 빌어먹을 자식. 눈앞에 다니엘이 있는데 감히 저딴 소릴……. 테이블에 앉아 있는 모두가 당혹스러워하는 얼굴로 쳐다보고 있었다. 그중 다니엘도…… 제길!

아아. 코가 뜨거워. 머리도 뜨거워. 어지러워.

조이가 벙찐 얼굴로 날 보고 있군. 그래. 나도 이런 내가 한심하다고. 근데 뭐라고? 입만 뻥긋거리지 말고 잘 들리게 말을 하란 말…….

뚝.

그리고 갑자기 암흑이 되었다.

"괜찮아요? 란."

"헉!"

도란은 튕기듯 벌떡 일어났다. 눈앞엔 여전히 머리에 토끼 귀를 달고 있는 웸이 걱정스럽게 쳐다보고 있었다.

"제, 제가 어떻게 된 거죠? 다니엘은? 다니엘은요?"

"다니엘을 보자마자 란이 코피를 흘리더니 쓰러졌어요. 아마 다니엘을 보고 극도로 흥분해서 그런 것 같은데."

웹의 말을 들은 도란은 눈앞이 아찔해졌다. 다니엘은 눈앞에서 얼굴이 시뻘개져선 분수마냥 코피를 쏟아 내며 기절한 나를 보고 뭐라고 생각했을까? 미…… 미저리?

도란의 얼굴에 한순간에 핏기가 싹 가시는 걸 보고 조이가 얼른 말했다.

"너무 걱정하지 말아요. 다니엘도 자기 팬이라 너무 좋아서 그랬다는 말에 그냥 웃고 말더라고요."

"저……정말요?"

"네. 그러니 너무 실망하지 말아요. 아마 보스가 또 자리 만들어 줄 거예요. 당신이 마스코트 자리를 받아들인다면."

"마스코트라니…… 설마 그거 진심일까요?"

"보스는 언제나 진심입니다."

조이가 진지한 얼굴로 확신을 담아 말했다.

"그래도 제가 무슨 마스코트가 되겠어요? 엘튼이랑 무슨 상관이 있다고. 더군다나 전 영국인도 아니고요."

"워낙 재밌는 걸 좋아하는 사람이라 아마 깊게 생각하진 않고 그냥 요즘 당신 엉덩…… 흠, 흠. 당신 동영상이 인기니까 그걸 마케팅에 이용하면 좋겠다, 라고 단순하게 생각한 게 아닐까 해요."

"아. 시즌상품처럼 일시적인 거요?"

"네. 뭐 말하자면 그런 거죠."

하긴 재미를 위해선 무엇이든 할 수 있는 사람이었으니까. 그 헨리라는 사람. 도란은 그제야 납득한 듯 고개를 끄덕였다.

헨리가 엘튼FC를 인수한 뒤로 온갖 이벤트가 판을 쳤다. 선수들을 데리고 별별 말도 안 되는 광고 동영상을 만들어서 보수적인 축구팬들의 비난도 받았지만, 상대적으로 젊은 팬들이나 여자 팬들의 호응은 엄청 뜨거웠다.

특히 축구를 그닥 좋아하지 않는 일반인들에게 웃긴 동영상으로 한동안 이슈가 돼서 나돌았었지. 그래서 한국에 있을 때 그 동영상을 보고 축구의 '축' 자도 모르던 친구 몇몇이 거기 나오는 선수가 누구냐며 궁금해하기도 했었다.

……물론 재작년 챔스에서 우승했을 때 코끼리를 사들여 거기에 선수들을 태워서 시내를 돈 건 좀 오버였던 것 같지만.

어쨌든 그런 헨리가 어떤 목적에서든 이벤트 효과를 노리고 마스코트 직을 제안한 거라면 뭐 못해 줄 것도 없었다. 신변 보호만 해 준다면, 그리고 솔직히 그렇게 해서 다니엘을 만날 수 있다면 더한 것도 할 수 있는 심정이었다. 그의 기억 속에 엉덩이녀에 이어 쌍코피녀가 되지 않으려면 어떻게든 다시 만나야 되기도 하니까!

도란이 결심한 듯 비장한 표정으로 말했다.

"좋아요. 얼굴만 팔리지 않는다면……."

그러자 조이가 의아한 얼굴로 물었다.

"괜찮겠어요? 계약서로 우선 자세한 사항을 합의 본 뒤에 결정해도 돼요."

"실은 제가 지금 찬밥 더운밥 가릴 때가 아니거든요."

그녀는 콧김을 홍홍거리며 주먹을 꾹 움켜쥐었다.

"찬팝 더운팝?"

"아, 아니에요. 한국식 표현인데…… 어쨌든 보스에게 뭐든 꼭 하겠다고 전해 주세요. 제가 할 수 있는 일이라면 뭐든지!"

"아아. 보스가 정말 좋아하겠군요."

그렇게 말은 하면서도 조이는 도란이 불쌍하다는 생각이 들었다. 보스의 놀이에 그녀는 다니엘을 보겠다는 일념으로 빛인지 불구덩이인지 모르는 곳에 자신의 몸을 날리는 것이다. 사랑은 위대하다더니…….

"그런데 란. 다니엘은 피앙세가 있잖아요?"

조이가 조심스럽게 묻자 도란이 밝게 대답했다.

"아. 네! 물론 알고 있지요. 애슐리잖아요. 다니엘 팬이면서 그것도 모를까 봐요? 둘이 정말 잘 어울리는 것 같아요."

도란의 말에 조이는 더더욱 모르겠다는 표정을 지었다.

"다니엘을 좋아하는 게 아니었나요?"

"물론 좋아하죠. 이해가 잘 안 되실 수도 있겠지만 이게 팬심이라는 건데 말이죠. 전 다니엘이 사랑하는 사람과 꼭 행복해졌으면 좋겠어요. 제가 감히 다니엘의 피앙세가 되는 건 꿈도 못 꾸죠. 아, 아니 사실 꿈에선 그래 본 적이 있긴 하지만 현실이 어떤 건진 아니까요. 전 그냥 축구 선수로서의 다니엘이 좋을 뿐이에요."

눈을 반짝이며 해맑게 웃는 도란을 바라보는 조이와 웹의 표정에는 다소 의문이 서렸지만 이내 곧 고개를 끄덕였다. 뭐 그녀가 그걸로 행복하다면야. 보스의 장난감이 되어 줄 부탁을 하면서도 죄책감은 덜하게 됐으니 다행이었다.

파티장 안에 마련된 테이블에서 칵테일을 마시던 다니엘이 레이에게 말했다.

"너 그렇게 웃는 거 정말 오랜만에 본다."

"그래?"

다니엘의 말에 레이는 아까 그 시뻘건 얼굴로 시뻘건 코피를 내뿜고 쓰러진 웃긴 동양 여자가 생각나서 또 쿡, 하고 실소를 흘렸다.

"나는 그렇게 코피 쏟고 쓰러지는 여자는 처음이라 조금 당황스럽던데, 넌 나보다 그런 일 많이 겪지 않았어?"

"아니 나도 처음이야. 기절한 여자들은 봤지만 코피는 없었어."

그 화려한 외모로 수많은 여성 팬들을 몰고 다니는 레이조차 겪은 적이 없다니. 다니엘은 처음에는 좀 무섭다고 생각했는데 다시 생각해 보니 은근히 뿌듯한 감도 들었다. 그 때 뒤에서 동료인 기안이 말했다.

"그래도 너네들은 번드르르하게 생겼으니 그런 거지, 우리는 동양 남자 팬들은 많아도 동양 여자 팬들은 별로 없다고."

온몸에 까만 윤기가 흐르는 기안은 흑인으로 한국에서는 흑형이라고 불리곤 했다.

"축구는 남자들의 스포츠니 남자 팬들이 많으면 좋은 거잖아."

"얼씨구? 말이나 못하면……."

"왜? 기안, 너 이번에 〈THE MOON〉에 난 걸 보니 무려 헬레나랑 클럽에서 놀다가 같이 빠져나갔다며? 그 헬레나랑 말이지."

"그걸 봤냐?"

아닌 척하면서도 기안의 얼굴엔 자랑스러운 기색이 역력하다.

"어때? 죽여주디? 그 가슴 진짜야?"

"훗. 뭐…… 그 정도는 아니지만 꽤 괜찮더군."

이런 화제엔 절대 빠지지 않는 스텔스가 눈을 반짝반짝 빛내며 끼어들자 기안의 거드름은 하늘을 찌를 기세였다. 그런 그 둘이 본격적인 에로에로한 대화를 펼치기 전에 레이는 일어났다.

"가는 거야? 레이."

다니엘이 따라 나오며 물었다.

"얼굴 비췄으니 됐지. 덕분에 재밌는 구경도 했고."

"좀 더 즐기다 가지. 저쪽에 너 기다리는 여자들 많잖아."

"됐어. 피곤해."

레이가 언제쯤 bar로 나오나 하며 눈을 번뜩이며 기다리는 화려한 여자들을 뒤로한 채 그는 전용 출입구로 파티장을 빠져나갔다.

다니엘은 레이의 뒷모습을 보며 낮은 한숨을 쉰 뒤 다시 테이블로 돌아왔다. 뒤집어질 듯이 웃으며 와우를 외쳐 대는 스텔스를 보니 그들의 농익은 대화가 한창 무르익었음을 짐작할 수 있었다.

"나도 애슐리에게나 가야겠군."

다니엘은 벗어 두었던 정장 상의를 챙겨서 일어났다.

주차요원이 차를 가지고 나오는 동안 레이는 양복 주머니에 손을 찔러 넣고 바닥만 노려보고 있었다. 피곤한 것도 사실이었지만 흥청망청 놀 기분이 아니었다는 게 더 큰 이유였다.

지금은 파티를 즐기고 싶은 마음 따위 전혀 없으니.

하긴 지금 집으로 간다고 해도 잠을 잘 수 있을지는 모르겠다. 부상으로 시합을 뛸 수 없게 된 이후로 고질적인 불면증에 시달리고 있으니까……. 아무리 노력해도 잠이 오지 않는 밤은 지긋지긋하다.

주차요원에게 차를 넘겨받은 레이는 팁을 쥐여 주고 자신의 차에 올라타 파티장을 빠져나왔다. 홈구장 근처까지 왔을 때 길가에 익숙한 남자들이 보였다. 누구였지? 분명 눈에 익은 사람들이라 유심히 지켜보니 곧 기억이 났다.

'헨리 비서들이잖아?'

그들은 조이와 웹이었다. 웹의 덩치는 어디서든 눈에 띌 정도였고 옆에 있는 조이를 보자 확신했다. 그들은 작은 여자를 앞에 두고 뭐라 뭐라 하고 있었다.

여자에게 시선을 박은 레이의 눈이 가늘어졌다.

저 여자는 분명…… 엉덩이에, 쌍코피?

동양 여자는 아까와는 달리 멀쩡한 얼굴이었다. 코피도 멎은 모양이고 머리 위의 토끼 귀도 어느샌가 사라져 있었다. 까만 미니 드레스에 새까만 단발머리, 그리고 자그마한 체구 때문에 웹 옆에 있으니거의 거인과 호빗 수준이다.

왜인지는 모르겠지만 레이는 자신도 모르는 사이에 그 여자를 계속 보고 있었다. 신호가 바뀌는 줄도 모르고.

뒤에서 클랙슨을 울려 대자 퍼뜩 정신이 든 레이는 우회전을 한 뒤 근처에 차를 세웠다. 그리고 차 안에서 아예 팔짱을 낀 채 여자를 관찰했다. 뭐가 즐거운지 그 작은 동양 여자는 연신 배를 잡고 깔깔대며 웃어 댔다. 앵두 같은 입술을 크게 벌리고 웃고 있는 모습이 뭐랄까…….

레이의 짙은 푸른빛 눈동자가 묘하게 빛났다.

그가 지켜보고 있는 것도 모른 채 여자는 한참을 떠들더니 앞에 세워 둔 차에 조이와 웹이 올라타자 손을 흔들었다. 조이의 차가 안 보일 때까지 열심히 손을 흔들던 여자는 사뿐 뒤돌아서 발걸음도 경쾌하게 타박타박 걸어가기 시작했다.

여자가 걸을 때마다 까만 머리칼이 어깨 위에서 찰랑였다.

밤거리를 사뿐사뿐 걸어가는 여자를 뚫어지게 응시하던 레이는 차의 시동을 걸었다. 그리고 빠르게 여자의 옆으로 차를 몰았다. 레이는 여자를 똑바로 쳐다보며 클랙슨을 울렸다.

빠앙.

그런데 여자가 돌아보지 않고 마냥 걷기만 했다. 기분이 상한 레이는 눈썹을 홱 치켜 올렸다.

빠앙. 빠앙!

연달아 클랙슨을 울리자 여자가 동그란 얼굴을 돌렸다. 한쪽 이어 폰을 빼더니 햄스터처럼 눈을 깜빡거리며 주변을 두런두런 살피더니 고개를 갸웃거린다.

이쪽을 보라고.

레이는 바로 앞에 있는 자신의 차를 보지 않고 멀리만 둘레둘레 바라보고 있는 여자가 마음에 들지 않았다. 다시 이어폰을 끼고 고개를 돌리려 하자 레이는 주저 없이 창문을 내렸다.

"어?"

자기를 본 동그란 머리통과 동그란 얼굴과 동그란 눈을 가지고 있는 여자의 눈이 더욱 동그래졌다. 그러더니 동양 여자의 눈썹 사이가 급격히 찌푸려졌다.

……지금 날 보고 인상 쓴 거 맞지?

레이의 표정이 차갑게 변했다.

웬 아닌 밤중의 레이 놈?

도란은 어이가 없었다. 갑자기 누가 시끄럽게 빵빵거리기에 뒤돌아봤는데 범인은 바로 레이였다. 저놈이 그랬던 거였어?

거기다 레이 놈이 거만하게 한 손을 빼더니 기다란 손가락으로 재수 없게 까닥거리는 게 아닌가?

"흥."

도란은 더 볼 것 없다는 듯 홱 고개를 돌렸다. 안 그래도 저놈 때문에 우리 다니엘 오빠가 MVP며 MOM(Man Of Match, 그 시합의 MVP)이며 발롱도르('황금빛 공'이라는 뜻으로 프랑스 축구 매거진에 의해 수상되는 올해의 유럽축구 선수상)를 놓친 게 한두 번이 아니라 미운털이 콕콕 박혔는데 아깐 쌍코피를 보고 뒤집어지게 웃어 젖히기까지 한 놈이다. 게다가 저런 식으로 사람을 개 부르듯 부르는 걸 보니 인성까지 고약한 것이 틀림없다.

도란이 레이를 무시한 채 몸을 돌려 가던 길을 다시 가기 시작하자 레이의 얼굴이 사납게 구겨졌다.

"무시? 하!"

레이는 차를 몰아 순식간에 도란의 옆에 대고는 다시 거칠게 클랙슨을 울렸다.

빠앙!

"얼레?"

도란은 자신의 바로 옆에 선 미끈한 스포츠카를 보고 기분 나쁜 듯한 표정을 지었다. 레이는 열린 창문으로 고개를 내밀고 시니컬한 표정으로 도란을 쳐다보며 또다시 손가락을 까닥거렸다.

오라고.

웃겨, 내가 왜?

도란은 흥! 하고 거세게 콧방귀를 뀐 뒤 고개를 돌리고 직진했고 레이는 지지 않고 도란의 옆에 차를 붙이고 클랙슨을 울렸다.

빠앙! 빠앙! 빠앙!

한밤중에 연이어 울리는 클랙슨 소리에 사람들의 이목이 집중됐지만 레이는 아랑곳하지 않았다. 그 행동이 반복될수록 도란의 미간은 붙을 듯 힘껏 좁혀졌고 레이의 얼굴도 그에 질세라 더욱 살벌하게 구겨졌다.

괜한 전투욕에 불붙은 둘이 의미 없는 짓을 반복하고 있을 때, 옆 건물 카페테라스에서 차를 마시던 여자 둘의 눈이 커다래졌다.

"저 차, 레이 아냐?"

"오 마이 갓! 정말??"

뛰어나오는 두 여자의 자지러질 듯한 까야악 소리과 함께 삽시간에 수많은 인파가 레이의 차를 둘러쌌다.

"레이! 사랑해요! 열 살 때부터 팬이었어요."

"여기, 여기에 사인해 줘요!"

가장 먼저 달려갔던 여자들이 자신의 티셔츠 앞판을 좌악 당기며 레이에게 가슴 계곡을 들이밀었다.

"……빌어먹을."

광분해서 차를 에워싼 사람들 틈으로 쌩하니 달아나는 여자를 보며 레이가 짜증스러운 신음을 흘렸다.

며칠 후 주말, 도란은 발걸음도 가볍게 경기장으로 향했다.

치열한 티켓 쟁탈전 끝에 얻어 낸 맨 앞자리에 살포시 앉은 도란은 콧노래를 흥얼거리며 선글라스를 추켜올렸다. 도란은 항상 맨 앞자리를 고수해 왔기에 카메라가 자주 비치는 것을 고려해 관중석에서는 늘 선글라스를 끼는 편이었다. 도란 자신은 잘 몰랐지만, 엘튼 팬들에게는 그녀의 모습이 꽤 기행처럼 보였기에 그들 사이에서는 이미 '노란 비닐 선글라스녀'로 상당히 유명해져 있었다. 그러다 엉덩이 사건 이후로는 엘튼 팬뿐만 아니라 전 축구계에서도 모르는 사람이 없는 수준이 되어 버린 것이고.

오늘도 도란의 머리 위에서 발랄하게 통통거리는 바람 들어간 노란색 비닐봉지를 보고 뒤에서 엉덩이녀, 엉덩이녀 하며 수군거리고 있었다. 도란은 자신의 별명이 선글라스녀에서 엉덩이녀로 바뀐 것도 모른 채 눈을 부릅뜨고 그라운드 위에서 몸을 풀고 있는 다니엘을 응시하고 있었다.

아아, 다니엘…… 오빠의 허벅지는 정말, 예술이에요.

도란이 녹아드는 표정으로 스트레칭 중인 다니엘의 허벅지를 보고 있었다. 그런데 그 바로 옆에 자꾸 거슬리는 웬 말벅지가…….

쳇. 레이잖아?

도란의 미간이 본능적으로 찌푸려졌다. 다니엘의 옆에서 레이가 찰랑이는 금발 머리칼을 뽐내며 근육이 불끈거리는 탄탄한 말벅…… 아니 허벅지를 드러낸 채 스트레칭을 하고 있었다. 레이 놈이야 신경 끄고 다니엘이나 보자고 생각하고 열심히 다니엘에게 집중하려 했지만 자꾸만 시야에 그놈의 말벅, 말벅, 말벅지가…….

도란은 자기도 모르게 한 마리의 야생마처럼 각 잡힌 근육을 자랑하며 스트레칭 중인 레이를 바라보고 있었다. 가볍게 뛰고 몸을 움직일 때마다 수천만 파운드의 몸값에 어울리는 명품 근육들이 탄력적으로 꿈틀거리고 있었다.

흐응. 저 몸이 바로 전 세계 축덕녀들을 밤마다 시름시름 앓게 한다는 그 마성의 몸이렷다? 솔직히 인정하고 싶진 않지만 저 몸 하나는 도무지 인정하지 않을 수가 없다. 지방을 좍 빼고 꽉 조여진 탄력적 복근과 두 손으로 둘레를 다 잴 수 없을 정도로 발달한 강한 허벅지는 특히.

"헛."

도란은 자신이 입을 헤, 벌리고 쳐다보고 있었다는 것을 깨닫고 서둘러 입을 가리며 주변을 둘러봤다.

누, 누구 본 사람 없겠지? 죄지은 사람마냥 황급히 주변을 살핀 도란은 험험 헛기침을 하고는 머리에 매달린 비닐 봉투의 뿡을 정돈했다.

잠시 후 시합이 시작되었다. 도란이 반짝이는 눈빛으로 다니엘을 좇으며 열심히 등번호 8번이 새겨진 레플을 흔들어 댔다.

"다니엘! 다니엘! 우오오~ 다니엘!"

평소 기복이란 것이 거의 없이 꾸준한 플레이를 펼치는 다니엘은 오늘도 팀의 절대적 지주 역할을 톡톡히 하고 있었다.

역시 우리 오빠 최고! 도란이 목이 터져라 다니엘을 응원하며 거친 남자 팬들과 파도를 타기 시작했다. 더비매치(derby match, 같은 연고지에 속한 두 팀의 경기, 보통 이런 두 팀은 라이벌 관계로 형성됨)인 만큼 상대 팀에게 응원으로 지지 않기 위해 엘튼 팬들과 한 몸이 된 듯 넘실넘실 리드미컬하게 파도를 탔다.

"엘튼~ 오오오 우리의 뜨거운 심장 엘트으으은!"

한편 엘튼 벤치에는 레이가 앉아 있었다. 엔트리 멤버엔 이름을 올려놨지만 전반이 다 끝나 가도록 교체 사인은 나오지 않고 있었다. 심지어 몸을 풀어 두라는 소리도.

'오늘은 뛸 수 없는 것인가.'

레이는 낮게 한숨을 쉬며 경기를 눈으로 좇았다. 그라운드 위에서 느껴지는 정열과 에너지. 보기만 해도 온몸의 피를 뜨겁게 끓어오르게 만드는 골대를 잠시 바라보다가 시선을 내렸다.

'제길.'

레이는 주먹을 쥔 채 이를 악물었다. 아직 회복되지 않은 몸 상태와 달리 심장은 당장 그라운드 위를 내달리고 싶은 강한 욕구를 주체하지 못하고 그를 괴롭히고 있었다. 무리를 하더라도 그가 원하는 대로 내달릴 수 있는 그라운드 위가 좋았다. 마음껏 질주하고 여러명의 수비수를 돌파한 뒤 볼을 골대 안으로 꽂아 넣을 때의 짜릿함.

그가 골을 넣은 순간에 터져 나오는 관중들의 환호와 선수들의 격한 기쁨.

골을 넣고 세레모니를 하는 순간이 그가 스스로 살아 있다고 느끼는 온전한 순간이었다. 하지만 팀의 주전 스트라이커로서의 무리한 경기 투입과 월드컵 일정까지 겹쳐져 부상을 당한 이후, 그 살아 있다는 짜릿함을 느끼지 못하고 있었다.

"후우……."

주먹을 몇 번 꽉 쥐었다 풀어낸 레이가 다시 고개를 들었다. 그리고 그라운드 저쪽으로 시선을 향하는 순간 그의 시야에 익숙한 형체가 눈에 들어왔다.

노란 비닐.

분명 헨리가 반복해서 틀어 줬던 영상에 있던, 그리고 그때 난간 아래로 떨어졌던 여자의 머리에 쿠션 역할을 해 주던 그 노란 비닐이 분명해 보였다. 그리고 그걸 쓰고 있는 여자는 얼마 전 파티가 있던 날 자신을 피해 냅다 도망갔던 그 여자였다.

날카로운 시선으로 못 박힌 듯 여자를 보고 있는데 그 여자는 목이 터져라 누군가를 응원하고 있었다. 양손으로 연신 흔드는 건 동영상에서 봤었던 다니엘의 레플. 하긴, 저 여자는 다니엘을 눈앞에서 보더니 쌍코피까지 터뜨린 여자가 아닌가.

흐응…….

짙푸른 눈동자로 여자를 보고 있던 레이의 눈에 순간 의아스러움이 서렸다. 그의 시선이 그녀의 머리 위에 묶여 있는 노란 비닐에 향했다. 동영상에서 그렇게도 **빵빵**한 위용을 자랑하며 에어백 역할까지 해낸 그 비닐과 조금 다른 모습이었다.

……해파리?

공기가 **빠진** 건지 그 노란 비닐이 흐물흐물하게 가라앉아선 여자의 머리 아래로 자꾸 축축 처지고 있었다. 그 모습이 꼭 해파리 같다는 생각이 들어 레이가 눈을 가늘게 뜨고 그 형상을 관찰하고 있었다.

"다니엘! 다니에엘!"

목이 쉬어라 소리를 질러 대며 파도를 타던 도란은 문득 시야 끝에 무언가 보이는 것이 느껴졌다.

보였다, 안 보였다. 보였다, 안 보였다…… 뭐야? 이건. 거슬리게.

도란은 자꾸 시야 안으로 침범하는 무언가의 정체를 확인하기 위해 슬쩍 선글라스를 아래로 내리고 눈을 위로 치켜떴다. 머리 위에 묶여 있는 비닐봉지가 매가리 없이 축 처져 있는 것을 발견한 도란은 흠칫 놀랐다.

이럴 수가! 다니엘오빠의 승리를 염원하기 위한 나의 비닐봉지가 축 처져 있다니! 아까 바람을 탱탱하게 넣지 않았나?

이 비닐로 말할 것 같으면 늘 다니엘과 엘튼의 승리를 염원하는 마음을 혼신의 힘으로 불어 넣어 늘 빵빵함과 탱글탱글함으로 유지해 오던 소중한 녀석인데…… 이 녀석이 왜 허파에 바람이 빠져선!

도란은 비장한 표정으로 얼른 비닐봉지를 끌러서 내린 뒤 입에다 대고 격렬하게 입바람을 불었다. 후— 후— 후— 한참을 불고 난 뒤에 뽕의 상태를 점검하곤 다시 머리 위에 묶었다.

"어어! 우리 오빠가 벌써 저기까지……! 다니엘 오빠 파이팅!"

도란이 목청껏 소리치는데 비닐봉지가 해파리마냥 다시 흐물흐물 내려와서 앞을 가렸다. 에잇! 이게 왜 이래?

신경질적으로 봉지를 낚아채 내린 뒤 꼼꼼히 살피기 시작했다. 그러다 도란의 눈이 확 커졌다.

"이럴 수가! 빵구!"

봉지에 자그마한 빵구를 발견한 도란이 버럭 소리를 질렀다. 이 중요한 비닐에 빵구! 빵구라니! 이건 도저히 있을 수 없는 일이었다.

도란은 뱁새눈을 하고 비장한 표정으로 가방을 벌컥 열었다.

저게 뭐하는 거지?

레이는 흥미진진한 시선으로 도란을 응시하고 있었다. 그녀는 해파리 같이 축 처진 봉지에 대고 얼굴이 새빨개질 정도로 바람을 불어넣더니 머리에 다시 묶고 응원에 열중하는 듯 보였다. 그러다 다음 순간 다시 흐물흐물 내려오는 봉지를 잡아채선 쥐 잡듯 살피기 시작하는 것이 아닌가. 그러더니 뭔가에 놀란 듯 깜짝 놀란 얼굴로 탄식을 하며 가방을 꺼내 주섬주섬 무언가를 찾았다.

그리고 그 여자의 손에서 나온 건······.

"와우."

레이는 저도 모르게 감탄사를 내뱉고 말았다. 여자의 손에서 나온 건 비닐 한두 장도 아닌, 수십 장은 돼 보일 듯한 뭉텅이였다. 예리한 시선으로 비닐의 상태를 하나하나 점검하던 여자는 문득 그라운드 쪽으로 시선을 돌리고는 경악에 찬 표정을 지었다.

왜 저러는 거야? 귀신이라도 봤나?

여자의 시시각각 변하는 표정을 흥미롭게 응시하고 있는데 옆에서 교체당해 들어온 팔루가 조심스럽게 말했다.

"레이. 기분은 알겠지만 우리가 골을 먹었는데 와우라니."

"······뭐?"

팔루의 말에 레이는 흠칫 놀라 그라운드 위로 다시 시선을 돌렸다. 언제 한 골을 먹은 건지 골키퍼인 테리가 망연자실 서서 허탈한 표정을 짓고 있었다. 분명 골이 들어가는 순간 경기장이 떠나갈 듯 시끄러웠을 텐데 그것조차 모르다니?

레이는 스스로가 믿을 수가 없다는 듯 하프라인에서 볼을 몰고 가는 기안을 보고 있다가 다시 여자가 있는 쪽으로 시선을 옮겼다.

그녀는 시뻘겋게 달아오른 얼굴로 씩씩거리며 새 비닐에 입바람을 불어 넣고 있었다. 마치 골을 먹은 데에 대한 분노를 표출하듯 볼을 빵빵하게 부풀려서 훅훅 불어 넣고 있는 모습을 보자니 꼭 햄스터 같았다.

내 비닐에 든 염원이 빠져서 우리가 골을 먹은 거야!

도란이 미친 듯이 비닐에 바람을 불어 넣자 비닐은 순식간에 탱탱하게 부풀었다. 도란은 그걸 자신의 머리에 곱게 묶은 뒤 비닐을 통통 쳐 봤다. 수박이 얼마나 잘 익었는지 시험해 보듯 비닐의 빵빵함을 시험해 보는 그 행동은 무척 진지해 보였다.

탱탱한 비닐봉지를 이리저리 한참 통통 두드려보던 도란이 활짝 웃었다.

"음! 좋아!"

탱글함이 만족스러운지 고개를 끄덕인 도란은 얼른 머리에 비닐을 묶었다. 그러고는 주변을 샥샥 살피고는 다시 선글라스를 척 끼고 응원 태세에 돌입했다.

"쿡."

레이의 입가에 웃음이 슬몃 배어나는데 감독이 다가왔다.

"레이. 후반은 풀로 뛸 수 있지?"

"물론입니다."

레이가 감독을 강한 눈빛으로 응시하며 고개를 끄덕였다.

"좋아. 몸 풀어 두도록."

벤치에서 몸을 일으킨 레이가 그라운드 한편에서 몸을 풀기 시작하자 상대편 선수들이 긴장하기 시작했다. 달라진 분위기를 읽은 코치가 어깨를 으쓱였다.

"아무리 골 가뭄에 시달리더라도 역시 레이는 레이인 모양이군요. 몸 푸는 것만으로도 이렇게 분위기가 바뀌는 걸 보니."

감독이 코치를 힐끗 보더니 대수롭지 않게 말했다.

"그게 바로 클래스라는 거야. 클래스는 영원하다는 말 모르나?"

"하긴, 그건 그렇죠."

코치도 납득한 듯 순순히 대답했다.

삐익—

그 때 전반전 종료 휘슬이 울렸다.

오늘은 홈경기가 아니라 경기를 보러 가지 못한 도란은 펍으로 왔다. 기포가 팡팡 터지는 시원한 맥주를 마시며 엘튼 팬들과 평소처럼 축구 이야기로 꽃을 피우고 있었다.

"케빈 아저씨. 오늘 우리가 이기겠죠?"

도란이 눈을 빛내며 묻자 케빈이 당연하다는 듯 고개를 끄덕거렸다.

"허허. 그야 당연하지. 요즘 우리 전승이잖아. 이제 레이만 폼이 올라오면 되는데 말이지."

"그 자식 폼 따위 무슨 상관이에요. 우리 다니엘이 있는데."

레이의 광팬으로 알려진 폴이 옆에서 듣고 있다가 끼어들었다.

"어이, 뮬란. 우리 최전방 공격수를 그렇게 말하면 안 되지."

저놈은 꼭 시비라니까. 도란이 눈을 가늘게 뜨고 폴을 바라봤다.

게다가 알고 있는 동양 여자 캐릭터가 뮬란밖에 없는지 동양 여자는 항상 뮬란이라고 부른다. 난 뮬란이랑 닮지도 않았는데.

"사실 레이가 부상 때문에 그렇지 그것만 나아지면 다니엘 따위 비할 바가 아닌데."

폴이 이죽거리며 말하자 도란이 어이없다는 듯 응수했다.

"뭐? 다니엘 따위? 너 말 다했냐?"

"너야말로 레이보고 그 자식이라며?"

"어허. 어허. 같은 편끼리 싸워서 뭐할 거야? 레이나 다니엘이나 우리 팀의 보배지. 암."

원수처럼 으르렁대는 둘을 에드워드 할아버지가 진정시켰다.

"레이 폼은 곧 올라올 것 같아요. 클래스는 영원하다잖아요."

"맞아. 어제도 정말 많이 나아진 모습 같지 않았어? 곧 돌아오겠지. 그러고 보니 그때 챔스전에 레이가 넣었던 그 골이 생각나는군. 어제도 타이밍만 좋았으면 딱 그 골과 같은 슛이 나올 수 있었는데."

"어어! 그 셀튼 경기 때 넣었던 거? 그거 예술이었지!"

쳇. 다들 레이. 레이. 그놈의 레이 타령!

"아무리 최전방 공격수가 중요하다지만 허구한 날 팀을 위해 희생해 가며 몸 바치는 다니엘보다 레이를 더 응원하는 게 말이 되나? 불쌍한 다니엘."

도란은 씁쓸한 얼굴로 중얼거리며 다니엘을 위해 없는 용돈 긁어모아 레플 판매 실적이라도 올려 줘야겠다고 마음먹고는 맥주를 들이켰다.

다행히 이날 시합은 레이 놈은 나오지도 않았고, 다니엘이 동점 골을 넣고 어시스트까지 해 줘서 극적인 역전승을 거둘 수 있었기에 도란은 촐랑거리며 룰루랄라 기숙사로 돌아올 수 있었다.

"다녀왔어요. 다니엘!"

기숙사 도란의 영역엔 온통 다니엘의 사진과 레플, 수건 등등이 빼곡히 자리 잡고 있었다. 도란은 가장 애장하는 사진인 침대 앞 브로마이드에 입을 맞췄다. 다니엘이 우승컵을 들고 환하게 웃고 있는 사진이다. 갈색 머리칼과 사람 좋아 보이는 웃음이 얼굴에 활짝 퍼져 있었다.

내가 가장 좋아하는 다니엘의 웃는 얼굴.

축하해요. 다니엘! 멋진 골을 보여 줘서 고마워요!

도란은 생글거리며 한참 다니엘의 얼굴을 쓰담쓰담하다가 침대로 돌아왔다.

"레이!"

레이가 훈련장을 나오자마자 다니엘이 뒤따라 나와 불렀다. 이어폰을 귀에 꽂으며 걸어가던 레이가 뒤돌아보니 다니엘이 활기찬 표정으로 다가왔다.

"집에 가는 길이지? 애슐리가 저녁 먹자는데 같이 가자."

"아냐, 피곤해. 먼저 간다."

정말 피곤한 표정으로 손을 흔드는 레이를 바라보는 다니엘의 눈빛이 측은했다. 축구 선수에게 부상은 잦은 일이지만 그중에서도 스타플레이어의 부담은 더했다. 움직이는 게 곧 돈이기 때문에 부상은 치명적인 독으로 작용한다.

레이는 전 세계 탑 스트라이커였다.

명백히 말하면 부상당하기 전까진 말이다. 자잘한 부상은 늘 있어 왔지만 구단주가 바뀌기 전 팀에 선수 고갈이 심했던 탓에 부상이 있는 상태에서도 계속 경기에 나가게 되었고, 그것이 고질적인 부상으로 번지며 결국 큰 부상으로 이어졌다.

근 1년을 재활에만 매달리다가 복귀한 뒤로 조금씩 나아지고는 있지만 아직 폼이 완전히 돌아오질 않았다. 그리고 그 상태가 가장 답답한 건 레이 본인일 것이다.

'무리하면 더 안 좋을 텐데…….'

레이가 폼을 끌어올리고자 늘 끝까지 남아 훈련하는 걸 다니엘은 알고 있었다. 시합에 나가지 못하는 날도 지쳐서 손가락 하나 까딱할 수 없을 때까지 훈련한 뒤에야 돌아간다.

그것이 레이의 대단한 점이었다.

그 정도 명성이면 적당히 도망치고 싶을 때도 있을 텐데 레이는 늘 한결같았다. 사실 레이는 팀의 정신적 지주인 다니엘의 레플 판매보다 더 레플을 많이 팔 정도로 인기가 있는 선수였다. 스트라이커가 미드필더보다 표면적으로 더 화려해 보이기 때문이기도 하지만 이유는 더 있었다.

금발의 사파이어빛 푸른 눈동자. 늘씬하지만 훈련으로 다져진 탄탄한 근육.

게다가 얼굴만 봐선 축구 선수가 아니라 영화배우가 더 잘 어울릴 것 같은 우월한 외모까지 한몫을 톡톡히 해 세계적으로 많은 여성들을 축덕녀(축구 덕후 여자)로 만들고 있는 장본인이다.

그래서 레이는 인기 축구 선수 앙케트를 하면 늘 1위를 독차지했다. 오죽했으면 레플 판매 수익만으로도 몸값은 뽑는다는 말이 있을 정도다.

하지만 같은 팀 선수로서 다니엘에겐 그 외모보단 타의 추종을 불허하는 천재적 축구 신경이 더 중요했다. 레이는 뛰어난 실력을 가진 노력형 스트라이커고 그 사실을 누구보다 잘 알고 있는 다니엘이니. 그래서 부진의 늪에서 헤어 나오지 못하는 레이가 안쓰럽고 측은했다.

'아직 떨쳐 내질 못한 건가.'

그 압박감을 떨쳐 내지 못하면 레이는 다신 예전의 모습으로 돌아갈 수 없을지도 모른다.

"레이는 안 온대?"

"응. 얘기해 봤는데 집에 간다더군."

그의 오래된 연인인 애슐리가 기다리던 차에 타면서 다니엘이 말했다.

"오늘도? 레이도 힘들겠지만 자기가 걱정해 주는 거 알면 좋을 텐데……."

"할 수 없지. 오늘은 그냥 우리끼리 가자."

"응. 실망하지 마. 자기."

애슐리가 다니엘의 볼을 쓰다듬으며 말했다. 그가 얼마나 레이를 걱정하고 있는지 그녀도 알고 있었다.

"고마워."

다니엘이 보기 좋은 미소를 지으며 말했다.

레이는 차를 몰아 집으로 향했다.

"빌어먹을!"

핸들은 잡은 레이의 미간에 주름이 굵게 패었다. 아직도 몸 상태가 60%정도밖에 돌아와 있지 않다는 걸 오늘 훈련으로 다시 한 번 느꼈기 때문이다. 부상 이후 계속 이 정도 수준을 유지하고 있다는 게 화가 났다.

젠장. 도대체 언제쯤 돌아온다는 거지?

닥터가 말한 완치의 시기는 분명 더 기다려야 했다. 하지만 이 상태로 계속 시즌을 치러 내는 건 고역이다. 어떻게든 10%라도 더 끌어올려야만 한다. 하지만 어떻게?

이를 악문 레이가 신경질적으로 액셀을 밟았다. 습관적으로 따라붙는 파파라치도 거슬려 도심 속에서 속도를 위험할 정도로 올려 사납게 운전을 했다. 한참 광폭한 곡예운전을 하니 어느 순간 파파라치들을 모두 떨궈 낸 듯했다.

"후우."

레이는 신호에 멈춰 서서 숨을 골랐다. 멈춰지지 않는 짜증에 그의 귀공자 풍의 수려한 얼굴이 사납게 구겨져 있었다. 그 때 날이 서 있는 그의 눈에 어떤 여자가 잡혔다.

……저 여자는?

윤기 흐르는 새까만 머리칼에 작고 동글동글한 얼굴. 자그마한 체구에 또 작은 손과 발. 캐주얼한 티셔츠와 청바지를 입고 있는 평범한 차림의 동양 여자는 분명 얼마 전, 경기장에서도 본 다니엘의 팬이라던 여자다.

"집이 이 근처인가."

도란에게 시선을 박은 채 레이가 중얼거렸다. 전에 헨리의 비서들과 같이 있던 저 여자를 본 곳도 이 근처였으니 아마 이 부근에 산다는 게 맞다는 뜻이겠지. 이쪽은 홈경기장과 그리 멀지 않은 곳이라 경기장에 자주 오는 것도 이해가 됐다.

레이는 차 옆으로 점점 다가오는 여자를 자기도 모르게 유심히 지켜봤다. 이어폰을 꽂은 채 음악을 듣는 것 같은 여자의 발걸음은 마치 작은 종달새처럼 밝고 경쾌했다. 뽀얀 피부에 작고 붉은 입술이 어떤 멜로디를 흥얼거리는 듯 오밀조밀하게 움직이고 있었다.

정말 이상한 여자다.

적어도 지금까지 그가 알던 여자들과 저 여자는 전혀 달랐다. 축구장에서 응원하다가 바닥으로 곤두박질친다거나, 그래서 엉덩이를 노출한다거나, 쌍코피를 터뜨린다거나, 머리에 이상한 비닐봉지를 쓰고 있다거나…….

"……."

가만히 도란을 바라보고 있던 레이는 이상한 전투욕이 솟았는지 묘한 눈빛을 발하며 또다시 그녀 옆에 차를 세웠다.

빠앙.

그 소리에 흠칫 놀란 도란이 고개를 돌렸다. 레이를 발견한 그녀의 미간 사이가 확 찌푸려졌다. 그걸 본 레이의 관자놀이 부근이 꿈틀거렸다.

"또 당신이에요? 왜요?"

"타. 바래다줄게."

"네에??"

대번 어이없는 표정을 지은 여자는 숨을 고르더니 누가 봐도 억지로 웃는 듯한 얼굴로 웃었다.

"괜찮아요. 기숙사가 이 근처라."

이죽거리는 여자의 입술이 심히 거슬렸다. 전에도 느꼈지만 이 여자의 반응은 다른 여자들과는 달랐다. 지금껏 이런 반응은 한 번도 본 적이 없었기 때문에 신선하다고 생각했는데 지금 보니 아니군. 거슬려, 무척.

"타라니까?"

레이의 목소리가 한층 더 위압적으로 흘러나왔다. 도란은 계속 웃는 얼굴을 유지하려 노력하고 있었지만 짜증이 울컥울컥 올라왔다.

이거 웃긴 놈이네?

전에도 그러더니, 왜 자꾸 사람을 쫓아와서 차에 타라는 거야? 너 때문에 우리 다니엘 오빠 레플 판매가 2위인 거라고. 알아? 너 때문에 매년 앙케트 때 우리 오빠가 2위하는 거잖아. 이 얼굴만 반질한 놈아.

"정말 괜찮아요."

기분이 안 좋았지만 도란은 억지로 웃는 얼굴을 유지한 뒤 몸을 홱 돌렸다. 가던 길을 다시 가려는데 뒤에서 터엉! 소리가 났다. 이게 무슨 소린가 싶어 고개를 돌리니 레이가 차에서 내려 이쪽으로 성큼성큼 걸어오고 있었다.

"어어?"

막상 차에서 내린 모습을 보니 생각보다 키가 훨씬 컸다. 프로필 상에도 다니엘보다 10cm는 족히 더 크던데. 거의 2m에 육박하는 레이의 키에 도란은 저도 모르게 순간 움찔할 수밖에 없었다. 레이는 잔뜩 화가 난 얼굴로 도란 앞까지 순식간에 다가왔다.

이이익. 쪼…… 쫄까 보냐.

도란은 뒷걸음질 치고 싶은 다리를 억지로 땅에 세워 놓고 레이를 노려봤다.

"또 도망가려고?"

"제, 제가 왜 타야 되는데요? 아까도 말했듯이 여기가 저희 기숙사 근방이라고……."

우물쭈물 대답하면서도 도란은 주변을 황급히 살폈다. 눈앞의 이 남자는 가만있어도 수십 명의 파파라치가 따라붙는 세계에서 탑 스트라이커가 아닌가. 요즘은 부상 때문에 성적이 좀 안 좋긴 하지만 지금도 일거수일투족을 감시당하다시피 하는 남잔데 이러다 파파라치한테 사진이라도 찍히면 우리 다니엘 오빠가 오해하기 쉬운…….

"어엇?!"

레이가 도란의 팔을 낚아채더니 잡아끌기 시작했다. 그 긴 다리로 성큼성큼 걸어가자 도란의 시야에 순식간에 매끈하게 빠진 그의 차가 다가왔다.

"이봐요? 이, 이게 무슨…… 이거 놔요!"

도란이 필사적으로 팔을 빼내려고 안간힘을 썼지만 그 효과는 미미했다. 레이는 조수석 문을 열고 도란의 몸을 짐짝 던지듯 안으로 던져 넣었다.

「이, 이보세요! 미쳤어요? 아 유 크레이지냐고요!」

당황한 도란이 한국말을 난사했지만 그는 여전히 아무것도 들리지 않는다는 듯 태연하게 시동을 걸었다.

나 지금 납치당하고 있는 거야?

레이가 차를 움직이자 도란이 뒤늦게 오뚝이처럼 벌떡 일어나 차 문을 급히 딸깍거렸다. 하지만 열리지 않았다. 오 마이 갓!

"이익! 왜 안 열려?!"

차 문에 매달려 부숴 버릴 듯 쾅쾅거리는 도란을 레이가 힐끗 쳐다봤다.

"쓸데없는 데 힘 빼지 않는 게 좋을 거야."

레이는 건조하게 말하고는 차를 출발시켰다.

2.

야생마의 영역에 갇히다

이건 납치다. 난 저 레이 놈에게 납치당한 것이다.

영문도 모르고 레이에게 끌려와 이상한 장소에 와 있는 도란은 잔뜩 긴장한 얼굴로 눈동자를 데굴데굴 굴리며 주변을 살폈다.

아무래도 여긴 레이의 집인 모양이야.

아까 이곳으로 들어올 때 레이가 내 머리를 잡고 조수석 아래 공간으로 구겨 넣는 순간 밖에서 엄청난 플래시 세례가 터졌으니. 파파라치가 늘 상주하는 곳이라 하면…… 그의 집 외에 또 어디가 있단 말인가?

"절 왜 여기로 데려온 거냐고요. 도대체."

소파에 앉은 도란이 답답하다는 듯 말했지만 맞은편에 다리를 꼬고 앉아 있는 레이는 대답이 없었다. 뭐라 떠들든 말든 절대 대답해 줄 것 같지 않은 분위기였다.

"저기요. 혹시 착각을 한 것일 수도 있는데 난 당신 팬이 아니거든요? 난 순수한 다니엘의 팬이란 말이죠. 그러니까 그날 파티장에서 기절한 건 당신을 보고 기절한 게 아니라······."

"너."

저 남자가 드디어 입을 열었다. 도란은 반가운 마음에 얼른 대답했다.

"네?"

"웃겨 봐."

"네에?"

도란의 얼굴이 어이없게 일그러졌다.

"날 웃겨 보라고."

이봐. 당신 뭔가 착각하는 모양인데······ 난 개그맨이 아니라고? 뜬금없이 차에 태워선 집으로 끌고 오더니 자길 웃겨 보라니. 도대체 이게 말이야, 방구야?

"아니······ 제가 왜······ 당신을 웃겨 드려야 하죠?"

당황함을 이기지 못해 더듬더듬 도란이 말하자 레이가 단박에 반듯한 이마를 찌푸렸다.

"싫어?"

"에? 아니 싫다는 게 아니라······. 아! 물론 안 되죠! 설마 나보고 여기서 또 쌍코피라도 터뜨리라는 소리세요? 이래 봬도 제가 5남 1녀의 고명딸로서······ 아니 내가 왜 이렇게 구구절절 설명하고 있지? 어, 어쨌든 안 돼요! 내 피는 소중하다고요."

"흐음. 안 된단 말이지······."

"네. 웃고 싶으시면 코미디 클럽에라도 가시죠? 런던에 코미디 클럽 많잖아요."

"싫어. 그런 데는."

레이가 기분 나쁜 듯 말했다.

이 남자 정말 웃긴 남자네. 웃고 싶으면 멀쩡한 동양 처자 개그맨 취급하지 말고 널리고 널린 코미디 클럽에나 가랬더니 인상 북북 긁으면서 그런 데는 싫단다. 그럼 나보고 어쩌라고?

"사람 많은 데는 좀 그러시면 전문적으로 코미디를 하시는 분들을 초대하시든가 하심이……."

"싫어."

아. 그럼 어쩌라고요!

"저기 전 개그맨이 아닌데요. 아시죠?"

"하아……."

얼씨구, 한숨까지?

레이는 매우 피곤한 표정으로 손바닥으로 얼굴을 쓸며 한숨을 내쉬었다.

저러니까 꼭 내가 웃겨 줘야 하는데 못 웃겨서 잘못한 것만 같잖아. 뭐 이런 경우가 다 있지? 저 남자 혹시 정신이상자일지도 몰라. 이런 짓을 하는 걸 보면. 그럼 왜 지금까지 그런 소문 하나 없었을까?

도란이 그런 생각을 하며 레이를 살피는데 소파에 등을 기댄 그가 턱을 괴고 물끄러미 바라봤다. 이 낯선 공간에 날 뚫어지게 바라보고 있는 저 금발 남자를 보고 있으니 저 남자에게 왜 그렇게 많은 여자 팬들이 환장하는지 조금쯤은 알 수 있을 것 같기도 하다.

넌 무슨 축구 선수가 모델처럼 생겼다냐? 거참 보면 볼수록 잘생겼……. 아니, 정신 차려. 이도란!

도란은 지조를 지키겠다는 듯 고개를 흔들고는 조신하게 앉아 레이를 노려봤다. 당신이 그 잘난 외모로 아무리 빤히 쳐다봐도 난 절대 흘리지 않을 거라고!

비장한 표정으로 눈에 힘껏 힘을 주고 그를 보자 레이는 고개를 들고 턱을 괸 채 도란을 응시했다.

어쩌자고 이 여자를 데려와서 웃겨라 마라 하는 건지. 스스로 생각해도 이건 미친 짓 같았다. 슬럼프를 오래 겪다 보니 이런 미친 짓까지 하는 거냐? 레이.

"하."

레이가 자조적인 미소를 흘리며 도란을 바라봤다. 의심을 가득 담은 동그란 눈으로 고개를 갸웃거리며 쳐다보는 도란의 얼굴을 보고 있다 보니 뭔가…… 눈을 뗄 수가 없다.

'영문을 알 수가 없어…….'

아무리 봐도 그냥 평범한 동양 여자인데. 왜 계속 시선이 저 여자에게서 떨어지질 않는 거야?

레이의 표정을 살피던 도란이 슬쩍 소파에서 몸을 일으켰다.

"저기 더 할 말 없으시면 전 이만……."

"배가 고프군."

"네?"

"냉장고에서 뭐든 꺼내서 만들어 봐. 난 좀 씻어야겠으니."

"네에?"

아니, 난 할 줄 아는 요리라곤 런던에서 흔해 빠진 스테이크용 고기를 구워서 먹는 거랑 감자 썰어서 버터 발라 튀기는 것밖에 없단 말입니다!

입을 뻐끔거리며 소리 없는 아우성을 치는 도란을 무시한 채 레이가 몸을 일으켰다. 트레이닝 복 상의를 거침없이 벗어 던지고 근육에 찰싹 달라붙은 타이트한 셔츠도 머리 위로 벗어 내 버렸다. 탄력 있는 근육이 보기 좋게 자리 잡은 그의 등을 멍하니 바라보는 도란의 볼이 슬몃 붉어졌다.

아, 아니 그렇게 옷을 휙휙 벗어 던지며 욕실로 가…… 면…… 흐미. 저 등짝 근육 좀 보게. 저거. 누가 운동선수 아닐까 봐 저 가오리 등빨 좀 봐. 아주 제대로 쩔어 주시…… 아, 아니 그러니까 내가 왜 요리를 해야 하는…….

입안에서 무수히 많은 단어들이 뱅뱅 도는 사이 레이는 욕실로 들어가 버렸다. 도란은 하는 수 없이 주변을 살펴 식당으로 보이는 곳으로 터덜터덜 걸어갔다.

"아아…… 다니엘이라면 내가 무슨 짓을 해서라도 24첩 반상 만 들어 주겠구만. 내가 저놈을 위해 왜 요리를 해야 되는 거냐고. 도대체 왜!"

최신식 인테리어로 무장된 식당 안의 번쩍번쩍 빛나는 커다란 아일랜드식 주방에 선 도란이 분통을 터뜨렸다.

언급했듯이 난 5남 1녀의 고명딸이다. 고로 애지중지하는 오빠들 사이에 둘러싸여 한국에선 요리라곤 라면 끓이는 거 외엔 해 본 역사가 없었다. 런던에 온 뒤로는 어떻게든 먹고 살아야 하니 룸메이트들이랑 밥을 해 먹긴 했다. 그래 봐야 세 덩이씩 나눠 파는 고깃덩이를 굽고, 감자 좀 튀기고, 샐러드에 드레싱 좀 뿌려 주고, 그 정도가 다였다.

종종 한인 타운이라 불리는 뉴몰든에 가서 라면이니 쌀이니 김치니 하는 것들을 사 오긴 하지만 그런 것들은 워낙 비싸니까 그냥 여기서 가장 많이 먹는 고기나 연어, 감자 같은 것들만 먹고도 잘만 살아졌다. 거기다 내가 좋아하는 맥주도 싸니까. 여기 맥주는 정말 싸고 맛이 좋…… 그러니까, 난 요리를 못한다고!

그래도 이 집에서 무사히 빠져나가려면 하는 척은 해야겠기에 도란은 오도카니 선 채로 주위를 기웃거리기 시작했다. 깔끔하다 못해 썰렁해 보이는 이곳에선 도저히 음식이란 걸 만들어 먹은 흔적을 찾을 수가 없었다. 그리고 정체불명의 기기들이 있는데 뭔지 모르겠고.

언젠가 영드 속의 영국 재벌들의 집에서 언뜻 본 것 같은 기기들을 아무리 살펴봐도 점점 미궁 속으로 빠져드는 기분이었다. 뭐가 가스레인지인지도 모르겠고 어느 걸 열어야 냉장고가 나오는지도 모르겠는 그 주방에서 도란은 우주적 외로움을 느꼈다.

'엄마. 보고 싶어.'

눈물 한 방울이 또르륵 흘러내리려는 데 뒤에서 불쑥 목소리가 들렸다.

"뭐하는 거야?"

도대체 언제 나온 건지 어느샌가 뒤에 바짝 다가와 있는 레이가 물었다. 그를 보자마자 울컥 서러움이 밀려든 도란은 입술을 파르르 떨고는 고개를 홱 떨궜다.

"저 요리 못해……요."

차마 뭐가 냉장고인지도 모르겠어요, 라는 말은 창피해서 못 하겠다.

"동양 여자는 다 요리 잘하는 줄 알았다면 그건 어, 엄청난……선입견……."

황량한 주방에서 주절주절 변명하고 있으려니 왠지 나 자신이 더 처량하게 느껴졌다.

위에서 쏟아지는 날카로운 시선을 무시한 채 꿋꿋이 바닥을 보며 도란이 서 있었다. 잠시 말없이 있는가 싶던 레이의 목소리가 머리 위로 내려왔다.

"됐어. 저기 앉아 있어."

"네? 아, 네……."

도란은 쫓겨나듯 주방에서 나와 아까 앉아 있던 소파 쪽으로 걸어 갔다. 소파 위에 앉아 힐끔 식당을 쳐다보고 나서야 레이가 목욕가운 만 걸치고 있는 게 눈에 들어왔다. 머리도 제대로 안 말렸는지 머리카락에서는 물방울이 뚝뚝 떨어지고 있었다.

거대한 식당 안에서 저 커다란 남자가 서 있으니 그림은 그럴 듯 하다는 생각이…… 어?

레이는 익숙한 솜씨로 어딘가에서 야채도 꺼내고, 고기도 꺼내고, 감자도 꺼내고, 치즈를 꺼내더니 순식간에 뚝딱뚝딱 요리를 진행하고 있었다. 아니 저놈은 저리도 잘하는 요리를 왜 나한테 시켰어?

"이리 와. 다 됐어."

게다가 아까에 비해 제법 친근한 어투로 날 부르고 있었다.

"아, 네."

반사적으로 일어난 도란이 뽈뽈거리며 식당으로 향했다. 사실 아르바이트 하느라 쫄쫄 굶었던지라 아까부터 배가 고파 죽을 지경이 었는데 갑자기 여기로 끌려오게 돼서 긴장하느라 배고픔도 잊고 있었다. 그런데 막상 맛난 냄새가 솔솔 풍기니 절로 위가 자극되어 버린 모양이다.

그러고 보니 무려 막 샤워를 끝내고 목욕가운만 걸치고 있는 레이가 만들어 준 요리라니…… 이, 이 상황은 엘튼의 선수들을 모델로 한 어둠의 글에서 읽었던 다니엘과 레이의 그렇고 그런 장면 뒤의 아침 식사 장면과 매우 흡사하잖아?

은밀한 상상을 하며 식당 안으로 들어온 도란이 흠칫 놀랐다.

아이스하키 시합을 해도 될 만한 반질거리는 넓은 테이블 위에는 앵글시 에그와 치킨 캐스롤, 사이드로 잘 익은 감자까지 곁들인 스테이크, 그리고 한쪽 접시에 샐러드가 푸짐히 담겨 있었다. 볼록한 와인 잔과 와인까지.

"와인 마실 줄은 알지?"

"네? 당연하죠."

이 남자가 무슨 아프리카 오지에 살다 온 여자 취급을 하나…….

기분이 나빠진 도란은 도도하게 새끼손가락을 세우고 레이가 따라 주는 와인을 받으며 눈으로는 계속 음식들을 훑어봤다. 그 짧은 시간에 이렇게 그럴듯하게 요리를 만들어 내다니. 포크로 살짝 찍어 맛을 보니 세상에, 맛도 좋아!

입안에서 살살 녹는 요리에 도란의 포크질이 절로 과격해지기 시작했다.

"보통 축구 선수는 직접 요리하지 않지 않나요?"

"난 만드는 걸 좋아할 뿐이야."

허겁지겁 포크질을 하며 묻는 말에 레이가 심드렁하게 대답했다.

배고프다더니 포크질은 안 하고 고고하게 와인만 들이켜고 앉아 있는 건 뭐람? 도란은 레이를 힐끗 쳐다보고는 다시 부지런히 포크질을 했다. 막상 쫄쫄 곯은 위장에 음식물을 넣어 주니 어서 가열차게 더 집어넣으라며 위가 난동을 부렸다. 본능에 순응하며 열심히 스테이크를 입안에다 포크로 찍어 나르는데 따가운 레이의 시선이 느껴졌다.

에이. 추하냐? 추해도 할 수 없다. 굶주린 사람만큼 무서운 게 없는 법이니까.

도란은 창피함도 느끼지 못한 채 오직 먹는 데만 집중했다. 레이는 거의 접시를 들고 흡입하고 있는 여자를 보며 와인을 들이켰다.

……동물 같군.

터질 듯 빵빵한 볼을 열심히도 움직이며 오물거리는 모습이 영락없는 햄스터다. 몸이 작아서 그런가? 동물같이 느껴지는 건.

작고, 토실토실한 동물. 먹이를 주면 양손으로 잡고 한참을 오물거리며 먹고 배가 부르면 행복한 얼굴로 널브러져 자는, 그녀는 꼭 ……그거 같았다.

"다니엘도 요리 잘해요?"

순식간에 접시들을 비워 나가던 도란이 문득 말했다.

"다니엘? 아, 너 다니엘이 좋다고 했지?"

"네."

오물오물거리며 고개를 열심히 끄덕이는 여자를 보니 또 묘하게 기분이 나빠진다.

"그렇게 좋은 건가? 쌍코피까지 터뜨리며 기절할 정도로."

"윽……."

창피하지만 맞는 말이니까 도란은 고개를 끄덕이며 수긍할 수밖에 없었다.

"그 엉덩이에 실로 다니엘 이름 박은 그 웃긴 여자도 너라던데."

"끄윽……."

도란은 이번에도 힘겹게 고개를 끄덕였다. 부정하고 싶지만 그것도 맞는 말이니까. 그런데 레이 자네, 왜 그런 썩어 가는 표정으로 날 보는가?

도란은 와인을 들이켜며 슬쩍 레이의 시선을 피했다. 어디 저 따가운 시선을 피할 곳이 없나 해서 주변을 둘레둘레 둘러봤다. 그리고 보니 명색이 레이 블레어의 집인데 어딘가 축구 선수의 집 같지가 않았다.

뭔가 이상한데…… 아.

도란은 그제야 이질감의 원인을 깨닫고 레이에게 고개를 돌렸다.

"저기, 레이. 트로피 같은 거 없나요? 레이 정도면 우승컵 엄청 들어 올렸을 텐데?"

이상한 이유는 그거였다. 보통 축구 선수 집엔 도배가 되어 있을 우승 트로피, 유니폼, 우승사진 등등이 하나도 없는 거다. 여긴 아무리 봐도 그냥 일반 부르주아의 집 같을 뿐이지 세계적으로 유명한 축구 선수의 집 같지는 않았다.

"그냥. 거추장스러워서."

레이가 짧게 대답했다.

자기 우승컵이 거추장스럽다니…… 당신이 몇 번이나 받은 발롱도르를 단 한 번이라도 받기 위해 눈에 불을 켠 선수들이 얼마나 되는지 알려 줄까? 그럼 우리 다니엘에게 한 번이라도 양보하든가!

"전에 파티했던 날 밤에 같이 있던 사람들, 헨리의 비서들 아니었나?"

"아, 그때요?"

그러고 보니 이 남자 조이와 웹이 기숙사 근처까지 바래다준 직후에 나타났었지.

"그들이 왜 널 바래다준 거지?"

"그날 파티장에 간 건 헨리가 초대해 줘서 간 거거든요."

"……헨리가?"

레이가 눈썹을 치켜 올렸다. 파티장에서 동양 여자가 갑자기 조이의 소개로 선수들이 있는 테이블로 왔을 때 의아스럽게 생각하긴 했는데 이제 보니 헨리의 새로운 장난감이었나. 하긴 헨리가 경기장에서의 그 재밌는 꼴을 그냥 놓칠 위인은 아니긴 하군.

"네. 뭐 무슨 마스코트를 해 달라고 하던데 잘 모르겠어요. 헨리는 워낙 특이한 걸 좋아하는 사람이잖아요."

"잘 아는군."

"당연하죠. 엘튼 팬질이 몇 년짼데."

"엘튼 팬질이 맞아, 다니엘 팬질이 맞아?"

"아, 원래는 엘튼 팬이었지만 지금은 물론 다니엘 우선이죠."

도란이 몹시 당연하다는 듯 고개를 주억거리자 레이의 눈빛이 싸늘하게 가라앉았다.

"마스코트라…… 뭐, 잘해 봐. 다니엘을 또 만날 일이 생길 수도 있지 않겠어?"

저 남자가 왜 저렇게 비꼬는 거 같지?

"당연하죠! 그래서 하는 거거든요?"

왠지 시선이 사나워지는 기분이 들었지만 도란은 개의치 않고 벌떡 일어섰다.

"늦었어요. 그만 기숙사에 돌아가 봐야 해요."

이만하면 내가 그딱 개그와는 인연이 없는 사람이라는 걸 충분히 알지 않았느냐는 눈빛으로 도란이 레이를 바라봤다. 그녀의 눈을 푸른 눈동자로 가만히 응시하던 그가 턱을 까닥였다.

"문은 저기야."

오, 드디어 보내 주나 보다!

도란이 해방됐다는 표정으로 눈을 빛내는 순간 그가 말을 이었다.

"문밖엔 기본적으로 수십 명의 파파라치가 늘 상주하고 있긴 하지만 운 좋으면 사진 찍히지 않을 거야. 뭐 운이 나쁘면 레이 블레어의 하룻밤 상대로 세계 가십란에 오르내릴 순 있겠지만…… 얼마 전 엉덩이 사건으로 그런 쪽의 유명세로는 많이 적응됐을 테니 상관 없겠군."

"예에?"

이 남자가 지금 뭐라는 거? 남의 혼삿길 제대로 말아먹을 일 있어? 아님 나 한국 땅 다신 못 밟고 세계를 떠돌게 만드시려고? 무엇보다 하룻밤 상대라니. 당신과 난 밥 같이 먹은 것밖에 없잖소?

흔들리는 동공으로 보고 있는 도란을 그가 슥 올려다봤다.

"어서 나가지 그래?"

"노, 농담이죠? 여기까지 데려오셨으면 책임을 지셔야죠. 차 트렁크에 들어가도 좋으니까 파파라치 없는 데까지만 데려다 줘요."

"싫은데?"

"레이! 그런 법이 어디 있어요? 여기까지 끌고 온 게 누군데!"

도란의 얼굴이 시뻘게지는 걸 보고 레이는 쿡쿡거렸다. 얼굴에 빨개지는 스위치라도 달려 있는 걸까? 저렇게 순식간에 빨개지는 걸 보면.

"농담하지 말고 어서 바래다줘요. 아니 바래다주십시오! 네? 레이 블레어 씨!"

애원인지 협박인지 필사적으로 하고 있는 도란을 향해 웃음기를 싹 지운 레이가 말했다.

"내일 아침에 훈련소 가는 길 트렁크에 넣어 주지."

"아. 안 돼요!"

레이가 자리에서 일어서자 도란이 필사적으로 그의 바짓가랑이를 붙잡고 매달렸다.

"왜?"

레이가 매달린 그녀를 내려다보며 태연한 표정으로 묻자 도란은 미치고 팔짝 뛸 지경이었다.

"왜냐뇨! 그야 당연히⋯⋯."

아니 왜 여자가 남자 집에서 자면 안 되겠냐고? 정말 모르고 하는 소리야, 당신? 더더구나 당신은 레이 아냐. 레이! 파파라치한테 사진 이라도 찍혔다간 난 정말 전 세계인들의 입방아에 오르내릴 거라고. 그리고 난 당신 팬들한테 테러를 당할 테고.

특히 한국 팬들 얼마나 무서운지 알아? 우리나라 네티즌들은 못 알아내는 게 없단 말이야! 그럼 난 하루 만에 신상이 털려서 마녀사 냥을 당할 거라고. 알겠어? 이 코만 드럽게 높은 백인 놈아!!

쏟아부을 뻔한 말을 억지로 다시 목구멍으로 삼키며 도란이 헉헉 거렸다.

이 바보야! 왜 말을 못해? 왜!

거칠게 숨을 몰아쉬며 빨개졌다 파래졌다 하는 도란의 얼굴을 레 이는 정말 즐겁다는 듯이 바라봤다.

"그럼 난 잘 테니 천천히 생각해 보고 자고 가든가 저 문으로 나 가든가 알아서 해."

"아, 아니, 이봐요! 레이?!"

정말로 레이는 도란을 버려두고 침실로 당당하게 들어가 버렸다.

맙소사! 이게 도대체 무슨 일이야?

광활한 공간에 혼자 덩그러니 남겨진 채 파랗게 질려 있는 여자, 이도란의 기나긴 하루는 아직도 끝나지 않았다.

레이는 침대에 누워서도 비집고 나오는 웃음을 참을 수 없었다. 끅끅거리고 웃으면서 얼굴이 마치 무지갯빛 셀로판지마냥 휙휙 변하 는 여자의 얼굴을 생각했다. 아, 정말 독특한 여자야. 보고만 있어도 웃음을 참을 수 없게 만들어 버리는.

"레이!"

도란이 쾅 소리를 내며 문을 벌컥 열고 들어왔다. 레이가 쳐다보니 벌겋게 달아오른 얼굴로 콧김을 훅훅 내뿜는 얼굴이 볼만했다.

"많이 흥분한 모양이군. 유혹하려거든 좀 섹시한 얼굴로 하지그래?"

"내가 당신을 왜 유혹해요?! 정말 이럴 거예요? 난 당신 팬이 아니라니까요?"

"알아."

"알면서 왜 이러냐고요. 대체! 언제 봤다고 날 여기로 데려오고!! 집엔 보내 주지도 않고!"

"가고 싶으면 가라니까? 안 말린다고."

"레이!"

도란이 소리를 빽 질렀다.

"도대체 왜 이러는 거예요? 네에?"

"왜냐고?"

레이는 침대에서 천천히 몸을 일으켜 잔뜩 인상을 구기고 있는 도란의 얼굴을 가만히 들여다봤다.

"그 표정이 맘에 안 들었어."

"뭐, 뭐라고요?"

도란이 어이없다는 듯 눈을 크게 뜨자 그 얼굴을 빤히 보면서 레이가 낮게 말했다.

"넌 처음부터 나에게 딱 그 표정이었거든. 차에 타라고 했을 때부터……. 그 얼굴이 맘에 안 들었어. 아주."

헐. 그래서 지금 이게 그 복수라는 건가?

"아…… 아니 그럼 어떤 여자가 낯선 남자 차에 불쑥불쑥 올라타요? 물론 레이 당신 주변엔 그런 여자가 넘치긴 하겠지만 나에겐 말도 안 되는…… 어!!"

레이가 허리에 팔을 올리고 꼿꼿이 써서 격노 중인 도란의 팔을 확 잡아끌었다.

"꺅!"

출렁.

순식간에 무게중심이 무너진 도란이 침대 위로 쏟아지듯 무너졌다.

헉……!! 난데없이 레이의 품에 안긴 꼴이 되어 버리자 도란이 눈을 커다랗게 뜬 채로 그대로 굳었다. 소리라도 질러야 되는데 눈앞에 보이는 레이의 목덜미와 가슴팍에 숨도 쉬질 못했다.

몸을 옥죄듯 꽈악 사슬처럼 감고 있는 근육 잡힌 남자의 팔이 도란의 상체를 포박하고 다리 역시 그 탄탄한 허벅지 밑에 깔려 움직이질 못했다.

이. 이게 도대체 무슨 상황이다냐.

도란은 눈을 부릅뜬 채 침만 꼴딱꼴딱 삼켰다. 이 남자는 정말 날 덮치려고 데려온 것이란 말인가?

온몸이 뻣뻣이 경직된 도란의 몸을 껴안은 채로 레이가 말했다.

"걱정 마. 안 잡아먹어. 이 쪼그만 몸에 성욕을 느낄 정도로 변태는 아냐."

"저, 정말이죠?"

성욕을 못 느낀다는 말에 안심해야 하는 여자라니. 왠지 서글프지만 레이의 그 말은 분명 안심이 되었다.

엇…… 그런데 이 진한 향은 뭐지? 스킨 향 같기도 하고 향수 향

같기도 하고…… 이, 이게 바로 남자의 향이란 건가? 도란이 콧구멍을 벌름거리다가 숨을 들이켰다.

자랑은 아니지만 다섯 오빠들의 철통같은 수비에 지금껏 남자와 변변한 스킨십 한 번 한 적이 없었다. 그래서 지금 생전 처음 느껴보는 남자의 품에 심장이 두두두두거리는 것은 어쩔 수 없는 것이다.

"어……."

레이의 커다란 손이 도란의 동그란 머리통을 천천히 쓰다듬기 시작했다.

뭐야? 개 쓰다듬는 것도 아니고. 뭔가 개 취급 당하는 것 같은 기분에 울컥하긴 했지만 그 손길이 꽤 부드러워 왠지 모르게 안심이 됐다.

왜? 왜지? 내 이런 반응, 지금 정상인가? 지금 레이 놈 품에 안겨서 이렇게 그의 손길을 기분 좋게 느끼다니. 이건 정말 말이 안 된다.

번뇌와 싸우듯 고민하는 도란의 머리통을 한참이나 쓰다듬던 레이의 손이 점점 느려지는가 싶더니 그는 이윽고 잠들어 버렸다.

"휴우……."

도란은 잠든 레이의 얼굴을 바라보다가 잠든 것을 확인하고 안도의 한숨을 내쉬었다. 지금 이렇게 날 안고 있는 게 다니엘이었다면 얼마나 좋았을까……. 하지만 다니엘에겐 애슐리가 있으니까. 꽃 같은 애슐리. 다니엘의 오랜 연인.

애슐리는 그렇게 미인인 편이 아니다. 오히려 평범할 정도의 외모다. 다른 축구 선수들의 애인이나 부인의 화려함에 비하면. 하지만 무려 칠 년 가까운 시간 동안 한결같은 다니엘의 사랑을 받고 있다.

그 사실만으로도 전생에 나라 두어 개쯤은 우습게 구한 게 증명된 거지.

곧 결혼한다는 말이 있던데…….

다니엘만 행복해지면 좋은 거지만 그래도 막상 그 사람과 결혼해서 가정을 꾸릴 그를 생각하니 마음이 아프다.

아, 애잔한 팬심이여. 그나저나 이 남자는 왜 이 손을 안 풀어주는 거야? 잠든 게 분명한데도 왜 이 남자의 팔 안에서 빠져나갈 수가 없냐고? 몸을 빼려고 조금만 움직이면 팔에 또 힘이 들어가고. 잠시 쉬다가 또 도전해도 마찬가지다.

아니 왜 자면서도 날 놔주지 않는 거냐고!

"에휴, 포기다, 포기."

도란은 몇 번 끙끙거리며 탈출을 시도하다가 지쳐서 포기해 버렸다. 억울한 마음이 크지만 너무나 스펙타클한 하루를 보낸 탓에 저절로 잠이 쏟아지기 시작했다. 거기다 푹신하기 이를 데 없는 침대에 누워 있으니 이건 잠이 안 올려야 안 올 수가 없다. 게다가 이 남자 체온이…… 은근히 사람을 안심시키고 있다…….

"커어~"

속절없이 밀려드는 수면욕에 도란은 아까 마신 와인 맛같이 달달한 꿈속으로 빠져 들어갔다.

헛!

눈을 뜬 도란은 흠칫 놀랐다. 꿈속에선 분명 다니엘과 얼싸안고 있었는데 눈을 떠 보니 왜 레이의 얼굴이 보이는 거…… 아. 그랬지! 여긴 레이 집이었어!

그제야 잠들기 전까지의 상황이 모두 떠올랐다.

레이가 꽁꽁 묶어 놓고 놔주질 않아서 결국 그의 품에서 꼼짝없이 잠들어야 했었다. 내가 남자 품에서 이리도 잘 잔 것도 놀랐지만…… 맙소사, 이건 침?

도란은 당혹스러운 눈빛으로 레이의 어깨쯤에 떨어져 있는 침을 스윽 닦아 냈다. 아무리 레이 놈이라지만 침 질질 흘리고 자는 꼴을 어찌 보여 준단 말인가. 동양 여인네의 자존심이 있지.

"이봐요! 일어나요!"

말끔히 증거를 처리한 도란은 레이의 가슴팍을 탁탁 치면서 깨웠다. 그런데 이 손바닥에 느껴지는 단단함은 도대체 뭐란 말인가? 이것이 바로 가오리 갑빠의 위용인가?

"……음."

레이가 눈이 부신 듯 찡그리며 눈을 떴다. 오버는. 안개처럼 뿌연 창문으로 햇빛이 들어와 봐야 얼마나 들어온다고.

"몇 시지?"

그가 낮게 잠긴 목소리로 말하자 도란이 그의 팔을 가리켰다.

"이러고 있는데 내가 어떻게 알아요! 빨랑 놔줘요!"

"아, 그렇군."

레이가 그제야 도란을 안고 있던 팔을 풀어주고 몸을 일으켰다. 침까지 질질 흘리고 잔 자신과 달리 레이는 자고 일어난 모습도 말끔했다. 흐트러진 금발과 살짝 찡그린 얼굴에선 오히려 관능적인 섹시함마저 느껴지……긴 뭘 느껴져! 아아악! 정신 차리자! 정신!

도란이 자신의 뺨을 힘껏 때리고 싶은 충동을 참아 내고 있는데 시간을 확인한 레이의 얼굴이 확 구겨졌다.

"젠장! 8시? 이봐, 빨리 나와! 당장 나가야 돼!"

"네? 넷!"

레이가 소리치자 도란이 얼른 일어나며 대답했다. 레이는 거침없이 셔츠를 벗고…… 아니 저놈은 왜 항상 옷을 홀떡홀떡 벗어젖히는 거야? 지 몸이 이쪽 계에서 제일 비싼 몸이라고 자랑하는 거? 웃기네. 축구를 몸으로 하니? ……아. 몸으로 하는구나.

순식간에 셔츠를 벗어젖힌 채 욕실로 사라진 레이를 멀거니 보고 있던 도란이 퍼뜩 깨달았다.

아차. 저 남자의 차를 타고 나가지 못하면 또 하루 종일 감금이다!

도란은 다른 욕실로 뛰쳐 들어가 얼른 씻고 나왔다. 씻고 나와 보니 어느새 옷까지 갈아입고 모자를 눌러쓴 레이가 차 키를 챙기고 있었다. 도란은 그를 따라 번개같이 차고로 내려갔다.

"여기 숨어야 되죠?"

도란은 조수석에 올라타 아래로 최대한 몸을 숨기며 말했다. 레이는 그녀의 몸 위를 자신의 잠바로 휙 덮고는 차에 시동을 걸었다. 시끄러운 엔진음을 내며 차고를 빠져나간 차는 속도를 올려 저택 입구를 지나쳤다. 파파라치들이 서둘러 따라오는 것이 보였지만 레이는 익숙하게 핸들링을 하며 그들을 따돌렸다.

"일어나도 돼."

한참을 곡예운전을 하던 레이가 위험한 구간을 넘어갔는지 말했다.

"후아! 드디어 탈출이다!"

도란이 번쩍 몸을 일으키며 소리쳤다. 마치 오랜 감금에서 풀려난 노예가 된 듯한 해방감이 밀려들었다.

"아, 그냥 여기서 세워 줘요."

어서 이 남자에게서 빠져나가야겠다는 생각에 도란이 주변을 둘러보며 말했다. 그녀를 슥 쳐다본 레이가 툭 내뱉었다.

"그 꼴로 밖을 돌아다니게?"

"아······."

레이의 말을 듣고 차창에 자신을 비쳐 본 도란이 흠칫 놀랐다. 급하게 나오느라 머리도 엉망진창. 옷도 어제 그대로 입고 잤던 것이라 온통 구깃구깃했다. 자기의 몰골을 확인 한 후 레이를 보니 레이는 언제 챙겨 썼는지 선글라스도 끼고 옷차림도 깔끔했다. 똑같이 방금 일어난 사람인데 왜 이렇게 차이가 나는 거냐.

"그, 그것도 그러네요. 그럼 가는 길이시면 저기 기숙사 근처에다가 살포시 떨궈 주셔도 될까요?"

급하게 이리저리 뻗친 머리를 수습하면서 말하다 보니 억울했다. 자기 맘대로 끌고 와 놓고 돌려보내 주지도 않았는데 내가 왜 부탁을 해야 되는 거지? 생각해 보니 기분이 나빠져서 부루퉁하게 창밖만 보고 있는 도란의 얼굴을 레이가 백미러로 슥 쳐다봤다.

잠결에 저 통통한 얼굴이 자신의 팔을 베고 침을 질질 흘리며 자는 걸 본 것도 같다. 팔 안의 그 감촉과 따뜻한 몸이 기분 좋아서 다시 끌어안고 잤는데 아침까지 내처 자다니.

레이는 부상 이후 꾸준히 불면증을 달고 사는 중이었다. 그래서 많이 자 봐야 하루에 5시간을 넘기지 못했는데 오늘은 9시간이나 자 버렸으니. ······혹시 동양 여자가 불면증에 도움이 되나? 그래서 어제 저 여자를 본 순간부터 집에 데려가고 싶었던 걸까?

한참 말이 없는 레이를 도란이 힐끔 쳐다봤다. 눈을 가늘게 뜨고 생각에 잠긴 레이는 옆에 있는 자신을 전혀 신경 쓰지 않는 듯했다.

정말 이상한 남자야.

도란은 왜 이 이상한 남자와 자신이 하룻밤을 보낸 건지를 아직도 이해할 수 없었다.

「그날 다니엘은 잘 보고 왔어? 어땠어?」

같이 아르바이트 하는 커피숍에서 진희가 물었다. 라떼아트를 하는 건 항상 주의를 기울여도 망치기 쉽기 때문에 엄청 집중해서 그려 나가던 중이었는데 진희의 말에 도란은 저도 모르게 움찔하고 말았다.

「에잉. 망쳤다, 또. 이걸 어째?」

나뭇잎을 그리려던 게 삐죽하니 튀어 나가서 이상한 모양이 되어 버렸다. 도란이 아깝다는 듯 말하자 진희가 웃었다.

「네가 망치는 게 하루 이틀 일이 아니잖아? 그냥 줘.」

「그래도…….」

아. 내 회심의 역작이 오늘에야 비로소 나올 수 있었는데! 도란은 씁쓸한 표정으로 망친 나뭇잎이 그려진 커피를 내주고 돌아섰다.

「어땠냐니까? 네 평생의 소원이었잖아.」

한국에 다녀오느라 한동안 아르바이트를 못 나온 진희는 오랜만에 만난 도란에게 흥미진진한 눈빛으로 묻고 있었다.

「응. 그랬지…….」

「근데 왜 이렇게 기운이 없어? 기대했던 거랑 영 달랐어? 별로야?」

「아니야. 그런 거. 다니엘이야 멋있었지. 근데…… 에휴. 아니다. 말하기도 창피스러워.」

어두운 얼굴로 고개를 설레설레 흔들며 청소룸으로 들어가는 도란을 진희가 의아스럽게 바라봤다.

「무슨 일이 있었나?」

있었다. 무슨 일. 쌍코피. 그리고 그사이 더 큰일이 생겨 버렸다.

무려 레이의 집에서 하룻밤 잤다는 것. 아무리 그래도 그건 진희에게도 말할 수가 없었다. 솔직히 믿어 주지도 않을 가능성도 크고.

그런데 마스코트란 게 도대체 뭘 하는 거기에 헨리는 자꾸 사람을 불러 대는 거냐고? 오늘도 아르바이트가 끝나자마자 조이가 차를 대기시켜 놓겠단다. 아니 마스코트의 일이라는 게 헨리랑 맨날 만나는 일은 아닐진대 헨리는 뻔질나게 불러 대선 케이크를 같이 먹자든가 밥을 같이 먹자든가 술을 같이 먹자든가 하자고 한다. 그래서 요 며칠 조이와 헨리, 그리고 웰과 함께 영문 모르는 식사 자리를 할 때가 많았다.

마침 방학에 들어가서 망정이지 아니었음 학교도 못 가게 할 위인이다. 헨리는.

물론 어제 경기는 친히 헨리가 보는 VIP석에서 같이 볼 수 있도록 해 줘서 참 고맙긴 했다. 특등석은 일반 관객은 꿈도 못 꾸는 자리인데. 헨리와 도란은 머리 위에 비닐봉지를 부풀려 쓴 뒤 같이 경기를 봤다.

헨리와 같이 있으면 주변 시선이 지나치게 쏠리니 평소보다 더 큰 대형 선글라스로 얼굴의 대부분을 가리고서 경기를 봤다. 그러다 경기에 집중해서 옆에 헨리가 있다는 것도 잊은 채 평소 하던 대로 광분하며 레플을 격하게 흔들어 댔더니 그게 뭐가 그리 웃긴지 헨리는 뒤집어지며 웃어 댔다.

'으하하하. 란! 최고야! 정말, 최고야! 하하하!'

'아…… 그, 그래요?'

눈물까지 찔끔 흘리며 웃어 대는 헨리를 보며 도란은 고뇌하지 않을 수 없었다.

이게 마스코트의 일인 걸까? 의문이 서렸지만 도란은 곧 털어 냈다. 어찌 됐든 다니엘만 볼 수 있으면 되는 거니까.

"우리 마스코트 미스 란이에요."

싱글거리며 도란을 사람들에게 소개시켜 주는 헨리 옆에서 그녀는
얼굴이 창백하게 굳어 있었다. 무……물론 다니엘만 볼 수 있으면
된다고 생각했지만 이렇게 엘튼의 모든 선수들을 모아 놓고 그 앞에
다가 소개시킬 줄은 정말 몰랐다.

아니, 그것보단 왜 이런 자리에도 머리 위에 비닐봉투를 쓰게 만
드는 거냐고? 저번처럼 드레스를 입혀 주시지!

헨리는 푸른색 엘튼 유니폼을 도란 몸에 따악 맞게 맞춰 준 뒤 머
리 위엔 비닐봉지를 달게 하고 로커룸으로 데려온 것이다.

"반가워요. 전에 잠깐 봤죠?"

다니엘이 굳어 있는 도란을 향해 다가오더니 상냥하게 웃어 주며
악수를 청했다. 그의 얼굴을 올려 본 도란은 돌에서 깨어나 정신이
번쩍 들었다.

마, 맙소사. 다니엘이!

도란의 얼굴이 또 철판 위에 달궈지는 고추장 바른 쭈꾸미마냥 벌
겋게 달아올랐다.

"예, 예에. 그때 제가 실수를 해서 죄송……."

"하하. 괜찮아요. 긴장하면 그럴 수도 있지."

몹시 당황하며 허겁지겁 다니엘이 내민 손을 잡자 그가 더욱 다정
한 목소리로 말했다. 도란은 감동받은 얼굴로 다니엘을 올려다봤다.

여기서 지금 오빠! 사랑해요! 라고 외치면 미친년이 될까? 아. 미
친년이 되도 좋아. 일단 외쳐 놓고 보는 거…….

"너 내 집에 놓고 간 거 없어?"

눈앞의 다니엘에 아직 정신이 혼미해져 있는데, 익숙한 음성이 귀로 날아와 박혔다.

"……에?"

설마, 하는 시선으로 고개를 돌리니 역시 레이였다. 레이는 유니폼을 입고 고개를 삐뚜름하게 기울인 채 도란을 내려다보고 있었다.

"그날, 내 방에서 자고 갔을 때 놓고 간 거 없냐고."

"레, 레이! 그게 무무무무슨 말이에요?"

도란이 파랗게 질린 얼굴로 버퍼링에 걸린 듯 말을 더듬자 주변에서 먼저 반응이 터져 나왔다.

"와우! 내가 지금 뭘 들은 거야? 레이. 너네 집에 저 여자가 자고 갔어?"

눈이 번쩍 뜨일 만한 가십을 발견한 스텔스가 흥분한 목소리로 물었다. 옆에서 헨리도 호기심이 가득 들어찬 눈빛을 빛내고 있었다.

"맞아."

"아, 아니……! 그, 그게 아니라……!"

도란이 무척 당황한 듯 팔을 허우적대며 레이와 다니엘을 번갈아 바라봤다. 그러자 레이가 도란의 얼굴을 잡아 자신 쪽으로 고정시키고 상체를 살짝 숙여 얼굴을 가까이 댔다.

"아니라니. 우리 집에 CCTV가 몇 개가 달려 있는데 거짓말하면 안 되지, 프리티?"

프, 프리티? 이 상황에 프리티이이?!!

레이가 달콤한 목소리로 속삭이자 도란은 돌아 버리기 직전이었다. 도대체 다니엘 앞에서 이게 무슨 말이란 말인가. 그 때 뒤에서 듣고 있던 헨리도 슬쩍 끼어들며 물었다.

"정말이야? 란? 정말 레이네 집에서 잤어?"

"아…… 그게…… 분명 자기는 잤는……데요."

아, 이 망할 놈의 거짓말 못하는 성격! 이건 절대 저놈 집에 CCTV가 설치되어 있기 때문이 아니다.

"와우! 대단한데? 우리 마스코트 벌써 레이를 홀린 거야?"

"아니에요! 자긴 잤는데 정말 잠만 잔 거예요!! 저 남자가 껴안고 놔주질 않아……헉!"

이럴 수가.

제 입을 막은 도란의 얼굴이 노래졌다. 해명한답시고 미친 듯이 변명하다가 스스로 지뢰를 밟아 버렸다. 딱딱하게 굳어져 돌이 되어 버린 도란에게 레이가 슥 다가오더니 다정하게 허리에 팔을 둘렀다.

"들었지? 마이 프리티니까 다들 넘볼 생각 하지 않는 게 좋을 거야."

레이는 싱글싱글 웃으며 도란을 데리고 밖으로 나갔다. 그에게 끌려가듯 떠밀려 가는 도란의 시야가 흐릿해졌다. 차마 다니엘이 있는 뒤를 돌아볼 수가 없었다.

아아. 다니엘……. 저 그런 여자 아니에요. 정말이에요.

"흑. 흐흑. 흑."

통. 통. 통.

"흐으윽."

통. 통. 통.

도란이 절망에 빠져 의자에 앉아서 울고 있는데 레이가 자꾸 머리 위 비닐봉지를 손으로 툭툭 건드렸다. 풍선처럼 부풀어 오른 비닐이 그의 손에 튕길 때마다 탄력 있는 소리를 내며 흔들렸다.

"으흑. 흑. 하지 마요! 으헝."

도란이 참지 못하고 고개를 번쩍 들고 빽 소리쳤다. 레이는 관찰하듯 도란의 머리 위에 봉지를 쳐다보다가 또 한 번 검지로 통! 소리 나게 튕겼다.

"레이!"

"오늘은 바람이 안 빠졌군."

"……네? 그게 무슨 소리예요?"

눈물이 가득 맺힌 눈으로 도란이 인상을 쓰며 물었다.

"아냐, 아무것도. 그런데 이게 그렇게 울 일이야? 장난친 거잖아."

"이, 이런 장난이 어딨어요? 이제 와서 장난이라고 해 봤자 다들 믿지도 않을 텐데. 으흐흑. 다니엘이 날 어떻게 생각하겠냐고요. 흐어엉."

"어떡하긴. 내 프리티라고 생각하겠지."

"아! 그게 문제라고요! 도대체 왜 그런 장난을 한 거예요? 왜!"

도란이 악에 받친 듯 소리치자 그녀를 지그시 내려다보며 레이가 툭 내뱉듯 말했다.

"그냥."

그냥? 날 다니엘의 무늬만 팬으로 만들어 놓고는 그냐앙?? 도란의 눈물 젖은 얼굴이 황당하다는 듯 일그러졌다.

"하아…… 됐어요. 됐어. 절루 가 버려요. 혼자 있고 싶으니."

버럭거리려던 도란은 무기력하게 손을 휘이휘이 내저었다. 이 남자와 도대체 무슨 말을 더 하란 말인가. 이 막무가내인 남자와.

레이가 턱을 괸 채로 도란을 내려다보며 말했다.

"너, 다니엘이 뭐가 그렇게 좋아?"

"뭐라뇨. 축구도 완전 잘하고, 얼굴도 완전 잘생겼고, 성격도 완전 좋잖아요."

'완전'이라는 말이 나올 때마다 레이의 눈썹이 치켜 올라갔다.

"그 기준에선 내가 훨씬 낫잖아."

"네에??"

도란의 미간이 한껏 좁혀졌다.

하아……. 알았어요, 알았어. 알았으니 그렇게 잘나신 너님은 제발 다른 데로 가 주시라고요. 난 지금 상처받은 마음을 추스르기도 너무 벅차단 말입니다. 너님 때문에 받은 상처요!

"또 그 표정이군."

도란의 눈물이 뚝뚝 떨어질 듯한 표정을 본 레이가 인상을 쓰며 일어났다.

"어쨌든 넌 공식적으로 내 프리티가 된 거니까 그건 잊지 마."

"시, 싫어요! 내가 왜 다니엘도 아니고 당신의 프리티예요?"

도란이 기겁하며 말했지만 레이는 자기 할 말만 하고 몸을 돌려 잘난 등 근육을 자랑하며 걸어가 버렸다.

"이봐요! 싫다니까요! 내 말 안 들려요?"

도란의 의미 없는 외침만이 메아리가 되어 맴돌았다.

"이건 정말 말도 안 돼요!"

도란은 차로 바래다주는 조이에게 격하게 소리쳤다. 그러자 조이가 응수하듯 끄덕거렸다.

"정말 말도 안 되는 일이죠. 그 레이의 프리티라니…… 이야! 그렇게 안 봤는데 정말 대단한데요? 란."

"네? 그런 뜻이 아니라…… 아휴! 진짜 아무 일도 없었단 말이에요."

"에이, 레이 성격이 있는데 없는 일 억지로 만들어서 말했겠습니까?"

웸이 씨익 웃으면서 말하는 게 얄미웠다. 게다가 왜 엄지손가락을 척 치켜드는 거지? 그게 무슨 의미죠, 웸?

"에잇. 몰라. 믿든 말든 맘대로 해요."

웸의 당당한 손가락을 눈을 가늘게 뜨고 응시하던 도란이 한숨을 내쉬며 팔짱을 꼈다.

"알았어요. 미스 란의 말을 믿어 보죠. 그런데 아무리 생각해도 레이가 이유 없이 그런 농담할 사람은 아닌데…… 아까 레이 집에서 잤다고 했잖습니까? 어떻게 가게 된 건가요?"

"정말 심심했나 보죠. 그 사람은 날 갖고 노는 걸 아주 좋아하는 것 같아요. 파티날도 조이와 웸이 날 기숙사 앞까지 바래다줬잖아요? 그날도 그러더니, 얼마 전 길거리에서 무작정 바로 옆에 차를 대고는 타라고 하더라고요."

도란의 말에 조이와 웸은 흥미로운 표정을 지었다.

"그래서요?"

"그냥 무조건 차에 태우더니 집으로 데려가는 거예요, 글쎄! 그래 놓곤 안 보내 줘서 돌아오지도 못했고요. 파파라치 좍 깔린 집에서 차도 없이 돌아가라니 내가 어떻게 돌아가겠어요? 안 그래요?"

억울함을 호소하는 도란의 말에 운전석과 조수석에 앉아 있던 조이와 웸은 동시에 서로를 쳐다보며 눈을 끔뻑였다.

"예? 그 레이가 말입니까?"

"그럼 누구겠어요?"

툴툴거리는 도란을 보며 그들의의 표정은 더욱 알쏭달쏭해졌다. 레이가 정말 그렇게 했다고? 그 소피에게도 그렇게 했다는 소릴 들어 본 적이 없었는데?

"저기 혹시 다니엘이 많이 놀랐나요? 제가 다니엘 팬인 거 알고 있었을 텐데 혹 배신감을 느꼈다거나 그러지는……."

도란이 손가락을 꼼질거리며 주저주저 물었다.

"아. 물론 많이 놀라긴 했는데 란 때문에 놀란 게 아니라 레이의 행동 때문에 놀란 거예요."

"레이의 행동이요?"

"네. 참고로 저희도 지금 매우 놀라고 있는 중입니다. 레이는 여자한테 그런 식으로 행동하는 사람이 아니거든요. 축구 외에는 다 관심 없어 해서…… 아. 레이가 전에 사귀던 여자 알죠?"

"소피 알렌이요? 알죠. 워낙 시끌시끌했으니."

소피 알렌으로 말할 것 같으면 영국의 엄청난 미녀 리포터다. 섹시의 끝을 보여 주는 외모 때문에 원체 축구 선수들에게 인기가 많았는데 그녀가 선택한 건 역시 레이 블레어.

그런데 레이의 부상과 동시에 헤어지더니 그의 라이벌인 셸틴의 가이시아와 염문설을 뿌려 대서 레이 팬들에게 엄청난 증오의 대상이 되어 있다고 한국의 레이 팬에게서 들었었다. 뭐 사실 그 애한테서 듣지 않더라도 그 당시에 엄청나게 쏟아져 나오던 기사들 때문에 모르려야 모를 수가 없던 내용이었지만.

어쨌든 그 가이시아가 현재 세계 랭킹 1위의 공격수다. 원래 레이가 있던 자리.

"그 여자와 사귈 때도 남들 앞에서 이런 말을 한 적이 없거든요. 집에도 그 여자가 아무리 데려가 달라고 해도 안 데려갔다고 하던데……."

"네에? 정말요?"

도란이 고개를 갸웃거렸다. 그렇게 미인인 여자와 사귀면서도 안 데려갔던 집에 왜 잘 알지도 못하는 날 데려갔던 걸까? 웃겨 달라고? 내가 그렇게 웃겨 보이나?

정말 생각할수록 기분이 나쁘다. 이상한 남자 같으니!

3.

스페인의 달빛에 취한 밤

　도란은 런던으로 유학 와서 학교에 입학했을 때 처음엔 적응하기
가 너무 어려웠다. 아직 말도 제대로 알아들을 수도 없던 때에 뭔 발
표를 그렇게 시켜 대는지. 특히 200명씩 모아 놓고 수업을 할 때 뭐
라 뭐라 말을 시키면 아주 그냥 식은땀이 줄줄 났었다.

　그래도 힘든 유학생활에 다니엘을 위안 삼아 꿋꿋이 노력해서, 영
국에 온 지 이 년이 훌쩍 지난 지금은 많이 적응이 된 상태다. 말하
는 게 좀 서툴러도 주위 사람들은 그닥 신경 쓰지 않는단 것도 알게
됐고.

　허구한 날 파티를 만들어 즐기는 다른 학생들과 달리 난 축덕녀답
게 경기장에 갈 돈을 벌러 알바를 가거나, 방 안에 틀어박혀서 경건
한 마음으로 다니엘이 나오는 경기를 보거나, 경기장으로 응원을 가
는 것이 일상의 대부분이었다.

　다니엘이 출전하는 중요한 시합이 있기 전날마다 항상 정갈하게

대접에 물을 떠서 달을 보며 다니엘의 골과 승리를 기원하는 일도 잊지 않았다. 항상 그 대접으로 해서 조금 낡았지만 한 번도 다른 그릇으로 바꾸지 않았다. 매번 그 유리대접에 물을 떠서 기도를 했으니 그 염원이 대접에 전해져 신력이 생기지 않았을까 하는 마음에.

그 정성이 깃든 것일까? 난 이제 다니엘과 말도 섞은 여자다. 악수도 했다고! 이건 정말 쾌거가 아닐 수 없다. 무려, 무려 나의 사랑 다니엘과……!

그런데…… 왜 내 옆에 이놈이 앉아 있는 거지?

도란은 자신의 옆자리에 안대를 차고 자고 있는 레이를 눈을 가늘게 뜨고 노려봤다. 지금 그녀는 뭘 위해 존재하는지 도통 역할을 알 수 없는 마스코트 걸의 입장으로 스페인으로 날아가는 엘튼 전용기에 타고 있었다.

그런데 왜 내 옆에 다니엘이 아닌 레이가 앉아 있는 거냐고.

안 그래도 비행기에 탑승하기 전에 그 이유를 조이에게 물었더니 이상한 대답이 날아왔다. 둘 사이를 위한 헨리의 특별 배려라나 뭐라나…….

배려는 무슨 망할 놈의 배려!

도란은 목을 빼고 뒷좌석 쪽을 바라봤다. 다니엘은 저 뒤에 코치와 앉아서 도란도란 얘기를 나누는 중이었다. 내 옆에서 도란도란 얘기를 나눠 주면 얼마나 좋을까?

이 잠만 퍼 자는 레이 놈은 치워 버리고 다니엘을 내 옆에 앉혀 달란 말이…… 하지만 공짜로 얻어 타고 가는 데다 어쨌든 한 비행기 안에 다니엘과 있을 수 있으니 그것만으로도 감지덕지하게 생각해야지. 사실 이건 엄청난 특혜가 아닌가? 아마 영국 여왕도 날 부러워하리라. 찰진 근육의 축구 선수들이 가득 찬 비행기를 같이 타고 갈 수 있으니.

어쨌거나 긍정적으로 생각하기로 한 도란이었다.

스페인에 도착한 이후로 헨리는 어디론가 계속 정신없이 도란을 끌고 다녔다. 이걸 입혔다 저걸 입혔다 인형 옷 갈아입히듯 갈아입히며 뭔가 기자들이 많이 모인 장소에도 데려갔다. 여기저기서 팡팡 터지는 플래시에 눈앞이 번쩍번쩍거렸다.

"저기 헨리."

"웅?"

자리를 이동하며 도란이 슬쩍 부르자 스페인에 왔다는 걸 온몸으로 증명하듯 정열적인 빨간색 의상을 입은 헨리가 돌아봤다.

"저기 그런데…… 다 좋은데 이 머리 위에 비닐봉지 좀……."

도란이 자신의 머리 위에서 통통 거리는 비닐을 가리키며 말하자 헨리는 그게 무슨 소리냐는 듯 손가락을 휘저었다.

"오~ 란. 안 돼요. 그게 큐트 포인트예요."

"아아…… 네."

도란은 의견이 받아들여지지 않자 썩은 미소를 지으며 포기했다.

"그녀는 우리 엘튼의 열혈 팬입니다. 전에 그 다이내믹한 엉덩이 사건의 주인공이죠. 그걸 보고 이번 시즌 우리 마스코트 걸로 확정했습니다. 그녀는 행운의 엉덩이를 지니고 있으니까요."

유창한 스페인어로 인터뷰 중인 헨리의 이 같은 말을 알아들을 리 없는 도란이 생글거리며 앉아 있었다. 헨리의 발언이 끝나자 그녀를 향해 무수한 플래시들이 펑펑 터져 댔다.

아, 눈부셔.

선글라스를 뚫고 들어올 듯한 조명탄에 웃고 있는 도란의 미간이 저도 모르게 찌푸려지고 있었다.

　인터뷰가 끝난 뒤 도란은 조이에게 도도도 달려가 물었다. 달릴 때마다 그녀 머리 위의 비닐이 달랑달랑거려서 조이는 저도 모르게 풋, 하고 웃음을 터뜨릴 뻔하다가 겨우 참았다.
　"조이. 다니엘은요?"
　"숙소에서 쉬고 난 뒤에 지금은 훈련 중일 거예요."
　"헨리가 일정 다 끝났다던데 그럼 훈련하는 거 보러 가도 되나 요?"
　"네. 물론."
　아싸! 다니엘을 볼 수 있겠다! 도란은 함박웃음을 지으며 조이와 같이 훈련소로 향했다. 이래저래 자주 보다 보니 어느새 조이와 친해 졌다. 웸은 어제 도착하자마자 스페인 클럽에서 지나치게 술을 마셔 서 오늘 인사불성이란다.
　"비행기에서 본 이후로 다니엘을 아직 한 번도 못 봤어요. 내내 헨리 얼굴만 봤네."
　도란이 투덜거리자 운전하던 조이가 웃었다.
　"보스가 요즘 기분이 아주 좋아 보여요. 근래 중에선 제일."
　"뭐가 그렇게 재밌다는 걸까요? 헨리는."
　"그거야 전 모르죠. 그 양반이 꽂히는 부분을 우리같이 평범한 인 간들이 어떻게 이해할 수 있겠어요."
　조이가 어깨를 으쓱거리곤 주차장에 차를 세웠다. 도란은 차에서 내리기 전 조이의 주머니에서 삐죽 삐져나와 있는 작은 병을 보고 물었다.
　"어? 조이. 이게 뭐예요?"

"이거요? 위장약이에요."

조이는 아무렇지 않게 병을 흔들어 보이며 대답했다.

"아⋯⋯."

위장약을 달고 다닐 정도라니. 하긴 저 괴짜와 같이 일하려면 얼마나 힘들까. 불쌍한 조이. 도란은 순간 동정심이 뭉클 솟았다.

세계 곳곳에 훈련장과 선수들을 위한 레저시설을 만들어 둔 헨리 덕분에 이곳 마드리드에도 번듯한 엘튼 전용 훈련장과 숙박시설이 있었다.

마드리드는 런던보다 지대가 높아서 그런지 바람이 꽤 건조했다. 스페인에 대해선 프리메라리가(스페인 프로축구리그)와 무적함대밖엔 아는 정보가 없었는데 런던에 있다 와서 그런지 여긴 정말 날씨가 끝내주게 좋았다. 새파란 하늘과 하얀 구름 떼가 정말 한 폭의 그림 같다. 이렇게 쨍한 나라에서 살고 있어서 스페인 사람들이 그렇게 정열적인 걸까?

도란은 햇빛을 가득 받으며 훈련장에서 트레이닝 중인 선수들을 멀찍이서 조이와 지켜봤다.

아아. 다니엘⋯⋯ 잘 뛰기도 하지. 저 해맑게 웃는 얼굴 좀 봐. 트레이닝 때 입는 저 웃기지도 않는 앞치마 같은 것도 다니엘에겐 어찌나 잘 어울리는지. 이 순간엔 정말 마스코트 걸이 되길 잘했다는 생각이 들었다.

"관계자란 역시 좋네요. 밖에서 내내 기다릴 필요 없이 이렇게 안에까지 들어와서 선수들을 볼 수 있다니."

도란이 욕망을 드러내며 활짝 웃자 조이가 끄덕였다.

"하긴, 레이를 더 잘 보고 싶은 마음 이해해요."

"네? 난 레이를 보는 게 아니라……."

"어? 레이."

갑자기 조이가 도란의 뒤를 보며 말하자 그녀의 고개도 절로 돌아갔다. 레이는 기분이 안 좋은 듯 인상을 찌푸리며 도란을 보고 있었다.

엘튼 공식 트레이닝 복에 머리에는 머리띠까지. 솔직히 축구 선수치고 머리띠가 잘 어울리긴 하지만 남자가 꼭 머리띠를 해야 되겠냐고?

"아, 잠깐만요."

그 때 조이의 전화벨이 울리자 통화를 하며 조이가 일어나는 바람에 도란의 옆자리가 비게 되었다. 레이는 기다렸다는 듯 조이가 앉았던 자리에 척 하니 앉았다.

"훈련하다 말고 왜 여기로 와요?"

"잠깐 쉬는 거야."

그 말을 증명하듯 레이의 손에는 이온음료가 들어 있었다. 그러고 보니 저 음료, 레이가 광고하는 음료잖아?

"실제로도 좋아하나 봐요?"

"뭐가?"

"그거요."

그가 뚜껑을 열고 있는 이온음료 병을 가리키며 도란이 말하자 레이가 어깨를 으쓱였다.

"나쁘지 않아."

"와아! 다니엘!"

눈으로는 다니엘을 좇고 있던 도란이 환상적인 다니엘의 슛을 목격하고는 벌떡 일어서서 소리쳤다.

"역시 다니엘의 드리블 능력은 끝내주는 것 같아요. 봤어요? 방금 드리블로만 수비수 세 명 제친 거요."

도란이 눈을 반짝이며 흥분한 표정으로 레이에게 말했다. 레이는 말없이 도란을 바라보다가 몸을 일으켜 그녀 앞의 난간에 기대섰다.

"어어? 비켜요. 잘 안 보이잖아요."

갑자기 웬 심술이래? 도란은 이마를 찌푸린 채 거대한 그림자를 드리우고 있는 레이의 몸을 요리조리 피해 다니엘을 눈으로 좇았다. 레이는 한쪽 눈썹을 홱 치켜올리고는 마침 그들 쪽으로 다가오는 조이를 향해 말했다.

"애 당장 데리고 가시죠."

"예? 보스가 비는 시간에 훈련 보는 건 상관없다고 하셨는데."

"거슬려. 데려가요."

차갑게 말하는 레이를 도란이 어이없다는 듯 바라봤다. 세상에! 여기 사람 한 명 오도카니 서 있는 게 거슬려 봤자 얼마나 거슬린다고!

레이는 툭 던지듯 그렇게 말하곤 다시 선수들이 모여 있는 쪽으로 돌아갔다. 조이는 난처한 표정으로 도란에게 다가왔다.

"오늘 레이 기분이 안 좋은가 봐요. 호텔로 돌아가죠, 란."

"우쒸…… 알았어요. 선수가 방해된다는 데 별수 있나요, 뭐. 돌아가야지."

도란은 구시렁거리며 걸어가면서도 계속 미련이 가득 담긴 눈으로 다니엘이 있는 쪽을 뒤돌아봤다.

레이는 날카로운 눈빛으로 그런 도란을 쏘아보고 있다가 그녀가 훈련장에서 아예 사라진 뒤에 싸늘하게 읊조렸다.

"빌어먹을. 처음부터 끝까지 다니엘만 보는군."

"일정이 너무 타이트한 것 아냐? 스페인 도착하자마자 이틀 만에 적응하라니."

훈련이 끝난 뒤 샤워실에서 기안이 투덜거렸다. 그러자 옆에서 씻고 있던 스텔스가 말했다.

"요즘은 시합이 몰렸으니 할 수 없지. 부상 관리나 잘해야겠어. 이럴 때 부상 한 번 당하면 끝장이잖아."

스텔스의 눈치 없는 말에 다니엘이 눈썹을 찌푸렸다. 아직 부상의 그림자를 떨쳐 내지 못하고 있는 레이 옆에서 그런 소리를 하다니. 다니엘이 힐끔거리며 옆에서 머리를 말리고 있는 레이의 눈치를 봤다.

레이는 다니엘의 시선을 의식했는지 덜 마른 머리를 한 채로 탄탄한 골반에 수건을 두르고 밖으로 나가 버렸다.

"눈치 없는 자식."

다니엘의 가시 돋친 말에 스텔스가 순진무구한 눈으로 쳐다봤다.

"응? 뭐?"

"그러니까 눈치가 없다는 거다. 인마."

"으응? 왜??"

다니엘은 눈을 둥그렇게 뜨고 있는 스텔스를 보며 한숨을 푹 쉬고는 밖으로 나가 버렸다.

레이는 젖은 머리칼을 밤바람에 날리며 훈련장으로 다시 나왔다. 후덥지근한 밤공기가 그의 창백할 정도로 하얀 피부를 간질였다.

"숨이 막히는군."

낮게 중얼거린 레이는 그 자리에 선 채로 운동장 한 쪽의 골대를 바라봤다.

훈련 때는 잘만 들어가는 골이, 시합 때는 거짓말 같이 들어가지 않는다. 항상 골대를 볼 때마다 활활 타오르는 정복욕에 온몸이 뜨거워지곤 했는데 지금은? 골대 앞까지 밀고 들어가면서도 머릿속으로 골대에 대한 공포가 생긴 건 언제부터였지?

레이의 표정이 일그러졌다. 부상의 긴 그림자에 갇혀 어떻게도 하지 못하는 자신이 한심해서 구토가 일 지경이었다.

그 때 뒤에서 발소리가 들렸다. 레이가 돌아보니 다니엘이 걸어와 레이 옆에 섰다.

"조급해하지 마. 레이."

다니엘은 레이가 무슨 생각을 하고 있던 건지 간파한 듯 상냥한 목소리로 말했다.

"알고 있어."

"걱정할 거 없어. 분명 금방 나아질 거야. 이번 시합, 아니면 다음 시합. 언제든 골은 터질 거야. 한 번 터지면 언제 그랬냐는 듯 멈추지 않고 터질 거고."

레이의 표정이 어두운 것을 의식한 다니엘이 더 밝게 떠들어 댔다.

"……."

말없이 서 있던 레이가 갑자기 달리기 시작했다. 그가 달리는 것을 본 다니엘이 당황한 듯 소리쳤다.

"레이! 방금 샤워했잖아! 또 달리려고?"

"조금만 더 달리고 들어갈 테니 먼저 들어가."

레이는 돌아보지도 않고 말하고는 어느새 저 앞까지 달려가 버렸다. 황망한 표정으로 보고 있던 다니엘이 한숨을 내쉬었다.

또 지쳐서 손가락 하나 까딱할 수 없게 될 때까지 달리겠지.

부상이 생긴 뒤로 불안함을 쫓으려는 듯 레이는 그런 모습을 자주 보이곤 했다. 다니엘은 멀어지는 레이를 잠시 바라보다가 뒤돌아 숙소로 올라갔다.

이미 어두워진 운동장을 한참을 달리던 레이는 문득 뭔가에 끌리듯 고개를 돌렸다. 훈련장 저쪽 끝 관람석에 뭔가 반짝반짝하는 빛이 시야에 잡혔다.

……뭐지?

레이가 숨을 몰아쉬며 다가가 보니 의외의 인물이 있었다. 저 여자가 지금 저기서 뭘 하는 거야? 도란을 확인한 레이의 눈매가 가늘어졌다.

도란은 반짝이는 빛 앞에서 앉았다 일어났다를 반복하고 있었다. 그 기묘한 행동을 보고 있던 레이는 미간을 좁히고 빠른 걸음으로 다가갔다.

"너 거기서 뭐하는 거야?"

갑자기 들린 레이의 목소리에 엉거주춤 앉은 자세로 도란이 흠칫 놀랐다.

"누, 누구세요?"

"내가 누굴 것 같은데."

레이가 점차 다가오자 도란은 그제야 그가 누구인지 파악할 수 있었다.

"아. 누가 달리나 했더니 레이였어요?"

도란이 안심한 듯 말하며 일어났다. 그녀 앞에 놓여 있는 이상한 물건을 레이는 뚫어지게 바라봤다.

"여기서 혼자 뭐하는 거야? 조이는?"

"조이는 요 앞 호텔에 있어요. 숙소 바로 옆에 호텔이 있거든요. 저도 호텔에 있다가 잠깐 나온 거예요."

"그 그릇은 뭐고?"

레이가 미심쩍은 물건의 정체를 묻자 도란이 그의 시선을 좇아 자신의 앞에 놓인 물건을 바라봤다.

"아아, 이거요? 그릇에 물 떠다 놓고 비는 거예요. 이번 경기 이기고 다니엘 오빠 골 넣으라고."

도란의 설명을 들은 레이는 더욱 알 수 없다는 표정을 지었다.

"왜 물에다 그런 걸 빌어?"

"물은 그냥 의식이고요. 달한테 비는 거죠."

도란이 달을 가리키며 경건한 표정으로 말했다. 레이는 픽 하고 헛웃음을 흘렸다.

"재밌군. 무슨 주술 부리는 마녀도 아니고."

"주술이 아니라 우리나라의 토속신앙 같은 건데…… 예전엔 달이 신이라고 생각했잖아요. 그래서 간절히 바라는 것을 달에게 비는 거죠. 이루어 달라고요. 요즘 사람들이 교회에서 기도하는 것과 비슷하다고 할 수 있죠."

"그럼 너도 그러면 될 거 아냐. 왜 한밤중에 그러고 있는 거야?"

"그냥 오랫동안 해 오던 의식이에요. 예전에 챔스 결승전 때 뭐라도 해야 될 거 같아서 이걸 했는데 이겼거든요. 물론 그냥 우연이겠지만 그래도 그 이후로 이걸 안 하면 왠지 질 거 같아서 이래저래 매번 하고 있는 거죠."

"일종의 징크스 같은 건가."

"뭐 비슷해요."

도란이 끄덕이자 레이는 어깨를 으쓱였다.

"하긴 선수들 중에도 그런 징크스를 맹신하는 녀석들이 있으니까."

"선수들도요? 어떤 식으로요?"

도란이 눈을 둥글게 뜨자 레이는 그녀 옆으로 다가와 계단에 털썩 앉으며 말했다.

"패턴은 다양한데 중요한 시합이 있는 몇 주간 속옷을 갈아입지 않기도 하고, 여자를 안지 않기도 하고, 정신 나간 사람처럼 시합 전 운동화 끈을 수십 번 풀었다 묶었다 하는 녀석도 있지."

"왜 운동화 끈을?"

"딱 어떤 모양으로 끈이 묶여야 시합이 잘된다더군."

"아아. 그렇구나. 정말 다양하네요."

도란은 그제야 궁금함이 해소되었는지 고개를 끄덕였다.

"그래도 너처럼 이상한 짓을 하는 사람은 못 봤어."

"그, 그런가요?"

쪼그리고 앉아 주섬주섬 자신이 펼쳐 놓은 것들을 정리하는 도란을 레이가 가만 지켜봤다.

"너, 이름이 뭐랬지?"

프리티니 뭐니 하더니만 이름도 몰랐던 건가? 도란은 내심 빈정이 상했다.

"도란이요. 도란 리."

레이의 매끈한 이마가 구겨졌다.

"됴란?"

"됴란이 아니라 도! 란!"

"듀란?"

"듀란듀란이 아니라 도란이라고요. 도란! 다들 그러니까 그냥 레이도 란이라고 불러요. 란."

도란이 신경질적인 손놀림으로 그릇과 초를 챙겼다. 지금껏 도란이라고 제대로 불러 준 사람도 없는데 왜 이 남자가 잘못 부르니까 짜증이 나지? 갑자기 막 듀란듀란이 싫어질라고 하네.

빨리 정리를 끝내려고 서두르는데 뒤에서 낮은 음성이 들려왔다.

"도란."

어……?

정확히 제 이름을 발음한 목소리에 도란이 눈을 동그랗게 뜨고 돌아봤다. 레이의 금발이 달빛을 받아 반짝반짝 빛나고 있는 것이 보였다. 그리고 시리도록 맑은 푸른 눈동자가 자신을 똑바로 향하고 있는 것도.

"다시 빌어. 다니엘보다 내가 더 골 많이 넣으라고."

"에엑? 싫어요. 내가 왜 그래야 돼요? 난 다니엘 팬인데."

도란이 얼굴을 확 구기자 레이도 지지 않고 표정을 일그러뜨리고 강압적으로 말했다.

"내가 공격수인데 내가 골을 넣어야지 왜 굳이 다니엘한테 넣으라고 하는 건데? 빨리 내가 더 많이 넣으라고 물인지 달인지한테 다시 빌어."

"시, 싫어요!"

내가 왜 너 따위를 위해 그런 걸 비냐는 말이다! 안 그래도 요즘 너랑 얽히면서 생긴 이런저런 오해들 때문에 죽겠는데.

"……싫다고?"

레이가 도끼눈을 하고 서슬 퍼렇게 노려보자 도란은 자신도 모르게 흠칫했다. 하지만 신앙심을 시험받는 예수의 제자가 된 양 비장하게 고개를 주억거렸다.

"네. 싫어요."

다니엘에 대한 내 깊고도 넓은 믿음을 의심하지 말라!

레이가 얼굴을 사납게 굳히고는 벌떡 일어섰다. 성큼거리며 도란이 있는 쪽으로 다가온 그는 새하얀 종이 위에 고이 놓인 유리로 된 그릇을 발로 차버렸다.

쨍그랑!

"헉!"

그릇이 공중회전을 하며 바닥으로 떨어져 깨져 버렸다. 그 안에 담겨 있던 물도 아름답게 물결을 그리며 바닥으로 뿌려졌고 곁에 정리해 뒀던 초도 바닥에 쓰러져 나뒹굴었다.

"이, 이봐요! 뻥뻥 차고 싶으면 축구공이나 뻥뻥 찰 것이지 왜 내 그릇을 차요!"

도란의 버럭거림은 안중에도 없다는 듯 레이는 거침없이 운동장으로 다시 내려갔다. 뒤도 안 돌아보고 멀어지는 레이를 향해 도란은 고래고래 소리를 질렀다.

"이번 시합 지면 당신 때문이야! 다 당신 때문이라고!"

도란은 세 동강으로 갈라져 처참한 몰골이 된 대접을 부여잡고 씩씩거렸다. 한참을 씩씩거리다가 분이 안 풀려 이미 저 앞까지 사라진 레이의 뒷모습을 보며 저주를 퍼부었다.

"이 나쁜! 레드나 받아라!"

호텔로 돌아온 도란은 조이가 어디선가 공수해 온 본드로 낑낑대며 깨진 대접을 다시 붙였다. 다행히 두꺼운 대접이라 본드질 하긴 편했지만 생각보다 그릇이 잘 붙지 않아 한참을 붙잡고 씨름을 하고서야 좀 그럴듯한 모양새로 되돌아왔다.

"휴우. 다행이다……."

도란은 이마에 송골송골 맺힌 땀을 닦아 내며 안도의 한숨을 내쉬었다. 만에 하나 이 그릇 때문에 정말 시합에 질까 봐 혼신의 힘을 쏟아부어 본래의 모습으로 복구시켜 놓은 것이다.

하룻밤 정도 말려 두었다가 내일 다시 신문지로 잘 싸서 가방에 넣어 둬야지.

도란은 겉보기엔 전혀 문제없어 보이는 그릇을 요리조리 훑어보며 흐뭇한 미소를 지었다. 침대 한편에 고이 그릇을 놓아 둔 도란은 그제야 편한 마음으로 침대 위에 누울 수 있었다.

다행히 정성 어린 본드질의 영향인지 경기는 압승이었다. 다니엘도 무려 두 골이나 넣었다. 레이 놈은 못 넣고. 히힛. 쌤통이다. 레이 놈. 도란은 속으로 쾌재를 부르며 헨리의 파티에 참석했다.

"자! 미친 듯이 마셔 보자고!"

"와하하! 오늘 시합 정말 죽여줬어. 안 그래?"

원정까지 와서 압승의 쾌거를 이루자 선수들도 감독도 도란도 연신 기분 좋게 떠들어 댔다. 헨리가 직접 성대한 뒤풀이 파티를 열어 빡빡한 일정에 적응할 틈도 없이 경기를 치러 낸 선수들을 실컷 즐기게 했다.

도란은 비닐봉지를 머리에 쓴 채 이리저리 돌아다니며 축하주를 따랐다. 이것도 마스코트 걸의 역할인지는 모르겠으나 어쨌든 시합도 이기고 했으니 기분도 좋으니까.

"축하해요! 오늘 경기 정말 최고였어요!"

특히 다니엘에게 술을 따라 줄 땐 긴장으로 술병이 달달달 떨렸다.

"고마워."

다니엘이 다정한 눈빛으로 말하며 싱긋 웃자 도란은 그대로 천장을 뚫고 솟아올라 대기권을 탈출할 기세였다. 하느님, 감사합니다! 이런 행운만으로도 감지덕진데 조이가 그녀를 불러 말했다.

"란. 이거 받아요."

"네? 이게 뭔데요?"

조이가 뜬금없이 봉투를 슥 내밀자 도란이 눈을 깜빡거렸다.

"마스코트 활동비예요. 란이 전에 알려 준 계좌로 송금은 했고 이건 영수증. 아직 정식 계약서를 쓰지 않아서 이건 계약금 형식으로 주는 거고, 나머지 활동비는 영국으로 돌아가서 계약서 쓴 이후에 진행하도록 하죠."

"이거 활동비까지 있는 거였어요? 무슨…… 헉! 조이! 이건 너무 많아요!"

봉투를 열어 내역서를 확인하자마자 도란의 입이 떡 벌어졌다.

"이 일을 하면 직접 다니엘도 볼 수 있고 즐거운 점도 많은데 어떻게 이런 많은 돈까지 받아요? 난 못 받아요!"

도란이 봉투를 휘저으며 내밀자 조이가 난색을 표했다.

"난 그저 전해 주는 입장이니 나에게 그런 말 해 봐야 소용없어요. 불만이 있다면 보스에게 해요, 보스에게."

"그, 그래도……!"

"어쨌든 난 전해 줬으니 이만."

조이는 위장이 아프다는 제스처를 취하며 뒷걸음질 쳐 사라졌다. 도란은 어안이 벙벙한 표정으로 다시 한 번 내역서를 바라봤다. 거기 써 있는 금액은 아무리 적게 잡아도 1년 치의 유학비는 충분히 나올 만한 액수였다.

호오……. 이거 이렇게 되면 방학 동안 다른 알바는 안 해도 되겠는데? 매의 눈으로 한참 그걸 보고 있던 도란은 다부진 눈빛으로 끄덕거리며 영수증을 가방 안으로 밀어 넣었다.

"할 수 없지. 이렇게 된 이상 지금까지보다 더더욱 열심히 마스코트 걸의 역할에 충실히 임할 수밖에!"

도란은 머리 위에서 탱글탱글하게 흔들거리는 비닐봉지를 매달고 씩씩하게 걸어갔다. 그런데 흥청망청 술파티를 벌이는 다른 사람들과 달리 저쪽 끝 구석에서 혼자 고독을 씹고 있는 사람이 있었다.

하긴. 오늘 그 많은 득점 중에서 단 한 골도 넣지 못했으니……. 명색이 엘튼 넘버원 스트라이커인데.

도란은 우울한 얼굴로 앉아 혼자 술을 마시고 있는 레이를 눈을 가늘게 뜨고 쳐다보며 혀를 쯧쯧 찼다. 그러게 어제 왜 그 신성한 대접을 발로 차냐고. 우리나라 민속신앙 무시한 대가라니까? 흥.

쌤통이라고 생각하며 지나가려는데 그래도 그 옆얼굴에 드리운 그늘을 무시할 순 없었다. 다니엘도 아까부터 레이 옆을 서성거리다가 쫓겨나고 서성거리다가 쫓겨나고를 반복하는 걸로 봐서 저 녀석 기분이 어지간히 걱정되나 본데…….

할 수 없지. 내 대접을 깬 나쁜 놈이지만 위로주 한 잔쯤 못 따라줄 건 없잖아? 이건 충실한 마스코트 걸의 역할에 포함되는 거라고. 내 가방 안의 영수증에 부끄럽지 않은 마스코트 걸이 되어야 하니까.

도란이 스스로에게 변명하듯 중얼거리고는 레이 쪽으로 다가갔다.

"한 잔 받으세요."

그에게 다가간 도란이 슬쩍 술병을 내밀었다. 레이의 손에 들려 있던 잔은 이미 비워진 지 오래된 듯했다.

"필요 없어."

레이는 정말 기분이 안 좋은 모양인지 이쪽은 쳐다보지도 않고 대답한다.

"에이, 어린애같이 왜 이러고 앉아서 사람들 신경 쓰게 만들어요? 그래도 팀이 대승을 거둔 좋은 날이잖아요. 팅기지 말고 한 잔 받아요. 자아, 자아."

"필요 없다니……."

꼴꼴꼴꼴꼴.

도란은 거부하는 사람 잔에다 억지로 찰찰 넘치게 술을 따라 주고는 테이블에 있는 빈 잔에 자신의 술도 따랐다.

"자! 건배!"

그녀가 번쩍 들어 올린 영롱한 샴페인 잔을 못마땅하게 쳐다보던 레이가 마지못해 잔을 내밀었다.

챙. 잔이 부딪히는 맑고 고운 소리와 함께 술을 들이켰다. 꼴깍꼴깍 원샷한 도란이 잔을 터프하게 내려놨다.

"햐아, 맛있다. 이런 공짜 술은 줄 때 많이 마셔 둬야 되는 거예요. 이거 다 고급 술인 거 알아요? 헨리는 역시 통이 크다니까. 이거 한 병 사 먹으려면 돈이 얼만데. 저기 위스키도 종류별로 있더라고요."

"넌 내가 공짜 술 필요할 만큼 불쌍해 보이냐?"

레이가 서늘한 눈빛으로 바라보자 도란이 그의 어깨를 팡팡 두드렸다.

"아, 까칠하게 왜 이러신대~ 가시 좀 누그러뜨리려면 알코올의 기운이 더 필요하겠어. 자, 한 잔 더 받으십시오~"

"됐어. 이건 취하지도 않아."

레이가 잔을 거부하자 도란이 그럴 줄 알았다는 듯 입술을 이죽이며 일어났다.

"마시기 싫다고 튕길 땐 언제고…… 위스키 가져오란 소리 이상하게 하시네. 잠깐 기다려요! 잽싸게 가져올 테니까."

"뭐? 내가 언제…….'

레이는 머리 위의 비닐봉지를 팔랑팔랑거리며 술이 있는 곳으로 전속력으로 내달리는 도란을 어이없는 눈으로 쳐다봤다.

웃기는군.

귀찮게 하는 사람들을 피해 숙소로 가려고 몸을 일으키던 레이는 문득 멈춰 섰다. 그의 시선이 멀리 있는 도란에게로 향했다.

도란은 쏜살같이 달려가 위스키 중 비싸 보이는 놈으로 골라 들고 왔다. 색색의 예쁜 과일들이 늘어서 있는 접시도.

"자! 여기 대령했습니다!"

레이가 있는 자리로 돌아온 도란이 헉헉거리며 위스키를 따르다 멈칫했다.

"아, 이거 오프너 있어야 되네요? 잠시만 기다려요. 얼른 가서……."

"됐으니 여기 있어."

레이는 다시 달려가려는 그녀의 어깨를 잡아 자리에 앉힌 후 자신이 걸어갔다. 도란은 얌전히 자리에 앉아 손바닥으로 어깨를 슥슥 문질렀다. 조금 전 자신의 어깨를 잡아 지그시 누르던 힘에 왠지 기분이 조금 이상해지는 느낌이었다.

이게 무슨 기분이지?

고개를 갸웃거리며 보고 있으니 저쪽에서 어느새 레이가 다가오고 있었다. 빈티지한 화이트셔츠와 물 빠진 워싱진을 입은 그는 사람들 사이에서도 단연 돋보였다. 찰랑이는 금발 머리칼이 이리저리 흔들리는 모습이 꼭 금빛 물결 같았다.

이상해. 왜 심장이 뛰는 걸까? 방금 원샷한 샴페인이 문젠가? 조금 발갛게 달아오른 얼굴로 도란이 앉아 있는데 성큼 다가온 그가 맞은편에 앉았다.

"너도 받아."

레이는 익숙하게 마개를 따서 위스키 병을 내밀었다.

"아. 전 독한 술은 잘……. 알았어요. 마시죠, 뭐."

레이가 싸늘한 눈빛을 하자 도란이 얼른 술잔을 들었다. 독한 술은 약한데……. 조금 불안한 눈빛으로 호박색 맑은 액체를 바라보던 도란이 얼른 표정을 재정비했다.

아니야. 난 마스코트 걸이잖아. 한국인의 근성으로 버티면 되는 거지. 안 그래? 경기에서 좋은 모습을 보이지 못하고 우울해하는 공격수를 위로하는 것. 이것이 바로 마스코트 걸의 일 아니겠어? 그나저나, 보고 있나요. 헨리?

"어? 저 녀석 마스코트 걸이 주는 술은 받아 마시나?"

네이르가 레이 쪽을 보더니 말했다.

"그러게. 나도 술병 들고 갔다가 몇 번이나 쫓겨났는데, 저 녀석."

기안이 맞장구치자 레이 쪽으로 고개를 슥 돌린 다니엘이 설핏 웃었다.

"프리티잖아."

다니엘이 장난스럽게 말하자 다들 눈을 반짝였다.

"저 녀석 진심일까? 저 동양 여자애한테 프리티라고 하는 거."

"장난 아니야? 난 장난일 것 같은데. 설마 레이가 동양 여자한테 빠지겠어? 거기다 저 여자애 다니엘 팬이라잖아."

"그런가? 레이 집에서 잔 건 맞다던데…… 도대체 뭐가 맞는 건지."

"레이 녀석 태도는 정말 이상하긴 해. 보통 오늘 같은 시합에서 한 골도 못 넣으면 주변엔 누구도 얼씬 못하게 하잖아? 그러다 감독이랑 구단주 사라지면 제일 먼저 돌아가 버리고."

"그러게나 말이지. 이런 날 저 여자가 주는 술을 받아 마신다라…… 정말 레이답지 않아."

점차 의문이 증폭되고 있을 때 다니엘이 나서서 정리했다.

"술도 안 마시고 우울하게 혼자 있는 것보단 훨씬 낫지, 뭘. 저쪽은 그만 신경 꺼 주자."

"뭐, 하긴 우리와 무슨 상관이겠어. 술이나 마시자!"

"좋지!"

단순한 녀석들이 다시 다른 화제로 빠져드는 것을 보며 다니엘이 레이가 있는 쪽을 힐끗 쳐다봤다. 어찌 됐든 지금 누구든 레이 옆에 있어 준다면야 고마운 거지. 혼자 떨어져서 자괴감에 휩싸여 있는 것보단 백배 천배 나으니까.

술이 약하다더니 정말이었군.

레이는 삐딱한 시선을 하고 도란을 보고 있었다. 그녀는 몇 잔 받아 마시지도 않았는데 벌써 눈이 반쯤 풀렸다.

저 비닐봉지에, 저 얼굴이라니. 더더구나 볼의 홍조가 점차 영역을 넓혀 이젠 얼굴 전체가 토마토처럼 새빨개져 있었다. 머리 위에 풍선 같은 비닐봉지가 이리저리 흔들거리는 걸 보니 목에도 힘이 없는 모양이다.

"너 정말 웃긴 거 알아? 지금."

"네에? 저요오? 어디가효오?"

혀도 꼬부라지는 모양이군.

"전체적으로 다."

"아…… 모래에? 딸꾹. 우껴."

도란이 손을 휘저으며 딸꾹거렸다. 레이는 인상을 쓰고 도란의 통통한 뺨을 잡고 옆으로 주욱 늘렸다.

"난 아직 멀었는데 치사하게 먼저 취해 버려?"

"아야야! 아파파파파! 으아파요!"

레이는 의외라는 표정을 하며 자신의 손을 바라봤다. 볼의 탄력이 장난 아니다. 꼭 탱탱한 축구공 같다. 동양 여자는 다 이런 건가?

"아프다니까여!"

도란이 빼액 소리를 지르며 레이의 손을 뿌리쳤다.

"우쒸이……."

양 볼을 잡고 문지르면서 눈물이 그렁그렁한 눈으로 째려보자 레이는 흠칫했다.

"그렇게 아파?"

"아프죠, 그럼! 그렇게 늘이면 안 아플 것 같아요? 술이 확 깨네."

"그건 다행이군. 동양인들은 다 너같이 술이 약한가?"

"저 안 취했다니까요?"

"그럼 그런 걸로 해 두지. 그럼 동양인들은 너같이 볼이 다 **빵빵**해?"

"볼도 안 **빵빵**하거덩요! 애도 아니고…… 저 다 컸단 말이헤요."

"너 혀 다시 꼬여."

"아니라니…… 정말…… 하아……."

얼굴을 찌푸린 도란이 거의 감길 듯한 눈을 하며 이리저리 흐느적

110

거린다. 뭔가 연체동물 같기도 한 그 움직임을 지켜보고 있는데 고개를 떨구고 흔들거리던 도란이 뭔가 생각난 듯 갑자기 발딱 일어났다. 그녀의 시선을 따라가자 저 멀리의 다니엘에게 꽂혀 있다는 것을 알게 됐다. 레이가 미간을 좁힌 채로 도란을 올려다보자 그녀의 얼굴이 점점 더 상기되더니 콧김을 훅훅 뿜어내기 시작했다.

얼씨구?

"우리 오빠! 우리 다니엘 오빠!"

도란이 비닐봉지를 격하게 흔들며 전방의 다니엘을 향해 돌진하려는 순간, 레이가 벌떡 일어났다.

"에엑?"

덥석 도란의 손을 움켜잡은 레이가 재빠르게 걸어 나갔다.

"에? 아니, 에에엑?"

이게 무슨 일인가 파악하지 못한 도란이 눈을 크게 뜨고 그를 쳐다봤지만 레이는 아랑곳하지 않고 그녀의 손을 잡고 입구를 향해 성큼성큼 걸어갔다.

호텔 파티장을 빠져나온 레이는 머리를 빠르게 굴렸다.

여긴 런던도 아니고 차가 있나 집이 있나, 게다가 아무리 타국이라고 해도 파파라치가 언제 어디서 나타날지 모르니 헨리가 철옹성같이 지어 놓은 훈련장과 숙소를 빠져나가는 건 위험한 일이었다.

"어떻게 한다……."

파티장을 빠져나와 계단으로 향하며 고민하고 있는데 레이 손에 잡혀서 매달리듯 따라오던 도란이 뭐라 뭐라 하는 게 들렸다.

"……이, 레이. 나…… 할 거 같……."

"뭐라고?"

레이가 뒤돌아보니 뻘겋던 얼굴이 밀가루처럼 허옇게 된 도란이 손으로 입을 막고 있었다.

"우웁…… 나 토할 거 같……."

"뭐?"

레이 말이 끝나기도 전에 도란은 레이의 팔을 뿌리치고는 뒤돌아섰다. 휘적거리며 정원을 향해 달려가는 도란이 머리에 묶은 비닐봉투를 황급히 푸는 것이 보였다.

"어이. 괜찮아?"

레이가 도망치는 햄스터 같은 도란을 따라잡아 상태를 확인하려 고개를 숙였다. 그러자 그녀는 그 자리에 쭈그려 앉으며 팔을 휘저었다.

"가, 가요. 오지 말고 가란 말이야."

"많이 안 좋은 거냐고."

그 때 한계에 도달한 도란이 비닐봉투 입구에 얼굴에 갖다 댔다.

"오로로로로로로!"

도란이 마치 용의 그것 같은 강렬한 사자후를 날리기 시작하자 레이는 당황한 표정으로 그녀의 등을 두드리기 시작했다.

무슨 등이 이렇게 작을까. 두드릴 공간도 없을 듯한 작은 등을 조심스럽게 두드리는데 도란의 사자후가 잦아들기 시작했다.

"이제 괜찮아?"

"……."

도란은 비틀거리며 일어나 입가를 손등으로 스윽 닦았다. 뒤돌아선 채로 뭔가 꼬물거리고 있는 도란을 걱정스러운 시선으로 레이가 보고 있다가 다시 물었다.

"이봐, 괜찮은 거냐고."

그러자 도란이 상쾌한 얼굴로 빙글 뒤돌았다. 그녀는 레이 쪽으로 다가오더니 입구를 곱게 조여 매 잡은 제법 묵직해 뵈는 봉투를 쑥 내밀었다. 레이는 미간을 좁힌 채로 그 봉투를 쳐다봤다.

"니……."

"니?"

"니 가져요."

달이 휘영청 밝았다. 런던보다 더 밝은 것 같다. 스페인이 날씨가 더 좋아서 그런지. 밤바람도 기분이 좋아. 기분이 좋아서 눈을 뜨고 싶지가 않네. 뭔가 시선이 느껴지는 것 같기도 하고…… 누군가 날 보고 있어. 누굴까? 다니엘? 오빠인가요?

오빠 근데 손에 들고 있는 그건 뭔가요? 뭔가 아래가 불룩한…… 호리병?

뭔지는 잘 모르겠지만 저 좀 더 잘게요. 몸이 너무 무겁고 머리도 어지럽고 눈도 안 떠져서 너무 힘들어요. 조금만 더 잘게요. 오빠아…….

아…… 머리야아!

잠에서 깬 도란은 머릿속이 온통 꿀렁거리며 죄어 오는 느낌에 본 능적으로 몸을 움츠렸다.

그러니까 내가 머리가 왜 아프냐면…… 그렇지. 파티. 어제 파티 장에서 술을 마시고…… 엉? 근데 여기가 어디래? 내가 어제 일어났 던 호텔 방이랑 천장이 다른…… 헉!

도란이 벌떡 일어났다.

여긴 어디지? 생전 처음 보는 방이잖아? 당황스러운 표정으로 사방을 미친 듯이 둘러봐도 여긴 처음 보는 방이다. 고급스런 호텔 같기도 하고 무슨 콘도 같기도 한 인테리어……인데…… 아악! 미치겠네. 진짜!! 왜 하나도 기억이 안 나는 거냐고! 여긴 도대체 어디란…… 헉.

그 때 이쪽을 바라보고 있는 한 남자와 눈이 마주쳤다. 그는 소파 위에 앉아 이쪽을 바라보고 있었다. 저 금발 남자는…… 맙소사. 레이 놈이잖아?

"여, 여기가 어디예요?"

"내 방."

"숙소예요? 내가 왜 레이 방에…….'

도란이 당황스러운 표정으로 레이에게 묻자 그가 한쪽 입술 끝을 시니컬하게 말아 올렸다.

"기억 안 나?"

"아……아무것도 안…… 어어? 자, 잠깐."

그 순간 도란의 머릿속으로 어젯밤의 단편적인 기억 몇 개가 번개처럼 지나갔다. 그것도 중요한 것들만.

헉……! 내, 내가 도대체 무슨 짓을!

특히 필름이 끊기던 마지막 장면에서 레이의 손에 쥐여 준 것의 정체가 떠오른 순간 도란의 얼굴은 사색이 됐다.

"기억나는 모양이군."

레이의 말에 도란은 그야말로 자신의 머리털을 죄다 쥐어뜯어 버리고 싶은 기분이었다.

"미안해요. 어제는…… 저기…… 술이 너무 과해서 그만…….'

시선 둘 곳이 없어 황망하게 고개를 떨구고 목소리를 쥐어짜내 사과를 했다. 레이는 자리에서 일어나더니 말했다.

"나가자."

"네? 어딜……."

"배고파. 밥 먹으러 가자."

"오늘은 훈련 없어요?"

"어제 경기 끝나고 파티 했으니 오늘은 휴식이겠지. 일정이 타이트해서 오늘 오후에 다시 런던으로 출발할 모양이더군."

"아아…… 그, 그렇구나."

레이가 커다란 야구모자를 휙 던져 줬다.

"써. 파파라치한테 제대로 찍히고 싶지 않으면."

"헉? 여, 여기도 파파라치 있어요?"

도란의 눈이 커다래져서 묻자 레이가 재킷을 입으며 태연하게 대답했다.

"런던보다는 적겠지만."

하긴 레이는 세계적인 선수니까…… 다니엘도 해외 어디를 가든 현지사진들이 올라오곤 했으니 레이는 아마 더하겠지. 레이는 모자에 선글라스까지 끼고도 모자라 넥워머로 칭칭 얼굴을 둘러매고 밖으로 나갔다. 그, 그게 더 튈 것 같은데…… 한겨울도 아니고…….

"안 나와?"

레이가 문 쪽으로 다가가다가 뒤돌아서 인상을 쓰자 도란이 발딱 일어났다.

"아, 네!"

하긴 늘 파파라치에 시달리다 보면 저럴 수도 있겠구나 싶어 도란은 그를 얌전히 따라갔다. 입이 열 개라도 할 말이 없는 입장이니 일단 하자는 대로 할 수밖에.

훈련장 바로 근처에 예쁘고 아담한 식당이 있었다. 투실한 주인아줌마는 축구의 축 자도 모르는 얼굴이었다. 레이는 구석진 자리로 가서 익숙하게 주문했다. 도란이 그를 빤히 바라보자 기다란 손가락으로 물을 마시던 레이가 한쪽 눈썹을 추켜올렸다.

"왜?"

"여기 와 본 적 있어요?"

"이쪽으로 훈련하러 올 땐 종종 오는 데야."

"아아, 그렇구나……. 어쩐지."

도란이 납득한 듯 끄덕이자 레이가 샛노란 호박스프 뒤에 나온 오목하고 넓은 접시를 내밀었다.

"이거 먹어 봐. 숙취에 도움이 될 테니."

도란은 자신의 앞에 놓인 뻘건 액체류의 음식을 보며 물었다.

"이게 뭔데요?"

"스페인 건강스프 같은 건데…… 어쨌든 먹어 봐."

이상해 보이는데……. 도란은 빨간 스프를 미심쩍은 눈빛으로 쳐다보다가 오이와 피클이 자잘하게 올라가 있는 스프를 한 입 떠먹어 봤다. 그러자 시원한 토마토 맛이 뇌를 쨍 하고 울리는 느낌이었다.

"어라?"

괘, 괜찮네. 이거?

도란의 눈이 반짝였다. 알코올에 뒤틀린 위장이 어서 옵쇼 하고 그 빨간 스프를 거침없이 받아들였다. 금방 바닥까지 싹싹 비우고 혀를 낼름거리고 있자 레이가 아까부터 나와 있던 빵을 앞으로 밀어주며 말했다.

"이제 음식이 좀 먹힐 거다. 먹어. 먹고 나면 나아질 테니."

도란은 말 잘 듣는 착한 아이처럼 연이어 나오는 음식들을 허겁지

겁 해치우기 시작했다. 몇 개의 빵을 해치우고 새우 요리와 고기 요리까지 흡입하고 나니 그제야 좀 살 것 같았다.

"후아. 잘 먹었네요."

도란은 포만감 넘치는 얼굴로 볼록 솟아오른 배를 만족스럽게 뚜드리며 레이를 힐끗 쳐다봤다. 그러고 보니 그는 정작 접시에 손을 별로 안 댄 듯 보였다.

"얼마 안 먹었는데 배 안 고파요?"

"많이 먹었어."

"거짓말. 내가 안 보는 것 같아도 다 봤는데."

구시렁거리던 도란은 순간 레이가 자신을 배려해서 밥을 먹으러 나온 것이라는 걸 깨달았다. 그의 말대로 거짓말처럼 속이 멀쩡해졌으니까. 내가 어제 그렇게 진상을 부렸는데 이 남자는 왜 이렇게 상냥하게 나온대?

레이를 주시하는 도란의 눈이 의심으로 좀 더 가늘어졌다. 햇살 들어오는 창가에서 밖을 바라보는 그의 옆얼굴이 조각처럼 반듯했다. 황금색으로 빛나는 머리칼과 기다란 속눈썹 아래로 사파이어빛 눈동자가 빛나고 있었다.

무슨 남자가 저렇게 예쁜 눈을 가지고 있을까……. 홀린 듯 한참 보고 있다가 문득 시선을 이쪽으로 돌린 레이와 눈이 딱 마주쳤다. 도란은 헛기침을 험험 하고는 물었다.

"무슨 생각을 그렇게 깊게 해요? 표정도 안 좋고."

"어제 시합."

레이는 짧게 대답했다.

"아아, 어제……."

한 골도 못 넣은 어제 시합을 떠올리자 그의 어두운 표정이 이해가 갔다.

"에이. 골 못 넣을 수도 있는 거지 뭘 그렇게까지 고뇌하고 그래요? 지금까지의 시합으로 평생 치 골은 다 넣어 뒀으니 너무 조급하게 생각하지 말아요."

도란이 밝게 말하자 레이의 입술 끝이 차갑게 말려 올라갔다.

"다니엘은 넣었으니 상관없다 이거군."

"아니 그런 의미가 아니라, 좋게 좋게 생각하라는 거죠. 이번 시합이 마지막 시합도 아니고 다음 시합도 있고 또 다음 시합도 있잖아요. 레이는 아직 완벽히 회복이 안 되어서 그런 건데 그걸 모를 사람도 없고요."

"난 골을 못 넣으면 의미가 없는 사람이야."

레이가 담담한 어조로 말했다. 태연해 보이는 그 말에 보이지 않는 강한 압박감이 느껴져서 도란은 입을 다물었다.

틀린 말은 아니다. 9번의 등번호를 달고 최전방 공격수로서 골을 못 넣는다면 그건 선수로서의 의미가 없어지는 거였다. 과거에 아무리 찬란한 업적을 남겼어도 모든 팀과 팬들은 지금 당장 골을 넣을 수 있는 선수를 원하는 거니까.

"그래도 그렇게 생각하는 건 좋지 않은데……."

도란이 뭐라 말해야 할지 몰라 어물대고 있는데 레이가 피식 웃었다.

"네가 안 빌어 줘서 그래."

"네?"

이게 무슨 말인가 싶어 도란이 의뭉스러운 표정을 지었다.

"그 물 떠다 놓은 그릇. 그거 해 놓고 빌어 달라고 했는데 안 빌어 줬잖아. 다니엘만 빌어 주고."

"아아! 그거요? 그거 레이가 박살 냈잖아요."

도란이 억울한 듯 항변했다.

"어쨌든. 네가 안 빌어 줘서 그래."

"알았어요, 알았어. 앞으론 당신 골 넣으라고도 꼭 같이 빌어 줄게요."

순간 레이의 눈이 반짝 빛났다.

"정말이지?"

"네. 정말이요."

"다니엘 말고, 나만 빌어."

"네에? 아니 둘 다 빌면 되잖⋯⋯."

"안 돼. 나만."

레이가 강경하게 말했다. 그의 표정이 너무 진지해 보여 도란은 어버버 하고 있다가 입을 다물었다.

"아, 알았어요. 내가 어제 실수한 것도 있으니까 당분간은 레이만 빌어 줄게요."

"그럼 내 시합 전날마다 항상 빌어 주는 거지? 약속한 거야?"

"알았다니까요."

도란이 불퉁한 표정을 지었지만 레이는 기분 좋은 얼굴로 싱글거렸다.

"달이 잘 보여야 할 텐데. 그거 비 오는 날 해도 효력 있는 거야? 달이 잘 안 보여도? 아! 이런. 그럼 그걸 괜히 깨 버렸잖아? 이럴 줄 알았으면."

"걱정 마시죠. 제가 그 날 본드 공수해다가 원래대로 다시 붙여 놨으니."

"아! 그거 다행이군."

119

레이가 환하게 웃었다. 이렇게 좋아할 줄 알았으면 그날도 같이 빌어 줄 걸 그랬나?

"그, 그냥 의식적인 문제지 꼭 효력이 있다고는 할 수 없는데……."

레이가 지나치게 좋아하는 것 같아 도란이 뒷목을 긁적이며 말했다.

"괜찮아. 괜찮아. 넌 빌어 주기만 하면 돼."

레이는 싱글벙글이다. 저 남자는 왜 갑자기 동양토속신앙을 맹신하게 된 거지? 분명 미웠던 놈인데 저렇게 아이같이 천진난만하게 웃으며 좋아하는 모습을 보니 이상하게 미운 마음도 들지 않았다.

"란! 어디 있었어요? 한참 찾았는데. 호텔에도 돌아오지 않고."

레이와 느긋하게 후식으로 커피까지 마시고 비행기를 타기 위해 호텔로 돌아오니 조이가 눈을 크게 뜨고 달려왔다.

"아! 어제 술을 너무 많이 마셔서 저도 잘 기억이…… 걱정했어요? 미안해요."

핼쑥한 조이의 얼굴을 보니 정말 미안한 마음이 들었다. 하긴 어제 레이 방에서 뻗었으니 조이가 얼마나 걱정했겠는가. 여기선 전화도 안 되는데.

"무사히 돌아왔으니 됐긴 하지만 앞으론 조심해 줘요. 정말 많이 찾아다녔다고요. 란이 사라지면 전 모가지 날아가요. 보스한테."

"네에. 미안해요. 조이."

도란은 미안한 얼굴로 연신 사과하며 비행기를 타기 위해 조이의 차에 올랐다.

"어? 그러고 보니 헨리는요?"

"보스는 내일 온대요. 그 사람은 자기 헬기 불러서 온다니까 신경 안 쓰셔도 돼요."

"아아……."

잠시 잊을 뻔했다. 헨리의 스케일을. 도란은 끄덕거리며 창밖을 내다봤다. 짧았지만 헨리 덕분에 스페인 구경도 했구나.

안녕. 스페인. 또 보는 일이 있을진 모르겠지만 잘 지내렴.

도란은 조이와 함께 비행기에 탑승했다. 둘레둘레 자리로 이동하는데 손이 쑤욱 나와서 끌어당긴다.

"어엇."

도란은 엉거주춤 손이 이끄는 대로 자리에 털썩 앉게 됐다.

"어디 가?"

레이가 안대를 올리고는 인상을 쓴다. 이 남자가 또 당연한 듯 날 옆자리에 앉히다니…….

"아, 자리를 못 찾아서요."

도란은 헤헤 웃었다. 레이는 못마땅한 표정으로 쳐다보다가 다시 안대를 내리고 의자에 머리를 기댔다.

휴우. 마음에 안 들어도 지은 죄가 있으니 잠자코 있어야지. 앞으론 정말 술을 조심해야겠다. 다시 한 번 그런 일이 벌어진다면 난 아마 한강…… 아니지. 템즈강에 몸을 던져야 할지도 몰라.

도란은 벨트를 매고 의자 깊숙이 몸을 묻었다. 아직 과음의 여파가 완전히 사라지지 않았는지 피곤함에 잠이 몰려왔다. 몸을 옹송그리고 잠을 자려는데 갑자기 무언가 사르륵 몸을 덮었다.

"어?"

도란이 고개를 드니 레이가 담요를 덮어 주고 다시 의자에 몸을 기대는 모습이 보였다. 의외의 친절함. ……그래도 따뜻하네? 도란은 입술 끝을 둥글게 올리고는 포근한 담요를 칭칭 두르고 잠에 빠져들었다.

그리고 어느 순간 도란의 고개가 레이 쪽으로 떨어지고 그 위에 레이의 머리가 포개졌다. 잠에 곯아떨어진 둘은 눈치채지 못한 사이 레이의 체온을 느낀 도란이 따뜻함을 좇아 본능적으로 그에게 더욱 달라붙었다.

"얘네들 진짜 사이좋네? 야. 이것 좀 봐."

앞자리에 있던 기안이 히죽거리며 말하고는 휴대폰 카메라를 꺼내 들었다. 누가 봐도 연인 같은 모습으로 서로를 의지해서 깊은 잠에 빠져든 둘이 사진 속에 담겼다.

4.

축구 선수들은 정력이 엄청나다면데……
정말인가요?

깨진 유리 대접이 다행히도 감쪽같이 붙어 있었다. 도란은 그 그
릇에 물을 담아 기숙사 창문 앞에 섰다. 달이 좀 희뿌옇게 보이긴 하
지만 그래도 달은 달이니까.

'내일 레이 골 넣게 해 주세요. 그리고 여유가 되신다면 우리 다
니엘 오빠도 잊지 말아 주시고요.'

도란은 두 손을 모아 간절히 빌었다. 약속 때문에 레이의 골을 기
원했지만 다니엘에 대한 기도는 역시 빠뜨릴 수 없어 슬쩍 붙였다.
이 정도는 그도 이해해 주지 않을까?

"쳇, 휴대폰 요금 많이 나오면 책임질 거냐고."

도란은 레이의 협박에 따라 증거사진을 그의 휴대폰으로 보냈다.

[오늘도 완료. 됐죠?]

전송되자마자 득달같이 답장이 왔다.

[다니엘도 끼워 넣은 건 아니겠지.]

헉. 이놈 눈치가 장난이 아닌데?

[아니에요. 훈련은 끝났어요?]

[끝났어.]

[그럼 잘 쉬세요.]

[넌?]

[저도 끝났죠. 기숙사예요.]

[헛짓하지 말고 잠이나 자.]

[헛짓이라니 무슨……. 다니엘 팬질은 제 생명이거든요?]

[잘났군.]

이 남자가 단답으로 끝도 없이 보내네. 근데 왜 난 이 남자가 뭘 물어보는지 알고 있는 거지? 도란은 고개를 갸웃거리며 답장을 계속 보냈다. 이상하게 단답으로 이어지는 이 남자와의 문자가 끝나지를 않는다. 왜지? 왜일까?

그리고 다음 경기. 거짓말같이 레이는 부활했다.

『부활의 신호탄! 바리야를 상대로 4골을 터뜨린 레이 블레어!』

『드디어 골 잔치의 시작? 그의 부활을 기다렸다!』

『전 세계 축구팬들 환호! 엘튼의 9번은 오랜 골 가뭄을 물리치고 축포 터트리듯 골을 터뜨렸다.』

그날 온통 레이의 부활을 제목으로 한 기사가 쏟아져 나오고 세계의 축구 팬들은 다시금 돌아온 천재 스트라이커의 귀환을 반겼다. 헨리 역시 싱글거리며 기사들을 읽어 내려갔다.

"역시 우리 마스코트 걸의 힘이야. 레이도 바로 부진의 늪에서 탈출했잖아?"

"그게 란과 무슨 상관이 있다는 말입니까? 지금 그게 문제가 아니에요. 보스! 아주 중요한 회의가 있어서 하루 더 머문다더니 스페인 모델이랑 스캔들을 내요? 게다가 이 여자는 이제 19살이지 않습니까!"

조이의 미간에 또 내 천(川)자가 좍좍 그어졌다.

"그게 왜 문제가 된다는 거야? 조이. 그건 내 사생활이라고."

"그 사생활을 관리하는 게 누구라고 생각하는 겁니까?"

한동안 잠잠하다 했더니 헨리가 또 애인을 늘렸다. 이로서 관리대상이 7명. 그중 4명이 미국인과 브라질리안, 스페니쉬다. 거기다 19살…… 아. 위장약. 위장약을 어디다 뒀더라?

조이가 얼굴에 빗금이 가선 위장약을 찾으러 나가고 헨리는 콧노래를 부르며 계속 레이의 활약을 다룬 기사를 찾아 클릭해 댔다.

"어이, 봉지!"

"그렇게 부르지 말라니까요?"

도란이 레이를 홱 돌아보며 째려봤다.

"왜? 맞잖아."

싱글거리며 다가온 레이는 도란의 머리 위에서 통통거리며 흔들리는 비닐봉지를 손가락으로 쿡쿡 찔렀다.

"그래도 사람을 보고 봉지라고 하면 못 쓰죠."

"너네 나라 주술, 효과 좋은데?"

"우연이겠지요. 이게 그렇게 잘 먹히면 다니엘은 이미 발롱도르를 밥 먹듯이 탔겠네요."

도란이 삐죽거리면서 말하자 레이는 고개를 낮춰 시선을 가까이 맞추고 말했다.

"이번엔 네 진심이 담긴 거라?"

"허! 웃겨. 전 다니엘에게 항상 진심이거든요! 이건 우연일 뿐이니 너무 의지하진 말아요. 내가 점쟁이 문어도 아니고 그런 신기는 없다 고요."

"크큭. 그럼 뭐 그렇다고 해 두지."

도란은 레이가 웃는 얼굴을 빤히 바라봤다. 그는 정말 기분 좋아 보였다. 하긴 해트트릭에 한 골을 더한 네 골을 터트렸으니, 이게 얼마 만인가. 거의 2년 만의 완벽한 승리가 아닌가.

"3일 후에도 시합 있는 거 알지? 사진 찍어서 보내는 거 잊지 마."

"네에네에. 알겠으니까 어서 축하 파티나 가시지요? 오늘 파티 있 으시다면서요. 부활 축하 파티."

도란이 손을 휘이휘이 젓자 레이가 의아스럽게 물었다.

"넌?"

"전 졸업 논문 때문에 가 봐야 돼요. 아무리 축덕녀라지만 애써서 유학 왔는데 무사히 졸업은 해야죠. 여긴 우리나라랑 달라서 미친 듯 이 해야지 졸업장을 준단 말이에요."

"꼬맹이였군."

"꼬맹이라뇨! 나하고 몇 살 차이도 안 나면서."

"몸은 내 절반도 안 되잖아?"

"그건 당신이 지나치게 큰 거거든요? 어쨌든 전 갑니다. 축하 파 티 잘하세요."

도란은 손을 흔들며 빙글 돌아섰다. 정말 논문이 시급하다. 이대로 가다간 졸업 못할 가능성이 크단 말이지! 다니엘을 보러 가고 싶은 마음을 꾹꾹 눌러 참고 기숙사로 향하는 도란의 뒷모습을 레이가 우두커니 서서 바라보고 있었다.

"정말 축하해. 레이! 이게 얼마 만의 MOM이야?"

다니엘이 잔을 가볍게 부딪치며 진심을 담아 축하했다.

"고마워."

레이도 기분 좋은 표정을 숨기지 않았다. 오늘은 정말 부상 이후 최고의 컨디션을 보인 날이다. 여기저기서 쏟아지는 축하를 뒤로하고 레이는 다니엘과 둘만 테라스로 빠져나와서 선선히 불어오는 바람을 즐기고 있었다.

"뭔가 심경의 변화라도 있던 거야? 갑자기 나아진 걸 보니."

다니엘이 묻자 레이는 테라스 난간에 기대선 채로 술잔을 빙글빙글 돌렸다.

"글쎄."

잔잔한 미소를 띠고 있는 레이를 의심스러운 표정으로 바라본 다니엘이 어깨를 툭툭 쳤다.

"뭐야? 어디서 절대반지라도 구한 사람 같은데? 달라고 안 할 테니 말해 봐."

레이가 묘한 표정으로 다니엘을 슥 바라봤다.

"싫다. 너한테는 더."

"나한테는 더? 왜?"

다니엘은 이해할 수 없다는 듯 눈을 크게 떴다.

"넌 지금까지 충분히 받았잖아."

"뭘?"

"어쨌든. 이제 네게 돌아가지 못할 거니 포기해. 너한테는 애슐리가 있으니 상관없잖아."

"도대체 무슨 소릴 하는 거야?"

영문 모를 소리에 다니엘의 표정이 어리둥절해졌지만 레이는 느른한 미소를 머금고 그를 응시했다. 그의 눈빛은 조금은 장난스러운 듯 보였지만 진지한 빛을 품고 있었다. 한참 눈을 마주치고 있던 다니엘이 픽 웃음을 터뜨리며 말했다.

"야, 그렇게 쳐다보지 마. 설레게 왜 이래?"

둘 다 키득거리는데 마침 레이의 전화벨이 울렸다.

"또 축하 전화?"

다니엘이 레이의 어깨에 슥 팔을 걸치며 물었다. 아까부터 사방팔방에서 축하 전화 세례를 받던 레이는 눈을 가늘게 뜨고 액정을 쳐다봤다.

"모르는 번호인데."

"기자인가 보지."

어서 받아 보라는 듯한 다니엘의 제스처에 레이가 전화를 받았다.

"네."

— 레이. 나야.

전화선을 타고 익숙했던 목소리가 들리자 레이의 표정이 굳어졌다.

한창 졸업 논문에 열중하고 있던 도란의 휴대폰이 가열차게 울렸다. 한 손으로 휴대폰을 확인해 보니 레이의 전화였다.

얼레? 이 시간에 웬일? 파티 끝났나?

"여보세요."

— 나야.

도란이 갸웃거리며 전화를 받으니 왠지 기운이 없어 보이는 레이의 목소리가 들려왔다.

"레이인 거야 알죠. 파티는 벌써 끝난 거예요?"

— 기숙사인가?

자신의 말에는 전혀 대답해 줄 생각이 없다는 듯 레이가 물었다. 이런 일방적 질문에 어느샌가 익숙해진 도란이 타자를 치며 대답했다.

"네. 기숙사죠. 논문 쓰고 있는데 왜요?"

— ……잠을 잘 수가 없어.

"네?"

도란은 전화기를 고쳐 잡고 인상을 썼다.

— 잠을 잘 수가 없다고. 내일부터 다시 훈련인데…… 잠을 잘 수가 없어.

그래서 나보고 도대체 어쩌라는 거지? 도란은 잠시 당황스러운 표정으로 전화기를 쳐다보다가 다시 말했다.

"그래서요?"

— …….

대답은 들리지 않고 숨소리만 들렸다.

"저기 레이. 술 많이 마셨어요?"

— 조금.

"어쩐지. 술 취했으면 곱게 잠이나 자는 것이 어떨……."

— 여기로 와 줬으면 하는데.

헉. 이 인간이 많이 취했나? 잠 안 오는데 왜 날 불러?

"네에? 내, 내가 왜요?"

— 네가 오면 잘 수 있을 것 같아. 와 줘. 란.

란. 레이가 이름을 부르는 건 거의 없는 일인 것 같다. 그래서 왠지 더 신경이 쓰이기는 하는데…… 에이, 그래도 이건.

"저기요. 제가 수면베개도 아니고 말이죠."

— 부탁이야.

마음을 가다듬고 일장연설을 늘어놓으려는데 레이의 힘없는 목소리를 들으니 아무 말도 할 수가 없었다. 아니 그래도 내가 왜 다 큰 남자 잠을 재워 주러 가야 한단 말인가. 난 논문도 있고, 논문이 아니더라도 어떻게 다 큰 남자랑 여자랑 같이 잠을…… 자도 레이 놈은 아무 짓도 안 하긴 했지만. 아무리 그래도…….

"당신 집 앞에 파파라치 널린 거 몰라요? 거길 내가 무슨 수로 뚫고 들어가요?"

— 집이 아니라 호텔이야. 주소 보낼 테니 택시로 와. 지금.

"네? 아니 잠깐. 이봐요! 이봐……."

레이는 자기 말만 하고 전화를 뚝 끊어 버렸다. 황망한 표정으로 전화기를 보고 있던 도란은 한숨을 내쉬었다. 뭔가 현실적인 말로 둘러대려고 했지만 레이는 막무가내였다. 파파라치가 집에만 있으란 법은 없는데. 호텔에도 잠복 중인 줄 누가 알겠느냐 말이다. 하긴 술 취한 사람이 다른 사람 말을 귀담아들을 리가 없지.

"에휴…… 내 팔자야."

비 맞은 강아지같이 처연한 목소리로 부탁한다는 레이의 말을 거절하긴 힘들었다. 얼마 전 자신도 술 취해서 실수한 것도 있으니 여기서 모른 척하면 안 되는 것 같고…… 무엇보다 이 남자 목소리가 너무 안 좋다. 아까는 그렇게 기분이 좋아 보이더니……. 완벽한 부활을 이룬 날 왜 이렇게 기분이 가라앉은 걸까?

"그래. 가자, 가."

도란은 최대한 펑퍼짐한 재킷에 까만 바지를 입고 모자를 눌러쓴 채 기숙사를 나섰다. 어차피 모자 쓰고 대충 입으면 여잔지 남잔지조차 분간 안 되는 동양 꼬맹이니까 괜찮겠지. 아, 내가 말하고 왜 내가 슬퍼지는 거지?

"택시!"

도란은 슬픔을 떨치듯 질주하는 택시를 향해 손을 번쩍 치켜들었다.

다행히 호텔 엘리베이터에 탈 때까지 누구도 도란에게 관심을 보이지 않았다. 레이가 보내 준 주소가 찍혀 있는 문자를 다시 확인하고 28층까지 올라갔다. 엘리베이터 문이 열리자마자 지금까지 보아 온 호텔들과는 다른 럭셔리한 복도가 펼쳐지자 저도 모르게 흠칫 놀랐다.

"쪼, 쫄 거 없어. 괜찮아."

도란은 스스로에게 타이르듯 말하며 복도를 걸어갔다. 사실 찾을 필요도 없는 것이 이 넓은 복도에 문이라곤 딱 하나밖에 없었다. 도란이 문으로 다가가 벨을 누르자 저절로 문이 열렸다.

열린 문 안으로 살금살금 들어서자 대리석으로 깔린 거대한 공간 안 한편에 놓인 침대가 보였다.

"레이?"

어두컴컴한 공간 안에 희미한 무드등만 켜 있어 시야가 어두웠다. 나 야맹증 있는데……. 구시렁거리며 살펴보니 침대 위에 무언가가 있는 게 보였다. 그쪽으로 조심조심 다가가며 도란이 말했다.

"거기 있는 거 맞죠? 왜 이렇게 어둡게 해 놓고 있어요?"

"이게 편해."

역시 목소리는 침대 쪽에서 들어왔다. 거대한 침대 뒤 전면 창에 반짝이는 야경이 펼쳐져 있었다.

"와…… 여기 전망 끝내주네요."

도란이 신기한 듯 창밖에 시선을 둔 채 다가오자 침대 위에 느른히 누워 있던 레이가 팔에 머리를 기댔다.

"늦었어."

"최대한 빨리 왔는데 그게 무슨 소리……어어."

도란이 사정거리에 들어오자 레이는 그녀의 팔을 낚아채더니 확 잡아끌었다. 그 바람에 도란은 광활할 정도로 넓은 침대에 풀썩 쓰러지게 되었다.

출렁.

쓰러지자마자 느껴지는 이 엄청난 쿠션감이라니. 도란은 마치 물침대처럼 탄력적으로 흔들리는 침대 위에서 기우뚱거리다 겨우 중심을 잡았다.

"놀랐잖아요!"

도란이 빽 소리를 지르는 것도 개의치 않고 레이는 그녀의 허리를 끌어당겨 자신과 마주 보고 눕게 했다.

"소리 지르지 마. 머리 울려."

살짝 미간을 찌푸린 레이가 옆으로 누운 채로 도란을 바라봤다. 그의 흐트러진 셔츠와 정장 바지를 보니 파티장에서 이쪽으로 바로 온 모양이다. 술 때문인지 얼굴이 무척 피곤해 보였다. 왠지 우울해 보이는 것 같기도 하고……. 이 남자 정말 많이 마시긴 한 것 같다. 술 냄새가 아주 진동을 하네.

"내가 지금 소리를 안 지르게 생겼냐고요. 내가 왜 여기까지 와서 레이 베개가 되어야 되는 건데요? 술만 잔뜩 퍼마시고 와서 주정 부리는 것도 아니고……. 그런데 술은 왜 이렇게 많이 마셨어요?"

차마 소리를 지르지 못한 도란이 중얼중얼 읊조리듯 말했다.

"……이봐."

"네?"

레이의 낮은 목소리에 도란은 속으로 숨을 삼켰다. 아무렇지도 않은 척 대꾸했지만 왠지 심장이 쿵쿵쿵 거세게 뛰고 있었다.

"나에게서 축구를 빼면 뭐가 남을 것 같아?"

"그게 무슨 뜻인지…… 레이에게서 축구를 왜 빼야 되는데요?"

도란이 미간을 살짝 찌푸렸다. 무슨 선문답도 아니고…….

"레이 블레어에게서 축구를 빼면, 뭐가, 남을 것 같아?"

레이는 강조하듯 또박또박 끊어서 다시 물었다. 그게 그렇게 궁금한가? 도란은 진지한 그의 얼굴을 보다가 눈동자를 데굴 굴려 찬찬히 생각했다.

"음……. 레이 블레어에게서 축구를 빼도 레이 블레어가 남겠죠. 축구를 뺀다고 다른 사람이 되는 것도 아니고 갑자기 팔다리가 사라져 버리는 것도 아니고 자웅동체가 되는 것도 아니고요."

"……."

왜 저렇게 보는 거래. 도란은 자신을 빤히 바라보는 레이를 마주 보며 미간을 좁혔다.

"왜요? 내가 뭐 잘못 말했어요?"

"……쿡, 아니."

레이가 낮게 웃음을 흘리자 눈을 세모꼴로 홱 치켜뜬 도란이 째려봤다.

"지금 그거 비웃음 같은데? 맞죠?"

"아니라니까."

"거짓말하지 말…… 꺅!"

갑자기 레이가 그녀를 끌어당겨 그 단단한 가슴 안에 확 가두자 도란이 빽 비명을 질렀다. 레이는 도란이 팡팡 몸을 때려 대는데도 아랑곳하지 않은 채 계속 낮게 웃어 댔다.

"레이! 답답해요! 답답하다니까요?"

"머리 울린다니까. 가만히 있어."

"답답하다고요!"

"가만히 있으라니까."

"답답하다고요!"

"고마워."

"답답…… 네?"

답답해서 고맙다는 소린가? 도란이 어안이 벙벙한 표정으로 이게 무슨 소린지 생각하고 있는데 레이가 살짝 그녀를 풀어 줬다. 도란을 응시하는 그의 심연과 같은 푸른빛 눈동자가 너울지고 있었다.

"그게 무슨 소리예요?"

레이의 입술 끝이 살짝 말려 올라갔다. 그의 매력적인 눈이 가늘게 휘어지며 웃음 짓고 있었다.

"있어……. 그런 게."

"네? 그게 무슨……."

도란의 이마가 찌푸려졌지만 레이는 기다란 속눈썹을 천천히 늘어뜨리며 눈을 감았다. 그러고는 그대로 잠에 빠져드는 듯했다. 의문도 해소해 주지 않고 잠들어 버리다니……. 도란은 불퉁한 표정으로 레이를 노려봤다. 거참 성격처럼 얼굴도…….

"드럽게 잘생겼네."

사실 저 얼굴은 할리우드에 내놔도 꿀리지 않는다는 그 명성 높은 얼굴 아닌가. 아무리 미운 놈이라지만 드럽게 못생겼다는 말은 차마 못 하겠다. 그런데 이 남자, 정말 불면증 맞아? 매번 이렇게 순식간에 잠들어 버리면서 무슨…….

레이는 고른 숨결을 내쉬며 깊이 잠든 듯했다. 이대로 있으면 계속 저 얼굴을 홀린 듯 보고 있게만 될 것 같아 도란은 슬쩍 몸을 일으켰다.

"어어."

분명 잠든 줄 알았던 레이가 도란이 일어서려는 걸 어떻게 알아챘는지 번개같이 그녀를 다시 낚아채 품 안에 가뒀다.

"레, 레이? 안 잤어요? 이거 놔줘요."

레이는 꿈쩍을 안 했다. 올려다보니 잠들어 있는 것이 분명한데…… 저번처럼 또 곰돌이 인형마냥 껴안고 잘 생각인가?

단단한 레이의 품 안에 안긴 채 도란은 고뇌에 빠졌다. 에휴. 남자친구를 사귀기도 전에 왜 이 남자와 자꾸 이래야 되는 거지? 헨리. 이것도 마스코트의 역할인가요? 그래, 난 곰돌이 인형. 곰돌이 인형이다.

도란은 스스로를 곰돌이 인형이라고 세뇌시키며 레이의 잠든 얼굴을 바라봤다. 스탠드의 흐릿한 불빛 덕분에 그의 감은 눈과 오똑한 콧등이 시야에 잡혔다. 만약 레이를 좋아했다면 지금 세상을 다 얻은 기분이겠지? 이 순간이 얼마나 행복할까? 아무 짓도 안 하는 걸 오히려 서운하게 생각할지도 몰라. ……아니, 내가 덮칠지도. 이렇게 잘생긴 얼굴을 보며 튼실한 몸에 안겨 있으니 레이를 싫어하던 나조차 이렇게 가슴이 벌렁거리는데 레이 팬들은 아마 심장마비 걸릴지도 모른다.

가만, 그러고 보니 축구 선수들은 정력이 엄청나다던데…… 어머머. 내가 무슨 생각을??

아, 창피해. 나한텐 다니엘이 있는데! 미안해요. 오빠! 내가 잠깐 정신이 나갔었나 봐요! 도란은 애써 고개를 붕붕 저어 대며 마음을 다잡으려 노력했지만 한 번 생각이 그쪽으로 흐르자 걷잡을 수가 없었다.

하악. 지금 내 다리를 감싸고 있는 굵은 허벅…… 허벅지가아아아 아아아!

탄탄하고 쫀득한 근육에 안겨 있자니 막 가슴이 이상하게 벌렁거리고 콧바람이 거칠어지는 것이…… 뭐, 뭐지. 이 느낌은?

전에 이와 비슷한 상황에서는 엄청 긴장되긴 했어도 이렇게 뭔가 불끈불끈한 느낌은 없었는데 이 쪼이는 듯한 아랫배의 감각은 뭐란 말인가? 설마 이게 흥분? 맙소사! 계속 이러고 있다간 머릿속이 이상해지겠어!

도란이 그의 품에서 빠져나가려고 필사적으로 몸을 뒤로 빼는데 또 레이가 본능적으로 팔에 힘을 줘서 감싸 안는다. 그 반동으로 가오리같이 넓은 가슴팍에 찰싹 붙어 버리고야 말았다.

우오오! 미쳐 버리겠네. 정말!

단단하게 각이 잡힌 레이의 가슴이 얇은 티셔츠 사이로 디테일하게 느껴져 꼴딱꼴딱 침이 넘어가고, 이 무슨 욕구불만 노처녀도 아니고 이 펄떡거리는 심장은 도대체 뭐란 말인가? 아……. 잠은 다 잤다.

아침에 눈을 뜬 레이는 언젠가 느꼈던 이상한 감각을 느꼈다. 뭔가 아주 개운하고 온몸에 에너지가 꽉꽉 들어찬 상쾌한 기분. 묘한 기분에 고개를 드니 그의 시야에 다크서클이 턱까지 내려온 도란의 얼굴이 딱 들어왔다.

"뭐야?"

레이가 미간을 찌푸리며 묻자 도란이 확 인상을 썼다.

"뭐긴요! 레이가 한밤중에 술 먹고 당장 오라고 진상 부려서 달려온 사람이죠!"

"아, 그래."

도란이 버럭거리자 레이는 그제야 생각난 듯 제 머리칼을 헝클이며 무감하게 말했다. 그러자 도란의 눈에 쌍심지가 켜졌다. 아, 그래? 간밤에 사람을 한 숨도 못 자게 하더니 반응이라곤 아, 그래에??

분노로 이글이글 불타는 눈빛으로 레이를 노려보고 있는데 느른한 표정으로 보기 좋은 금발을 이리저리 헝클이던 레이가 눈을 몇 번 깜박이더니 도란에게 고개를 돌렸다.

"너 안 잤어?"

"못 잤어요!"

도란이 레이를 팩하고 밀치며 일어났다. 간밤에 레이에게 끌어안겨 있느라 화장실도 못 갔더니 오줌보는 터질 지경이다. 어정쩡한 자세로 주춤거리며 화장실 쪽으로 걸어가는데 뒤에서 레이의 목소리가 슬쩍 들린다.

"왜 못 잤어? 전엔 잘만 자더니. 내가 혹시 무슨 실수를 한 건……."

"손가락 하나 까닥 안 했으니 걱정 마시죠!"

도란은 버럭 성질을 내고는 욕실로 들어갔다.

이상하게 화가 났다. 잠을 못 자서 그런가. 아니면 두 번이나 신체 건강한 남자한테 안겨 밤을 보내고도 털끝 하나 건드려지지 않아서 자존심이 상한 건지. 나도 여잔데. 휴우. 나도 내 맘을 모르겠다. 건

들지 말라고 그렇게 버럭거렸으면서 안 건드려 줬다고 서운한 이 심리는 뭔가?

하아……. 수면 부족이 미친 육욕을 불러온 게지. 어서 기숙사로 돌아가서 잠도 좀 자고, 다니엘 사진으로 마음은 정갈하게 해야겠어.

도란이 욕실 안에서 비장한 표정으로 마음을 다지는 동안 레이는 광활한 침대 위에 비스듬히 누운 채 생각에 잠겨 있었다.

기분 탓이 아니라면, 저 여자를 안고 잘 때는 만성불면증 환자라는 것이 믿기지 않을 정도로 숙면하게 된다. 혹 슬럼프 때문이라 골을 터뜨린 어제 잘 잘 수 있던 건지 생각해 봤지만 저 여자가 오기 전까지 전혀 잠이 안 왔으니 그건 분명 아니다.

왜일까? 왜 저 여자를 안고 있으면 잠을 잘 수 있는 거지?

레이의 푸른빛 눈동자가 깊게 일렁였다.

숙면을 취하고 얼굴이 반들반들해진 레이와 달리 도란은 밤새 십 년은 늙은 듯 보였다. 병든 병아리처럼 조수석에 앉아 퀭한 시선으로 창밖을 바라보고 있는 도란에게 레이가 말했다.

"내가 피곤하게 한 건가?"

덮어쓰고 있던 레이의 재킷을 내리며 도란이 레이에게 시선을 돌렸다. 눈 밑에 시커멓게 내려앉은 다크서클이 도란의 얼굴을 더욱 음침하게 만들고 있었다.

"괜찮아요. 선수 체력이 중요하니까. 전 마스코트잖아요. 그리고 당신이 골을 잘 넣어 줘야 우리 다니엘 오빠한테도 좋을 테고요."

도란이 중얼거리듯 말하자 일순 차 안의 분위기가 급속도로 냉각 됐다.

"네 머릿속엔 다니엘밖에 없군."

힐끗 도란을 내려다본 레이가 냉기가 도는 어투로 내뱉었다.

"당연하잖아요. 다니엘은 내 우상이라고 몇 번을 말해요?"

레이의 표정이 더욱 딱딱하게 굳었지만 도란은 눈치채지 못했다.

"다니엘은요. 내 힘든 유학생활에 유일한 등불이에요. 삶의 활력이자 정신적인 지주라고요. 지금 이렇게 마스코트 걸 하는 이유도 다 다니엘 때문…… 꺅!"

레이가 끼이익 소리를 내며 급작스럽게 차를 세웠다. 몸이 출렁 앞으로 쏠렸던 도란이 놀라서 레이에게 홱 고개를 돌렸다.

"놀라라! 왜 이래요?"

레이를 보자마자 도란은 흠칫 놀랐다. 얼굴이 무섭게 굳은 레이가 가슴을 들썩거리며 크게 숨을 내쉬고 있었다. 이, 이 남자가 갑자기 왜 이래? 도란이 당황스러운 표정으로 레이를 보고 있자 레이가 버튼을 주먹으로 쾅 내려쳤다. 도란이 깜짝 놀라는 사이 그녀 쪽의 조수석 문이 열렸다.

"내려."

"네?"

도란이 당혹스러운 얼굴로 레이에게 되물었다.

"내리라고."

레이가 서늘할 정도로 낮은 목소리로 말했다. 그 순간 도란은 온몸이 빳빳하게 굳는 느낌이었다. 적대감. 이 남자에게 단 한 번도 느껴 본 적이 없던 그 감정이 불시에 느껴지자 아무 말도 하지 못하고 입만 뻐끔거리고 있다가 내질렀다.

"허! 내리라면 못 내릴 줄 알고요?"

황망한 시선으로 바라보고만 있던 도란이 제정신을 차린 듯 버럭

소리를 쳤다. 그러고는 그의 재킷을 신경질적으로 던지며 열린 문 밖으로 나왔다.

탕!

세차게 차 문을 닫자마자 레이의 차가 거칠게 출발했다. 도란은 순식간에 멀어지는 그의 미끈한 스포츠카를 망연자실한 표정으로 바라보고 서 있었다.

진짜 가 버리네? 세상에! 뭐 저런 남자가 다 있어? 갑자기 재워 달래서 한밤중에 쫓아가서 재워 줬더니만 길가에 버리고 가? 에라잇, 나쁜!

"택시!!"

도란은 또 손을 번쩍 치켜들고는 분노로 버럭거리며 택시를 잡았다.

"레이. 혹시 무슨 기분 나쁜 일 있었어?"

로커 문을 거칠게 밀어 닫는 레이의 모습에 옆에서 움찔거리던 렉스가 물었다. 레이는 흘끗거리며 계속 얼굴을 살피는 렉스를 뒤로하고 대답도 없이 밖으로 나갔다. 훈련장으로 걸어가는 레이의 머릿속은 한 여자 때문에 엉망진창이었다.

계속 듣던 다니엘 타령이지만 오늘은 정말이지 화가 났다.

그러니까 그 여자 머릿속엔 다니엘 놈밖에 없단 말이지? 유일한 등불이며, 뭐? 삶의 활력에 정신적 지주? 다니엘이 무슨 신이야? 우상숭배 하는 것도 아니고 도대체 뭐야?

"빌어먹을!"

욕설을 내뱉으며 몸을 푸는 레이의 표정이 워낙 무서워서 아무도 근처로 접근을 못 했다. 감독도 안절부절못하며 다니엘에게 물었다.

140

"레이 녀석 왜 저래? 안 좋은 일 있었어?"

다니엘도 레이의 뒷모습을 보며 고개를 갸웃거렸다.

"글쎄요……. 시합도 좋았는데…… 아, 어제 그 전화 때문인가?"

"전화?"

다니엘이 중얼거리는 말에 감독이 호기심 만발한 표정으로 얼굴을 바짝 갖다 댔다. 다니엘은 씨익 웃으며 감독에게서 한 걸음 뒤로 멀어졌다.

"아, 그런 게 있어요."

"이봐. 어디 가는 거야? 더 말해 봐. 다니엘, 도대체 뭔데? 무슨 전화냐고. 나 궁금하면 잠도 못 자는 성격인 거 알잖아? 다니엘? 어이, 다니엘!"

다니엘은 웃는 얼굴을 하고 축지법을 쓰듯 뒷걸음질로 감독에게서 멀어졌다. 한참 멀어져서 감독이 뭐라 뭐라 하는 소리가 제대로 들리지 않을 때 즈음 되자 그제야 뒤돌아 천천히 달리며 다니엘이 생각했다.

'그 전화는 분명 소피였는데…… 혹시 저 녀석, 아직 소피를 잊지 못하는 걸까?'

레이의 저기압의 이유가 자기 때문인지는 꿈에도 모르는 다니엘은 그런 생각을 하며 훈련장을 천천히 달렸다.

"나쁜 놈!"

도란이 다 닦은 커피 잔을 테이블 위로 세차게 내려놓으며 버럭거렸다.

「왜 그래? 무슨 일 있었어?」

옆에서 컵을 닦던 진희가 흠칫 놀라서 묻자 도란이 한숨을 푸욱 내쉬고는 고개를 저었다.

「아냐. 그냥 열 받는 일이 생각나서 그래.」

「논문은 다 썼어? 요즘 엘튼 일정 따라다니다가 별로 못 썼다며.」

「응. 큰일이야. 어서 해야 하는데.」

도란의 얼굴이 어두워졌다. 다니엘 빠순이로 살며 타이트한 학교 생활까지 병행하기도 벅찼는데, 요즘 그 망할 레이 놈 때문에 뭘 해도 집중도 안 되고⋯⋯. 그래. 지금 내가 레이 놈한테 이러고 있을 때가 아니지. 일단 논문부터 어떻게든 끝내고 봐야겠다.

도란은 커피점 아르바이트가 끝나자마자 부리나케 기숙사로 돌아왔다. 최대한 빠른 시일 내에 어떻게든 논문을 끝내리라 마음먹고 책상 앞에 앉아 끙끙대고 있는데 헨리한테서 전화가 왔다.

"헨리? 저 지금 무지하게 바쁜데. 졸업 못할지도 모른다고요."

— 오. 우리 마스코트 걸 많이 바쁜가요? 그럼 할 수 없지. 지금 파티 중이라 부르려고 했거든.

이 파티광은 허구한 날 파티라니까. 도란은 끙, 소릴 내며 조곤조곤 말했다.

"미안해요. 당분간은 제가 바빠서⋯⋯."

— 괜찮아요, 괜찮아. 모레 시합은 올 거죠?

"네. 물론 시합은 가야죠. 헨리도 애인 그만 늘리고 적당히 노세요!"

— 하하. 노력해 보죠. 그럼 경기장에서 봐요!

헨리는 호탕한 웃음을 지으며 전화를 끊었다. 7명에서 애인을 더 이상 늘리지 않는 게 노력이 필요한 일일까? 조이가 정말 고생이 많다.

도란은 끊은 휴대폰을 다시 책상 위에 던져 놓으려다가 문득 휴대폰을 멍하니 쳐다봤다.

아침에 그렇게 버리고 가 놓고선 레이한테서 문자 한 통이 없다. 미안하지도 않은가? 도대체 왜 화를 낸 건지도 모르겠다. 아마 어제 파티에서 엄청나게 기분 안 좋은 일이 있었고 그래서 나한테 화풀이 한 게 아닌가 싶은데……

흥! 쫌생이 같으니. 이번에는 물 떠다 놓고 다니엘만 잘하게 해 달 라고 빌어야지. 시합 망치든 말든 알아서 하라고, 망할 레이!

이제 또 잠 안 온다고 부르기만 해 봐라. 절대 안 가!

영국에서 흔치 않은 무지하게 쾌청한 날씨다. 마치 파란 물감 위 에 하얀 솜사탕을 덕지덕지 펴 놓은 듯 예쁜 구름과 쨍한 햇빛이 그 림 같은 조화를 이뤘다.

그래서 아르바이트 하는 커피점이 문을 닫았다.

날씨가 좋으니 놀러 나갑니다. Good luck!

이 메모 한 장 달랑 붙여 두고. 물론 이해는 한다. 이렇게 날씨가 좋은 날은 개떼같이 공원이든 어디든 뛰쳐나가서 일광욕을 해야 하 는 게 런던 사람들의 본능이니까. ……하지만 그래도 그러려면 전화 라도 한 통 주시지 그랬어요. 사장님! 여기까지 온 나는 어쩌라고!

도란은 한숨을 쉬며 진희에게 전화로 이 상황을 알려 줬다. 너라 도 당하지 말렴. 내가 먼저 카페에 온 게 얼마나 다행이니. 차비도 아끼고…….

갑자기 붕 뜬 시간에 이제 무얼 할까 하다가 런더너들처럼 햇빛을 받으며 쏘다니기로 결정했다. 마침 토요일이니까 토요일에만 열리는 포토벨로 마켓에 가서 구경 좀 하다가 하이드 파크에 가서 광합성이나 해야지.

도란은 튜브를 타고 노팅힐 게이트 역으로 갔다.

여긴 영화 노팅힐의 실제 배경이 된 곳이다. 그래서 노팅힐이라는 가게도 있다. 휴 그랜트가 일했던 서점이랑 외관은 똑같은데, 속은 전혀 다른 걸 팔지만. 어쨌든 여기 관광 온 사람들에겐 그게 중요한 건 아닌 모양이다. 오늘도 그 앞에서 기념사진을 찍고 있는 관광객들이 보인다.

그림 같은 색색의 비비드 칼라를 자랑하는 아기자기한 집들을 둘러보며 조금 걸어가니 어느새 마켓에 들어섰다. 날씨 좋은 토요일답게 거리에 온갖 사람들이 넘쳐났다.

영국인, 잡상인, 관광객들.

그 수많은 인파 속에 뒤섞여 이것저것 한창 둘러보다 보니 시간이 금방 지나가고 배가 고파졌다. 도란은 마켓거리에서 파는 크림빵이랑 바게트, 크레페를 하나씩 사서 하이드 파크로 향했다.

하이드 파크에 갈 때마다 느끼는 거지만 무슨 놈의 공원에 이렇게 으리으리한 문이 있는지. 고풍스러운 궁전과 학교 등이 있어서 그런지 입구도 고전미가 물씬 풍기는 문양의 창살문이 있었다. 마치 이 문을 지나면 내가 중세시대의 왕족이 된 듯한 느낌이 들……진 않는다. 난 축구관람 덕분에 런던 거지 생활을 영위하는 한낱 비천한 유학생일 뿐이니까.

도란은 호수 주변엔 사람들이 너무 많아서 그나마 좀 한가한 잔디밭에 들어갔다. 비치되어 있는 접이식 나무 의자에 앉아 사 온 음료수와 빵들을 꺼내 놓고 야금야금 먹기 시작했다.

아흥. 행복해.

달콤한 크레페를 한 입 베어 물자 입 안 가득 행복이 퍼졌다. 무척 한가롭고 행복한 기분으로 크림빵을 먹고 있는데 문득 주변에 있는 사람들이 죄다 연인이라는 걸 깨달았다. 여기도 연인, 저기도 연인, 꽁냥꽁냥한 분위기를 대놓고 풍기는 그들을 매의 눈으로 바라보다가 문득 자신의 옆에 비어 있는 하얀 의자가 눈에 들어왔다.

그런데 순간적으로 비어 있는 의자에 앉아 있는 남정네를 상상한 게…… 레이 놈이다.

맙소사. 레이 놈이라니? 이 오랜만의 눈부신 햇빛을 받으며 상상한 게 왜 다니엘도 아니고 레이 놈이냐는 말이다. 그 나쁜 놈이!

도란은 결연한 표정으로 남은 크림빵을 입 안에 꾸역꾸역 밀어 넣었다. 우리 오빠는 다니엘 한 명뿐이야!

"어라? 헨리. 저게 뭐예요?"

경기장에 도착해서 이리저리 둘러보던 도란이 어리둥절해선 물었다. 여기저기 엘튼 팬들이 도란이 머리 위에 하고 있는 것과 똑같은 비닐봉지를 하고 있는 게 아닌가?

"경기장 스토어에서 팔기 시작했거든요. 마스코트 걸의 사진이 많이 퍼졌다는 증거죠."

헨리가 싱긋 웃으며 말했다. 헨리의 윤기 나는 흑발 위에서 비닐봉지가 대롱거릴 때마다 조금 우스꽝스러웠는데 저렇게 사람들이 단체로 하고 있으니 꼭 한국의 야구장 같기도 하고…… 이게 이렇게 유행이 될 줄이야.

사람들이 쓴 봉투엔 자신이 좋아하는 선수 이름이나 등번호가 적혀 있었다. 도란의 머리 위에는 항상 다니엘이 적혀 있듯이.

"그런데 질문이 있는데요, 헨리. 오늘 의상 컨셉은 까마귀예요?"

"아니. 흑조인데?"

까만 깃털이 몸통을 다 덮고 있는 이상한 의상을 입고 있는 헨리가 흑조마냥 고고하게 샴페인을 들이켜며 대답했다. 아무리 봐도 까마귀인데…… 어차피 이 사람 의상에 일일이 신경 쓰는 건 부질없는 짓임을 파악한 도란은 그냥 넘어가기로 했다.

"란. 마실래요?"

"아, 네. 고맙죠."

옆자리에 앉아 있는 조이가 샴페인을 따라 줬다. 도란은 얼굴 반을 가리는 선글라스가 흘러내리지 않게 추켜올리고 양손으로 다소곳하게 술잔을 받았다.

달달한 샴페인을 홀짝홀짝 마시는데 경기가 시작됐다. 그런데 오늘 경기, 아무래도 이상하다.

"이런……."

경기가 시작된 이후 헨리의 표정이 점점 굳어져 갔다. 얼마 전 부활의 네 골을 집어넣고 전 세계 언론의 주목을 받고 있는 레이의 상태가 영 안 좋아 보였기 때문이다. 전반 20분째. 레이는 벌써 결정적인 공격 찬스를 세 번이나 놓쳤다.

그의 움직임은 눈에 띄게 무거워 보였다. 팬들의 얼굴도 심상치 않았다. 부활 뒤라 더더욱 기대를 품고 온 그들의 얼굴에도 실망하는 빛이 역력한 게 한눈에 보였다.

'아…… 레이.'

도란도 잔뜩 긴장된 표정으로 레이의 움직임을 눈으로 좇았다. 어젯밤 결심했던 대로 정갈한 물을 떠 놓고 레이의 응원은 한 마디도 읊지 않았다.

그가 그렇게나 빌어 달라고 부탁했었는데.

결국 전반을 다 채우지 못하고 레이는 교체당했고 도란은 그 모든 원인이 자기 때문인 양 심난했다.

그거 하나 빌어 주는 게 뭐가 어렵다고……. 좋아하는 다니엘이 줄곧 경기장에서 뛰고 있었는데도 도란의 시선은 벤치에 어두운 얼굴로 앉아 있는 레이에게 고정되어 있었다. 또 얼마나 혹평 기사가 쏟아질지 안 봐도 비디오였다. 잘하면 영웅, 못하면 한순간에 역적이 되는 게 이 세계니까.

한편 굳은 얼굴로 그라운드 위에서 빠르게 움직이는 선수들을 바라보던 레이가 금발의 머리카락을 떨구고 어금니를 꽉 깨물었다.

삐익!

경기 종료 휘슬이 울렸다. 경기는 엘튼의 승리였다. 시끌벅적하게 승리의 기쁨을 즐기는 그라운드 위의 선수들을 뒤로하고 레이는 경기 종료 휘슬이 울리자마자 전용 통로로 나가 버렸다.

다니엘이 걱정스런 눈으로 힐끗 쳐다봤지만 오늘 두 골이나 넣은 그를 축하해 주는 팬들을 버리고 따라 나갈 순 없었다.

"레이!"

거칠게 문을 열고 로커룸으로 들어간 레이를 도란이 따라와 불렀다. 뒤돌아보는 레이의 표정이 무서울 정도로 서늘했다.

혼자 있고 싶은데 괜히 따라 들어온 건가……? 그래도 이왕 온 거 어쭙잖은 위로라도 해야겠다는 생각에 도란이 머뭇머뭇 다가가며 말했다.

"저기, 너무 안 좋게만 생각하지 말아요. 얼마 전엔 네 골이나 넣었잖아요. 잘 안 풀리는 날도 있는 거죠. 다음 경기엔 분명 폼을 되찾을 수 있을 거예요."

차갑게 굳어 있는 레이의 얼굴이 미동도 없이 그녀를 쳐다보고만 있었다.

"그러니까 저기…… 레이."

왜일까? 저 차가운 얼굴이 마음이 아프다. 차라리 그가 뭔가라도 집어 던지면서 고함이라도 쳤으면 좋겠다. 저런 차가운 눈이 아니라. 저런 상처받은 짐승 같은 표정이 아니라.

안타까운 마음에 도란이 그에게 한 걸음 더 다가갔다.

"레이…… 앗!"

그 때 미동도 없이 서 있던 그가 갑자기 도란을 붙잡아 거칠게 로커로 밀어붙였다.

덜컹!

"읍!"

도란의 입술이 순식간에 레이의 뜨거운 입술에 삼켜졌다. 저항할 틈도 없이 잡아먹히듯 그에게 입술을 잠식당해 숨도 못 쉴 정도였다. 입술을 가르고 강렬하게 밀고 들어온 레이의 혀가 제 것인 양 도란의 입안을 헤집었다.

영화에서 보던 부드러운 키스가 아니라 분노로 가득 찬 격렬한 키스. 그의 뜨거운 혀가 어찌나 강하게 입안을 휘젓는지 숨이 턱턱 막혀 왔다.

"흐읍, 레, 레이. 잠깐……."

도란이 레이의 가슴을 밀쳐 내려 하자 레이는 그녀의 턱을 다시 강하게 낚아채선 거침없이 빨아 댔다. 농밀한 혀가 뒤엉키고 타액이 서로의 입술을 타고 흘러들어갔다. 밀어붙이는 그의 강한 힘에 도란의 등이 로커에 쿵쿵 소리를 내며 부딪쳤다.

뜨거운 입술이 도란의 입술을 애타게, 그리고 강렬하게 빨아 당겼다. 매끈한 혀가 촉촉한 혀를 휘어 감아 숨도 못 쉴 만큼 강한 마찰을 일으켰다.

"후우."

가쁘게 숨을 몰아쉬며 입술을 뗀 레이가 포박했던 그녀의 몸을 풀어줬다. 도란도 막힌 숨을 급하게 터뜨리며 충격을 받은 얼굴로 레이를 올려다봤다. 그의 짙은 사파이어빛 눈동자가 눈앞에서 일렁였다.

"너 때문이야."

"헉, 헉…… 뭐, 뭐라고요?"

어이없는 눈으로 레이를 쳐다보는데 마침 밖에서 쿵쾅거리며 사람들의 발소리가 들렸다. 도란은 깜짝 놀라서 레이를 확 밀쳤다. 그러고는 정신없이 로커룸을 빠져나가 반대편으로 달려 나갔다.

레이가 숨을 몰아쉬며 도란이 빠져나간 문을 바라보고 서 있었다. 잠시 후 그 문으로 선수들이 들어왔다.

"오늘 시합 너무 마음 쓰지 마. 레이."

다니엘이 걱정스러운 눈으로 레이를 바라보며 말했다.

"알아."

레이는 낮게 대답하며 손가락 끝으로 자신의 입술을 쓸었다. 살짝 부은 입술에는 도란의 향기가 남아 있었다. 촉촉한 감촉도.

정신없이 경기장 밖까지 미친 듯이 내달린 도란이 학학대며 숨을 몰아쉬었다.

저, 저 남자가 키스…… 키스를!

어린애로밖에 안 보인다더니 키스를 해? 그리고, 너 때문이라니?? 내가 어제 다니엘만 빌어 줘서 오늘 그의 경기력이 엉망이었다는 소린가? 그래서 나 때문이니까 나한테 화풀이를?

도란의 얼굴이 붉으락푸르락했다. 생전 처음으로 한 첫 키스가 복수의 키스라니. 솜사탕같이 달콤한 첫 키스를 꿈꿨는데! 이제 기숙사 들어가서 다니엘 오빠 브로마이드에 어떻게 뽀뽀하냐고!

난 더럽혀졌어! 레이 이 나쁜 놈! 으허엉!!

레이는 계속 손가락 끝으로 자신의 입술을 매만졌다. 집에 돌아온 이후로도 그의 손은 습관적으로 입술을 쓸고 있었다.

그 감각. 통통한 입술.

분명 유아 체형에 얼굴도 유아적인데. 그런데 요즘 온통 머릿속엔 그 동양 여자 생각뿐이다. 오늘 시합을 망친 것도 며칠 전 그렇게 헤어진 후 어떻게 하지도 못하고 있는 상황이 너무 답답해서 집중하지 못한 이유가 컸다.

저번 시합에서는 그 여자가 날 위해서만 주술을 걸었다는 말에 기뻐서 절로 힘이 났다. 그런데 그 날, 그 여자 머릿속은 처음부터 지금까지 온통 다니엘 생각밖에 없다는 소리를 들으니 순간 참을 수 없을 만큼 화가 났다. 왜 그렇게 짜증이 솟구치는지 이유는 알지 못하지만 분명한 건 그 동양 여자는 지금 경기에도 집중할 수 없을 정도로 자신을 흔들고 있다는 것.

품에 끌어안고 잘 때는 따뜻하고 편안했는데 한 번 이런 감정을 자각해 버린 뒤로는 그럴 수가 없을 것 같다. 아니, 이제 절대 불가능하다.

'젠장. 내가 너무 오래 굶었나.'

그 어린애 같은 동양 여자에게 이렇게 반응해 버리다니. 그렇다고 아무 여자나 안지 못하는 성격 때문에 소피와 헤어진 이후 줄곧 축구에만 매진해 왔었다. 주변에선 항상 유혹의 여자들이 넘쳐났는데 왜 이제 와서 꽂힌 여자가 그 어린애 같은 여자란 말인가?

이대로는 앞으로도 계속 시합에 집중할 수 없다.

"만나서 확인해야겠어."

레이는 결심한 듯 벌떡 일어나 차고로 갔다.

"아아악!"

그 시간 도란은 번뇌에 휩싸인 채 침대 위에서 애꿎은 이불만 뻥뻥 차 대고 있었다. 그냥 미친개에게 물린 셈 치자고 아무리 생각해 봐도 머릿속에선 계속 그놈과의 키스, 키스, 키스가…….

"헉, 헉. 안 되겠어."

도란은 벌겋게 달아오른 얼굴로 콧김을 홍홍 뿜으며 침대 위에서 일어나 앉았다. 마음의 안정을 위해 무얼 하면 좋을까. 도대체 무얼 하면…… 아, 그래. 마침 급한 논문이 있잖아. 그걸 하자!

도란은 벌떡 일어나 책상 앞에 앉았다. 컴퓨터 전원을 켜고 자료 검색을 위해 인터넷 창을 여니, 메인 창에 키스하는 남녀의 모습이 두둥실…….

"허억! 이, 이게 뭐야. 키스데이?"

무슨 듣도 보도 못한 키스데이랍시고 포털 메인 화면은 각종 키스 사진으로 도배 중이었다. 도란은 귀신이라도 본 사람처럼 경악을 하며 인터넷 창을 닫아 버렸다.

키스 사진을 봤다는 이유로 심박수가 미친 듯이 증가하고 있었다. 심지어 머릿속에선 방금 본 키스 사진들의 남녀가 레이와 자신으로 뒤바뀌는 마술을 시도…… 아앗, 지워 버리자. 지워 버리자!

도란은 머리를 붕붕 저으며 머릿속에 떠오른 환영을 지워 내려 애썼다. 하지만 한 번 머릿속에 똬리를 튼 그 영상은 점점 화질이 선명해지더니 어느새 3D 같은 입체감 있는…….

"아아악!"

앉은 자세에서 헤드뱅을 하며 미친 듯이 퍼덕거리는데 갑자기 전화가 울렸다. 도란은 숨을 진정시키며 손을 뻗어 책상 위에 올려 둔 휴대 전화를 잡았다.

"네. 여보세……."

— 나와.

왠지 무척 익숙한 목소리였지만 도란은 애써 아닐 거라고 스스로에게 주문을 걸며 휴대 전화를 고쳐 잡았다.

"누군데 나와라 말아라 하시는 건데요?"

— 오늘 너와 키스한 남자.

"……헉."

도란은 깜짝 놀란 얼굴로 그 자세 그대로 망부석마냥 굳어 버렸다.

"왜, 왜 나오라고 한 거예요? 나…… 난 할 말 없는데……."

레이를 차마 보지 못하고 도란이 샐쭉이 말했다. 내 입술을 훔쳐 간 나쁜 놈. 아직 충격에서 헤어나지도 못했는데 다짜고짜 불러내다니!

안 나오려고 무던히도 애를 썼지만 그냥 두면 기숙사 안까지 들이닥칠 기세라 할 수 없이 밖으로 나왔다. 나와 보니 전에 본 레이의 차가 당당히 서 있었다. 구시렁거리며 차에 올라타자 레이는 파파라치 없는 곳으로 가자며 어딘가로 빙글빙글 곡예하듯 차를 몰았다.

파파라치를 피해 도망가려다 죽었다는 다이애나 왕비도 이런 식이었을까. 정말 죽을 것 같았다. 나는 아직 처녀 딱지도 떼지 못했는데! 지금 죽으면 다이애나보다 더 한이 서린 죽음을 맞이하게 될지도 모른다.

결국 죽지 않기 위해 꼼짝없이 차 시트에 달라붙어 한참을 공포의 시간을 보낸 뒤에야 레이는 한적한 숲길에 차를 세웠다. 도란은 푸욱 눌러쓴 모자 틈으로 계속 의혹의 눈초리로 레이를 살폈다.

아까 그렇게 짐승 같은 키스를 해 놓고 이렇게 깜깜한 곳에 나를 데려와서 어쩔 셈이지? 아, 그런데 아까부터 심장은 왜 이렇게 드럼질이야. 드럼질은…… 시끄러워 죽겠네. 정말.

"내가 나오라고 한 이유는."

후웁.

한참을 가만히 있던 레이의 말이 시작되자 도란은 숨을 들이마셨다. 레이의 시선이 어두운 차 안에서도 느껴졌다. 가로등 빛이 스며든 그의 얼굴선이 보기 좋은 곡선으로 흘렀다. 긴 속눈썹 때문에 눈밑 한참 아래까지 짙은 그늘이 졌다.

내 속눈썹 세 배는 되겠네…… 난 눈 밑에 다크서클로 그늘지는데 이놈은 속눈썹으로 그늘이 지다니.

자랑은 아니지만 한국에서도 평범한 얼굴이었던지라 인기가 있던 적이 단 한 번도 없었다. 다섯 오빠의 가드도 심했다지만 사실 외동으로 태어났어도 난 지금까지 연애 한 번 못해 봤을 공산이 컸다. 고백이니 뭐니 받아 본 적도 없었으니.

아. 초딩 때 짝꿍한테 발렌타인데이라고 초콜릿을 줬더니 마지못해 내민 화이트데이 사탕이 고백……이라곤 할 수 없지. 젠장. 왜 이리도 서글픈 인생이었던가. 그러고 보니 어찌 보면 행운인가? 첫 키스가 세계적인 축구 스타라니.

그래. 우리 다니엘 오빠였으면 더 좋았겠지만 다니엘 오빠한텐 애슐리 언니가 있으니 나한테 키스해 줄 리는 만무하고…… 그냥 좋은 경험한 셈 칠 테니 그만 좀 쳐다보고 뭔 말이라도 해 보란 말이다. 이놈아, 나 진짜 숨이 막힐 것 같다니까?

"……."

도란이 숨 막히는 심정으로 레이를 보고 있는데 그가 살짝 벌렸던 그 관능적이고 섹시한 입술을…… 아, 아니지 못된 입술을 다시 닫았다.

아, 환장하겠네! 이유는! 나오라고 한 이유가 뭐냐고 이놈아! 그만 쪼이고 말 좀 해보라고!!

"하아……."

레이 역시 답답했다. 얘기할 수 있는 조용한 공간으로 데리고 오긴 했지만 막상 눈앞에 있는 도란의 얼굴을 보니 머릿속이 텅 빈 기분이다.

그리고 오로지 시야엔 저 통통한 입술만.

본능이라는 놈은 자꾸 저 입술 맛을 잊지 못하는지 모든 세포를 그녀의 입술에 집중시켰다. 그리고 아무 생각도 나질 않으니 미치고 환장할 노릇.

난 발정난 개가 아니란 말이다!

그는 본능에 충실해 매일 상대를 바꿔 가며 염문설을 뿌려 대는 다른 선수들을 싫어했다. 사랑하지도 않는 여자와 침대에서 뒹구는 일이 가당키나 한 것인가?

그런데 지금은…… 지금 이 여자를 향한 이 본능적 욕구는 도대체 뭐지? 아까 했던 키스는 충동적이 아니었던가? 아까부터 온통 머릿속엔 한 가지 충동으로 가득했다. 이 여자의 입술을 다시 한 번 맛보고 싶은 충동.

"저기."

더 이상의 침묵은 참을 수가 없어진 도란이 입을 열었다.

"······어?"

도란의 입술을 바라보며 온갖 번뇌에 휩싸여 있던 레이가 흠칫 놀라 대답했다. 도란은 굳은 결심을 한 얼굴로 레이를 똑바로 쳐다봤다. 그녀의 동글동글한 까만 눈동자와 마주치자 레이는 온몸이 뜨거워지고 숨이 막힐 듯한 기분이 들었다.

마침내 도란이 입술을 열었다.

"저 배고픈데······요."

5.

내 몸에 꿀 발라 놨어요?

레이는 차를 출발시켜 인근의 가능한 한 작고 어두워 보이는 식당을 찾았다. 사람들이 많은 곳은 피해야 했으니. 차라리 잘됐다. 그 공간에 더 있었으면 무슨 짓을 할지 모르는 상황이었으니까. 적당한 식당을 찾은 레이는 차를 세운 뒤 차 안에 비치해 둔 모자를 눌러쓰고 도란을 데리고 가게로 향했다.

테이블에 앉은 후 새우 요리와 스테이크를 시키고 와인을 주문했다.

한편 도란은 둘만 있던 어두컴컴한 차 안에서 빠져나와 작은 레스토랑으로 들어오니 그제야 좀 긴장이 풀려서 애피타이저로 나온 빵과 스프를 거침없이 해치웠다.

하아, 이제야 좀 살겠네.

아까 그 공간에 조금만 더 있었으면 콧김이 문제가 아니라 코피가 터져 나올지도 몰랐다. 그의 짐승 같은 키스가 계속해서 머릿속에 리

156

플레이 되던 중이었으니. 코피가 터져 나오면 이놈은 또 그때처럼 미친놈같이 웃어 대겠지…….

그 꼴을 보여 주긴 정말 싫었다. 그리고 배가 고픈 것도 사실이고. 생각해 보니 첫 키스의 충격에 낮부터 아무것도 먹질 못하고 있던 중이었다.

"또 이상한 선물을 할 생각이 아니라면 적당히 마셔."

긴장 때문에 계속 술을 들이켜는 도란에게 레이가 말했다.

"미쳤어요? 또 그런 선물을 주게. 그땐 당신이 너무 강한 술을 마셔서 맞춰 주다 보니 취한 거라고요."

"너, 어제 물 떠다 놓고 주술 걸었어?"

흠칫.

"아, 아뇨? 어제는 안 빌었는데…….."

도란은 자기도 모르게 거짓말을 했다. 넌 안 하고 다니엘만 했노라, 라는 말은 차마 하기가 뭐해서. 레이는 마치 심연을 꿰뚫어 볼 듯한 날카로운 시선으로 도란을 응시했다.

"매번 하는 의식이라며?"

"하, 항상은 아니에요. 대부분이란 거지."

도란은 아무렇지도 않은 표정으로 위장하며 접시를 닥닥 긁어서 남은 스프를 다 해치웠다.

"흐응……."

미심쩍다는 듯 눈을 가느다랗게 뜨고 보고 있는 레이의 시선을 애써 피하며 도란은 와인을 들이켰다. 그러고 보니 이 남자랑 밥 먹는 것도 어느 순간 익숙해져 버린 기분인데?

"운동선수는 운동량이 많을 텐데 많이 안 먹네요? 생각해 보면 매번 술만 마시거나…… 음식은 거의 안 먹는 듯?"

"난 관리를 해야 하는 몸이니까. 정해진 식단 외엔 가능한 한 잘 안 먹어."

"헉. 그, 그럼 이렇게 같이 먹는 자리가 힘들지 않아요?"

"전혀. 익숙해."

그래서 이 남자가 그렇게 술만 홀짝이고 앉아 있던 거구나······. 운동선수도 정말 쉬운 일이 아닌 모양이야. 하긴 그러니 몸값이 그 정도겠지만. 도란이 수긍한 듯 끄덕거리고 있는데 레이가 입을 열었다.

"내가 꼭 물 떠다 놓고 주술 걸라고 했잖아?"

아, 이 남자 집요하네.

"아니 그건 주술이 아니라니까요? 그리고 내가 당신이 뭐가 예뻐서 그걸 해 주겠어요? 흥. 사람을 길바닥에 버리고 가 놓고."

"그래도 약속은 지켜야지. 그리고 그땐 버리고 간 게 아니라 너 때문에······."

미간을 좁히고 말하던 레이가 일순 뒷말을 삼켰다. 순간 도란의 머릿속에 키스 뒤에 레이가 했던 말이 번개같이 훑고 지나갔다.

'너 때문이야.'

또렷이 기억난다. 분명 그렇게 말했었어.

"왜 나 때문이라고 한 거예요? 내가 주술을 안 걸어 줘서?"

도란이 세모꼴 눈을 하고 묻자 레이가 한쪽 눈썹을 삐딱하게 치켜 올렸다.

"너 때문이니까."

"거 답답한 양반이네. 그러니까, 왜 나 때문인 거냐고요."

"네가 키스하고 싶게 만들었으니까."

"······네?"

도란이 들고 있던 포크에서 입으로 가져가려던 토실한 새우를 떨어뜨렸다. 눈은 있는 대로 커져서 뚱그레지고 입은 바보같이 벌어졌다.

"뭐, 뭐라고요?"

"안 들려? 네가 키스하고 싶게 만들었으니까 너 때문이라고. 이거 외에 다른 설명이 더 필요한가?"

맙소사. 지금까지 꿈속에서 무수히 다니엘의 고백은 받아 봤지만 그건 꿈. 말 그대로 드림이 아니었던가. 그런데 현실에서 레이에게 이런 고백 비슷한…… 아니, 내가 지금 너무 진지하게 생각하는 건가? 영국 남자들은 그냥 개가 똥 마려우면 똥 싸듯 그 순간 키스하고 싶으면 키스하는 건데 내가 너무 극대화시켜서 사건을 확장시키고 있는 건가? 나 그런 거야, 지금?

머릿속에 온갖 생각들이 얽히고설키며 튀어 다니고 침이 바짝바짝 말라 왔다. 난 분명 와인을 들이켜고 있는데 침이 왜 마른단 말인가?

도란은 급히 와인을 잔에 따라 꼴깍꼴깍 들이켰다.

무슨 말이든 하라고.

레이는 얼굴이 시뻘개져서 눈알을 굴려 대는 도란을 지켜보며 생각했다. 내가 이렇게 말을 했으면 저 여자도 뭔 말을 해야 할 것 아닌가. 마치 무척이나 곤란한 말을 들은 듯한 도란의 태도는 그의 심기를 거스르고 있었다. 화가 스멀스멀 올라오는 레이도 와인을 들이켰다.

"하아……."

미간을 찌푸리고 한숨을 쉬는 레이의 모습에 도란이 움찔했다.

"쓰, 쓸데없는 오해 안 하니 걱정 말아요!"

"쓸데없는 오해?"

"네. 뭐 그 키스에 딴마음이 있다거나 뭐 그렇게는 생각 안 하니까 걱정 마시라고요. 그렇게 바보는 아니에요."

하아? 이 여자가 지금 뭐라는 건지……. 그런 식으로 아무렇지 않게 넘어가고 싶다는 건가?

"그렇게 생각하고 싶다면 그렇게 해."

레이가 어깨를 들썩이며 코웃음을 쳤다.

"네? 그게 무슨 소리예요?"

"됐어."

레이는 화가 난 듯 와인만 마셔 댔다. 그가 왜 화가 난 건지 영문도 모른 채 도란도 답답해서 스테이크에 분노를 담아 썰어 댔다. 매의 눈으로 그를 응시하며 입 안 가득 스테이크를 밀어 넣고 으적으적 씹어 대다가 그의 손에 들린 잔이 문득 시야에 들어왔다.

"술을 그렇게 많이 마시면 어떻게 돌아가요?"

"이 정도는 괜찮아."

"안 돼요! 이것도 음주 단속에 걸린다고요! 선수 생명이 달린 건데. 그럼 안 되죠."

"운전은 안 할 거니 걱정 마."

레이는 웨이터를 불러 아무렇지도 않게 와인을 더 시켰다.

"내일 훈련 없어요?"

"어. 쉬는 날이야."

여전히 쌀쌀맞은 말투로 대답하는 레이가 맘에 안 드는지 도란이 눈을 치켜뜨고 레이를 노려봤다.

"왜 그래요? 아까부터 빈정대고."

"누가 빈정댔다고."

"레…… 당신이요."

이름을 부르면 혹시 다른 손님이 관심 갖을까 봐 얼른 말을 바꿨다. 가게가 작아서 사람도 얼마 없긴 하지만. 하긴 레이 정도 되는 스타플레이어가 이런 작고 어두침침한 레스토랑에 올 거라곤 아무도 생각하지 못하긴 할 거다.

"빈정대지 않았어."

"거짓말. 아까부터 빈정대고 있거든요? 그리고 남자가 할 말이 있으면 시원하게 할 것이지 그게 뭐예요? 깔짝깔짝. 말할 듯 말 듯 답답하게시리."

술기운이 올라왔는지 어디선가 솟아올라온 용기에 기대어 도란이 시원하게 내질렀다. 술잔을 입으로 가져가던 레이가 인상을 구겼다.

"깔짝깔짝? 사람 말을 제대로 알아듣지도 못하고 헛소리하는 게 누군데."

"엄머머머, 헛소리라니? 내가 언제 헛소리했다고 그래요? 야무지고 똑 부러지게 할 말 다 하고 있는데."

솔직히 야무지고 똑 부러지게 할 말 다 하고 있는 건 아니었지만 술김에 못할 소리가 어디 있을 쏘냐?

"그래? 그럼 어디 한번 말해 보시지. 나보다 다니엘이 그렇게 좋은 건가? 내 키스에도 아랑곳 안 할 정도로?"

"아니 다니엘이 좋은 건 분명하지만 그건 팬심이죠. 그것과 비교하지 말아요. 난 한국 여자예요. 영국인들과 사고방식이 다르다고요. 한국 여자들은 아~무하고나 키스하지 않는단 말이에요."

"하! 그런 난 아~무하고 키스했다는 소리야? 너 아무나야?"

레이가 입술 끝을 이죽거리며 도란의 말을 흉내 내자 도란의 얼굴이 벌겋게 달아올랐다.

"그, 그럼 왜 키스했는데요? 왜 했냐고요. 왜 내가 키스하고 싶어지게 만들었다고 해요? 난 키스도 별로 해 보지도 못했고. 아니 그래요. 사실 이게 첫 키스라고요, 첫 키스! 이게 첫 키슨데!! 키스 한 번에 내가 어디까지 생각하는지 알면 당신은 놀라 까무러칠 정도로 난 상상력이 풍부하다고요!"

첫 키스? 레이의 표정이 일순 멍해졌다. 이 여자 분명 스물셋이라고 했지? 그럼 스물셋까지 키스를 한 번도 안 해 봤다고?

"한국 여자에게도 이슬람같이 성에 대한 규제가 있나?"

레이가 슬몃 이마를 찡그리자 도란이 얼른 팔을 내저었다. 자칫하면 한국을 무슨 조선시대처럼 생각하게 할 수도 있겠다 싶었기에 국가적 사명을 띠고 설명을 늘어놓기 시작했다.

"그렇진 않아요. 그쪽보다야 훨씬 개방적이죠. 영국에 비해선 아니고요. 아, 우리나라 여자들이 다 나 같은 건 아니에요. 성 문화가 개방적인 편은 아니지만 그래도 그건 가치관의 차이로서 원하면 할 건 다 하고 사는 나라니까."

쿨한 도시여자의 표정을 지으며 도란이 설명했지만 레이는 여전히 알 수 없다는 듯 미간을 찌푸렸다.

"그럼 넌 뭔데?"

"난 뭐 다른 사람들에 비해 조, 조금 늦은 것뿐이에요."

"조금?"

"흠흠. 그, 그게 뭐 중요한가요? 사람이 살다 보면, 험, 그럴 수도 있는 거지. 험험. 어쨌든 우리나라는 성적인 자유가 있는 나라예요."

자기 입으로 내 인생은 아무도 내 입술을 탐하지 않은 비루한 청춘이었소, 라고 고백하는 꼴 같아서 이런 말은 안 하려고 했지만 한국인에 대한 레이의 편견이 확신을 갖기 전에 정정해줄 필요가 있었다.

"쿡!"

레이가 입은 가렸지만 어깨를 들썩이며 웃음을 내뱉었다.

"어어? 비웃는 거예요, 지금? 우, 우리나라엔 그래도 은근 나 같은 사람들 많거든요? 남자나 여자나 서른까지 키스 한 번 못해 본 사람도 얼마나 많은데…… 난 그래도 오늘 했……으니까. 흠흠, 이십 대 중반을 넘기 전에 스타트 끊은 거죠."

볼이 새빨갛게 달아올라선 입술을 삐죽거리며 변명하는 도란이 레이 눈엔 그렇게 귀여울 수가 없었다.

'아까 뻣뻣하게 굳어 있더니 나에 대한 거부반응이 아니라 첫 키스여서 그랬던 거였나?'

그렇게 생각하니 지금 눈앞에 앉아 있는 이 작은 여자가 더 귀여웠다.

정말 이상하군. 이 먹음직스런 통통한 입술에 왜 아무도 입 맞출 생각을 안 했을까? 한국 남자들은 뭔가 이상한 취향을 가지고 있는 건가? 그런데 그녀의 첫 키스가 나라는 게 왜 이리 기분 좋은 거지? 이거 지금 위험한 생각 아냐?

아까부터 지나치게 이 여자가 귀여워 보인다. 하아, 난감하군.

도란은 계속 와인을 들이켰다. 이 나이에 첫 키스인 걸 밝힌 민망함 때문인지 술을 들이켜는 것만이 유일하게 할 수 있는 일인 양 미친 듯이 들이켜 댔다.

"이봐. 그러다 또 취한다니까?"

이미 늦은 모양이다. 도란의 눈은 이미 절반 정도가 풀려 있었다.

"안 취한다니까요? 왜요? 내가 또 꾸에에엑— 할까 봐요? 이번엔 꾸엑— 하더라도 보이지 않을 정도로 멀찍이서 할 테니 걱정 마시죠? 흥."

"뭐 그렇다면 다행이군."

레이가 싱긋 웃었다. 생각해 보니 정말 재밌는 여자가 아닌가. 자기 토사물을 선물로 주는 여자니. 그가 혼자 또 쿡쿡대고 웃고 있는 걸 도란이 못마땅하다는 듯 쳐다봤다.

"맨날 실실 웃고……. 당신 말이에요. 당신이야말로 아주아주 웃긴 거 알아요오? 처음부터 웃겨 보라고 하질 않나아. 내가 그렇게 웃겨요? 네? 왜 맨날 웃긴 여자 취급이냐고오. 난 개그맨도 아닌데에."

"재밌으니까."

레이가 미소를 띤 채로 낮은 목소리로 말하자 도란이 가느다란 눈을 억지로 뜨려고 노력하며 히죽거렸다.

"뭐어…… 사실 맞는 마이긴 허지. 내가 쪼옴 위트 있는 여자니까효? 아, 싸이 알아여? 오판 강낭스탕 띠디디디디 띠띠디~ 요래, 요래 추는 거."

도란이 몸을 퍼덕이며 말춤을 흉내 내는 것을 무표정하게 보고 있던 레이가 말했다.

"그만 마셔."

점점 혀가 꼬이니까 이 여자의 영어를 못 알아듣겠다. 전에도 그러더니만, 이 여자는 술도 약하면서 왜 이렇게 마셔 대?

"싫어욧!"

더 못 알아듣게 되기 전에 그녀가 자기 잔에 넘칠 듯 와인을 따르는 술병을 뺏을 생각이었지만 흐느적거리던 여자가 솔개같이 날쌘 동작으로 와인 병을 낚아챘다. 그러더니 와인 병을 부여잡은 채로 세워서 입구에 입을 대더니 병째로 들이켜기 시작했다.

"……헉."

꼴꼴꼴꼴꼴.

도란은 절대로 뺏기지 않겠다는 듯 레이를 노려보며 와인을 병째로 원샷하고 있었다. 충격에 휩싸인 눈으로 보고 있던 레이가 뒤늦게 정신을 차리고 얼른 술병을 뺏었다.

"이 여자가 큰일 날 짓을!"

레이가 아연실색하며 술병을 빼앗자 도란이 강아지 같은 울먹울먹한 눈으로 뺏긴 술병을 바라봤다.

"내 술…… 흑. 내 건데. 내 건데 왜 뺏어요. 흐윽."

도란은 서럽다는 듯 테이블 위에 엎드려 울기 시작했다. 완전히 취한 것이 분명하다. 레이는 엉엉 우는 도란을 내려다보며 난감한 표정으로 머리칼을 쓸어 올렸다.

다행히 식당에서 멀지 않은 곳에 호텔이 있었다. 레이는 만취 상태의 도란을 들쳐 엎듯이 데리고 올라가 침대에 눕혔다.

"휴우……."

쬐끄만 여자가 뭔 술탐이 그렇게 많은 건지. 하도 더 마시겠다고 난동을 부리는 통에 데리고 나오기도 힘들었다. 다행히 차에 태우자마자 잠든 것 같지만.

그나저나 그나마 오늘은 게워 내진 않아서 다행……이라고 생각하는 것과 동시에 여자가 침대 위에서 펄떡펄떡 상체를 꿈틀거리며 복어처럼 볼을 빵빵하게 부풀려 올렸다.

"자, 잠깐."

위험한 상황임을 직시한 레이가 황급히 도란을 일으켜 세워 화장실로 데려가려는데,

"꾸웨에에엑!"

이미 늦었다.

용가리가 불을 뿜듯 도란은 레이의 몸통에 정확하게 난사했다.

무려 수천만 파운드의 몸통에.

아…… 머리야아!

쥐어짤 듯 댕댕거리는 머릿속의 통증을 느끼며 눈을 뜨는 순간.

응? 이 기시감은……. 분명 이것과 똑같은 것을 언젠가 한 번 느꼈던 듯한 기분이 들었다. 그런 데다가…… 뭔가 정체불명의 불안한 기운이 머리끝에서부터 등줄기를 타고 섬뜩하게 내려갔다.

"헉!"

벌떡 일어나자마자 도란은 소스라치게 놀랐다. 바로 옆에 레이 놈이 옷을 홀러덩 벗고 자고 있는 게 아닌가? 조각상 같은 상반신 끄트머리 쪽부터 이불에 가려져 있는데 열어 볼 엄두는 나질 않는다.

게다가…… 맙소사! 내 옷도 벗겨져 있어! 내 옷!! 내가 왜 속옷만 입고 쳐 자고 있는 거냐고?!

"……술주정뱅이. 일어났어?"

흠칫!

갑자기 들린 낮은 목소리에 도란이 깜짝 놀라 레이를 쳐다봤다. 부스럭거리는 소리에 잠이 깬 건지 레이가 잠에 취한 듯한 뇌쇄적인 눈동자로 그녀를 올려다보고 있었다.

"수, 술주정뱅이라니…… 저기 어제 제가 무슨…… 아, 아니 그게 문제가 아니라 왜 제가 옷을 벗고 있…… 꺄악! 우, 움직이지 마요!!"

레이가 몸을 일으키자 배 즈음에 걸쳐져 있던 이불이 마성의 섹시함을 뿜내는 치골 라인까지 아슬아슬하게 내려갔다. 동시에 드러나는 탄탄한 근육질 상체에 도란이 얼른 닭발 손을 하고 얼굴을 가렸다.

"꺄악! 꺄아아아악!"

"왜긴. 네가 다 토해 놨잖아."

"꺄아아…… 네에?"

닭발 손으로 얼굴을 가린 채 비명을 난사하던 도란이 손가락 사이로 눈을 동그랗게 떴다.

"기억 안 나는 모양이군. 네가 다 토해 놔서 내 옷, 네 옷 다 호텔 클리닝에 보내 놨어. 그거 때문에 방까지 바꿨고."

"허거걱……!"

내……내가 또 그런 진상짓을 벌였다고? 옷을 다 버리고 방까지 바꿀 정도면…… 무, 무슨 망나니가 칼에 물 뿜듯 분사했단 말인가?!

절망적인 표정의 도란을 보며 레이가 픽 웃고는 그녀의 귓가에 느긋한 목소리로 속삭였다.

"아주 스펙터클한 밤이었어. 란."

으아아! 내가 못 살아, 진짜!! 도란은 이불을 뒤집어쓰고 발만 동동 굴렀다. 도대체 왜 저놈 앞에서만 온갖 추태는 다 부리냐는 거냐고! 이대로 이불안에서 질식해서 확 죽어 버릴까? 흐윽…….

"일단 뭔가 먹을 걸 좀 가져다 달라고 해야겠군. 란. 먹을 수 있겠어?"

도란은 머리끝까지 뒤집어쓰고 있던 이불을 슬쩍 내려서 헝클어진 머리카락과 눈만 빼꼼히 내밀고 끄덕였다.

부끄러운 건 부끄러운 거고…… 먹고는 살아야죠. 흠흠.

레이가 룸서비스로 이것저것 시키는 동안 도란은 이불로 온몸을 칭칭 감아 얼굴만 빠끔히 내밀고 가운을 찾아 여기저기를 서성였다.

"가운, 욕실에 있어."

"아아. 네에……."

167

친절도 하시지. 욕실에 들어가 바구니에 담긴 가운을 꺼내 잽싸게 입고 거울을 봤다. 헉, 머리가 산발이네. 이게 어디 사는 광년이더냐. 런던 광년이더냐?

도란은 조식이 오기 전에 나가야 한다는 생각에 빠른 속도로 샤워를 마치고 젖은 머리는 수건으로 돌돌 말고 나왔다. 나와 보니 깨끗한 테이블보 위에 에그 베네딕트와 빵, 샐러드가 정갈하게 놓여 있었다.

"와, 벌써 왔네?"

도란이 눈썹을 휘날리며 자리에 앉았다. 레이는 욕실에서 아직 안 나온 모양이었다. 얼른 주스를 한 입 마시고 반짝이는 눈빛으로 테이블 위를 바라봤다. 살짝 구운 잉글리시 머핀 위에 녹인 치즈와 베이컨, 그리고 수란이 곱게 얹어져서 그 위로 홀랜다이즈 소스가 촬촬 흘러내리고 있었다. 크루아상이랑 바게트도 어찌나 따끈하고 윤기가 흐르는지 이 조식만으로도 일류 호텔 뺨따귀를 세 방은 거뜬히 날릴 정도였다.

도란이 오렌지 주스를 한 컵 다 마셔 갈 때쯤 레이도 샤워를 마치고 나와 마주 앉았다. 새하얗고 도톰한 샤워가운을 걸친 그의 금빛 머리칼에 물기가 맺혀 있었다. 도란은 그가 앉자마자 기다렸다는 듯 폭풍 흡입을 시작했다.

"이것 좀 먹어 봐요. 레이."

레이가 고고하게 앉아 주스와 원두커피만 홀짝이고 있기에 빵을 하나 내밀었더니 고개를 저었다.

"그렇게 마셔도 넌 다음 날 참 잘 먹더라."

레이도 숙취가 있는 걸까? 미간을 찡그리고 덜 마른 머리칼을 푸르르 터는 남자가 왠지 귀여워 보이기……까지? 그와 반대로 목욕

가운이 벌어진 사이로 보이는 탄탄한 가슴팍은 아주 남성적이었다.

"하아……."

레이가 깊게 한숨을 쉬었다. 사실 지금 숙취가 문제가 아니다.

이 여자야. 샤워하고서 맨몸에 속옷과 목욕가운만 걸치고는 그렇게 해맑게 있어도 되는 거야? 밤에도 내가 얼마나 힘들었는데……. 속옷만 입은 몸으로 찰싹찰싹 달라붙는 통에 만취해서 잠든 여자를 덮치는 끔찍한 짓을 저지를 뻔했다고.

요즘 내 정신 상태는 확실히 정상이 아니다. 얼마 전에는 술에 취했어도 안고 잘만 잤는데. 오히려 이 여자 덕분에 숙면을 했는데……. 이제는 이 여자 때문에 잠을 못 잔다니. 미쳤든 뭐든 이제는 인정해야만 한다. 그 키스가 충동적인 행동이 아니었다는 걸. 지금도 저 오물거리는 입술을 덮쳐 삼켜 버리고 싶은 감정을 주체하기 힘들다는 걸.

"큭!"

갑작스럽게 헛웃음을 터뜨리는 레이를 보고 도란이 눈을 동그랗게 떴다.

"왜, 왜 웃어요? 내 얼굴에 뭐 묻었어요?"

"아냐. 그냥…… 인정하니 편하군."

"뭐가요?"

"그런 게 있어."

"맨날 영문 모를 소리만 하고."

작은 입술을 오물거리며 구시렁거리는 저 표정이 귀여워서 미칠 것만 같다.

한편 도란은 느른하게 앉은 채로 자신을 바라보고 있는 레이를 미심쩍은 표정으로 힐끔거리고 있었다.

'저, 저 남자가 왜 계속 저렇게 눈웃음질이지? 이봐. 자꾸 그렇게 보지 말란 말이야. 자꾸 날 설레게 하면…… 곤란하다고. 흠흠.'

여전히 빵을 양손으로 잡고 입에 문 채 미심쩍은 눈으로 힐끗거리는 도란을 옅은 미소를 띤 레이가 진한 시선으로 보고 있었다.

이제 자각한 이상, 저 여자는 내 것이 되어야 한다. 온전한 내 것. 다니엘 따위는 한순간에 잊게 해 주지. 이 몸으로.

레이의 감정 변화를 도란이 알 리가 없었다. 그래서 아까부터 시종일관 이어지는 소소한 터치질에 적잖이 당황하고 있는 중이었다.

"자, 자꾸 왜 이래요?"

"뭐가?"

아무것도 모른다는 듯한 능구렁이 같은 저 표정에 도란은 부아가 치밀었다.

"내 몸에 꿀 발라 놓은 것도 아닌데, 왜 자꾸 손때를 묻히냐는 말이죠."

"꿀? 그것도 좋겠군."

야릇한 눈빛으로 혀까지 섹시하게 낼름거리는 모습을 보며 도란이 기겁했다.

이 인간이 못 먹을 걸 먹었나. 요즘 왜 이런대? 맘대로 첫 키스를 빼앗길 않나……. 안 되겠다. 밥도 먹었겠다 어서 이 침대 딸린 방 안에서 둘만 있는 상황을 벗어나야겠어.

"이, 이만 돌아가야죠? 훈련 안 해요?"

"오늘 쉬는 날이라니까. 곧 런던 더비전에 A매치(국가대표팀 간의 경기기간)까지 있어서 정신없이 바빠질 테니 지금 쉬어 두란 거겠지."

"전 할 일이 있다고요. 언제까지 여기 퍼질러 있을 수는…… 꺅!"

털썩.

소파 위에 앉아 있던 레이가 도란의 몸을 끌어당겨 자신의 몸 위로 쓰러지게 했다.

"여기서도 할 일이 많지 않을까?"

레이가 도란을 내려다보며 낮게 말했다. 도란은 레이의 몸 위로 올라탄 자세로 몹시 당황한 표정을 지었다. 그가 허리를 꽉 잡고 입어 하체가 딱 붙어 버렸다.

밤사이 아무 일이 없었다고 방심하면 안 되는 거였다. 내가 왜 이런 야릇한 자세로 이 남자와 포개져 있어야 되냐고? 아니, 것보다 밀착되어 있는 부분에…… 이, 이 느낌은 말로만 듣던 남자의 그것인가?!! 서, 설마! 이렇게 엄청난 크기일 리가!!

"무, 무슨 할 일이 많다고……. 그, 그런데 일단 이거 먼저 놔주는 것이 어떨까……요?"

"싫어. 난 이러고 있으니까 좋은데?"

바로 코앞에 있는 남자의 얼굴에 도란이 시선 둘 곳이 없어서 이리저리 고개를 돌렸다. 발갛게 달아오른 도란의 두 뺨을 쳐다보던 레이가 손을 들어 엄지손가락으로 그녀의 턱을 고정시킨 뒤 먹음직스럽다는 듯 뺨 한쪽을 살짝 핥았다.

"꺅!"

스프링 튀듯 도란이 튀어 올랐다.

"개도 아니고, 왜, 왜 핥아요?"

"남자는 짐승이고 개도 짐승과지? 아닌가?"

위험한 미소를 짓고 있는 이 남자가 도대체 그 레이가 맞단 말인가? 그의 몸에서 빠져나오려고 도란이 끙끙 애를 썼지만 레이는 그녀의 허리를 잡은 채로 놔주지 않았다.

"레이, 난 당신이 왜 이러는지 정말 모르겠어요. 어제 시합 후도 그렇고…… 나한테 왜 이러는 거예요?"

"내가 왜 이러는 것 같은데?"

"그걸 알면 답답하게 물어보지도 않겠죠."

볼에 치명타를 먹은 후 익은 홍시같이 벌게진 얼굴로 도란이 말했다. 난 정말 모르겠다고요. 왜 이러는지. 당신같이 잘난 남자가 왜 나한테 이러는지 모르겠어요. 정말. 갖고 놀려거든 다른 여자들도 많잖아요. 난 장난인지 아닌지도 분간 못하는 단순한 여자라고요. 남자는 우상인 다니엘 오빠밖에 모르는.

"란. 너 말이야. 다니엘 사진 가진 거 많지?"

"네? 그야……."

도란이 몹시 당연하다는 눈빛으로 바라보자 레이가 미소를 짓다가 싹 거뒀다.

"그거 다 버려."

"예에??"

도란의 눈이 큼지막하게 뚱그래졌다.

"못 알아들어? 다 버리라고."

"다니엘은 내 우상이에요!"

"난 내 여자가 다른 남자 사진 가지고 있는 거 싫어. 기분 나빠."

"네, 네??"

태연히 말하는 레이를 도란이 경악스러운 눈으로 바라보고 있었다. 머릿속에선 넌 내 여자니까, 넌 내 여자니까아~ 하는 노랫소리가 웅웅 울리고 있었다. 그 노래 속의 내 여자와, 지금 레이가 말하는 내 여자가 같은 말 맞지?

"왜 대답을 안 해. 넌 네 남자가 하는 말보다 우상이 더 소중하다는 건가, 지금?"

"레……레이가 왜 내 남자예요?"

"이제 니가 내 여자가 될 거니까, 내가 니 남자가 되는 거지. 당연한 말 아냐?"

이보다 더 간단명료한 말이 어딨냐는 듯 한쪽 눈썹을 올리며 레이가 물었다.

"헉. 어, 언제부터 그게 그렇게 결정 난 건데요? 나…… 난 금시초문이거든요!"

"내 여자가 되는 게 싫어?"

"그건……!!"

도란은 순간 말문이 턱 막혔다. 왜냐하면 한 번도 생각해 본 적이 없던 일이니까.

꿈속에서 다니엘과의 그런 상상은 해 보았지만 실제로는 절대 그런 일이 있을 수 없다는 것을 누구보다 잘 알고 있었다. 그래서 그저 환상일 뿐이었다. 남자들의 진한 우정이니 땀냄새 나는 로망이니 하며 친한 축구 선수끼리의 은밀한 팬픽이 돌아다닐 때도 남몰래 다니엘과 레이를 찾아보며 한편으론 질투를, 한편으론 므흣함을 느끼곤 했었는데…… 그 레이가 내 남자가 된다고?

"솔직히…… 생각해 본 적 없어요."

도란은 잠시 고민하다 솔직히 털어놨다.

"다니엘 때문에?"

"어제도 말했지만 다니엘은 분명 우상이지만 실제 사귀거나 그런 걸 꿈꾼 건 아니에요. 전 정말 평범한 한국 여자란 말이에요. 일류모델도 아니고, 배우도 아니고 톱가수도 아닌데 그런 상상을 어떻게 해 볼 수 있겠어요?"

사실 유명 축구 선수들의 애인은 대부분 그런 사람이니까. 엄청나게 화려하고 누구나 이름을 알고 있는 톱스타. 금발의 쭉쭉 **빵빵** 언니들.

물론 전생에 나라를 구했다는 평을 듣고 있는 우리 다니엘 오빠의 애인인 애슐리같이 소꿉친구로 어릴 때부터 사귀었다는 여자들조차 평범한 동양인의 눈으로 보면 충분히 아름다운 사람이었으니까. 몸매도 섹시하고 말이다.

그런 그들의 상대가 하룻밤 상대 외에 평범한 여자를 만나는 걸 지금껏 본 역사가 없었다. 갑자기 길 가다가 평범함 동양 여자에게 반해? 영화에나 나올 법한 말도 안 되는 이야기지.

근데 그런 말도 안 되는 노팅힐스러운 이야기를 이 남자가 나에게 하고 있는 건가? 현실은 로마의 휴일과 더 가까울 텐데. 신분 차이를 어떻게 일개 평범한 인간이 극복할 수 있겠냐고? 아니, 모든 걸 다 떠나 이보시오, 레이 양반. 당신이 날 좋아한다는 걸 어떻게 믿겠냐는 말이오? 차라리 그게 달리지도 않은 내가 고자가 된다면 믿겠소.

"그럼 지금부터 상상해 봐."

레이는 도란의 머릿속을 스치고 간 수많은 생각들을 전혀 염두에도 두지 않는다는 듯 말했다. 그러고는 수건으로 머리를 칭칭 둘러 감고 있어 훤히 드러난 그녀의 부드러운 목덜미를 살짝 깨물었다.

흠칫!

도란은 예민한 목덜미에 닿는 생경한 느낌에 거북이가 된 양 어깨를 확 움츠렸다.

"아, 아니! 이러고 있으면 생각을 할 수가 없잖아요!!"

"이러고 있으니까 난 좋은데? 머리카락이 방해하지 않으니까 먹기도 쉽고."

"머머머먹다니……깍!"

개의치 않고 레이는 가릴 것 없이 드러나 있는 도란의 목덜미와 쇄골을 빨았다. 도란이 몸부림칠수록 그녀의 가운의 앞섶이 점점 벌어져 아찔한 계곡이 드러났다. 그의 입술이 점점 더 아래로 내려가자 뜨악한 표정의 그녀가 레이를 밀어내려고 버둥거렸다.

꿈쩍도 안 해! 운동선수라 힘이 장난이 아닌가 봐! 아님 모든 남자가 다 이렇게 힘이 세나?

"아! 알았어요!! 풀어주면, 풀어주면 생각해 볼게요!"

"내가 몸이 먼저 대답하게 해 줄 수도 있는데?"

"저, 전 그런 거 싫어요! 생각 먼저 하게 해 줘요."

"흐응……."

레이는 마지못해 도란을 풀어주며 아쉬운 소리를 냈다. 도란은 풀려나자마자 재빠르게 레이와의 안전거리를 확보할 만큼 파다닥 멀어졌다. 멀찍이 떨어진 화장대 의자에 앉아서 미친 듯이 쿵쾅대는 심장을 진정시키려 애썼다.

헉, 헉. 이 남자는 도대체 손이 왜 이렇게 빠르단 말인가. 거침이 없어, 거침이!

"거기서 생각할 거야?"

레이가 못마땅한 표정으로 도란을 바라봤다.

"지, 지금부터 생각할게요. 설마 당장 결정 내리라는 건 아니죠? 나도 생각할 시간이 필요하단 말이죠. 원래 동양 여자가 머리는 작아 보여도 보기보다 훨씬 더 생각이 많은……."

"5분 주지."

"예에??"

"5분 안에 생각해. 그 안에 생각하지 못하면 아까 하던 거 마저 할 테니까. 이번엔 저기 침대에서 해 보는 것도 좋을 것 같군."

레이가 새하얀 시트 위를 턱으로 가리키며 말했다.

"헉……!"

뭐 이런 폭군이 다 있어? 아니, 이렇게 중요한 문제를 어떻게 5분 안에 생각해서 결정 내라는 거냐고오! 아무도 모르게 잠깐 만났다 헤어질 수 있는 일반인에게 고백받아도 그것보단 훨씬 오래 생각하겠다!

"가만. 레이. 그러고 보니……."

패닉에 빠졌던 도란이 퍼뜩 생각난 듯 말했다.

"어?"

"내가 당신 여자가 되고 당신이 내 남자가 되고 싶다는 건…… 레이. 날 좋아해요?"

"당연하잖아. 그럼 내가 왜 너랑 이러고 있어? 이 시간에 훈련을 더 하지."

레이가 짜증스럽게 말했다.

"아아. 네. 맞죠. 그건 맞는데……."

"이제 시간 잰다. 5분 동안 생각해."

"자, 잠깐만요!"

"또 뭐? 너 이러면서 자꾸 시간 끄는 거 아냐?"

"호……혹시 긍정적인 말을 하더라도 당장 여기서 자자…… 든가. 그, 그런 말을 할 생각은 아니죠?"

"네가 뭐라고 대답하는지 봐서."

"아니, 그럼 5분 내에 대답을 못 해도 아까 같은 짓을 당하고, 대답이 마음에 안 들어도 당할 거란 말이에요? 그런 게 어디 있어요?"

도란의 불평에도 레이는 태연하게 손목에 찬 시계를 확인했다.

"이제 진짜 잰다. 생각해."

"순 폭군."

도란은 투덜거리고는 화장대 의자에 앉아서 가부좌를 틀었다. 이건 분명 진지하게 생각해 봐야 할 문제임에 틀림없다. 궁서체로 생각해 봐야 한다.

레이가 날 좋아한다고…….

그러니까, 이도란을 좋아한다는 말이지? 레이 블레어가…… 웃!

여기서 한 차례 위기가 왔다. 코피가 터질 뻔한 것이다.

지…… 진정하자. 냉정히 생각해 봐야 해. 그러니까…… 저 남자가 날 좋아한다고 내 남자…… 꺄아아아앙오오아아아아아아앙! 헉헉. 이, 이봐 진정하라니까? 왜 이래? 고백 처음 받아본 사람마냥…… 아, 처음 맞구나. 어쨌든 그래…… 그럴 수도 있는 거지. 로맨스 소설이나 순정만화 같은 일이 이 지구상에 한두 개쯤 펼쳐진다고 해도 나쁠 건 없잖아?

그리고 만나자는 거지, 결혼하자는 것도 아니잖아. 아마 이런 스토리의 대부분은 마지막에 현실에 눈을 뜬 남자가 자기에게 맞는 여자를 찾아가는 거겠지. 그러니까 그 문제는 일단 제쳐 두고. 난 그걸 알면서도 이 남자를 만날 마음이 있나?

나는, 이 남자를 좋아하나?

다니엘……과는 분명 다른 느낌이지. 뭐랄까, 다니엘은 일방적으로 응원을 해 주고 싶은 기분이고 이 남자는 뭐랄까…… 날 혼란스럽고 고민스럽게 만들어. 안절부절못하게 만들고. 어제 시합에서도 컨디션 난조를 보이는 모습에 사실 마음이 많이 아프고…… 그 순간 다니엘이 아니라 이 남자가 골을 넣었으면 하는 마음이 내심 더 컸던 게 사실이었으니까. 다니엘은 이미 골을 넣어서 그런 것일 수도 있지만.

하지만 아무리 부정하려고 해 봐도 사실인 것 같아. 이게 좋아하는 감정인지 뭐인지는 정확히 모르겠지만 지금 가장 많이 신경 쓰이는 건 레이 블레어, 이 남자다.

"5분 지났어."

"헉, 버, 벌써요? 5분만! 딱 5분만 더 줘요!"

도란이 새파랗게 질린 얼굴로 소리치자 레이는 할 수 없다는 듯 어깨를 으쓱였다.

"마지막이야."

쳇, 치사하긴······. 어쨌든 이거 하나는 확실하다. 저 남자가 신경 쓰여. 무척.

그래. 그러니까 연애를 배운다는 생각으로 이 남자를 만나 보는 거야! 나중에 상처받지 않을 정도로만. 정말 좋은 경험하게 해 줬으니 고맙다고 말할 수 있을 정도로만······. 한국으로 돌아가거나 나중에 혼자 살아갈 때도 그 추억을 이쁘게 가슴 한 켠에 묻어 두고 꺼내 볼 수 있을 정도로만.

그래서 사진으로 잘 가지고 있다가 그걸 나중에 자식과 손자들 앞에 죽기 전에 떠억 하고 꺼내 줘야지. 봐라. 이 남자가 세계에서 몸값이 가장 높았던 탑 축구 선수였던 레이 블레어다. 그 옆에 할미 보이지? 짧았지만 격하게 사랑했었어.

아스라이 촉촉이 젖어 가는 눈으로 그렇게 말하면 다들 깜짝 놀라며 물을 거다. 아니! 할머니가 그런 대단한 남자를 사귀었었단 말이에요? 우왕, 대박!! 옆에 듣고 있던 자식들도 놀랄 게지. 어, 어머님! 왜 지금까지 한 말씀도 안 하셨어요? 이런 멍청한 것들, 니들 아빠

죽기 전에 어떻게 말해? 지금은 저세상 갔으니 그 양반도 용서해 주겠지. 나 죽으면 이 사진이나 내 무덤에 같이 묻어 다오. 짧았지만 죽어서도 안고 가고 싶은 아름다운 추억이었어……. 그렇게 말하고 난 눈을 감겠지. 그럼 다들 할머니! 엄마! 를 외치며 폭풍 오열을 하며…….

"너 우냐?"

"헛!"

도란은 얼른 눈가에 찔끔 흐른 눈물을 찍어 냈다. 이런, 간만에 망상에 너무 깊게 빠져 들어가 버렸네. 상상속의 자식들과 손주들의 폭풍오열이 너무 마음이 아파서 그만…….

"5분 지났어. 그래. 다니엘을 접는다고 생각하니 너무 슬퍼서 우는 건지 내 여자가 된 다는 게 너무 감동스러워서 우는 건지 어디 설명해 보실까?"

"둘 다 아닌데요……. 어쨌든 결정은 했어요. 레이."

"흐음."

그 말엔 그도 긴장이 되는지 숨을 훅 하고 들이마시는 게 느껴졌다.

"일단 이리 와. 거기서 얘기하면 잘 들리지도 않아."

레이가 손바닥으로 자기 옆자리를 툭툭 쳤지만 도란은 타박타박 걸어가 맞은편 소파에 앉았다.

"여기서 말할게요."

"해 봐."

레이가 짐짓 여유 있는 자세로 비스듬히 앉자 그의 근육질 다리가 양쪽으로 느슨하게 벌어졌다. 아니 거기서 조금만 더 다리가 벌어지면 안에가 다 보일 것 같은…… 레이 그 목욕 가운 안에 속옷은 입은 건가요? 뭐 제가 그냥 다른 데를 보지요.

"어딜 보는 거야? 날 보고 말해."

도란이 옆으로 슬쩍 시선을 돌리자 레이의 불만스러운 목소리가 곧장 따라붙었다.

"레, 레이가 다리를 그렇게 쩍벌남마냥 쫘악 벌리고 있으니까 눈 둘 데가 없으니까 그러죠!"

도란이 볼멘소리로 틱틱거리자 레이가 쿡쿡거리며 웃었다. 그러더니 긴 다리를 척 꼬았다.

"자. 이제 됐나? 순진한 꼬마?"

그 아래로 굵은 허벅지 라인이…… 아…… 저게 바로 그 유명한 말근육이라는 건가요? 그런데 아무리 봐도 속옷을 입지 않은 것 같…….

"그만 고민하고 이제 대답해 보지? 내 여자가 될 건지, 말 건지."

"내가 왜 당신 여자가 돼요?"

도란이 태연한 표정으로 말하자 레이의 눈썹산이 휙 하고 올라가며 눈빛이 사납게 빛났다.

"그건 거절의 뜻?"

레이의 이글거리는 시선을 피하듯 도란이 고개를 옆으로 돌렸다.

"……레이가 내, 내 남자가 되는 거지."

말했다! 얼굴이 삶은 문어가 된 것 같이 열이 확하고 치솟아 오르지만 코피는 안 뿜었으니 된 거지, 뭐! 민망해서 다른 데를 보고 말한지라 눈동자만 슬쩍 돌려서 레이를 봤더니 올라가 있던 눈썹산이 고대로 고정돼서 내려오지 못한 채 아까 표정 그대로 정지 상태였다.

"레이? 왜 그러고 있어요? 대답……했잖아요."

뭐야? 왜 계속 저러고 있는 거야? 내 대답이 맘에 안 드나? 아니면 지금 내 표정이 너무 웃겨서? 내가 생각해도 이러다 얼굴이 터질 것 같기도 한…….

"하!"

그 순간 레이가 웃음을 터뜨렸다.

"하하…… 하하핫!!"

"레이?? 왜 그래요?"

갑자기 웃음을 터뜨린 레이를 도란이 당황스러운 표정으로 바라봤다. 내 대답이 웃긴가? 왜 저렇게 웃어 대? 서, 설마 이 남자 날 갖고 놀려고 장난친 건가?!

도란이 억울한 기분에 뭐라 말하려는 순간 레이가 번개 같은 속도로 몸을 일으켜 다가왔다. 그러더니 눈을 끔뻑거리는 도란을 단단한 두 팔로 번쩍 안아 올렸다.

"꺅!"

"하! 뭐야? 그럴 거면서 그렇게 뜸을 들인 거야?"

레이가 도란을 안아 올린 채로 얼굴을 찡그리며 웃음을 터뜨렸다. 얼굴을 가까이 댄 채 정말 기쁜 듯 웃는 그의 얼굴을 보자 도란의 얼굴이 발갛게 달아올랐다.

뭐야. 이 정도로 기뻐해 버리면…… 미안해지잖아. 왠지. 난 솔직히 약간 모험인데…… 당신 같은 이런 확신은 없는데.

"저, 저기 레이 나 고소공포증 있어……."

"왜 사람 불안하게 만들어. 불안해서 미치는 줄 알았잖아!"

레이가 웃으며 안아 올린 도란에게 쪽! 하고 입을 맞췄다.

"이 나쁜 여자."

레이가 도란의 벌어진 앞섶 사이로 살짝 드러난 뽀얀 젖가슴에 얼굴을 포옥 묻었다.

"꺄아악! 뭐. 뭐하는 거예요?"

"흠…… 지방이 좀 부족하긴 하지만 부드러워서 아주 기분이 좋군."

헉! 내, 내 가슴에 얼굴을 묻고 비비고 있어!! 도란이 레이의 품에서 내려오려고 필사적으로 바둥바둥 몸부림을 쳤다.

"저, 저기! 아직 말 다 안 끝났어요! 일단 내려줘요! 어서!!"

"왜? 그거면 됐잖아?"

"안 됐어요!!"

도란이 바락바락 소리 지르자 레이는 아쉽다는 얼굴로 말랑한 가슴에서 마지못해 얼굴을 떼어 냈다. 달랑 소파로 내려 주자 도란은 그 상태로 같이 앉으려는 레이를 저쪽 소파로 쫓아냈다.

"저쪽에 앉아요!"

못마땅한 얼굴로 레이가 맞은편 소파로 가서 털썩 앉았다.

"얘기해 봐. 뭔데?"

팔짱을 끼고 레이가 묻자 도란이 헛기침을 험험, 하더니 진지한 표정으로 말했다.

"흠. 이, 일단은 말해 뒀지만 우리나라는 동방예의지국으로서…… 전 그중에서도 굉장히 남자에게 면역력이 없는 여자거든요. 그러니까 스킨십은 영국의 기준이 아니라 제 기준에 맞춰 줬으면 좋겠어요."

"네 기준은 뭔데? 나와는 스킨십 안 하고 싶은 거야?"

"아, 안 하겠다는 게 아니라…… 그, 그냥 천천히……."

레이가 험악하게 눈을 부라리자 도란이 한풀 기가 꺾인 말투로 말했다. 아. 왜 이런 순간 난 소심해지는가.

"키스도?"

"아, 아뇨. 키스는 괜찮……."

"흠……."

겉으론 무서운 표정을 유지했지만 레이는 속으로 안도의 한숨을 내쉬었다.

'키스의 종류가 얼마나 다양한지 알면 이 여자는 까무러치겠군.'

"그, 그래 줄 수 있죠?"

도란이 동그란 눈동자를 굴려 레이를 응시했다. 그 얼굴이 깨물어 주고 싶을 만큼 귀여워 보이는 것을 참아 내며 레이는 표정 변화를 보이지 않고 대답했다.

"할 수 없지. 정 그렇게 원한다면 참아 볼게."

'가능하면.'

뒷말은 속으로 삼키며 레이가 씨익 웃었다.

"네. 고마워요."

도란은 그래도 이 짐승 같은 남자가 참아 준다고 하니 고마워서 배시시 웃었다. 뒤에 발톱을 숨기고 밀가루 칠한 앞발을 내놓는지도 모르고 할머니 손인 양 웃으며 문을 열어 주는 순진한 아기염소처럼.

6.

키스의 종류가 얼마나 다양한지 알아?

"다니엘 사진 다 버려."

차를 타고 돌아오는 길에 레이가 말했다.

"안 돼요."

"뭐야?"

도란은 홱 째려보는 레이에게 지지 않고 맞섰다.

"다니엘 팬질을 한 게 몇 년인데 어떻게 그래요. 사실 내가 다니엘한테 이렇게까지 빠순이 짓 하지 않았다면 경기장을 미친 듯이 찾아다니지도 않았을 거고 그랬으면 당신과 이렇게 만나지도 못 했을 거라고요. 안 그래요?"

"그건…… 그렇지만."

레이가 마지못해 대답했다.

"그리고 한순간에 하지 말라고 하면 그게 더 다니엘에 대한 내 팬심을 키우는 거거든요. 원래 박해받는 종교인들이 더욱 신실해지는 거 몰라요?"

"다니엘이 종교까지 된다는 건가?"

"비슷해요. 그냥 신앙심 같은 거라고 생각해 주세요. 남녀 간의 감정이 아니라."

"끙……. 맘에 안 들지만 알았어. 대신 다니엘은 언제나 나 다음이어야 돼. 알았어? 같은 선상에 올리는 순간 가만 안 둘 줄 알아. 그리고 천천히 정리해 나가. 오래 참아 줄 만큼 인내심 있는 사람도 아니니까."

"네. 알았어요. 걱정 마세요. 주술도 항상 먼저 걸어 줄 테니까. 히힛."

도란은 그나마 당장 다 처분하라는 소리는 면했다는 생각에 기분 좋게 대답했다. 차가 런던 시내로 들어오자마자 도란은 황급히 옆에 뒀던 모자를 눌러썼다. 레이가 힐끗 쳐다보더니 미간을 찌푸렸다.

"이제 쓸 필요 없잖아."

레이의 말에 도란이 기겁을 했다.

"에엑? 파파라치한테 시달렸다간 말라 죽어요! 이제 시작인데, 어쩔 수 없이 들키는 날까진 조심조심 다닙시다."

"꼭 그렇게 해야 돼?"

"레이는 익숙하겠지만 난 그야말로 평범한 사람이라고요! 자, 어서 이거 써요. 얼른요!"

도란이 레이의 모자를 집어다가 눈앞에서 퍼덕대자 그도 할 수 없다는 듯 모자를 받았다. 불퉁한 표정으로 대충 모자를 머리에 눌러쓰는 레이를 바라보며 도란은 눈을 가느다랗게 떴다. 모자로 얼굴의 절반을 가려도 가려지지 않는 이 남자의 미친 미모를 도대체 어쩌란 말인가.

일부러 생각하고 싶지 않아서 곱게 접어 머릿속 한편에 휙 처박아 뒀지만 솔직히 감당하기엔 너무 버거운 상대가 아닌가 하는 생각이 스멀스멀 비집고 올라왔다.

아무리 생각해도 레이 블레어라는 남자는 평범한 동양 여자 이도 란과 전혀 어울리지 않는다. 이리 보고 저리 보고 뒤집어 봐도 그렇 다. 이 남자는 그 소피 알렌이라는 화려한 금발 미녀가 더 잘 어울릴 남자란 생각이 머릿속을 지나가고 있는데 갑자기 손등이 뜨듯……?

"어?"

도란이 자신의 손을 바라보자 그 위에 커다란 레이의 손이 턱 하 니 겹쳐져 있었다. 레이는 그녀의 손가락 사이사이에 기다란 손가락 을 집어넣고 힘을 줘 깍지를 꼈다.

손…… 크다.

도란은 레이의 체온을 느끼며 골치 아픈 생각은 일단 접어 두기로 했다.

그래도 당장은 이 남자가 내가 좋다잖은가. 그럼 된 거지 뭐. 언제 까지가 될진 모르지만 지금 이 상황을 즐겨 주마! 열심히!!

"미안해요. 다니엘 오빠."

기숙사에 돌아온 도란은 다니엘의 가장 좋아하는 브로마이드를 보 며 말했다.

"아무래도 제가 남친이 생겨서…… 아, 사실 그 사람은 남친이라 는 귀여운 단어와는 별로 어울리지 않는 사람이지만요. 누구냐면 다 니엘도 아는 사람인데…… 암튼 그렇게 되어서 앞으로는 오빠를 최 우선으로 할 수 없게 되었어요. 미안해요……."

이제 이 브로마이드에 뽀뽀도 하지 못하겠구나. 비록 차가운 코팅 감촉만 느껴진다고 하더라도 매일 뽀뽀를 해 오던 브로마이드인지라 다니엘 입 부분만 색이 바래질 정도였다. 이렇게 다니엘만 생각하다 늙어 죽을 줄 알았는데…….

"그래도 항상 응원할게요. 오빠! 오빠는 여전히 저의 우상이랍니 다. 같은 팀 선수를 좋아하는 거니 원수를 좋아하는 건 아니잖아요? 오빠. 이해해 줄 수 있죠?"

도란이 대답 없는 다니엘의 얼굴을 그윽한 표정으로 바라보고 있 는데 전화벨이 울렸다.

— 승리의 엘튼! 엘튼! 엘튼! 런던의 붉은 심장…….

힘찬 응원가가 울려 퍼지는 휴대폰 액정을 보니 레이였다.

"레이?"

— 너 다니엘 사진 보고 있었지?

흠칫. 이 남자 역시 독심술이라도 하나?

"아, 아니에요! 그, 그냥 있었어요!!"

— 흐응…… 수상한데?

"진짜라니깐……요."

도란도 모르게 '요' 자에서 목소리가 줄어들었다.

"그런데 왜 전화한 거예요? 좀 전에 헤어졌는데. 내가 차에 뭐 놓 고 내린 거 있어요?"

도란이 눈으로 자신의 소지품을 훑으며 물었다.

— 그냥. 보고 싶어서.

헉! 이 무슨 버터 처발처발한 멘트더냐! 레이! 당신과 버터는 정말 이지 어울리지 않는다고! 사자가 버터 바른 식빵을 낼름거리는 것 같 단 말이야? 맹수면 맹수답게 고기를 뜯으라고!

도란이 저도 모르게 붉어지는 뺨에 손바람을 퍼덕거리고 있는데

이 남자가 또 묻는다.

— 넌? 나 안 보고 싶어?

"저, 저요? 그, 글쎄 그게…… 말하자면 그러니까……이, 이를테면 대략……."

도란이 웅얼웅얼거리자 레이의 낮게 가라앉은 목소리가 들려왔다.

— 흐응……. 다음에 만나면 내가 어떤 행동을 할지 두렵지 않나?

"네?"

— 말해 두는데 난 때와 장소를 안 가려.

"뭐, 뭐가요??"

— 그냥. 뭐든 그렇다고. 그러니까 말을 잘 가려서 하는 게 좋을 거야.

아니, 지금 그러니까 때와 장소에 상관없이 아까 호텔에서 했던 그런 식의…… 악! 다시 생각나 버렸잖아! 이 남자가 누구 맘대로 내 가슴에 얼굴을!!

"아니, 잘 생각해 보니까 당신이 보고 싶었던 것도 같아요. 그러네. 보고 싶었던 게 맞아요. 정말 보고 싶었구나. 미처 몰랐네요."

도란은 주먹을 굳게 쥐고 천연덕스럽게 대답했다. 그제야 만족할 만한 대답이 나왔는지 레이가 낮게 웃는 소리가 들렸다.

— 그래. 그렇게 나와야지. 나 내일 훈련하고 광고 촬영 일정 있어. 훈련은 아침 10시부터니까 시간 맞춰 훈련소로 와.

"네? 제가 왜……."

— 당연히 와서 네 남자가 훈련 잘하나 못하나, 오늘 컨디션이 좋은가 나쁜가 봐야 할 거 아냐.

헐……. 당신이 우쭈쭈 아가입니까? 어련히 잘 알아서 하려고.

"그래도 훈련에 방해될 수도 있고 저도 내일 학교 가야 해요. 논문도 마무리해야……."

— 학교 언제 끝나는데.

"그게…… 2시쯤이요."

— 그럼 그때 학교 앞으로 차를 보낼 테니까 내가 있는 곳으로
와.

"아, 아니 전 관계자도 아닌데 거길 어떻게 가요?"

— 내 여자인데 왜 관계자가 아니야? 어쨌든 내일 전화해. 잘 때
다니엘 생각하면 꿈에서 가만 안 둘 줄 알아. 내 생각만 해.

뚝.

"이, 이 남자가 자기 마음대로……!"

도란이 어이없는 표정으로 전화기에 대고 분노를 표했지만 다시
전화를 걸진 않았다.

다행인지 도란은 다음 날 일찍 헨리의 전화를 받게 되었다. 급한
일이 있으니 수업이 끝나면 당장 오라는 헨리의 말에 속으로 쾌재를
부르며 안타깝지만 마스코트 걸로서의 다른 일정이 생겼다고 레이에
게 문자를 보냈다.

엘튼 파크에 도착하자 헨리는 여전히 화려한 복장으로 도란을 맞
이했다.

"오, 우리 마스코트 걸이 오셨군."

저 강렬한 레드양복에 더벅머리에 뿔테안경…… 분명 어디서 본
것 같은데……?

"오늘 컨셉이 뭐예요?"

"오스틴 파워."

헨리는 익살스러운 표정을 지으며 말했다.

아아. 그랬어. 저 더벅머리 오스틴 파워였지. 도란이 그제야 기억났다는 듯 고개를 끄덕이고 있는데 옆에 있던 조이가 슬쩍 귓속말을 해 왔다.

"란. 맘에 안 들거든 안 든다고 그 자리에서 얘기해도 돼요."

"네? 뭐가요?"

"그건 들어가 보면 알 거예요."

조이가 난감한 표정으로 한숨을 쉬며 말했다. 도란은 고개를 갸웃거리며 조이와 헨리의 뒤를 따라 헨리의 방을 나섰다.

이곳은 헨리의 성지인 엘튼 파크였다. 헨리가 엘튼FC를 인수하면서 지은 건물인데 선수들을 위한 메디컬 센터부터 레저시설, 파티장, 그리고 관광객과 팬들을 위한 놀이공원 시설과 방송장비까지 갖춰놓은, 헨리의 위엄을 처음부터 제대로 보여 준 곳이었다. 이걸 보고다른 팀 팬들이 자기네 구단주로 와 달라는 둥, 자기네 구단도 인수해 달라는 둥 난리도 아니었지.

그만큼 천문학적인 돈을 투자한 어마어마한 규모의 최신식 건물이다.

"란. 이쪽으로 와요."

"아, 네."

주변을 둘레둘레 둘러보던 도란은 얼른 안내하는 쪽으로 달려갔다. 입구에 커다랗게 써져 있는 글씨는……. 촬영 룸? 여기서 뭘 한다는 말이지?

도란이 들어간 곳은 넓은 촬영 스튜디오가 있는 커다란 공간이었다. 카메라 플래시가 연신 펑펑 터지는 곳을 바라보니 익숙한 남자가서 있는 것이 보였다.

"레이?"

하얀 스크린 앞에 레이가 올블랙 타이트한 슈트를 갖춰 입고 촬영 중이었다. 오늘 광고 촬영이 있다고 하더니 여기서 하는 거였던 모양이다.

도란은 잠시 얼이 빠진 얼굴로 예술 같은 슈트 핏을 자랑하는 레이를 바라봤다. 긴 팔다리와 탄탄한 근육질 몸에 착 달라붙은 슈트에는 각이 살아 있었고 세련된 웨이브를 넣은 금발머리와 카메라를 시크하게 쳐다보는 사파이어빛 눈동자가 솔직히 눈을 뗄 수 없을 정도로 매혹적이었다.

그 때 레이가 순간 이쪽을 보고 동공이 커졌다. 이윽고 보기 좋은 미소를 지으며 입모양으로 도란에게 말했다.

'늦었어. 왜 이제 온 거야?'

아니, 레이를 보러 온 게 아닌데……. 레이가 아직 문자를 못 본 건가? 도란은 레이가 자신을 보고 지나치게 해사하게 웃는 바람에 무척 곤란한 지경에 빠지게 되었다.

"뭐해요? 란, 이쪽으로 와요."

조이가 타이밍 좋게 도란의 팔을 끌어당기며 옆으로 이끌자 레이의 표정이 굳었다.

뭐야? 날 보러 온 게 아니었어?

조이 뒤를 졸졸 따라가는 도란의 뒷모습에 레이의 날카로운 시선이 꽂혔다. 도란은 보지 않아도 뒤통수가 따끔따끔한 기분이었다.

나도 여기 오게 될지 몰랐단 말이지요. 난 그저 헨리가 불러서 왔을 뿐.

도란은 뭔가 해명하고 싶은 기분이 들었지만 일단 조이를 따라 옆 칸으로 이동했다. 그곳에도 한 팀의 촬영팀이 있었다. 여러 명의 스태프들과 카메라와 장비들, 그리고…… 헨리가 들고 있는 옷걸이에

저건……??

헉! 내가 경기장에서 거꾸로 나자빠진 날 입고 있던 팬티와 똑같은 디자인으로 만든…… 비키니! 비키니 상의 앞판에 양쪽에 나란히 [8]과 [번]이 쓰여 있고, 하의 뒤판에 당당하게도 [다니엘]이 써져 있었다.

"헤, 헨리. 그…… 그게 뭐예……요?"

"뭐긴요? 우리 마스코트 걸이 입을 엘튼의 첫 번째 공식 비키니죠!"

"……!!"

헨리가 해맑게 웃는 모습을 보며 도란은 뜨악한 표정을 지었다. 비키니는 망할 놈의 비키니! 도란의 표정이 변하는 것을 보고 헨리가 얼른 표정을 바꿔 정색했다.

"아, 물론 이건 농담. 그게 아니라 실은 이거예요."

"휴우, 놀라라. 정말이죠?"

헨리의 말에 도란은 안도의 한숨을 내쉬었다. 눈앞에 내밀었던 비키니를 뒤로 치우는 헨리의 얼굴엔 슬쩍 아쉬움이 맴돌았지만 도란은 그 지나치게 천이 모자라 보이는 녀석을 입지 않아도 된다는 생각에 그의 표정까지 보진 못했다.

"티셔츠네요?"

헨리가 다시 내민 건 엘튼의 로고가 큼지막하게 박힌 티셔츠였다. 옆에 서 있던 조이 역시 비키니가 사라지고 멀쩡한 티셔츠가 나타나자 가슴을 쓸어내렸다. 헨리가 정말 도란에게 비키니를 입으라고 떼를 쓸까 봐 잔뜩 긴장하고 있었으니까.

"뭐 일종의 홍보 차원이니까…… 어려워하지 말고 저기서 옷을 갈아입고 나오면 돼요."

피팅룸을 손으로 가리키는 헨리는 어딘가 의기소침해 보였다.

"아, 제가 안내하죠."

조이는 도란이 헨리의 기운 빠진 얼굴을 볼까 봐 얼른 피팅룸 쪽으로 그녀의 등을 떠밀며 갔다.

막상 티셔츠로 갈아입으려고 보니 평범한 앞판과는 달리 뒤판에 복병이 숨어 있는 걸 발견했다.

"어어?"

아까 비키니에서 본 것과 똑같은, 그러니까 처음에 마스코트 걸이 되어 버린 팬티 사건의 그 다니엘 글씨가 그대로 등에 수놓아져 있는 것이 아닌가.

이, 이럴 수가……. 얼마 전까지야 전혀 문제 될 것이 없었지만 레이가 이걸 보면 기분이 안 좋을 것 같은데……. 하지만 이걸 못 입는다고 하면 분명 헨리는 잘됐다며 그 비키니를 내어놓을 게 분명하다.

에잇, 할 수 없지. 이것도 마스코트 걸의 일이니까 그냥 일이라고 생각하자. 일! 한 번 한다고 한 거 무를 수도 없는 일이잖아.

도란은 그렇게 생각하고는 피팅룸 안에 정갈하게 놓여 있는 비닐봉지에 바람을 불어 빵빵하게 만든 뒤 머리에 묶었다. 같이 놓인 선글라스도 잽싸게 착용하고 밖으로 나왔더니…… 앞에 왜 레이가 팔짱을 끼고 기다리고 있는 거지?

"레, 레이??"

도란이 순간적으로 뒷걸음질 치며 눈을 커다랗게 떴다. 본능적으로 등에 있는 다니엘의 이름을 가리려고 한 도란의 행동을 날카로운 시선으로 훑던 레이가 그녀의 어깨를 잡고 몸을 빙글 돌렸다.

"헉……!"

"하. 다니엘?"

앙증맞게 써져 있는 문구를 확인한 레이가 어이없다는 듯 코웃음 쳤다.

"게다가 그 아래 작은 글씨는 뭐야, 러브? 다니엘 러브??"

"아니 그러니까 이 문구는…… 저기…… 제가 원해서 하는 게 아 니라…… 마스코트 걸로서의 의무로서……."

도란이 입을 달싹이며 우물쭈물대자 레이는 윤기 흐르는 머리칼을 한 손으로 쓸어 넘기며 차갑게 말했다.

"벗어."

"네에? 여, 여기서요?"

깜짝 놀란 도란은 본능적으로 자신의 몸을 두 팔로 가리며 뒷걸음 질 쳤다.

"무슨 생각하는 거야. 들어가서 다시 네 옷으로 갈아입고 나오라 고."

"싫어요."

"싫어?"

레이의 눈썹이 위로 홱 치켜 올라가는 걸 보면서 도란이 말했다.

"물론 다니엘이라고 써져 있는 건 레이가 기분 나쁠 수 있겠지만 이건 일이잖아요. 마스코트로서 할 일인데…… 전 헨리에게 돈을 받 고 일을 하는 입장이니까 당연히 이런 일도 해야 한다고 생각해요."

"그런 이유 때문이라면 그 돈, 내가 줄 테니까 마스코트 따위 당 장 그만둬."

"뭐, 뭐라고요?"

도란의 얼굴이 갑자기 확 하고 붉어졌다.

"헨리가 준 것보다 훨씬 많이 줄 테니까 그 옷 당장 벗어 버리라고."

레이가 잔뜩 화가 난 얼굴로 낮게 말하자 도란도 언성을 높였다.

"내가 무슨 거지예요? 내가 돈 없어 보여서 우스워요? 레이가 돈을 주니 마니, 일을 그만둬라 마라 하게!"

"누가 우습게 봤다고 그래?"

갑자기 정색하고 덤비는 도란에게 레이도 더욱 고압적으로 내려다봤다.

"난 지금 엘튼 마스코트 걸로 일하고 있고, 이건 엄연히 내 일이에요! 무슨 사람을 거지로 취급하고 있어……. 당신 몸값 드럽게 높은 남자라는 건 잘 아는데, 지금까지 내가 벌어서 잘만 먹고살아 왔으니까 거지 취급 하지 마시죠? 알겠어요?!"

도란은 큰 소리 빼액! 지르고 씩씩거리며 레이를 지나쳐 촬영장 쪽으로 성큼성큼 걸어갔다. 레이는 미간을 잔뜩 좁힌 채 도란의 등에 써져 있는 다니엘 러브라는 글씨를 노려봤다.

팡! 팡!

연달아 터지는 플래시 세례를 받으며 도란은 열심히 포즈를 취했다. 머리 위에서 발랄하게 흔들리는 노란 비닐과 커다란 선글라스가 익살스러운 분위기를 자아냈다.

"좋습니다! 마스코트 걸! 좀 더 기운차게 발차기를 해 봐요! 볼을 차듯 쭉쭉!"

"넵!"

역동적으로 움직이는 카메라 감독의 말에 따라 도란은 열심히 허공을 향해 발차기를 해 댔다. 엘튼 로고가 박힌 깔끔한 화이트 티셔츠와 짧은 반바지 아래 곧게 뻗은 하얀 다리가 허공을 가를 때마다 일제히 사람들의 시선이 쏠렸다.

레이는 잔뜩 인상을 쓴 채로 촬영장 한편에 뻐딱하게 서 있었다.

'젠장. 함부로 보지 말란 말이야!'

도란의 발랄한 모습을 화면에 담고 있는 스태프들을 불만스럽게 노려보며 레이가 속으로 분노를 삭였다. 맘 같아선 지금 당장 촬영을 중단시키고 싶지만 좀 전에 도란이 한 말도 있고 이게 그녀의 일이라면 사실 이해해 줘야 하니까.

그래도 짜증이 치솟는 건 어찌할 수가 없어서 나지막이 욕설을 내뱉으며 멀찍이서 벽에 기대서 있는데 조이가 슬쩍 다가와 물었다.

"레이. 당신 정말 저 동양 아가씨가 좋은가 봐요?"

"방금 전 상황 보고도 모릅니까?"

탈의실 앞에서 있던 상황을 뻔히 본 조이에게 레이가 차갑게 말했다. 니놈이 여기 있는 것도 맘에 안 드니까 내 여자 보지 말고 당장 나가라고 말하고 싶은 걸 꾹 참아 넘기는데 조이가 놀랍다는 듯 고개를 설레설레 저었다.

"휘유~ 란 대단한데요? 하긴, 란이 귀엽긴 하죠."

"……함부로 넘볼 생각 안 하는 게 좋을 겁니다."

"네? 하하! 걱정 마세요. 저 애인도 있어요. 그냥 인간적으로 귀엽다는 것뿐이지 그런 의미는 아니에요."

그제야 레이의 눈초리가 왜 이렇게 살벌한지 눈치챈 조이가 두 팔을 내저으며 말했다.

"그나저나 당신이 여자 때문에 이렇게 살벌한 표정 짓는 건 처음 봤는데요? 소피 때도 안 그랬던 것 같은데."

아무리 그래도 미스 란이 동양의 비너스라도 되는 양 경계할 건 없지 않은가? 귀엽고 발랄하긴 하지만 아무리 그래도 평범한 동양 여자에 불과한데. 정말 사랑은 위대하다더니 지금 이 레이가 평소에 그 화려한 미녀들이 그렇게나 들이대도 눈길 하나 안 주던 그 레이 맞나 싶다.

"저 사람은 특별하니까요."

레이가 도란에게 시선을 박은 채로 말했다.

"어떤 부분이요?"

"모든 게."

"아아……. 저, 그런데 란은 다니엘 팬이잖아요? 그건 아시죠?"

조이의 말에 레이가 기분 나쁜 듯 인상을 찌푸렸다.

"물론 압니다. 하지만 중요한 건 그녀가 다니엘을 생각하는 건 그냥 팬 심리일 뿐이라는 거죠. 사랑하는 남자는 레이 블레어지, 다니엘 스미스가 아니라는 겁니다."

확신을 실어 말하는 레이의 수려한 옆모습을 보며 조이는 생각했다. 자신이 여자라고 해도 다니엘과 레이 둘 중에 선택하라고 하면 당연히 레이를 선택하겠다고.

"하긴 전에 란에게 비슷한 말을 들은 기억이 있네요. 다니엘에 대한 마음은 팬심일 뿐이라고요. 그래서 다니엘이 여자 친구인 애슐리와 행복해지는 게 좋다고……."

"그것 봐요."

조이의 말에 레이는 입술 끝을 끌어 올렸다.

"어어? 그러고 보니 그땐 레이 얘기는 안 했었는데…… 전에 레이가 란을 프리티라고 말할 땐 이미 한참 전이 아니던가요? 그럼 그때부터 진짜 둘이 특별한 관계였다는 건가요? 그땐 분명히 란이 아니라고 했었는데……?"

기억을 되짚으며 혼란스러운 표정을 짓는 조이에게 레이가 못을 박았다.

"그녀는 부끄러움이 많은 여자니까 그랬을 겁니다."

"아…… 그렇군요."

조이는 도란에게 시선 한 번 떼지 않고 말하는 레이를 바라보며 이상한 기분에 휩싸였다. 귀엽고 발랄하긴 하지만 그래도 평범해 보이는 동양 여자에게 그 레이 블레어가 이 정도로 빠지다니…… 이러니까 세상에서 가장 논리적으로 설명 안 되는 게 남녀상열지사라는 건가?

한 여자를 뜨겁게 응시하는 레이의 시선은 푸른 열기에 일렁이고 있었다. 그 뜨거움에 괜히 민망해진 조이는 헛기침을 험험 하고는 슬쩍 레이에게서 멀어졌다.

"수고하셨습니…… 어어!"

촬영이 끝나자마자 성큼성큼 다가온 레이는 탱탱한 비닐봉지를 휘날리며 인사하는 도란의 몸을 휙 낚아채 들쳐 멨다.

"레이? 이거 좀 놔줘요! 아직 인사도 못 했다고요! 레이!"

레이의 어깨에 대롱대롱 매달린 도란이 그의 등을 팡팡 쳤다. 들은 척도 안 하고 그대로 촬영장을 빠져나가는 레이의 뒷모습을 멍한 시선으로 바라보던 촬영 스태프들이 서로 설마? 하는 시선을 교환했다. 조이는 그들이 자신에게 달라들어 질문 세례를 퍼붓기 전에 빠르게 줄행랑을 쳤다.

"나 좀 놔 달라니까요? 내 옷도 챙겨 가야 된다고요. 레이! 내 말 안 들려요?"

레이는 바둥바둥 몸부림을 치는 도란을 싹 무시한 채 자신의 차에 밀어 넣었다.

퍼엉!

"꺅!"

차 시트에 눌려 머리 위 비닐 봉투가 터져 버렸다. 도란이 흐물흐물 내려오는 비닐을 풀어내는데 차 앞을 뱅 돌아 운전석에 레이가 탔다.

"내 옷 놓고 왔다니까요? 멋대로 이러는 게 어딨어요. 진짜!"

도란이 세모꼴 눈을 하고 사납게 왈왈거렸다. 레이는 도란을 쳐다보지도 않고 시동을 걸더니 거칠게 차를 출발시켰다.

"꺄악!"

급작스럽게 차를 출발시키자 도란의 몸이 출렁 앞뒤로 흔들렸다. 이 제멋대로인 남자!

"레이이이!"

도란의 분노에 찬 목소리가 굉음을 울리며 주차장을 빠져나가는 차 안에서 쩌렁쩌렁 메아리쳤다.

한참 후 분노의 질주가 끝난 뒤에 파파라치들을 따돌린 레이와 도란은 외딴길에 차를 세워 두고 앉아 있었다. 도란은 가슴 위로 팔짱을 낀 채로 불퉁한 시선으로 창밖을 노려보고 있었고 레이는 창틀에 팔을 올린 채 도란을 응시하고 있었다.

"란."

"……."

"이도란."

"나 레이랑 말 안 할 거예요. 막무가내 레이 씨랑 할 말 하나도 없거든요?"

도란이 시선을 돌린 채로 쌀쌀맞게 말하자 레이가 한숨을 내쉬었다.

　"내가 잘못했어."

　헐? 이렇게 갑자기 사과해 버리면……. 인상은 쓴 채로 도란이 레이에게 고개를 돌렸다. 레이는 차 시트에 비스듬하게 머리를 기댄 채로 도란을 물끄러미 바라보고 있었다.

　"그 안에서 네가 다른 남자들의 시선을 받고 있는 걸 더는 참을 수가 없었어. 그래도 촬영 끝날 때까지 잘 참았잖아. 이건 대단한 거라고."

　"아, 아니 누가 시선을 받고 있다고……."

　"다 너만 보고 있었잖아."

　"그거야 촬영 때문에 그런 거잖아요. 안 보고 어떻게 촬영을 해요?"

　"나한텐 마찬가지야."

　레이가 정말 기분이 상했다는 듯 낮게 말하자 도란은 한편으로는 어이가 없으면서도 한편으로는 왠지 신기했다. 성마르게 머리칼을 쓸어 올리는 레이의 표정에서 진심으로 질투가 느껴져서.

　레이, 당신 지금 질투해요?

　믿기지 않는 표정으로 도란이 레이를 빤히 바라보고 있자 그는 인상을 찡그리고 제 머리칼을 거칠게 흩트려 놓고는 다시 말했다.

　"절대 널 무시하려는 의미는 아니었어. 미안해."

　진지하게 말하는 레이의 목소리에 도란은 저도 모르게 마음이 사르르 풀려 버렸다. 아아, 이 간사한 여인네의 마음이여.

　"아뇨. 뭐…… 사실 나라도 기분 나쁘겠죠. 레이 이름이 써져 있는 옷도 아니고……. 나도 미안해요."

도란이 민망한 듯 손가락으로 제 머리칼을 빙빙 감아 돌리며 말했다.

"그럼 앞으론 이런 일은 가급적이면 하지 마."

"응. 그럴게요."

얌전히 고개를 끄덕이는 도란의 볼에 핑크빛 홍조가 물들어 있었다. 레이는 도란의 사과 같은 발그레한 뺨을 응시하다가 고개를 숙여 살짝 입술로 머금었다. 쪽, 하고 레이의 입술이 닿자 도란의 뺨이 더욱 붉게 달아올랐다. 동그란 이마와 앙증맞은 콧방울에도 그의 입술이 부드럽게 내려앉았다 떨어졌다.

레이는 부끄러운 듯 자꾸 시선을 내리는 도란의 얼굴을 두 손으로 잡아 올려 자신에게 시선을 맞추게 했다.

"란."

"네, 네?"

"아까 촬영하는 거 보면서 내가 무슨 생각 하고 있었는지 알아?"

"무슨 생각……요?"

"너, 작게 접어서 주머니에 넣고 다니고 싶다는 생각. 그래서 아무도 보여 주지 않고 내가 보고 싶을 때마다 꺼내 볼 수 있게."

도란은 아무 말도 하지 못한 채 발개진 얼굴로 눈만 깜빡거렸다. 이 남자의 말이 전혀 농담 같지 않아서.

도란이 모델 했던 엘튼 티셔츠는 날개 돋친 듯 팔려 나갔다. 좋아하는 선수의 이름과 등번호를 선택할 수 있는 데다 캐주얼하고 여성스러운 디자인이 여성 팬들에게 좋은 반응을 얻고 있다고 했다. 남자를 위한 클럽 상품은 많아도 여자를 위한 클럽 상품은 별로 없었으니.

그 공로를 인정받아 헨리의 특별 보너스를 두둑이 받은 도란의 입은 절로 헤실헤실 벌어졌다.

"히히. 이게 얼마 만의 목돈이냐!!"

자. 이제 이걸로 뭘 할까나? 생활비는 계좌에다 짱박아 두고…… 우선 나의 사랑 크레페를 한번 질릴 때까지 사 먹어 봐? 아님 다니엘의 새로운 아이템을 하나 질…… 아, 이건 레이가 알면 길길이 날뛸 테니 일단 보류해 두고, 그럼 뉴몰든에 가서 간만에 장도 보고 그동안 못 먹었던 한국 음식 왕창 사서 배 터지게 한번 잡쉬 봐??

그런 기분 좋은 생각들로 도란의 입이 점점 벌어지는데 문득 그런 생각이 들었다. 그러고 보니 마스코트 걸로서 이렇게 돈도 받고, 사주에도 없던 잘난 남자도 만나게 됐으니 그거에 대한 쪼매난 보답이라도 해야 하지 않을까? 마스코트 걸로서.

"맞아. 사람은 언제 어느 때나 제 도리를 잊지 말라고 그랬어."

도란은 마스코트 걸로서 선수들에게 도움을 줄 수 있는 일이 뭐가 있을까 곰곰이 생각하다가 다리를 탁 쳤다.

"아, 그렇지! 김밥!"

뉴몰든 생각난 김에 김밥을 만들어다 돌리는 거야. 한국의 음식이 어떤지도 보여 주고 마약김밥의 중독성도 전파시켜 줄 겸 말이지. 요리는 못 하지만 김밥은 어릴 때부터 오빠들 소풍 때마다 엄마를 도와 열심히 쌌던지라 싸는 방법도 잘 알고 있었으니 문제 될 것도 없었다. 간이야 뭐…… 대충 되겠지.

도란은 생각난 김에 즉시 뉴몰든에 가서 김밥 재료를 왕창 샀다. 나온 김에 오랜만에 한국음식도 실컷 먹고.

"우오! 간만에 제대로 된 탄수화물 섭취해 주니까 절로 피가 생생해지는 느낌인데?"

한국인은 역시 밥심인지 무거운 봉지들을 양손에 거뜬히 들고 바람처럼 달려 기숙사에 돌아올 수 있었다. 사실 아무리 고기가 맛있다지만 하루 이틀이지, 밥이 그리워질 때가 많았다. 하지만 쌀은 비싸거든. 그래서 이럴 때 쌀이나 라면을 사다가 기숙사 방 한쪽에 빼곡히 쟁여 두면 곳간 채워 놓은 농부마냥 마음이 든든해졌다.

"헨리 덕에 이런 호사를 다 누리는군. 고마운 사람이야."

도란은 뉴몰든에서 사 온 마늘장아찌랑 총각김치랑 짭쪼롬한 김에다 밥 한 그릇 뚝딱 비워 내며 행복한 밤을 보냈다. 내일은 일찍 일어나서 김밥을 제조해 주리라.

"이게 뭐야?"

같은 층 기숙사 식당을 쓰는 에드와 조는 탑같이 쌓아 올려진 김밥 산에 경악했다.

"뭐야? 이 까만 건."

"김밥이란다. 먹고 죽진 않을 테니 궁금하면 하나 드셔 보실텨?"

도란이 한 줄을 척 집어다가 댕강댕강 칼질을 하더니 납작해진 김밥 한 움큼을 접시에 담아 내밀었다.

"포크는?"

"그냥 손으로 집어먹어."

에드와 조는 인상을 찌푸리고는 깨와 소금, 참기름을 넣고 간을 한 밥을 김 위에 펴 넣고 당근, 햄, 맛살, 계란 지단, 단무지를 한 줄씩 큼지막하게 펴 넣어서 같이 말아 준 김밥을 한참을 보고 있었다. 그러더니 큰 결심을 한 듯 김밥을 집어 입안에 넣고 천천히 씹었다.

"오! 특이하지만 맛 좋은데?"

"뭔가 일본 음식이랑 비슷한 것 같으면서도 다른데? 맛있다!"

에드와 조에게서 만족스런 환호성이 터지자 도란은 엄마 미소를 머금고 인심 써서 두어 줄 더 썰어 줬다.

"거봐, 맛있지? 김은 아직 너네들 입맛엔 좀 비릴 수 있지만 방금 한 거라 눅눅하지도 않고 맛있을 거야. 김밥은 좀 놔둬도 맛있긴 하지만."

"그에 너언 애 이어마으느데?(근데 넌 왜 이걸 만드는데?)"

에드가 입 안 가득 김밥을 집어넣고 우적우적 씹으며 말했다.

"우리 선수들 오늘 훈련 끝나면 먹으라고 갖다 주려고."

"오, 이것이 내조인가? 다니엘의 빠순이로서?"

"엘튼의 마스코트 걸로서거든."

도란이 조를 찌릿 째려보자 조가 얼른 김밥을 두어 개 집어 입에 넣었다. 어쨌든 이 녀석들 반응을 보니 입맛 예민한 선수가 아닌 이상 크게 나쁘진 않을 것 같아 다행이었다.

결과는 대성공이었다. 10단 찬합을 양손에 바리바리 들고 훈련장에 가서 훈련 끝난 선수들을 모아다가 약을 팔 듯 김밥을 내어놓으니 다들 환장을 했다.

"오오, 맛있어! 특이해! 맛있어!!"

선수들은 하나가 되어 특이해! 맛있어!를 외치며 눈 깜짝할 사이에 찬합통을 비워 냈다. 그들의 뜨거운 호응에 도란은 마스코트 걸로서의 역사적 소임을 다 했다는 사실에 뿌듯했다. 다니엘도 정말 맛있다며 많이 먹었고 레이는 뭔가 못마땅한 표정이긴 했지만 다니엘 못지않게 많이 먹었다.

"잘 먹었어. 란, 고마워."

"헤헤. 뭘요. 맛있게 드시니 저도 기쁘네요."

다니엘이 상냥한 미소를 지으며 말하자 도란도 기쁜 표정으로 대답했다. 역시 김밥의 힘이란 영국에서도 먹히는 거구나!

"그럼 전 가 보겠습니다!"

역사적 사명을 완수한 도란이 싹싹 비워진 찬합을 들고 경쾌한 발걸음으로 훈련장을 빠져나왔다. 그때 뒤에서 차가 빵빵거렸다. 도란이 뒤를 돌아보자 익숙한 레이의 차가 보였다.

"레이?"

"타."

레이가 창문을 열고 말하자 도란이 재빠르게 주위를 둘러보며 소곤댔다.

"여기 상주하는 파파라치가 얼마나 많은데 이런 데서 말을 걸어요? 할 이야기 있으면 전화로 해요."

도란의 말에 레이가 한숨을 쉬며 차를 출발시켰다.

"알았어. 그럼 전화할 테니까 받아. 지금."

여긴 파파라치뿐만 아니라 팬들도 많이 서식하는 구역이다. 그래서 더 조심해야 했다. 훈련장 쪽에서 조금 걸어 나오자 레이에게서 전화가 왔다. 도란은 마치 스파이처럼 예리한 눈빛으로 주변을 살피며 전화를 받았다.

"네. 저예요."

긴장감 넘치는 목소리로 도란이 작게 대답하자 곧바로 레이의 목소리가 들려왔다.

— M빌딩 옆 라인에서 기다려. 한 바퀴 돌고 그쪽으로 갈 테니까 그때 타.

"네? 타라고요? 지금은……."

대답할 틈도 주지 않고 전화가 뚝 끊겼다. 아니 이 남자는 내 일정이라든가 그런 건 아무것도 물어보지 않고 왜 맨날 자기 맘대로래?

도란은 투덜거리면서도 그래도 자신보단 이 남자 일정이 훨씬 바쁜 게 사실이므로 순순히 M빌딩 옆 라인으로 걸어갔다. 본드걸마냥 벽에 착 달라붙어 주위를 수시로 살피며 레이가 말한 곳에 도착했다. 둘러보니 차도 잘 안 다니고 사람들의 통행량도 많지 않은 길이니 조금 안심이 됐다.

오래지 않아서 익숙한 레이의 차가 질주해서 들어왔다. 끼이익 하고 앞에 멈춰 섰다가 도란이 타자마자 다시 부아앙 하고 차가 출발했다. 거친 운전에 차 안에서 몸이 이리저리 기우뚱하던 도란이 레이에게 말했다.

"무슨 F1 선수도 아니고 운전이 왜 이렇게 격해요?"

"파파라치 피해 다니다 보면 이렇게 돼."

"그래도 그렇지. 파파라치 피하다가 가드레일이라도 들이받고 죽으면 그 어마어마한 몸값 누가 보상이나 해 주겠어요?"

레이가 쓱 쳐다봤다.

"흐응. 내 몸을 걱정해 주는 건가? 몸값이 비싼 걸 걱정해 주는 건가?"

"당연히 몸 걱정이죠. 우리 팀 제일의 공격수기도 하고…… 내, 내 남자이기도 하고."

아직 내 남자라는 말이 오글거리고 입에 달라붙지도 않아서 항상 말할 때마다 버벅거리게 된다. 그래도 도란의 그 말이 기분 좋았던지 레이가 입꼬리를 기분 좋게 말아 올렸다.

"김밥은 먹을 만했어요? 한국에 있을 땐 자주 먹던 거였는데 런던 와서는 거의 못 먹었었어요. 뉴몰든에서 종종 사 먹기만 하고."

"아아. 그런데 왜 모든 녀석들한테 다 준 거지?"

"네? 그러려고 많이 싸간 건데, 부족했어요?"

"그게 아니라 네가 만든 첫 음식을 왜 나 혼자가 아닌 다른 놈들과 우르르 같이 먹어야 되냐는 말이야."

레이가 짐짓 언짢은 말투로 말했다.

"에이, 이번엔 제가 헨리한테 받은 모델료로 마스코트 걸로서 뭔가 할 게 없을까 해서 한 거구요. 다음엔 레이 것만 만들어 줄게요."

"진짜?"

미심쩍은 눈초리로 레이가 째려본다.

"전 거짓말 안 한다니까요?"

레이는 의심을 거두지 못하겠는지 눈을 가늘게 뜨고 계속 도란을 응시했다.

"레이. 운전 중이잖아요. 앞에 봐요, 앞에."

그제야 투덜거리며 고개를 돌리는 레이의 모습이 왠지 귀여워서 도란은 자기도 모르게 푸훗 하고 웃음을 흘렸다. 그러고 보니 엘튼파크에서 다니엘 등번호가 쓰여 있는 티셔츠 입고 사진 찍을 때도 잔뜩 화가 난 얼굴로 하지 말라고 했었지.

이 남자가 이렇게 질투가 심한 남자였나?

내가 알고 있는 레이 블레어 개인에 대한 정보는 다니엘에 비해 현저히 낮은 수준이긴 하지만 그래도 나름 매일 축구 뉴스를 챙겨 봤던지라 어느 정도는 알고 있는데 절대 이런 질투대마왕의 이미지는 아니었다.

그 소피 알렌이라는 대단히 섹시하던 리포터와 사귈 때에도 레이 쪽에서 안달복달한다는 기사는 단 한 번도 나온 적이 없었으니. 그래도 레이가 부상당하자마자 바로 라이벌 선수로 갈아탄 소피는 좀 충격이었지만.

"오늘은 좀 느긋하게 같이 있을 수 있어. 어떻게 할래?"

"뭘요?"

"우리 집에 가든가…… 아니면 어디 다른 데 가고 싶은데 있어?"

헉. 당신 집에 갔다가 또 무슨 봉변을 당하라고!

"집 앞에도 파파라치 많잖아요. 음, 어디 파파라치 위험 적은 데 없나? 안전한 장소."

"영국 땅에서 안전한 장소라…… 젠장, 시간이 있어야 어디 멀리 떠났다 오든가 할 텐데."

그, 그건 위험한 발언이십니다. 어디 외딴섬으로라도 데려가시려는 겁니까? 하긴 축구 선수들은 휴가 때 온갖 비싼 휴양지로 피서 잘 다니긴 하더라. 하지만 그 사진도 다 파파라치 사진들이라는 게 공포지. 파파라치들은 도대체 어디까지 따라다니는 걸까?

유명인과 연애를 한다는 건 꽤나 번거로운 일이라고 생각하고 있던 도란이 갑자기 손뼉을 짝 쳤다.

"아! 레이. 변장할래요?"

도란이 눈을 반짝이며 쳐다보자 레이가 미간을 좁혔다.

"변장?"

"네. 나 당신과 가고 싶은 데가 있는데 말이죠. 레이인 거 모르게 하고 다니면 되잖아요."

"파파라치를 우습게 보는군. 내가 마스크에 선글라스에 모자까지 하고 다녀도 다 들키는 거 몰라?"

레이가 코웃음 치자 도란이 손을 내저었다.

"아유, 뭘 모르시네. 그렇게 미심쩍게 꽁꽁 싸매고 다니니까 더 의심받는 거라고요. 그런 당연한 이치를 모르시네? 어디 보자…… 필요한 게 기숙사에 다 있던가?"

무슨 꿍꿍인지 도란이 호들갑스럽게 말하며 차에서 내렸다. 그녀가 내리는 것을 미심쩍은 표정으로 바라보던 레이가 물었다.

"필요한 게 뭔데?"

"가져오면 알게 될 거예요. 일단 기숙사 안에 갔다 올 테니 잠깐 기다리고 있어요. 기숙사 저쪽 옆에 있는 공원길에 나무가 많아서 어둑어둑한 데 있으니까 거기에서 기다리면 괜찮을 거예요."

그렇게 말하고 도란이 후다닥 기숙사 쪽으로 뛰어갔다. 햇빛 속으로 나풀나풀 사라지는 그녀를 미간을 좁히고 바라보던 레이는 순순히 차를 몰아 공원 옆 어두운 길에 세웠다.

기다리는 동안 차 시트를 뒤로 젖히고 느긋하게 쉬려는데 도란이 생각보다 빨리 돌아왔다.

"헥, 헥. 기다렸죠?"

"아니. 별로 기다리지는 않았는데 그건 뭐야?"

레이는 차 문을 열고 올라타는 도란의 손에 쇼핑백이 몇 개나 들려 있는 것을 보며 물었다. 그러자 도란은 히죽 웃으며 눈을 빛냈다.

"이제 이걸로 변장하는 거예요. 훗, 제 기숙사 친구 중에 키가 큰 놈이 있는데 그놈 거 이것저것 빌리고 다른 놈 거도 좀 얻어 왔어요. 아까 김밥을 먹여 두길 잘했지. 히히."

"뭐? 너 김밥 만들어서 도대체 몇 놈이나 먹인 거야?"

레이가 인상을 빡 쓰자 도란이 혀를 내둘렀다.

"에구에구, 레이는 무슨 영국인이면서 그리 쪼잔하대요? 영국 남자들은 맘도 넓고 이해심도 많고 느슨하고 그럴 줄 알았는데."

"자기 여자한테 마냥 느슨한 남자가 어디 있어? 그건 만국 공통이지. 그런데 그건 도대체 뭐야?"

긴 갈색 여자 가발과 여자 드레스, 그리고 여자 스타킹과 구두, 화장용품들을 줄줄이 꺼내 놓고 있는 도란에게 레이가 물었다. 도란은 치렁치렁한 가발을 손에 들고 이리저리 살피며 천연덕스럽게 대답했다.

"뭐긴요? 보이는 그대로죠. 레이는 이제 레이첼이 되는 거예요."

"레이첼? 여장이라도 시키려는 거야? 이봐. 이 몸에 어떻게 여자 분장이 먹히겠냐고."

"걱정하지 마세요. 이거 빌려 온 제 친구도 남자인 데다가, 레이 덩치랑 비슷하거든요? 그 애보단 미모 면에서 훨씬 출중하시니 괜찮을 거예요."

"그놈 게이야? 왜 이런 걸 가지고 있어?"

레이가 얼굴을 팍 일그러뜨리자 도란은 아무렇지도 않게 말했다.

"파티광일 뿐이랍니다. 이것도 파티 때 사람들 웃기려고 자비 들여서 구입한 목록 중에 하나예요. 본인과 어울리지도 않는 멀쩡한 여자 친구를 어디선가 공수해 항상 끼고 나타나는 녀석이니 게이 걱정은 안 하셔도 돼요."

도란의 설명에도 레이의 얼굴에선 당혹스러운 빛이 사라지질 않았다.

"일단 전 나가 있을 테니 이거 위에 이거 입고, 아래에 이거 입으세요. 알았죠? 아. 다리에는 이거 신는 거 잊지 마시고요. 이렇게 손가락으로 잡고 살살 올려야 돼요. 잘못 당기면 찢어져요."

"아니 잠깐……."

도란은 풍성한 까만 드레스와 그물 폭이 꽤나 넓어서 어망 같기도 한 망사스타킹까지 손에 꼬옥 쥐여 주고는 차에서 내렸다. 그러고는 슬금슬금 차 뒤편으로 걸어가 앉아선 다 갈아입은 레이의 모습을 상상하며 몰래 킥킥거렸다.

레이의 여장이라니. 파파라치 때문이긴 했지만 사실 과연 어떤 모습일지 기대된단 말이지. 웃길 것 같기도 하고…… 웃기면 정말 깔깔대고 웃어 줘야지. 푸후홋. 난 쌍코피 때 당신이 폭소를 터뜨린 걸 아직도 잊지 않았다고! 오늘이 바로 복수의 날! 키키킥.

도란은 한참을 혼자 키득대다가 시계를 확인했다. 이제 슬슬 들어가 봐도 되겠지?

"다 입었어요?"

아무렇지도 않은 얼굴로 차 문을 발칵 연 도란의 얼굴에 당혹감이 실렸다. 어라? 이 인간…… 어울리잖아? 몸이 좀 지나치게 커서 그렇지 두꺼운 허벅지 부분을 까만 볼륨 롱치마로 가려 주니 그런대로 체구가 제법 있는 이쁜 언니 같은데? 난 조의 그 우스꽝스런 삼류 트랜스젠더 삘을 상상했는데 웬 육체파 미녀가…… . 아, 역시 사람은 얼굴이 모든 걸 좌우하는구나. 그런 거였어…… .

"그렇게 이상해? 토할 거 같아? 그러게 왜 이런 걸 가져와선…… ."

잔뜩 웃어 줄 생각이었는데 의외로 전혀 웃기질 않아서 어두운 표정의 도란의 얼굴을 보며 레이가 겸연쩍어하며 물었다.

"아! 아뇨! 그게 아니라 생각보다 잘 어울려서 놀란 거예요! 무지 잘 어울리는데요?"

"하. 이 꼴이 어울린다니 지금 그거 칭찬이야, 욕이야?"

"물론 칭찬이에요, 칭찬!"

도란이 웃으면서 가방에서 스타킹을 둥글게 만 뭉치 두 개를 꺼내 레이의 가슴에 하나씩 꽂아 넣었다. 거기에 같은 방을 쓰는 애니한테서 빌린 화장품들로 전에 배운 스모키 메이크업을 쓱쓱 해 보니 이건 영락없는 등빨 좀 좋은 섹시 미녀였다.

신이 나서 레이의 긴 속눈썹에 꼼꼼히 마스카라를 바르고 있는 도란을 레이가 못마땅한 표정으로 쳐다봤다.

"날 여자로 만드는 게 그렇게 재밌어? 너 혹시 다니엘은 연막이고 성적 취향이 이런 거 아냐?"

"그 무슨 망발이에요? 난 지금 일류 메이크업 아티스트가 된 기분으로 혼을 담은 예술적인 터치를 하고 있는데."

"쳇."

도란은 재미있었지만 레이는 여장이 영 내키지 않는지 불퉁한 표정이었다. 도란은 그의 입술에 붉은 립스틱을 칠해 주며 장난스럽게 말했다.

"입술, 일부러 그렇게 하고 있는 거예요? 이렇게 보니까 졸리 입술같이 완전 도톰하고 섹시하네?"

"비웃는 거지? 지금."

"오, 노려보니까 더 섹시해요! 눈빛 완전 뇌쇄적이다! 하아, 완전 녹겠어요."

째릿 눈을 흘기는 레이에게 호들갑스럽게 감탄사를 내뱉자 그도 어쩔 수 없다는 듯 실소를 흘렸다.

"그래. 까짓 뭐 이 꼴로 다니더라도 너와 밖에서 같이 있을 수 있으면 참아 봐야지."

"그래요. 긍정적인 마인드가 좋은 거죠. 이런 경험 언제 또 해 보겠어요? 혹시 알아요? 맛 들이면 수시로 이러고 다닐지. 파파라치 노이로제보단 나을 수도 있잖아요. 그리고 또 솔직히 엄청 예쁘고."

예쁘다는 말을 어떻게 받아들여야 될지 레이가 진지하게 고민하는 사이 도란은 무사히 화장을 마치고 짐을 정리했다.

"자, 다 됐으니 이제 나가죠. 지금 거리를 활보해도 아마 아무도 못 알아볼 테니. 아, 그 구두도 신어요."

도란이 조에게서 빌린 구두도 사뿐히 차 바닥에 내려놓고서 생긋 웃으며 차 문을 열고 밖으로 나왔다. 레이도 낑낑거리며 구두 속에 발을 구겨 넣더니 절룩거리면서 반대편으로 빠져나왔다.

"꼭 이걸 신고 다녀야 돼? 불편해."

"그럼 그 차림에 운동화 신고 다니려고요? 처음엔 불편해도 좀 지나면 적응될 거예요. 조도 그거 신고 잘만 뛰어다니던데요? 아, 혹시 몰라서 밴드도 챙겨 왔으니 발뒤꿈치 까져도 걱정 말아요."

밴드를 들어 보이며 화사하게 웃는 도란에게 레이는 당한 기분이었다. 여자는 다 악마 근성이 있다더니. 그래서 한 번 사로잡히면 벗어날 수 없는 거라고 했다.

'요 꼬마 악마 녀석.'

경쾌한 발걸음으로 앞서 뛰어가는 도란을 보며 레이가 입꼬리를 슬며시 올렸다.

"레이! 빨리요."

"그래."

레이는 보기 좋게 웃으며 겅중거리는 걸음걸이로 뒤따라갔다.

신기하게도 정말 자신을 못 알아보는 모양이다. 종종 '웬 커다란 여자가 있나.' 하는 표정으로 미간을 찌푸리는 할머니들이 있긴 했지만 전철을 타고 오는 내내 사람들은 그들에게 무관심했다.

이런 자유로움을 만끽하는 게 얼마만인지.

축구 선수로 유명해진 이후엔 대중교통은커녕 가까운 거리조차 얼굴을 칭칭 감고 다녀야 했다. 그래도 항상 근처에서 죽치고 있는 파파라치에게 걸리곤 했지만. 일 년에 한두 번 있는 휴가기간 때 사람들이 거의 없는 휴양지로 떠났을 때 외에는 이런 자유로움을 느끼질 못했었다.

오늘은 날씨도 좋았다. 도란은 이런 날씨엔 어김없이 개떼처럼 사람들이 몰려나와 있는 포토벨로 마켓으로 갔다. 지나치게 사람이 몰려 있어서 레이도 처음엔 조금 조심스럽게 움직였다. 하지만 곧 다양한 인종과 사람들이 모여 있는 이곳에선 자신에게 아무도 관심 없다는 사실을 알아채곤 여기저기서 파는 잡다한 물건들을 기웃거리며 천천히 구경하기 시작했다.

"하하! 이걸 좀 봐, 란! 정말 웃기지 않아?"

허구한 날 봐오던 찰리 채플린 분장을 하고 있는 아저씨를 가리키며 레이는 뭐가 그렇게 웃긴지 배꼽 빠지게 웃었다. 난 처음에 봤을 때도 그렇게 안 웃겼는데…….

"난 배고파 죽겠으니 여기서 먹을 거나 후딱 사서 가요!"

"어딜 가? 가고 싶다던 데가 여기 아니었어?"

의아스러운 얼굴로 쳐다보는 레이 팔을 도란이 잡아끌었다. 가만 놔뒀다간 저 아저씨랑 사진이라도 찍을 기세였다. 그럼 돈을 내야 한단 말이지. 아, 물론 아깝다는 건 아니지만…….

도란은 빛의 속도로 움직여 컵케이크 집에서 컵케이크도 사고, 이태리식 리조또도 사고, 노릇노릇 구워진 파이랑 음료수도 사서 하이드 파크로 향했다.

"이거 엄청 맛있어요. 먹어 봐요!"

그중 특히나 좋아하는 바나나 누텔라 크레페를 공원의 접이식 의자에 나란히 앉자마자 잽싸게 레이 앞으로 내밀었다. 크레페 안에 바나나랑 초콜렛을 가득 넣어서 만든 건데 정말 달달하고 맛있다.

"음."

손에 받아 들긴 했지만 난처한 표정으로 한참 바라보기만 하던 레이가 한 입 먹더니 얼굴이 굳어져선 도란에게 다시 넘겼다.

"달아. 너 먹어."

"네? 단 거 안 좋아해요?"

"별로 안 좋아해."

"그래요? 정말 맛있는데…….."

도란이 의기소침한 표정을 짓자 레이는 눈살을 찌푸린 채로 넘긴 크레페를 다시 자신이 가져갔다.

"뭐 가끔은 단 것도 괜찮겠지."

"그쵸? 먹어 보면 진짜 맛있어요. 자, 이것도 먹어요. 이것도요."

레이가 순순히 크레페를 먹기 시작하자 도란은 기쁜 얼굴로 따끈따끈한 파이도 내어줬다. 레이는 무척 행복한 얼굴로 크레페를 먹는 도란을 보며 묵묵히 자신의 것을 베어 먹었다. 지독한 단맛에 순간순간 얼굴이 찌푸려지는 것을 간신히 참아 누르며.

부지런히 손을 놀려서 상큼한 과일 주스랑 사 온 것들을 하나하나 정복하고 나니 빈 케이스들과 비닐만 남았다.

"후아. 잘 먹었다."

만족스런 식사에 도란의 얼굴이 한껏 충족감에 차올랐다. 그녀의 윤기가 잘잘 흐르는 토실토실한 볼을 레이가 방금 먹은 것들보다 훨씬 먹음직스럽다는 시선으로 보고 있었지만 도란은 전혀 눈치채지 못했다.

"사람들이 무척 많죠?"

도란이 해사하게 웃으며 레이를 바라보며 말하자 그는 그제야 그녀에게서 주변으로 시선을 돌렸다. 공원 안에는 무척 많은 사람들이 있었다. 여기저기에 누워서 햇볕을 만끽하는 사람들을 보며 레이가 중얼거렸다.

"그렇군."

"날씨가 좋잖아요. 레이도 영국인인데 날씨 좋은 날에는 어디 놀러 가고 싶다는 생각 안 들어요?"

"별로. 늘 훈련하면서 햇빛은 받으니까. 시합 때는 너무 밝아도 뜬공이 잘 안보여서 안 좋아."

"하긴 그렇겠구나. 그래도 레이는 얼굴 탈 걱정은 없겠어요. 왜 백인은 살도 안 타죠? 타도 그냥 빨갛게 됐다가 돌아오던데. 우리나라 사람들은 햇빛 많이 받으면 까맣게 타거든요. 일부러 구릿빛 피부 만들려고 태우는 사람들도 있지만요."

도란의 말에 레이가 그녀의 보송보송한 피부를 바라봤다.

"타는 게 싫은 건가?"

"당연하죠. 이래 봬도 오늘도 선크림 잔뜩 쳐 바르고 나온 거거든요? 안 그래도 노란데, 더 하얘지진 못할망정 까매지진 말아야죠."

도란이 선크림을 처덕처덕 바르는 모션을 흉내 내며 진지한 얼굴로 설명하자 레이가 피식 웃었다.

"넌 그게 귀여워."

"에잇! 레이도 참, 그런 말 하지 말아요!"

속으론 레이 말에 기분 좋으면서 멋쩍은 얼굴로 레이의 어깨를 주먹으로 팡팡 쳤다. 생각보다 주먹이 매워서 레이가 맞은 어깨 부근을 주물거리며 인상을 썼다.

"여기 화장실은 어디지?"

"네? 아, 네. 저쪽에 있어요."

도란이 화장실이 있는 쪽을 가리키자 레이가 불편한 듯 치마를 말아 쥐고 일어서서 그쪽으로 향했다.

"우히힛, 노란 피부가 레이가 보기엔 귀엽나? 하긴 그렇게 보일 수도 있겠지? 피카츄도 노랗고 심슨도 노랗…… 아, 이건 좀 아니지만. 히힛."

도란은 히죽히죽 웃으며 구두 때문에 발걸음이 계속 겅중거리긴 하지만 아까보단 많이 나아진 레이의 뒷모습을 눈으로 좇았다.

그리고 레이가 앉아 있던 옆 의자를 바라봤다. 애인이랑 오고 싶던 자리. 뭐 겉모습은 여자지만 애인은 맞잖은가? 그 날같이 하얀 솜사탕을 붙여 놓은 것 같은 파란 도화지 같은 하늘. 그리고 알알이 부서지는 햇빛. 드넓은 초록 공원에 나란히 의자에 앉아 있는 애인님과 나.

푸히힛. 이상하네. 왜 자꾸 웃음이 새어 나오지?

도란은 계속해서 입 밖으로 실실 터져 나오는 웃음을 주체할 수가 없어서 연신 손바닥으로 입을 막았다.

아, 날씨 좋다!

얼마 후에 레이가 얼굴이 시커매져선 돌아왔다.

"어? 레이 표정이 왜 그래요?"

"깜빡하고 남자화장실로 들어갔다가 변태 취급 당했어. 빌어먹을! 누구보고 게이래?!"

분기탱천하여 버럭거리는 레이를 보고 도란은 또 웃음이 터졌다.

"아하하! 그래서 다시 여자화장실로 갔어요?"

"할 수 없잖아. 젠장. 대서특필감이군. 레이 블레어, 대낮 여자 복장으로 여자화장실 난입하다. 뭐 이런?"

"우와. 그거 정말 대박인데요? 내가 언론사에 제보할까?"

"뭐야?"

"정말 날씨 좋죠? 오늘."

레이가 찢을 듯이 눈을 치켜뜨고 째려보자 도란이 딴청을 부렸다. 어쨌든 날씨는 정말 좋으니깐. 흠흠.

"이제 슬슬 옮기죠?"

도란이 스윽 일어났다.

"어딜?"

"가고 싶었던 데가 또 있거든요."

"이번엔 좀 막힌 데로 가. 이렇게 뻥 뚫려 있는 데 말고."

"네? 왜요?"

"이 꼴이라 이런 데선 스킨십도 할 수 없잖아."

레이가 자신의 스커트를 신경질적으로 잡아 보이며 투덜거리자 도란이 까르르 웃음을 터뜨렸다. 오늘 정말 이 남자 덕분에 많이 웃는다.

"란! 오랜만이네?"

펍에 들어오자마자 마이클이 도란을 반겼다.

"네. 요즘 이래저래 바빠서요. 마이클도 잘 지냈죠?"

"물론이지. 그런데 옆에 그분은?"

마이클이 은근한 눈빛으로 레이를 훑어보며 물었다.

"아. 레이첼이라고 친한 언니예요. 레이첼. 이분은 마이클이에요. 여기서 맥주 마시다가 친해진 동네 아저씨죠."

"반가워요. 레이첼."

마이클이 씨익 웃으며 인사했지만 레이는 도도한 표정으로 고개만 까딱이고 말았다. 여자 목소리를 흉내 낼 수 없어서였지만 마이클은 그 모습에 더 시크한 매력을 느끼는 듯했다.

키가 지나치게 크긴 하지만 저 정도 미모면 키쯤이야 커버하지 못할 이유는 없지. 마이클의 진한 시선이 구석 자리로 이동하는 여자의 뒷모습을 좇았다.

"여긴?"

자리에 앉자마자 레이가 목소리를 낮춰 물었다. 가게에서 켜 놓은 축구경기 소리가 크게 울리고 있지만 긴장을 늦출 순 없으니.

"제가 자주 오는 펍이에요. 경기장에서 못 볼 땐 주로 여기서 사람들이랑 같이 시합 보거든요. 영국에 처음 왔을 때부터 같이 보던 사람들이라 지금은 식구 같고 그래요. 아까 그 마이클도 그렇고."

도란이 맥주를 두 잔 주문하고 주위를 둘러보며 사람들과 슥슥 눈인사를 했다. 오늘은 엘튼 경기는 없는 날이라 평소보다 사람들은 적었는데 레이 팬인 폴과 에드워드 할아버지는 단골답게 자리를 지키고 있었다.

맥주가 도착하자 가볍게 건배를 하고 레이가 물었다.

"영국에 온 지 얼마나 됐다고 했지?"

"이 년 반 정도 됐어요."

도란이 잽싸게 거품을 빨아들이며 말했다. 캬. 역시 맥주는 처음의 이 거품 맛이 제일이라니까. 친구들은 살찐다고 맥주 거품은 안 좋아하는데 도란은 맥주의 거품 맛을 좋아했다. 특히 영국 생맥주의 거품 맛은 키야~ 소리가 절로 나오게 한 달까?

"유학 온 거라고 했나? 그럼 한국에는 언제 돌아가야 되는 거야?"

레이도 맥주 잔을 들어 한 모금 마셨다.

"우선 졸업하니까 올해 말에 한국에 돌아갔다가 그 후에 다시 생각해 봐야 돼요. 일단 3년 코스긴 했는데 아직 좀 더 배우고 싶은 것도 있고요. 그런데 그러려면 비자문제도 있고 하니까."

도란의 말을 들은 레이가 잠시 생각하더니 고개를 저었다.

"난 너에 대해 아무것도 모르는군."

"아, 난 기본정보는 다 아는데. 인터넷이 있으니까 말이죠. 후훗."

"불공평하군."

레이가 미간을 찌푸렸다.

"신상정보가 공개되는 유명인의 비애죠, 뭐. 전 그런 것과는 아무 상관도 없는 일반인이거든요?"

"그럼 말해 봐."

"뭘요?"

"너에 대해. 뭐든."

레이의 진지한 눈빛을 보며 도란이 슬쩍 맥주를 한 모금 더 들이 켰다. 이 남자는 여장을 하고서도 사람을 설레게 만들다니…….

"음…… 그냥 평범한데? 오빠가 다섯이 있고 집안사람들이 다 축구광이라 저도 이렇게 성장했고요. 평범하게 자라나서 학교 다니다 가 런던에 유학 오게 된 거죠. 그러다 다니엘 빠순이가 되어 음습한 축덕녀의 생활을 하다가 같은 팀의 주전 스트라이커를 만나고 있 고……. 음. 말하고 보니 뒷부분은 좀 평범하지 않네요."

"평범하지 않다라."

레이가 픽 하니 웃었다.

"레이는요?"

도란이 묻자 레이가 그녀를 바라봤다.

"나? 내 과거가 어땠는지 묻는 건가?"

"네. 프로필상에는 가정사에 대해선 잘 안 나왔지만, 음…… 부모 님이 일찍 돌아가셨다고 인터넷에서 본 적이 있는데……."

민감한 화제다 보니 도란이 어물어물 묻는데 레이는 바로 대답했다.

"맞아. 어릴 때 부모님이 사고로 돌아가시고 삼촌 집에서 자라다가…… 엘튼 유소년팀에 스카우트되면서 그쪽 기숙사에서 계속 지냈지. 엘튼에서 모든 지원을 해 줬으니까."

"아아……. 그래서 아무리 높은 몸값이 책정돼도 이적하지 않는 건가요?"

"그런 부분도 있고."

레이는 짧게 대답하고 맥주를 한 모금 마셨다. 도란은 맥주잔을 든 채로 잠시 고민하다 다시 물었다.

"저 그런데 부모님은 어쩌시다가 사고로……."

"교통사고라고 들었어. 난 걷지도 못할 무렵이라 기억나진 않지만…… 좋은 분들이셨다더군. 삼촌도 좋은 분이었어. 내가 성공하고 난 뒤에 내 부모님이 살아 계셨다면 누구보다 기뻐하셨을 거라며 우는 분이시니까."

"정말 좋은 분이시네요. 런던에 계세요?"

"아니, 세계를 떠돌면서 방랑하길 즐기시는 분이라. 지금도 어디 계신지 몰라. 어딘가의 난민을 돕고 있을 것 같은데……. 어느 날 갑자기 나타나셔서 밥이나 먹자고 한 뒤 또 사라지시겠지. 아마 날 맡고 있던 동안이 가장 오래 도시에 머문 시간일걸."

레이는 예전 생각이 났는지 입가에 옅은 미소를 띠었다. 도란은 독특한 관계라고 생각하면서 고개를 갸웃거렸다. 뭐 세상엔 다양한 관계가 있는 거니까……. 그래도 레이의 표정을 보니 그가 삼촌을 정말 좋아한다는 건 알 수 있었다.

"궁금한 게 있는데요. 부상은 이제 괜찮은 거예요? 요즘 점점 나아지다가 딱 부활했다 싶더니 저번 시합에선 왜 그랬던 거예요? 무리해서 부상이 다시 도진 거예요? 그런 기사들도 많던데."

"그냥 마인드의 문제였겠지. 사실 이미 한참 전부터 움직임이 돌아왔어야 하는데 지금 그러질 못하고 있어. 닥터는 아무런 문제가 없다는데……."

부상 이야기 때문인지 레이의 표정이 어두워졌다. 4골이나 터뜨려서 드디어 부활했다고 다들 믿은 시점에 또 시합을 망쳐 버렸으니 누구보다 본인 속이 제일 상했으리라.

한참 말이 없던 그의 시선이 언제부턴가 화면에서 나오고 있는 축구경기에 고정되어 있었다. 그 화면 때문에 애써 잊고 있던 부담감이 다시 고개를 쳐들었다. 부활했어야 하는 시기는 이미 훨씬 전에 지나 있었다. 여기 이 펍에 있는 사람들 역시 레이에게 바라는 건 골이지 언제까지나 부진의 늪에서 허우적거리는 건 아닐 것이다.

언제든 자신을 지지해 주는 팬들을 위해 얼마든지 골을 넣어 줄 수 있다고 생각하던 시절이 있었다. 골을 넣는 게 당연하고 누구보다 많이 골을 넣던 시절. 그땐 겁 없이 모든 시합에 나가고 몸이 망가지는 줄도 모르고 골 넣기에만 급급했었지. 그 결과가 부상과 긴 부진의 늪일 줄은 그때는 알지 못했었다. 그리고 한 번 망가진 몸과 잃어버린 골에 대한 자신감은 절대 쉽게 되돌아오지 않는다는 것도 몰랐던 것이다. 어리석게도.

"볼과 마주했을 때 볼이 무서워지는 순간, 모든 건 끝나는 거야."

"네?"

레이의 중얼거림이 너무 작아 잘 들리지 않았다. 도란이 고개를 가까이 대고 다시 묻자 레이가 맥주잔을 천천히 돌리며 말했다.

"볼을 몰고 골대 앞에 섰을 때 이게 들어가지 않을 거란 생각은 그전엔 단 한 번도 해 본 적이 없었어. 이게 안 들어갈 수도 있다는

222

걸 깨달은 순간 볼이 무서워졌지. 무섭다고 느낀 순간, 그런 나 스스로를 믿을 수가 없었어. 폼만 올라오면 다 해결될 줄 알았는데 그 공포가 사라지지 않는 이상 폼이 올라올 리가 없겠지."

"레이⋯⋯."

그의 얼굴에 비치는 어두움에 도란이 안타까운 표정을 지었다.

"누구보다 많이 넣고 싶은 건 지금도 변함이 없는데 날 가로막고 있는 두려움이 사라지질 않아."

"바로 얼마 전에 네 골이나 넣었잖아요. 폼은 많이 올라왔어요. 레이."

"그다음 시합 봤잖아. 감정 조절을 못했다는 이유만으로 다시 그 꼴인데?"

레이가 씁쓸한 말투로 말했다. 분명 이 여자 생각에 가득 차 있긴 했지만 그렇다고 해서 골을 못 넣는 건 핑계에 불과하다.

"어? 뮬란. 처음 보는 분인데 누구야?"

마침 지나가던 폴이 도란과 함께 앉아 있는 미녀를 발견하곤 얼른 다가왔다.

"신경 쓰지 말고 넌 갈 길이나⋯⋯ 아!"

파리 쫓듯 손을 휘젓던 도란이 퍼뜩 생각난 듯 폴에게 다시 말했다.

"폴. 네가 그렇게 사랑해 마지않는 레이 말야. 저번 시합 그렇게 망쳐 놓고 다음 시합 또 주전인 거에 대해 어떻게 생각해? 그게 말이 된다고 생각해?"

미인이 앞에 있음에도 도란의 말에 기분이 상한 듯 폴의 인상이 팍 구겨졌다.

"뭐? 그럼 우리 팀 간판 공격수를 그 중요한 런던 더비전에 안 내

보내면 골은 도대체 누가 넣으라는 거야?"

"저번 시합에도 한 골도 못 넣었는데 뭐."

입술을 쌜룩이며 얄밉게 말하는 도란 때문에 폴은 언제나처럼 분 개했다.

"야! 너 그 전 시합 못 봤냐? 무려 네 골이나 넣은 거? 그것도 다 환상적인 골이었어! 완벽했다고! 이번엔 아마 몸이 안 좋았을 거야. 그 전 시합을 그렇게 잘해 놓고 갑자기 폼이 망가질 리가 없잖아. 그리고 내가 늘 말하지만 우리 팀 레전드의 골 기록을 갈아 치운 게 레이거든? 즉 엘튼에서 가장 골을 많이 넣은 공격수란 말이다! 발롱도 르도 몇 번이나 받았는지 알아? 너의 그 다니엘보다 백배 천배 대단한 사람이라고 내가 몇 번 말했냐? 어??"

폴은 정말 흥분했는지 얼굴까지 시뻘게져선 씩씩거렸다.

"그냥 물어본 거 가지고 왜 이렇게 흥분해? 알았어, 알았어. 내가 잘못했다네. 폴, 용서해 주시고 가던 화장실 마저 가시게나."

"나, 난 그냥 레이를 무시하는 것 같아서 그런 것뿐이야. 내가 레이 얼마나 좋아하는지 알잖아. 내 팬심을 건들지 말라고. 그럼 난 간다."

그제야 제정신이 돌아왔는지 폴은 처음 보는 미인 앞에서 흥분해서 안 좋은 모습을 보였다는 생각에 부끄러워져 황급히 사라졌다. 도란은 폴이 사라진 뒤에 멍하니 그가 사라진 자리를 보고 있는 레이를 향해 생긋 웃었다.

"저런 사람들도 엄청 많답니다. 레전드 씨."

"……일부러 찌른 거군."

레이는 도란의 의도를 알겠다는 듯 맥주잔을 들고 픽 웃었다.

"안 찔러도 맨날 저런 소리를 늘어놓는 애예요, 폴은. 그래서 맨날

나하고 싸웠거든요. 난 다니엘이 더 대단하다고 하고 폴은 레이가 더 대단하다고 하고."

"흐응."

코웃음을 치면서도 레이의 입가엔 미소가 슬몃 새어 들었다. 도란은 레이 쪽으로 바짝 몸을 대고 바 쪽을 가리키며 속닥거렸다.

"저 바에 기대고 앉아 있는 뚱뚱한 할아버지 있잖아요. 저 할아버지가 에드워드 할아버지인데 우리가 싸우면 저 할아버지가 거의 중재해 줘서 심하게 싸우진 않아요. 에드워드 할아버지네 집안은 아들이고 손주고 죄다 엘튼 광팬이에요. 큰 경기 있는 날은 전 식구가 단체로 관람 가곤 한다니까요? 거기다 손주는 완전 열혈팬이라 전에는 엘튼이 졌다고 경기장에서 돌아오자마자 지 분에 못 이겨서 집에 있는 물건 막 깨부수고 난리도 아니었대요."

"훌리건의 피가 살아 있는 놈이군. 사춘기인가?"

"이제 여섯 살인데 어쩌려고 그러는지 몰라."

풋, 하고 레이가 맥주를 뿜을 뻔하다 간신히 참았다.

"여섯 살? 고작 여섯 살짜리가 그런다고?"

도란이 한숨을 쉬며 고개를 절레절레 저었다.

"네. 이쪽에 그런 과격파 꼬맹이들 많아요. 웃기죠? 하긴 여기 사람들 대부분이 축구가 삶의 낙인 사람들이니 그럴 만도 하죠. 우리나라는 야구는 엄청 인기 있는데 축구는 국대 경기 외엔 별 관심 없거든요. 우리나라도 축구가 야구만큼 번창했음 좋을 텐데."

"고마워."

"네?"

뜬금없는 레이의 말에 도란이 눈을 똥그랗게 떴다. 그를 바라보자 깊은 사파이어빛 눈동자가 그녀를 진하게 응시하고 있었다.

"위로해 주려고 그런 거였잖아?"

"으음, 뭐 그렇긴…… 하죠. 뭐 레이야 내가 위로 안 해 줘도 잘 할 거긴 하겠지만요. 폴의 말대로 워낙 대단한 선수니까 금방 예전 폼을 되찾을 거예요."

부끄러운 듯 우물거리며 말하는 도란을 진지한 눈빛으로 쳐다보던 레이가 보기 좋은 미소를 지었다.

"고마워, 란."

그의 목소리가 무척 감미롭다는 생각이 들었다. 분명 여자 차림을 하고 있는데 왜 이렇게 이 남자가 섹시하게 느껴지는 거지? 얼굴은 왜 빨개지는 거고? 맥주 때문인가?

더운 듯 손으로 얼굴을 부채질하며 도란은 맥주를 한 잔 더 주문했다.

펍에서 밖으로 나오니 이미 늦은 시간이었다. 맥주도 거나하게 마셨겠다 기분도 거나해져선 이리저리 갈지자로 휘청이며 걷고 있는데 레이가 그녀를 확 끌어당겨 자신의 몸에 찰싹 붙였다.

"에엑?"

도란이 안 떠지는 눈을 가느다랗게 치켜뜨며 레이를 올려다봤다.

"똑바로 걷지도 못하잖아. 기대서 걸어."

"레이는 지금 레이첼이잖아요? 여기서 이러고 다니면 오해받는데에……."

그렇게 말은 하면서도 확실히 매달려서 걸으니 걷기가 편해서 저도 모르게 그에게 찰싹 엉겨 붙었다. 고목나무에 달라붙은 매미마냥.

"너 나랑 마실 때 말고 이렇게 퍼마시기만 해."

대롱대롱 매달려 있는 도란을 잡고 있는 팔에 힘을 주며 레이가 말했다.

"걱정 마세효~ 다른 데선 이렇게 안 취하거든요?"

"제대로 걷지도 못하면서 말은 잘한다."

"앗! 비다!!"

변덕쟁이 영국 날씨답게 멀쩡한 하늘에서 갑자기 비가 좌악 하고 쏟아졌다. 바로 옆에 있는 문 닫은 상점 천막 아래로 재빨리 피했는데도 순식간에 비 맞은 생쥐처럼 온몸이 홀딱 젖었다.

"에잇, 망할 놈의 영국 날씨!"

젖은 머리카락에 물기를 탈탈 털어 내며 도란이 투덜거렸다.

"잠깐 앉아 있으면 그칠 거야."

레이가 바닥에 털썩 앉아 자신의 치맛단을 당겨 바닥에 깔고 도란을 잡아당겨 앉혔다. 도란은 잠자코 앉은 채로 쏟아지는 빗줄기를 잠시 멍하니 바라봤다. 그러다 레이에게 고개를 돌렸다.

"레이, 오늘 어땠어요?"

"음, 신선했어. 여장도 신선했고…… 모든 게."

"좋은 의미로요?"

도란이 알쏭달쏭한 표정으로 되묻자 레이가 그녀의 물기 젖은 머리칼을 살짝 털어 내 주곤 싱긋 웃었다.

"물론. 아주 독특하고 신기한 체험이었어. 이런 자유로운 기분은 휴가 때 아주 외진 섬으로 가지 않는 이상 느끼지 못했던 건데 이렇게 도심 한가운데서 느끼게 될 줄은 몰랐어. 그것도……."

레이가 도란의 얼굴에 천천히 다가가며 낮게 속삭였다.

"너와 함께."

부드럽게 입술이 닿자 황홀한 감촉에 살짝 몸을 떤 도란이 정신이 번쩍 든 듯 레이를 밀어냈다.

"자, 잠깐요! 여기서 이러면 남들이 레즈라고 볼 거예요!"

"이 시간에 누가 지나간다고."

"그래도……."

"가만히 있어. 이래 봬도 하루 종일 참았다고."

더 이상 말하지 못하게 레이가 도란의 작은 입술 위에 뜨거운 입술을 포갰다. 입술이 닿자마자 뜨거운 열기가 훅 하고 몸 안에서 끼쳐 올랐다.

두 번째 키스.

잡아먹을 듯 거칠었던 첫 번째 키스와는 달리 레이는 아주 맛있는 아이스크림을 먹듯이 도란의 입술을 천천히 핥고 깨물었다.

"으음……."

그 부드러우면서 간질거리는 감각에 자신도 모르게 경직되어 있던 입술이 좀 더 벌어지고 그 사이로 레이의 혀가 밀려 들어왔다. 매끈한 혀와 혀가 감기는 감각. 살짝 떼어졌다 다시 밀려 들어오는 거친 몸짓. 점점 가빠지는 숨소리.

키스가 주는 아찔한 쾌감 속에 그녀의 머릿속이 아득해졌다. 술기운 때문인지, 아니면 입술과 혀에서 느껴지는 그 터질 것 같은 감각 때문인지 도란은 레이가 이끄는 대로 열심히 응답했다.

아아, 키스란 이렇게 부드러운 거구나.

몽롱한 머릿속으로도 이 좋은 걸 왜 이제야 해 보는 걸까 하는 아쉬운 마음이 들었다. 이래서 드라마엔 수많은 키스신이 연출되고 첫 키스의 관문을 다들 그리도 쉽게 넘어가 버리는 거였나 보다.

부드럽게 이어지던 그의 움직임이 점점 거칠어졌다. 입안을 몇 번이나 점령하고도 모자라서 입술을 자극적으로 빨고, 거기에 더해 예민한 귓불로 뜨거운 입술을 옮겨 갔다. 여린 목덜미에 그의 숨결이 순식간에 와 닿자 도란이 움찔거렸다.

"그, 그만해요. 레이."

도란이 손으로 다급하게 그를 밀어냈다. 밀려난 레이는 거친 숨을 몰아쉬며 손아귀로 도란의 얼굴을 잡았다.

"못 그만둬."

레이는 그녀의 뒷목을 끌어당겨 달콤한 입술을 거칠게 삼켰다. 정신을 차릴 수 없을 만큼 강렬한 키스에 도란은 레이의 옷자락을 움켜잡았다. 뜨겁고 거친 숨결이 순식간에 그녀에게로 쏟아져 들어왔다.

차는 아까 세워 둔 그대로였다. 으슥한 곳이라 밤이 되니 더 잘 안 보였다. 설마 이런 곳까지 파파라치가 찾아낸 건 아니겠지? 그래도 조금 미심쩍은 마음으로 사방을 둘러봤지만 인기척이나 불빛도 보이지 않았다.

"차 안에 들어와 있어. 위험해."

"옷 갈아입을 거잖아요? 그리고 여기 아무도 없는데 뭐가 위험하다…… 어엇."

레이는 도란의 손을 잡아 대뜸 차 안으로 잡아끌었다.

"눈 가리고 안 보면 되잖아? 뭐 궁금하면 봐도 되고."

"아, 안 궁금하거든요?"

"안 궁금하다면서 손가락 사이로 다 보고 있던데?"

레이가 씨익 웃으며 말했다.

헉! 그, 그걸 어떻게 알았지? 물론 좀 궁금해서 그땐 슬쩍 훔쳐보긴 했……지만…… 지금은 왠지 그때보다 더 부끄럽단 말이지요. 흠흠.

깜깜한 차 안에 희미한 실내등 불빛만을 의지해서 레이가 옷을 갈아입고 도란은 무릎을 세워 고개를 포옥 묻었다. 자신의 결백을 증명한다는 듯 강경한 자세였다. 부스럭거리며 옷을 갈아입는 소리가 한참을 들리더니 레이의 목소리가 들렸다.

"눈 떠."

도란은 그제야 발딱 고개를 세웠다. 옷을 갈아입고 가발을 벗어 던진 레이가 흐트러진 머리칼을 쓸어 넘기고 있었다.

"클렌징 티슈 줄게요. 얼굴 많이 답답했죠?"

아까 챙겨 왔던 클렌징 티슈를 몇 장 뽑아 들고 얼른 레이에게 내밀었다. 그러자 레이는 그 티슈를 가만 보더니 티슈가 아니라 도란의 손을 잡았다.

"으응? 아니 저기 이 티슈를 잡으셔야……."

"네가 지워 줘."

레이는 잡은 손에 힘을 줘서 도란이 잡고 있는 티슈가 얼굴에 닿게 잡아끌었다.

"제, 제가요?"

도란이 난감한 얼굴로 되물었지만 레이는 어서 닦으라는 듯 천연덕스럽게 눈을 감고 얼굴을 쓱 내밀었다.

으윽, 할 수 없지…… 칠한 것도 나니 지우는 것도 해 주는 수밖에.

한 손으로 레이의 내려오는 머리카락을 잡아서 이마 위에서 고정시키고 열심히 클렌징 티슈로 벅벅 문지르기 시작했다.

"아프잖아. 좀 살살해."

"그, 그랬어요? 죄송해요."

레이가 아픈 듯 이맛살을 찌푸렸다. 긴장돼서 힘 조절이 안 되는 것을 어쩌란 말인가요? 흑. 아까 낮엔 그냥 쓱쓱 칠했는데 지금은 왜 이렇게 긴장되는 거지? 방금 전의 키스 때문인가? 손바닥에서 땀이 배어 나올 것 같은 기분이다. 도란은 긴장되는 손을 들키지 않으려고 더 열심히 박박박 지웠다.

"아주 가죽을 벗겨 내지?"

얼굴을 찡그린 레이의 한쪽 눈썹이 격하게 치솟아 올라갔다.

"헉, 죄, 죄송해요. 저기 그냥 레이가 하는 편이 낫지 않을······까요?"

"······ 됐어. 네가 마저 해."

도란은 부들거리며 티슈를 움직였다. 손에선 땀이 나고, 긴장되고, 심장은 막 쿵쿵대고, 손에 힘은 주면 안 되고, 그런 여러 가지 제약적인 상황 속에 도란은 자신의 양쪽 콧구멍에서 콧김이 흥흥 뿜어져 나오고 있는 것도 느끼지 못하고 있었다.

그런데 참고 있던 레이가 그 소리를 끝내 참지 못하고 웃음을 터뜨려 버렸다.

"풋!"

"어? 왜 웃어요? 이번엔 간지러워요?"

"아냐, 아냐. 계속해. 크흠."

애써 웃음을 참아 넘기며 레이가 어서 하라고 재촉했다. 도란은 아주 긴 시간 동안 심혈을 기울여 화장을 지우는 작업을 완료했다.

"후아. 다 됐어요."

그제야 도란도 안심이 되었는지 송골송골 돋아난 이마의 땀을 닦으며 배시시 웃었다.

"수고했어."

레이첼에서 레이로 돌아온 그도 보기 좋은 미소를 지었다. 여장했을 때도 심장 떨리게 만들더니 본래의 모습으로 돌아오니 더욱 가슴을 쿵쾅거리게 만드는구나. 이 남자……. 아아, 이 쫄깃한 가슴의 통증과 북치는 소리는 뭐란 말인가? 이게 다 이 남자의 마성의 페로몬 때문이야!

조용한 차 안에서 심장 소리만 진동할 것 같아서 도란이 후딱 고개를 들고 말을 꺼냈다.

"저, 레이. 이제 화장도 다 지웠으니까 저는 이만 들어갈게요."

"조금만 더 있다가 가. 이제야 겨우 레이가 됐는데. 너랑 레이로 좀 더 있고 싶어."

도란은 아까 레이첼인 채 키스하지 않았던가요?! 라는 말을 하려다 꾸욱 참았다.

"그럼 조금만……."

도란도 사실 내심 그와 조금 더 같이 있고 싶은 마음었다. 이대로 헤어지긴 아쉽다는 생각에 스스로 조금 당황하긴 했지만 어쩌랴, 이게 지금 솔직한 마음인걸.

레이가 실내등을 끄고 의자를 뒤로 조금 젖혀서 기댔다. 사방이 깜깜해졌다.

"이렇게 자유롭게 거리를 돌아다닌 건 정말 오랜만이었어."

어둠 속에서도 레이의 입가에 미소가 번져 있는 게 어슴푸레하게 보였다. 레이는 도란을 끌어당겨 자신의 품에 쏙 들어오게 했다. 그의 탄탄한 가슴에 누워 심장 소리를 들으며 도란이 입을 열었다.

"난요. 항상 그 공원에 혼자 가곤 했는데 아까 앉았던 나란히 붙어 있는 의자 있잖아요? 갈 때마다 그쪽 의자에 앉았는데 연인이랑 같이 온 사람들이 붙어서 막 스킨십 하는 걸 보면 얼마나 부럽던지, 내 옆 빈 의자를 보며 빵을 우적우적 씹으면서 나도 애인이 생기면 꼭 여길 데려오리라! 하고 다짐을 하곤 했었죠."

"그래서 가고 싶다던 데가 거기라고 한 거야?"

"네에."

도란이 배시시 웃었다. 비록 여자의 모습이었긴 하지만 속은 얼마나 멋진 남자인가? 세계에서 알아주는 스타플레이어와 데이트 하는 여자란 말이다, 난! 유치하지만 그런 생각이 머릿속에서 내내 떠나지 않았었다. 누구한테든 자랑하고 싶은 기분마저 들었었지. 그 순간엔.

레이는 도란을 가만히 바라보다가 미소 지었다.

"너 처음엔 그냥 웃긴 여자인 줄만 알았는데 알면 알수록 귀여워."

"제, 제가요?"

"그 엉덩이 사건부터 코피에, 봉지에……. 어쨌든 웃기다고만 생각했는데 이상하게 계속 끌렸어. 정신 차리고 보니 내가 널 억지로 집에 데려가고 있더라고."

"그랬……구나."

초반의 굴욕 사건들이 떠올라 도란은 얼굴이 화끈거렸다.

"널 처음에 끌어안고 자는데 정말 편하게 잤어. 그렇게 잔 게 얼마 만인지 기억도 안 날 만큼. 그때 불면증이 무척 심했거든. 부상 이후에 지긋지긋할 만큼 겪었던 불면증이 신기하게 그날은 전혀 없더군."

도란의 머리칼을 천천히 쓸어내리며 레이가 잠시 말을 끊었다. 그리고 그녀의 눈을 가만 바라보다 다시 입을 열었다.

"네가 다니엘이 좋다고 말할 때마다 온몸에서 열이 뻗치는 기분이었어. 그러다 어느 순간 스스로도 믿기 힘들 정도로 말도 안 되는 짓을 하고 돌아다니고 있더라고, 내가."

"내 신성한 대접도 발로 차 버리고 말이죠."

도란이 생각난 듯 투덜거리자 레이가 쿡쿡거렸다.

"그러니까. 난 내가 그런 이유로 화내는 사람인 줄은 정말 몰랐거든. 오히려 좀 차갑다고 생각했는데 너에겐 그 모든 게 다 예외였어. 네가 날 위해 주술을 걸어 준다고 했을 때 그 말에 이상할 정도로 또 힘이 불끈 솟고……. 결국 그때 시합에서 네 골을 넣은 거지."

"아아…… 그랬어요?"

난 그냥 내가 실수한 거에 대한 미안함 때문이었는데 이 사람은 그때 이미 그렇게 생각하고 있었다니…… 왠지 이상하다.

"이상해. 무척."

레이도 이상하다며 고개를 돌려 도란을 쳐다봤다.

"그, 그러게요. 이상하네. 정말……."

레이의 그 말들이 하나하나 가슴을 간지럽게 했다. 부끄러우면서 간질간질하고 둥둥 마음이 떠오르는 것 같고 꽉 조여 들었다가 뭔가가 막 차오르고. 후아. 열난다, 열나. 귓구멍에서 치익 하고 김이 뿜어질 지경이야.

레이의 손이 그녀의 얼굴을 향해 다가왔다. 얼굴에 닿으면 그의 손이 델 지도 모르는데……. 진심으로 그렇게 생각할 정도로 얼굴이 뜨거웠다.

레이의 손이 가볍게 얼굴에 닿았다. 손가락 끝으로 얼굴을 쓰다듬듯 매만지다 엄지로 부드럽게 볼을 쓸어내렸다. 볼을, 코를, 그리고 입술을 하나하나 천천히 쓰다듬을 때마다 불에 덴 듯 뜨거워졌다. 레이는 그렇게 한참을 매만지다가 도란의 몸을 자신의 몸 위로 확 끌어당겼다.

"앗!"

갑자기 그의 몸을 깔고 올라탄 자세가 되자 시야 바로 앞에 레이가 보인다.

쿵쾅쿵쾅쿵쾅.

정말 심장이 입으로 튀어나올 것 같아. 하악.

심장 소리 때문에 정신을 차릴 수 없는데 레이의 얼굴이 천천히 가까워지고 있었다.

"저기…… 레, 레이……."

입술이 닿을락 말락 하는 중에 도란이 다급하게 말했다. 레이는 그 소리에 아랑곳하지 않고 부드럽게 고개를 꺾어 입술을 겹쳐 왔다.

아까 한 번 느꼈던 부드러움이 또다시 입술에 전해지자 찌리릿, 하고 닿자마자 전기가 흘렀다. 레이는 움직이지 못하게 도란의 뒷머리를 손으로 잡고 이리저리 고개를 젖혀 가며 키스를 퍼부었다.

"하아……."

잠시 입술이 떨어진 사이 도란은 막힌 숨을 급하게 토해 냈다. 숨은 도대체 어느 타이밍에 쉬어야 되는 거지? 눈이 핑핑 돌아가는 감각의 향연 속에 숨 쉴 타이밍 하나 찾지 못하다니.

겨우 숨 한 번 내뱉었는데 그의 입술이 다시 그녀를 점령했다. 입술 사이를 가르고 들어온 혀가 그녀의 작은 혀를 휘감고 빨아 당겼다. 점점 거칠어지는 그를 느끼며 도란은 머릿속이 팽글팽글 도는 기분이었다. 아, 숨을, 숨을 못 쉬겠어……!

"하압…… 응."

"그렇게 섹시한 소리를 내면 어떻게 참으란 거지? 란."

레이는 그제야 입술을 놔주고 흥분된 듯 낮게 잠긴 목소리를 냈다.

"하아, 하아. 그, 그게 아니라……."

막혔던 숨을 몰아쉬던 도란이 난감해하며 말했다. 레이는 그녀의 목덜미를 따라 입술을 미끄러뜨렸다.

"그게 아니라, 숨을 쉴 수가 없어요. 레이."

"뭐?"

도란의 말에 순간 레이가 그녀의 목덜미에 박고 있던 고개를 들었다. 당혹스러운 그의 시선과 마주치자 도란이 정말 숨찬 듯 눈물이 그렁그렁해져선 말했다.

"숨을…… 헥헥, 쉴 수가, 없단 말이에요."

"아…… 미안, 내가 좀 더 천천히 했어야 하는데."

정말 미안한 듯 레이가 도란의 머리카락을 쓸어내리며 미안한 눈빛을 했다.

"내가 알려 줄 테니 숨 막히면 팔에 힘을 줘."

투명한 눈물이 맺힌 도란의 눈과 눈을 맞춘 레이가 낮게 속삭이며 다시 입을 맞췄다. 그리고 천천히 부드럽게 입술을 벌려 살짝 휘어 감았다. 타액에 물든 입술이 살짝살짝 떨어질 때마다 아찔한 소리가 새어 나오고, 숨이 터져 나왔다.

머릿속에서 엔돌핀이 과다 분비되는 모양이다. 이렇게 몽롱해지는 걸 보니. 그가 도란의 통통한 아랫입술을 빨아 대는 통에 아찔아찔한 쾌감이 점점 강해졌다.

으읏, 이러다 입술 다 붓겠어요!

도란이 고개를 돌리며 숨을 토해 내자 낮게 웃는 그의 입술이 볼에 살짝 키스한 뒤 귓불로 옮겨 갔다. 살살 움직이는 혀가 뜨거운 숨결과 함께 와 닿을 때마다 흠칫하며 거북이 목같이 어깨를 귀까지 찰싹 올려붙였다. 힘이 들어가자 쇄골 사이의 오목한 공간이 깊어졌다. 그 사이로 레이의 입술이 파고들었다.

오……옷도 다 늘어나겠어!!

레이가 옷을 당기며 점점 아래로 내려가는 통에 티셔츠의 목 부분이 쭈욱 아래로 내려가고 있었다. 헉! 지금 옷이 늘어나는 게 문제가 아니었다. 이 남자의 손이, 이 남자의 손이! 내…… 내 티셔츠 밑으로 들어왔다고! 꺅! 올라온다!!

"레, 레이!"

깜짝 놀란 도란이 다급히 몸을 일으키며 레이의 손을 잡았지만 막무가내로 올라오는 힘을 막을 순 없었다.

"앗!"

마침내 레이의 손이 브래지어를 밀어 올리고 작지만 말랑한 도란의 가슴을 움켜잡았다. 순간 도란이 몸을 뒤로 빼려고 움츠리는 걸 그가 힘을 주어 끌어당겼다. 그러자 오히려 레이의 몸에 완전히 겹쳐져서 하체가 딱 맞붙었다. 깜짝 놀란 도란이 엉덩이를 뒤로 빼려고 바르작거리며 움직이는 통에 맞닿아 있는 하체가 요동을 쳤다.

"흠……!"

레이는 그 아찔한 감각에 낮게 신음을 흘렸다. 그가 한 손으로 큼지막하게 도란의 엉덩이를 움켜잡고 뒤로 빼지 못하도록 힘을 주어 고정시켰다. 그러곤 한 손으로 티셔츠 아래를 잡고 위로 확 걷어 올렸다. 도란의 눈이 놀라움으로 커지자 레이는 시야에 가득 들어오는 그녀의 탱글한 젖가슴을 한 입에 삼켰다.

"꺅!"

가슴이란 브래지어를 차는 용이 아니었던가! 생전 처음 느끼는 남자의 혀의 감촉에 도란은 자기도 모르게 허리를 확 휘었다. 엄청난 자극이 가슴 위의 정점을 중심으로 퍼져 나갔다.

몽글한 핑크빛 정점이 쾌감으로 바짝 곤두서자 레이는 그녀의 탐스러운 가슴을 움켜쥔 채로 입술을 벌려 뜨겁게 삼켰다. 아아! 도란의 속눈썹이 파르르 떨렸다. 그가 핑크빛 정점을 몇 번이나 혀로 간질이듯 핥는 동안 찌리리한 전류가 아랫배를 타고 그 아래까지 순식간에 번져 나갔다.

"키스만…… 키스만 하기로 했잖아요!"

도란이 팔로 의자 양옆을 잡고 최대한 몸을 뒤로 빼려고 했지만 꿈쩍을 하지 않았다. 그녀의 가슴을 입술 안에 담은 채로 레이가 낮게 웃음을 흘렸다.

"이것도 키스야. 몰랐어?"

"네에?"

키스란 마우스 투 마우스가 아니었던가? 이런 것도 키스의 범주에 들어간다고?

아찔아찔한 감각의 향연 속에서 도란이 부르르, 몸을 떨었다. 생전 처음으로 느끼는 감각에 그녀의 심장 소리가 전쟁이라도 난 듯 울려 퍼지고 호흡도 점점 급박하게 치달았다.

"그…… 그래도 이건…… 아앗!"

레이가 꼿꼿하게 일어선 정점을 이로 살짝 깨물자 도란의 고개가 뒤로 확 젖혀졌다. 가쁜 숨을 내뱉으며 도란이 의자를 잡고 있는 손가락에 힘을 꼬옥 쥐고 바들거렸다. 머릿속에서 별이 팡팡 튀고 있는데 그는 끈질기게도 쾌락의 정점을 혀로 굴리고 이로 살짝살짝 깨물며 정신을 못 차리게 만들고 있었다.

그가 젖은 입술로 물고 혀로 살짝 말아 감았다 풀어주자 도란은 발가락 끝까지 오그라드는 짜릿한 기분이었다.

"아, 웃…… 그, 그만해요. 레이."

온몸을 뜨겁게 달아오르게 만드는 아찔한 자극을 더 이상 감당해

낼 자신이 없었다. 이미 다리가 풀려서 후들거리고 당장이라도 쓰러질 것같이 어지러웠다.

"이제 그만……."

정말 이대로 조금만 더 있으면 내가 어떻게 될 것 같단 말이에요! 흑.

레이의 숨결이 무척 거칠어져 있었다. 그가 한 손으로 도란의 엉덩이를 움켜잡고 있던 손에 바짝 힘을 주고 다른 손으로 허리를 끌어당겨 더욱 가까이 몸을 밀착시켰다. 레이는 눈앞에 출렁거리는 하얀 젖가슴을 한껏 입안에 물고 그녀의 청바지 훅을 잡았다.

"꺄악!"

너무 놀라 펄쩍 뛰어오르는 통에 도란은 차 천장에 머리를 쿵! 하고 박았다. 그 소리가 너무 커서 레이도 흠칫 놀라 얼굴을 들어 올렸다.

"란, 괜찮아?!"

"흑…… 그만해요. 레이."

울먹거리는 눈으로 머리통을 문지르고 있는 도란이 훌쩍거렸다. 천장에 머리를 박을 정도로 놀랐나 하는 마음에 레이도 당혹스러움을 감추지 못했다.

"미안. 그렇게 놀랐어?"

"네에. 정말 깜짝 놀랐다고요. 키스만, 키스만 한다고 해 놓고는."

레이는 미안한 얼굴로 도란을 품에 안고 천천히 등을 쓸어내렸다. 한껏 말려 올라간 옷을 내려 주고 팔에 힘을 주어 그녀를 꽈악 껴안았다.

"미안, 미안해."

이렇게까지 놀랄 줄은 정말 몰랐는데…….

뜨겁게 달아올랐던 몸은 가라앉을 줄 모르고 있는데 이 순진무구한 여자를 어찌하면 좋을까? 앞으로의 일이 참으로 막막해지는 레이였다.

7.

이 남자는 짐승이 분명해

미쳤나 봐!

도란은 화끈 달아오르는 얼굴을 손바닥으로 감싸며 붕붕 도리질을 했다. 말로만 듣던 남녀 사이의 진한 스킨십을 레이와 하고 말다니. 생각만 해도 부끄럽고 창피했다. 그리고 막판엔 자동차 천장에 머리를 박는 개그쇼까지 보여 주다니…… 아아, 맙소사!

앞으로 레이 얼굴을 어떻게 보지?

며칠 전의 스킨십 이후 도란은 계속 이런 상태였다. 계속 볼을 두드리고 휘휘 부채질을 하고 갑자기 도리질 치고 심지어는 머리털을 잡아 뜯기까지 했다.

분명 그와 같이 있는 시간이 설레고 좋긴 하지만 아직 사랑한다고까지는 생각해 본 적이 없는 사람이다. 더구나 언제 끝날지도 모르는 상황인데…… 이렇게 스킨십이 진행되어 버려도 괜찮은 걸까?

"마스코트 걸, 뭐 하고 있어요?"

"아! 아무것도 아니에요."

번뇌에 휩싸여 깜빡 잊었는데 여긴 헨리의 집무실이었다. 헨리는 손님이 와서 잠깐 밖에 나갔다 온 참이었다.

"이제 며칠 뒤가 중요한 더비전이란 말이죠. 이 시합이 얼마나 중요한지는 마스코트 걸도 잘 알고 있겠죠?"

"그럼요. 제가 그걸 모를 리가 있겠어요?"

늘 그렇지만 런던 더비전은 우리나라 연고전이나 한일전같이 어떤 상황에서도 절대 지면 안 되는 경기였다.

"그래서 말인데, 이번 더비전에 더 열띤 응원을 위해서 내가 생각해 본 게 있는데 말이죠."

뭔가 우주인 복장 같은 요상한 옷을 입고 있는 헨리가 찻잔을 우아하게 들어 올리며 말했다.

"그게 뭔데요?"

도란이 눈을 둥그렇게 뜨고 묻자 헨리가 한숨을 쉬며 그녀의 눈치를 살폈다.

"실은, 그게⋯⋯. 난 아주 좋은 아이디어라고 생각하는데, 조이와 비서들의 강력한 반대로 이루어질 수 없게 된 상황에 처했거든요. 그런데 마스코트 걸이 좋다고 하면 나는 밀어붙일 수 있을 것 같아요."

"그러니까 그게 무슨⋯⋯."

무슨 소린지 모르겠다는 듯 도란이 눈썹 사이를 모으자 헨리가 눈을 빛내며 몸을 이쪽으로 기울였다.

"자, 들어 봐요. 더비 경기 당일에 커다란 열기구를 띄우는 거예요. 거기다 우리 마스코트 걸의 그 다니엘이 새겨진 팬티, 그 모양으로⋯⋯."

"헨리!"

도란이 소리를 빽 지르자 헨리가 움찔했다.

"……역시 마스코트 걸도 반대인가요?"

"당연하잖아요! 하늘을 나는 팬티라니, 그건 정말 너무해요!"

그것도 다른 사람도 아닌 내 팬티라니! 말도 안 된다는 듯 도란이 성을 내자 헨리는 의기소침한 자세로 고개를 푹 숙였다.

"미안해요. 난 그냥 재미있을 것 같아 그런 건데……. 알았어요. 그건 그냥 취소하기로 할게요."

"당연하죠!"

도란은 아무리 재미를 위해서라지만 너무 과한 이벤트는 지양해 달라는 일장 연설을 늘어놓고 헨리 방에서 나왔다. 시무룩한 표정의 헨리가 조금 마음에 걸리긴 했지만 할 수 없었다. 하늘을 나는 팬티라니, 그건 정말 아니지 않은가?

"레이랑 잘 지내요? 란."

조이가 차로 바래다주며 물었다.

"아…… 그게…… 네에."

도란이 수줍게 대답했다.

더 이상 아니라고 우기기도 뭐했다. 아니 예전엔 분명 아니었지만 지금은 사실이니까.

"전 레이가 그러는 거 처음 봤어요."

"네? 뭐가요?"

"그날 티셔츠 광고 찍을 때 있잖아요. 그렇게 축구 외에 다른 일로 감정 드러내는 건 처음 봤거든요. 원래 축구할 때 말고는 그다지 감정표현이 없는 사람이었는데."

"아아……. 그때요?"

그날 피팅룸 앞에서 하지 말라고 버럭거리던 레이의 표정이 생각나서 도란도 슬쩍 웃음이 나왔다.

"란. 다니엘은 이제 정리했어요?"

옆에 앉아 있던 윔이 말했다.

"다니엘은 영원한 저의 우상이죠. 신앙이 변하겠어요?"

"하긴 신과 연애를 하진 않으니까요."

윔이 대수롭지 않게 웃었다.

"이러다 정말 결혼하는 거 아니에요? 레이와."

"에이, 설마요. 그 레이 블레어가 설마 저랑 그렇게까지 생각하겠어요?"

윔의 말에 도란은 깜짝 놀라 말도 안 된다는 듯 황급히 손을 내저었다.

'그 레이 블레어가 그럴 생각 없는 사람에게 이렇게 하는 사람도 아닐 텐데 말이죠.'

조이는 룸미러로 뒷좌석의 도란을 흘깃 쳐다봤지만 그 말을 입 밖에 내진 않았다.

"바래다줘서 고마워요!"

도란은 씩씩하게 차 문을 닫으며 조이와 윔에게 인사했다. 그러고는 몸을 돌려 기숙사 쪽을 향해 타박타박 걸었다. 머릿속엔 여전히 레이와의 그날 일이 웅웅 떠다니고 있었다.

아아, 정말 어쩌지? 사실 그 날 이후 레이를 피하는 중이었다. 전화 통화나 문자는 하고 있지만 잠깐 만나자는 레이의 말에도 핑계를 대고 피했다. 도저히 얼굴을 마주 볼 엄두가 나질 않았다. 부끄러워서.

도란이 한숨을 내쉬며 걷고 있는데 뒤에서 차가 빵빵거렸다.

헉? 이 익숙한 상황은……. 흠칫 놀란 도란이 뒤 돌아보니 역시나 레이의 차가 떡하니 서 있었다. 짙게 선팅 된 차 안에서도 그의 찌르는 듯한 시선이 자신에게 콕콕 와 박히는 것이 느껴졌다. 도란이 어물어물거리며 서 있는데 그가 차창을 지잉 내렸다.

"타."

"넵!"

도란은 누가 볼세라 잽싸게 그의 차에 올라탔다. 조수석에 앉아 레이를 슬쩍 쳐다보니 훈련이 끝나고 온 건지 트레이닝 복을 입고 있었다. 그의 서늘한 시선이 따끔따끔하게 내려앉았다.

"웨, 웬일이에요?"

"누구 씨가 피하니까 직접 만나러 왔지."

흠칫.

"난 피하지 않았……는데…….."

도란이 웅얼거리며 말했다.

"내가 무섭나?"

"네? 아, 아뇨."

레이의 말에 도란이 얼른 고개를 붕붕 저었다. 무섭거나 그런 건 아니다. 다만 조금 민망하고 부끄러워서 그랬을 뿐인데…….

"그래서 피하는 거 아냐?"

레이가 운전대를 잡고 진지한 목소리로 말했다.

"내가 무서워졌어?"

"아니 그런 게 아니라…… 그냥, 그냥 부끄러워서……. 아무리 애인이라고 해도 남자랑 그렇게 했다는 게…… 부끄러워서 그런 거지, 절대 레이가 무서운 건 아니에요."

도란은 레이에게 설명하다가 또 창피해져서 얼굴이 시뻘겋게 달아올랐다. 당황한 도란은 얼른 반대편 창문으로 고개를 돌렸다. 전방만 보고 있던 레이가 힐끗 도란을 쳐다봤다. 잘 익은 토마토마냥 선명하게 붉어져 있는 볼과 귀가 눈에 들어왔다.

"후우……."

"미, 미안해요."

레이의 한숨 소리에 도란이 잽싸게 사과를 하는데 그의 손이 그녀의 손을 찾아 잡았다.

"무서워하는 줄 알았어."

잡은 손에 레이가 힘을 줬다. 그의 낮게 잠긴 목소리와 꽉 잡은 손에서 진심이 묻어 나왔다.

"미안해요……."

도란은 왠지 너무나 미안해져서 사과밖에 할 수 없었다. 더비전을 앞두고 훈련하느라 엄청 힘들 텐데 괜한 걱정시켜서 이렇게 오게 만들었다는 것도 미안했다. 이렇게 걱정할 줄 알았으면 그냥 잠깐 만나자고 했을 때 만날걸. 절대 레이를 무서워할 리가 없는데……. 왜 이 사람의 이런 목소리만으로도 이렇게 마음이 아프고 찌릿찌릿 조여오는 걸까?

"레이, 이번에 내가 냉수 떠다 놓고 2시간은 기도할 거니까 분명히 결과가 좋을 거예요! 그러니까 걱정 마세요."

미안함에 도란이 일부러 큰 소리로 떠들었다.

"그거 기대되는군."

레이도 그제야 안심이 되는지 그의 긴장돼 있던 입꼬리에 보기 좋은 미소가 매달렸다. 도란은 그 미소를 마주 보며 해사한 미소를 지어 줬다.

누군가를 좋아하면 강해진다던데 이 사람을 좋아하면 좋아할수록 왜 겁쟁이가 되어 가는 것 같은 기분일까? 그냥 무식하게 다니엘 팬질 할 때가 맘 아플 일이 훨씬 적었던 것 같다. 실제의 누군가를 좋아하는 건 이렇게도 마음이 아픈 거였어.

하지만 이미 늦어 버렸겠지. 그의 입가에 달린 미소만으로도 이렇게 기분이 좋아지는 걸 보면 이미 늦어도 한참 늦어 버린 것 같다.

레이는 기숙사 옆의 조용한 공원길에 도란을 내려주고 다시 훈련장으로 갔다. 도란을 만나고 온 뒤 한결 표정이 밝아진 레이에게 다니엘이 웃으며 다가왔다.

"요즘 기분 좋아 보인다?"

"흠. 그래?"

레이도 굳이 부인하지 않았다. 기분이 좋은 건 사실이었으니까. 도란이 자신을 피한다고 생각했을 땐 덜컥 겁도 났지만 막상 만나 보니 걱정한 것처럼 자신에게 겁을 먹고 있는 건 아니라는 걸 확인했으니.

"너 연애한다고 소문 자자한 거 알지? 우리 마스코트 걸이랑."

"그래?"

그 말에도 레이는 싱긋 웃었다. 전혀 감출 생각이 없어 보이는 레이의 모습에 의아인지 다니엘이 물었다.

"그렇게 좋아? 그 동양 여자가."

"좋아."

선뜻 대답하는 레이를 보니 다니엘의 눈동자는 더욱 호기심으로 물들었다.

"어디가 그렇게 좋아?"

레이가 골똘히 생각하는 듯 눈을 가늘게 떴다.

"음, 모르겠어. 그냥 다 좋아."

와우. 이 녀석. 이거 정말 빠졌군.

놀란 표정의 다니엘을 무시한 채 레이는 미네랄워터를 들이켜더니 차례가 되어 골대 앞으로 달려갔다.

"정말 오래 살다 보니 별걸 다 보는군그래. 사랑에 빠진 레이 블레어라. 소피에게는 그렇게 냉정했던 놈이."

다니엘이 신기한 듯한 얼굴로 중얼거리자 뒤에 있던 스텔스가 귀를 쫑긋거렸다.

"그 정도야? 저 녀석이?"

"어. 이 정도면 심각한 수준이다."

"호오……."

"좋은 일이지. 레이에겐."

다니엘이 의미심장한 미소를 띠며 레이를 바라봤다.

도란은 정갈한 마음으로 본드칠 범벅이 된 대접에 물을 받아 창문 앞에 놓고 섰다. 새 대접을 사도 될 일이지만 도란의 오랜 염원이 담긴 대접인지라 생명을 다할 때까진 이걸 계속 사용하기로 했다.

'달님, 부디 우리 레이…….'

여기까지 생각하자마자 오그라들어서 잠시 멈췄다. 왜 이런 건 이렇게도 적응이 안 되는 걸까?

'부디 우리 레이 골 잘 넣게 해 주세요. 다니엘도 지금처럼 멋진 플레이 할 수 있게 해 주시고요. 이번 더비전, 꼬옥 우리 엘튼에게 승리를!'

도란은 눈을 꼭 감고 두 손을 모은 채 간절한 마음으로 그렇게 빌었다.

이번 스킨십으로 알게 된 것이 있다. 자신 역시 그에게 강하게 끌리고 있다는 것. 이게 사랑인지 뭐시긴지는 정확히 알 수 없지만 분명 그랬다. 그의 눈빛이 닿는 곳과 손길이 닿는 곳, 입술이 닿는 모든 곳의 모든 감각이 똑똑히 알려 주고 있었다. 그가 자신에게 어떤 존재가 되어 버렸는지……

차 안에서 도란의 손을 꼭 잡고 긴장된 표정을 하던 그의 표정을 보는 순간, 자신도 모르게 꼬옥 안아 주고 싶었던 마음이 거짓일 리가 없다는 것을.

'좋아해도 될까요?'

도란은 달빛을 담고 찰랑거리는 물을 보며 물었다.

'좋아해도 괜찮은 걸까요? 정말.'

처음 다짐대로 언제 헤어져도 괜찮을 정도로만 좋아해야 되는데…… 이미 그 지점은 오래전에 넘어와 버린 무서운 느낌.

"하아……"

도란이 한숨을 포옥 내쉬고 그윽한 표정으로 달을 보고 있는데 등 뒤에서 룸메이트 애니의 목소리가 들렸다.

"물 떠다 놓고 청승 그만 부리고 얼릉 자라?"

"으, 응."

저것이 간만에 소녀감성으로 청순 떨고 있는데 방해질이네…… 도란은 애니를 째릿 흘겨보고는 대접에 물을 비우고 고이 닦아 말려 뒀다. 그러고는 꼬물거리며 2층 침대 위로 올라가 이불 속으로 쏙 들어갔다.

애니는 아래층을 쓰고 도란은 위층을 쓰고 있었다. 원래는 도란이 아래층이었는데 애니가 잠버릇이 말도 못하게 독하다고 사정을 해서

249

바꿨었다. 바꾸고 보니 실제로 애니는 수시로 자다가 바닥으로 쿵 소리를 내며 떨어지곤 했다. 도대체 어떻게 자야 저렇게 자유로운 몸뚱이가 되어 침대 밖으로 탈출할 수 있는지 참 신기한 아이다.

[자요? 내일 시합 파이팅! 잘 할 수 있을 거예요! 아자아자!!]

도란은 이불을 뒤집어쓰곤 레이에게 문자를 보냈다. 잠시 후 답장이 왔다.

[골 넣으면 뭐 해 줄 거야?]

으응? 뭐 해 줄 거냐니……. 잠시 고민하다 답장을 했다.

[웅…… 뽀뽀?]

[어디에?]

[입술?]

[그리고?]

이, 이 남자가 뭘 바라는 걸까? 도란은 정말 머리를 싸매고 낑낑거리며 고민했다.

[어디에 해 줄까요?]

[전부 다.]

헉. 전부 다…… 라니……. 물론 그대의 육체는 매우, 어마무지하게 훌륭한 게 사실이옵니다만…… 전부라니…… 머릿속에 온갖 19금 생각들이 휙 하고 스쳐 지나갔다.

[그건 좀…… 부끄러운데.]

[그럼 내가 해 줄게.]

끄응. 이건 뭐 조삼모사도 아니고……? 도란은 발갛게 달아오른 얼굴로 이불 속에서 반짝거리는 휴대폰 액정을 한참을 노려봤다.

[해트트릭 하면요.]

[오케이, 접수했어. 내일 기대하는 게 좋을 거야. 잘 자.]

아니, 물론 레이가 해트트릭 하면 좋은 거긴 하지만…… 난 내일 레이의 해트트릭을 바라는 걸까? 못하길 바라는 걸까? 못하길 바라면 안 되는 거잖아. 하지만 해도 난감한데…… 어우, 이걸 어쩐담?

도란이 번데기마냥 이불을 뒤집어쓰고 고뇌에 빠져 이리저리 뒹굴고 있는데 아래에서 또 쿵, 소리가 났다.

"아야야야……. 에구에구."

애니가 또 바닥으로 떨어진 모양이다.

밤새 잠을 설친 도란과 달리 헨리는 오늘도 화려했다. 마주 보기도 버거울 정도의 번쩍번쩍한 무지갯빛 구슬 의상으로 햇빛을 죄다 반사시키고 있었으니.

"헨리. 오늘도 아주 화려하네요?"

"오늘은 특별한 날이니까 특별히 공을 좀 들였죠."

거기서 더 공들였다간 다른 사람들 다 실명시키겠어요.

도란이 헨리에게서 시선을 떼고 경기장을 훑어봤다. 과연 그 유명한 런던 더비전답게 경기장은 시합 시작 훨씬 전부터 뜨겁게 달아오르고 있었다. 더구나 오늘은 우리의 홈구장인 웸블러에서 펼쳐지니 엘튼 팬들이 특히 많이 모였다.

그리고 기분 탓이 아니라면…… 분명 엄청나게 늘었다. 머리 위에 노란 비닐봉투 물결이 말이다.

유행 타면 한순간이라더니 저번 시합에 비해 기하급수적으로 늘어난 그 비닐봉투 숫자는 엘튼 팬의 거의 절반에 가까워 보였다. 아까부터 더 늘고 있다. 아마 다른 사람들의 머리를 보고 자기도 현장에서 사서 머리 위에 달고 있는 게 틀림없었다. 그리고 보니 들어올 때 입구에서 익숙한 비닐을 팔고 있는 엘튼 파크 직원들을 본 기억이……?

"생각보다 유행하네요?"

도란이 주변을 둘러보며 말했다.

"아아, 아마 다음 시합 즈음엔 거의 백프로 달성할 것 같은데."

예상했던 일이라는 듯 헨리가 씨익 웃었다. 도란은 내심 혼란스러웠다. 음…… 이렇게 되면 어찌 됐든 우리나라의 응원 문화를 세계화시키는 데 일조한 것이 되는 건가? 마치 고향의 야구장을 보는 것 같은 그 노랑봉투 물결에 웃지도 울지도 못할 이상한 기분이 들었다.

"확실히 더비전은 분위기가 뭔가 달라도 다른 것 같아요."

도란이 옆에 앉아 있는 조이에게 말했다.

"그렇죠? 저도 더비전이 결승전만큼이나 긴장돼요. 항상."

조이도 맥주를 들이켜며 사뭇 긴장된 표정을 했다. 평소엔 운전하는 일이 많은지라 경기장에서도 술은 잘 마시지 않는데 오늘은 웸과 사이좋게 맥주 캔을 들고 있었다.

헨리는 오늘도 뭔가 엄청나게 고급스러운 샴페인 병을 옆에 두고 볼록한 샴페인 잔을 들고 있었다. 그가 그녀에게도 권했지만 도란은 오늘은 한국에서 축구경기 보던 때처럼 진리의 치맥 콤보를 실행하려 맥주 캔을 들었다.

"이런 날은 역시 맥주죠!"

셋이 건배를 하며 캔을 부딪쳤다.

"레이가 잘 해 줘야 할 텐데요. 퍼딕슨 놈들에게 지면 안 되죠."

웸도 전에 없이 비장한 표정이다. 마치 집안의 철천지원수라도 만난 표정이랄까. 원래 축구팬에게 더비 상대는 그런 존재니까. 도란도 매의 눈을 하며 맥주를 들이켰다.

"암요! 절대 지면 안 되죠!"

이 경기장의 모든 사람들이 그런 기분으로 활활 불타오르고 있었다. 엘튼 팬들도, 퍼딕슨 팬들도 평소와 다른 전투력을 보이며 경기 시작도 전에 응원으로 기 싸움을 벌이는 중이었다.

응원 열기가 한창 고조되었을 때 기다렸던 선수 입장이 시작됐다. 심판진들과 함께 두 줄로 나란히 서서 입장하는 선수들의 모습은 볼 때마다 흥분된다. 도란은 그라운드로 걸어 나오는 레이의 모습을 눈으로 좇으며 침을 꼴깍 삼켰다.

'레이, 파이팅!'

엘튼의 푸른 유니폼을 입은 그의 탄력 있는 근육질 몸이 그라운드 한가운데 서자 팬들의 환호 소리가 아우성쳤다. 금빛 머리칼을 사자처럼 흔드는 레이의 눈빛은 강렬했다. 도란도 두 손을 모으며 그를 보고 있는데 문득 레이가 시선을 들어 올렸다. 한 번에 그녀를 찾은 듯 그의 얼굴이 똑바로 이쪽을 향하자 도란은 열심히 손을 흔들었다.

힘내요, 레이!

삑!

휘슬 소리와 함께 경기는 시작됐다.

도란은 주먹을 불끈 쥐고 레이의 움직임을 따라 눈동자를 분주하게 움직였다. 다행히 레이는 컨디션이 아주 좋아 보였다. 평소보다 몸도 가벼워 보이고 자신감도 넘쳤다. 네 골을 넣었던 그전 시합 때처럼.

그가 볼을 잡으면 레이의 공식 응원가가 경기장 가득 팬들의 목소리로 울려 퍼졌다. 그리고 레이는 그들의 바람대로 수비수 몇 명을 눈 깜짝할 새에 돌파해 멋지게 발리슛을 날렸다.

철썩!

"우와아!!"

골이 골망을 때리며 출렁이는 순간 온 경기장이 떠나갈 듯 우레와 같은 함성이 일었다.

"꺄악! 레이!"

"와우!"

도란은 조이와 얼싸안고 펄쩍펄쩍 뛰어올랐다. 레이도 정말 기쁜 듯 두 팔을 펼치고 멋지게 달려 나가며 세레모니를 했다. 그가 생생하게 살아 있는 순간이었다.

레이는 그 시합에서 완벽한 골을 두 골이나 더 넣었다. 즉 해트트릭을 한 것이다.

해트트릭!

해트트릭……을 한 것은 물론 기쁜 일이고, 우리 팀이 승리한 것도 기쁜 일이고, 레이가 완벽한 부활의 궤도에 오른 것도 정말 기쁜 일이긴 하지만, 레이와의 문자 약속이 남아 있었다.

분명 해트트릭을 하면 레이가 뽀뽀해 주겠다는 기묘한 공약(?)이 성사된 것이다. 그것도 그냥 뽀뽀도 아닌 전. 부. 다. 였다.

시합이 끝난 뒤 도란은 레이의 집으로 왔다.

레이가 만들어 준 음식을 배부르게 먹고 와인도 몇 잔 홀짝거리고 소파에 앉아 식당에서부터 내내 했던 오늘 시합 얘기를 주구장창 하고 또 했다. 언제나 그렇지만 대승하거나 절묘한 승리를 한 시합의 이야기는 아무리 해도 질리질 않았다. 그렇게 한참을 노닥거리다 보니 어느새 밤이 기울어 새벽으로 넘어가고 있었다.

"시합도 이기고, 맛있는 것도 실컷 먹어서 배도 부르고 와인까지 섭취했더니 넘 기분 좋다~ 헤헤."

소파 위에서 길게 기지개를 켜며 헬렐레거리는 도란을 레이가 미소 지으며 쳐다봤다. 레이는 도란의 몸을 끌어 당겨 동그란 어깨에 살짝 입술을 맞추곤 낮게 말했다.

"각오는 됐어?"

귓가에 울리는 레이의 목소리에 도란은 단숨에 긴장태세가 됐다.

"뭐, 뭘요?"

"머리끝부터 발끝까지 뽀뽀당할 준비."

"에…… 그게……."

도란이 웅얼거리자 레이는 그녀의 몸을 자신의 무릎 위에 앉혔다. 서로 마주 보는 자세가 되자 도란의 얼굴이 금세 확 달아올랐다.

이 남자가 이 자세에 맛 들였나…… 난 아직 어색한데 말이지.

레이의 무릎 위에서 애써 눈동자를 다른 데로 굴리며 도란이 입술을 달싹였다. 그래도 분명 문자로 약속을 했고 레이가 그걸 지킨 건 사실이었으니 도망갈 데도 없지 않은가? 하지만 그래도…… 정말 이대로? 이대로 정말 이 남자와……?

여러 가지 생각에 빠져 있는 도란의 눈을 가만히 바라보던 레이가 입을 열었다.

"준비가 아직 안 된 모양이군."

"네, 네?"

정곡을 찔린 도란이 화들짝 놀라자 레이가 옅은 미소를 지은 채로 도란의 입술에 살짝 키스했다.

"걱정하지 마. 네가 싫다면 안 할게."

"그, 그렇지만 그래도 약속한 건데……."

"난 괜찮아. 네가 준비될 때까지 기다릴 수 있어. 네가 날 무서워하는 건 싫으니까. 단……."

레이가 도란의 귀여운 콧방울에 살짝 입을 맞췄다. 발그레해진 뺨과 동그란 이마, 그리고 짙고 풍성한 속눈썹에도 가볍게 키스했다. 그의 입술이 내려앉자 그녀의 눈이 사르르 감겼다. 그 눈에 살짝 키스하고는 레이가 말했다.

"너무 오래 기다리게는 하지 마."

레이는 도란의 나머지 한쪽 눈꺼풀에도 살짝 입을 맞추고는 소파 위에 그녀를 내려놓고 일어섰다.

"와인이 비었군, 더 가져오지."

"아, 네."

어리둥절한 표정을 짓고 있던 도란은 식당으로 향하는 레이에게 얼른 말했다.

사람 마음 참 이상하지.

저 인간이 언제 짐승모드가 될지 불안할 때는 그냥 막 무섭고 안 그랬음 좋겠고 그랬었는데……. 막상 아무것도 안 한다고 하고 술 한 잔 들어가고도 손가락 하나 까딱 안 하니까 왜 내 쪽에서 저 남자의 몸을 막 쳐다보게 되는 걸까?

두 개나 나른하게 풀린 셔츠 아래로 보이는 탄탄한 가슴팍. 아까 그라운드에서 종마같이 내달리던 탄탄한 허벅지와 오랜 운동으로 찰싹 올라붙은 엉덩이. 일부러 몸 키우려고 헬스장에서 약 먹으면서 키운 근육질 몸과는 차원이 다른 오랜 시간 꾸준히 운동으로 다져진 터질 듯 팽팽한 근육.

하아…… 근육, 근육, 근육.

저 근육 잡힌 몸 때문에 축구 선수들한테 할리우드 여자 스타들이 그렇게나 환장하는 거다. 특히 저 말벅지! 저 탄탄하고 쫀쫀해 뵈는 허벅지를 보고 있으려니 왜 이렇게 방이 덥게 느껴지고 침이 꼴딱꼴딱 삼켜지는 거람?

"피곤한가 보군. 바래다줄 테니 가자."

얼굴이 벌개져선 눈을 반만 뜨고 멍하니 자신을 쳐다보고 있는 모습이 좀 이상해 보였었는지 레이가 가자며 몸을 일으켰다.

"아, 아뇨! 피곤하지 않아요. 조, 좋은 날인데 조금만 더 있다 가죠?"

"얼굴이 빨간데?"

"이건 술 때문에 그래요!"

"얼마 안 마셨잖아. 정말 괜찮은 거야?"

"괜찮아요, 괜찮아! 아, 술 좀 더 마셔도 되죠?"

도란은 어떻게든 좀 더 이 집에 엉덩이 비비고 앉아 있어 볼 심산으로 와인을 꺼내려고 식당으로 달려갔다.

칫, 보내 달라고 그렇게 난리 필 때는 온몸을 꽉 잡고 놔주질 않더니 왜 오늘은 못 보내서 안달이래? 도란은 은근 서운한 마음이 들어서 식당에서 잔을 꺼내자마자 아까 조금만 마시고 닫아 둔 와인을 따서 콸콸 따른 뒤 원샷을 했다.

"크어~"

그러고선 입 주위를 손등으로 한 번 스윽 닦고선 아무렇지도 않게 잔과 와인 병을 들고 나갔다.

"레이 집에는 항상 와인이 있네요?"

"음, 양주도 있고 맥주도 있어. 잠 안 올 때 자주 마셨었지. 그런데 너 많이 마시진 마. 또 무슨 짓을 하려고?"

"그, 그렇게는 안 마시니 걱정 마세요. 칫."

물론 내가 술 먹고 실수는 했다만 설마 와인 먹고 그렇게 취하……기도 했었구나. 흠흠. 그래도 이 술이라도 홀짝이며 먹고 있어야 여기 좀 더 눌어붙어 있을 거 아뇨? 이유는 잘 모르겠지만 아직 돌아가긴 싫단 말이오.

가출 청소년도 아니고 이 집에 가기 싫어요! 본능은 뭐란 말인가?

도란은 연신 와인을 홀짝이며 애꿎은 머리카락만 잡아서 빙글빙글 돌렸다. 그때 와인을 마시고 있는 레이의 목이 도란의 시선을 사로잡았다. 와인이 목줄기를 타고 넘어갈 때마다 꿈틀거리는 남성다운 목젖, 목젖이……

"란, 괜찮아?"

"네, 네?"

거친 콧김을 흥흥 뿜고 있던 도란이 발갛게 상기된 얼굴로 화들짝 놀랐다. 그녀의 상태를 본 레이가 와인 잔을 테이블 위에 놓으며 말했다.

"많이 취한 것 같군. 아무래도 이대로는 위험할 것 같으니 오늘은 여기서 자고 가는 게 좋겠어."

"그, 그게 좋겠죠?"

도란은 저도 모르게 반색을 하며 흥분된 목소리로 말했다.

잠시 후, 침대맡에 오도카니 앉은 도란은 와인을 병나발 부는 중이시다.

"우이쒸, 창피해서 내가 진짜!!"

생각할수록 창피하다. 자고 가라고 하기에 나도 모르게 아싸! 했는데 레이는 태연히 손님방에 날 밀어 넣고 자신은 자신의 침실로 사라져 버렸다. 아니, 자기가 좋다고 덮치려고 할 땐 언제고! 내가 이렇게나 오픈마인드로 틈을 보였는데! 어떻게 이럴 수가?

"너무해!"

도란은 서운한 마음에 다 마신 와인 병을 껴안고 침대 위로 풀썩 쓰러졌다.

아아……. 남자를 거실에 두고 남자의 침대에서 와인병을 끌어안고 울며 잠들어야 하다니. 오래 굶은 노처녀도 아니고. 난 아직 남자를 모르는데…… 그런데 이 들끓는 욕망은 도대체 뭐냐고?!

이게 다 저 남자가 지나치게 섹시한 몸을 갖고 있는 탓이다.

축구 선수들은 절대 맨살과 맨근육을 보이면 안 된다. 세계의 숱한 처녀 떼들 밤마다 잠 못 들게 해서 다크서클이 늘고, 만성 수면부족으로 일에도 집중할 수 없게 만드는 치명적인 국가적 손실을 막기 위해선 축구 선수 몸 공개 금지 법안을 만들어야 한다.

한집 안에 마성으로 똘똘 뭉친 섹시한 몸뚱이를 두고 눈물로 베갯잇을 적시며 와인 병을 껴안고 잠들었다는 슬픈 전설을 만들고 싶진 않다. 진심으로.

똑똑.

"란."

"네, 넷?!!"

갑자기 노크 소리와 함께 들린 레이의 목소리에 도란이 발딱 튕기듯 일어났다. 침실 문이 열리고 레이의 모습이 보이자 또다시 심장이 펄떡펄떡 뛰기 시작했다.

"잤어?"

"아뇨. 아직……."

"와인 병은 왜 끌어안고 있어?"

"이, 이거요? 아아아아무것도 아니에요!"

도란은 화다닥 놀라 품 안에 안고 있던 와인 병을 바닥에 슬쩍 내

려놨다. 나의 번뇌와 욕망을 받아 내는 욕망의 병이에요, 라고 할 순
없지 않은가?

"춥지 않아? 이불이 좀 얇은데."

레이가 가까이 다가와 그녀의 몸을 다시 눕히곤 이불을 목까지 끌
어 올려 주며 말했다.

"괜찮은데……."

항상 후끈후끈한 이 집이 추울 리가 없지 않나요. 무엇보다 지금
내 몸뚱이는 평균 체온을 한참 오버하고 있는 중이거든요.

다정하게 이불을 다독거려 준 그가 잠시 침대 맡에 앉아서 도란을
내려다봤다. 방 안에 작은 조명만 켜 있는 상태라 긴 속눈썹 아래에
어두운 그림자가 졌다.

두근두근두근.

아니 그렇게 바라보시면 이미 평균 수준을 오버한 체온이 다시 격
하게 상승되는데에…….

"잘 자. 좋은 꿈꾸고."

이마에 살짝 입을 맞추곤 레이가 몸을 일으켰다.

"저, 저기."

도란이 일어서는 레이의 셔츠자락을 황급히 잡자 그의 시선이 다
시 아래로 내려왔다.

"이마 말고…… 여기……."

슬쩍 가리킨 손가락은 당당하게도 도란의 입술을 가리키고 있었
다. 레이는 부드럽게 웃으며 다시 침대에 걸터앉아 천천히 몸을 숙였
다.

쪼옥.

말랑한 입술이 입술에 닿았다. 가볍게 아이스크림을 빨아먹듯 살

짝 닿았다 떨어진 입술이 아쉬웠다. 그래서 그가 입술을 떼고 얼굴을 들었을 때 도란은 자기도 모르게 레이의 얼굴을 잡고 다시 잡아끌었다.

더, 더 맛보고 싶어요. 너무 달콤해. 와인보다 훨씬 달콤한 것 같아…….

그도 순순히 입술을 다시 포개 왔다. 누가 먼저랄 것도 없이 벌어지는 입술과 기다렸다는 듯이 엉키는 뜨거운 혀가 숨을 달뜨게 만들었다.

"으음……."

도란의 입술에서 앓는 듯한 신음 소리가 새어 나왔다. 그가 입안 깊숙이 혀를 밀어 넣어 그녀의 달콤한 타액을 빨아들이자 도란은 그의 목덜미를 끌어안았다. 뜨거운 숨결이 그의 입술에서 자신의 입술로, 또 자신의 입술에서 그의 입술로 쉴 새 없이 뒤섞여 흘러들었다.

기분 좋은 호흡곤란.

설마 키스하다가 기분이 너무 좋은 나머지 숨을 쉴 타이밍을 못 잡아서 죽은 사람은 없겠지?

"아…… 응."

부드럽게만 이어지던 키스의 리듬이 조금씩 격해지기 시작했다. 점점 서로의 호흡이 가빠지고, 채워지지 않는 무엇을 갈구하듯 연신 서로의 입안으로 들어가 침범하고 빼앗았다.

"앗."

레이가 거친 숨을 내뱉으며 도란의 귓불을 삼키자 파르르 몸을 떨었다. 귀 안으로 그의 뜨거운 숨결이 훅 끼쳐 오자 도란은 레이의 목을 힘껏 끌어안으며 가쁜 숨을 내쉬었다.

레이의 손이 이불을 확 걷어 내고 도란의 티셔츠를 한껏 위로 끌어 올렸다. 입술로 그녀의 목덜미를 잘근대며 한 손으로 브래지어 후크까지 풀어 버리자 앙증맞고 탱탱한 가슴이 압박에서 벗어나 출렁 쏟아져 내렸다.

"아앗!"

레이가 도란의 젖가슴을 커다란 손으로 움켜쥐자 도란의 입술에서 작은 탄성이 터져 나왔다. 그의 뜨거운 입술이 젖가슴을 크게 물었다가 뾰족하게 솟아 있는 분홍빛 정점을 한입에 삼켰다.

"아웃…… 레이."

전처럼 난감하기만 한 게 아니라 허리가 뒤로 확 휘어질 만큼의 짜릿한 감각이 그의 입술이 닿는 곳에서 터져 나왔다. 저릿저릿하게 온몸으로 퍼져 나가는 쾌감 속에 도란은 숨을 헐떡이며 레이의 머리칼에 손을 집어넣고 움켜잡았다.

레이는 고양이처럼 허리를 잔뜩 들어 올린 도란의 등 아래로 손을 밀어 넣어 지탱한 뒤 말랑한 가슴을 입술로 빨아 올렸다. 땡땡하게 부풀어 오른 한쪽 유두를 쪽쪽 소리가 나게 빨아 대며 다른 한쪽 유두를 손가락으로 잡고 살짝 비트니 으읏, 하는 애타는 목소리와 함께 도란의 몸이 크게 출렁댔다.

"가만…… 아직."

레이는 어쩔 줄 몰라 하는 도란의 귓가에 나지막이 속삭이곤 가슴 선 위에 말려 올라가 있던 셔츠와 브래지어를 거칠게 벗겨 냈다. 눈처럼 보얀 속살이 그의 눈앞에 펼쳐지자 레이의 목울대가 꿀꺽, 하고 크게 움직였다. 그의 노골적인 시선에 발갛게 달아오른 얼굴로 가늘게 눈을 뜨고 있던 도란이 부끄러운지 양손으로 가슴을 가렸다.

"보지 마요……."

"예뻐. 란. 아주…… 예뻐."

도란의 볼에 입을 맞추며 레이가 속삭였다. 그의 입술이 이마부터 콧등과 입술, 목덜미와 쇄골 아래 가슴까지 천천히 키스하며 훑고 내려왔다. 점점 내려오던 뜨거운 열기가 다시 가슴 위의 정점 위에 다다랐을 때, 도란의 입술이 커다랗게 벌어지며 아찔한 신음을 쏟았다.

"하웃……!"

너무나 강한 쾌감이 그의 입술에 물린 정점에서 터져 나왔다. 레이는 축축한 혀로 둥글게 핥다가 입술로 길게 쭉 빨아 올렸다. 정신을 차릴 수 없을 만큼 강한 쾌감이 연이어 쏟아지자 도란은 참을 수 없다는 듯 시트를 움켜쥐고 고개를 저어 댔다.

"아웃. 웃……. 레, 레이. 그만요……. 아!"

레이는 도란의 두 팔을 하나로 움켜잡아 고정시킨 뒤 하얀 살결에 진한 열꽃을 피우며 아래로 천천히 내려갔다. 그의 입술이 가늘게 몸을 떠는 도란의 귀여운 아랫배를 지나 청바지 후크에 다다르자 손으로 포박하고 있던 그녀의 손을 풀어 줬다.

"싫으면 밀어내."

"앗……!"

그의 손가락이 후크를 푸르고 지퍼를 내리자 도란이 흠칫 놀라 손으로 그의 어깨를 잡았다. 레이는 그대로 청바지를 끌어내 벗겨 버리고 급히 자신의 셔츠도 찢을 듯 벗어 버렸다.

어떡해!

그가 바지마저 벗어 버리는 사이 도란은 발갛게 물든 얼굴을 한 채 양손으로 팬티를 가렸다. 심장이 한계수치까지 펄떡거리고 머릿속은 어지러웠다.

레이는 온몸에 힘을 준 채로 천천히 도란의 몸 위로 올라갔다. 바짝 힘이 들어가 있는 그의 근육들이 터질 듯 팽창했다. 처음 느끼는 강한 충동이 그의 몸을 괴로울 정도로 압박하고 있었지만 레이는 깊게 숨을 내쉬며 그녀의 작은 몸을 껴안았다.

"후우…… 도란."

그의 목소리가 짐승의 으르렁거리는 소리같이 거칠게 갈라졌다. 잔뜩 흥분한 레이가 한 손으로 도란의 손바닥만 한 팬티를 끌어내리고 다리를 벌리며 몸을 밀착시켰다.

"레, 레이."

단단하고 거대한 힘이 느껴질 때마다 도란이 할딱거리며 그의 몸을 힘껏 껴안았다. 잔뜩 흥분한 남성의 뭉툭한 끝이 도란의 은밀한 숲에 닿았다.

"앗!"

도란이 깜짝 놀라 허리를 비틀자 움직이지 못하도록 꽉 잡아 고정한 채 레이가 허리를 천천히 움직이기 시작했다. 엄청난 크기의 그것(!)이 촉촉이 젖은 수풀 사이를 쿡쿡 찌르고 예민한 꽃잎 사이를 건드리자 도란이 입술을 벌려 신음을 쏟았다.

"하아……앗, 아앗."

은밀한 곳에서 찔걱거리는 외설스러운 소리가 들리자 그녀의 얼굴이 발갛게 달아올랐다. 도란이 어쩔 줄 몰라 하며 몸을 비틀수록 더욱 강하게 압박해 오는 레이 때문에 자극은 더해만 갔다.

"흐읏!"

레이가 촉촉이 젖어 가는 숲을 길게 찔러 올리자 쏟아지는 강한 쾌감에 도란은 자신도 모르게 허리를 한껏 비틀었다. 천천히 움직이는 그의 허리를 움켜잡으며 도란이 엉덩이를 들썩이자 레이의 숨이 한껏 거칠어졌다.

"읏……."

레이가 낮게 으르렁거리며 그녀의 입술을 집어삼켰다. 그의 격정적인 키스를 받아 내며 도란은 그가 이끄는 대로 조금씩 허리를 움직였다.

"하아…… 너무 좋아. 란."

레이도 쾌감의 정도가 너무 심한지 탄탄한 엉덩이에 바짝 힘이 들어갔다. 그가 거칠게 움직이기 시작하자 애액에 흠뻑 젖은 꽃잎이 그의 남성과 비벼져 질척거리는 소리가 점차 커졌다.

"아아, 으응! 레이!"

도란이 그의 이름을 부르며 근육이 꿈틀거리는 레이의 등을 힘껏 붙잡았다.

"아!!"

그 순간 터질 듯 부푼 레이의 굵은 남성이 단숨에 도란의 깊숙한 곳까지 찔러 들어왔다.

"아……웃. 으웃."

이미 충분히 젖어 있던 몸으로도 감당이 안 될 찌르는 고통이 몰려왔다. 고통에 한껏 찌푸려진 도란의 얼굴을 감싸 쥔 채 레이가 억눌린 목소리로 속삭였다.

"조금만…… 참아. 란. 조금만…….."

레이의 목소리에 도란이 얼굴을 잔뜩 찌푸린 채로 힘겹게 눈을 떴다. 그도 힘든지 얼굴에 송골송골 맺힌 땀이 뚝뚝 떨어지고 있었다. 그 안쓰러운 얼굴에 도란은 입술을 깨물며 필사적으로 그를 껴안았다. 조금만, 조금만 더 참으면…….

"아앗!"

마침내 그가 온전히 들어왔다. 그녀의 안에 터질 듯이 가득 찬 그의 존재에 까무룩 정신을 놓을 뻔했지만 이를 악물고 버텼다. 팔로 침대 위를 단단히 지탱한 채로 레이가 깊게 숨을 들이켰다. 그리고 그 상태에서 허리를 천천히 밀어 올리기 시작했다. 그의 짐승처럼 탄탄한 허리가 섹시한 곡선을 그리며 리드미컬하게 움직였다.

"웃, 으웃. 아!"

"미안, 조금만 더…… 받아 줘. 헉."

레이는 끔찍한 쾌락을 느끼면서도 최대한 도란이 아프지 않도록 움직임을 조절하고 있었다. 터질 것 같은 욕망을 제어하면서 천천히, 아주 천천히 움직이며 그녀 안을 점령했다. 허리를 아주 살짝씩만 튕겨도 그녀의 미간이 일그러지는 걸 보며 안타까움과 사랑스러움에 키스를 퍼부었다.

"하아, 하아, 레이……!"

침대 위에서 위아래로 흔들리면서 도란의 통증은 점차 아찔한 쾌감과 뒤섞이기 시작했다. 감당할 수 없을 것 같은 거대한 남성이 재차 짓쳐들어오며 그녀의 몸 안으로 침범하자 도란의 붉은 입술이 점차 벌어졌다. 아랫배가 조여들고, 맞닿은 홧홧한 부위에서 우윳빛 애액이 흘러나왔다.

레이는 처음보다 많이 부드러워진 도란의 안으로 좀 더 깊게 들어갔다.

"아학!"

쿵! 하고 밀고 들어오는 강한 압박감에 도란의 허리가 확 휘었다. 레이는 위로 솟구쳐 오른 팽창된 핑크빛 유두를 뜨거운 입술로 빨아 대며 거칠게 움직였다. 도저히 제어할 수 없는 강한 쾌감이 그의 척추를 타고 머리끝까지 단숨에 치솟아 올랐다.

"아, 이런."

레이가 단단한 턱을 악물었다. 이렇게 조절이 안 될 줄은 몰랐다.

참을 수 없는 소름 끼치는 쾌감과 함께 레이의 탄탄한 몸이 격정적으로 움직였다.

"란, 미안. 도저히 참을 수가……웃, 없어."

"하웃, 아, 웃, 괜찮…… 아아!"

위아래로 정신없이 흔들리는 도란의 가슴을 레이가 두 손으로 힘껏 움켜쥐자 그녀의 입술에서 커다란 신음이 터져 나왔다. 허리를 빳빳하게 세운 채 레이가 도란의 하얀 다리를 최대치로 벌리고 거세게 밀고 들어갔다.

"믿을 수가 없군. 돌아 버릴 것 같아. 란."

레이의 헐떡이는 목소리가 그녀를 자극시켰다. 도란은 땀에 흠뻑 젖은 레이의 몸을 껴안고 리드미컬하게 움직이는 그의 둥근 엉덩이에 다리를 휘감았다.

"웃……!"

좁은 여성 안으로 더욱 깊게 들어가게 되자 레이는 도란의 하얀 어깨에 이를 박았다. 그녀의 뜨거운 속살이 그를 힘껏 조이자 도저히 참을 수가 없었다. 레이가 허리를 세우고 침대가 부서지도록 격정적으로 움직였다.

"아아! 맙소사……! 레이! 웃, 으아앗!"

레이가 한껏 부풀어 오른 가슴살을 빨아 대며 허리를 점점 더 빨리 움직이기 시작하자 그녀의 신음 소리가 점점 급박해졌다.

"아, 아아! 레이!"

"란!"

그녀의 탱글한 가슴이 위아래로 빠르게 출렁거리고 레이의 근육질 등을 타고 흘러내린 땀이 엉덩이 골 아래로 미끄러져 내려갔다.

"아아아아아!"

흔들리는 침대 소리가 최대치에 다다랐다. 순간 숨이 넘어갈 듯 이어지던 신음 소리가 멈추더니 헉! 하고 짧은 탄성이 터져 나왔다.

그리고 팔뚝에 오소소 소름이 돋을 듯한 강렬한 쾌감이 레이의 온 몸을 훑고 지나갔다.

아파! 아파! 아프다구!!

도란은 잠에서 깨자마자 처녀 딱지를 뗀 학습료를 제대로 치러야 했다. 이건 정말 한 일주일간은 침대에서 꼼짝도 못 할 것 같은 고통이었다.

이 남자는 짐승이 분명하다.

첫 관계 후 숨 돌릴 새도 주지 않고 다시 덤벼들고, 다시 덤벼들고…… 솔직히 정말 죽는 줄 알았다. 나중엔 정신을 아예 놓아 버렸던 기억이…….

도란은 세모꼴 눈을 뜨고 원망스러운 표정으로 옆에 잠들어 있는 레이의 얼굴을 바라봤다.

본인 때문에 이리도 고통스러운 몸으로 상념에 잠겨 있는데 이 남자는 쿨쿨 잘만 자고 있다니……. 레이, 당신의 그것이 그렇게 위용 있지만 않았어도 내가 이렇게 고통스럽진 않았을 텐데 말이지요…… 이보시오, 레이 양반, 지금 잠이나 쿨쿨 잘 때요?

그런데 이 남자…… 솔직히 짐승같이 섹시하긴 했다.

땀이 뚝뚝 떨어질 만큼 힘들어 보이는 얼굴로, 몇 번이나 그녀의 이름을 부르던 레이는…… 아, 생각하니 또 몸이 막 뜨거워지……는 게 문제가 아니라 아파! 아프다구!

울분의 텔레파시가 통했던 걸까?

슬며시 레이의 눈이 떠졌다. 살짝 뜬 눈으로 음침한 표정으로 자신을 노려보고 있는 도란의 모습이 들어오자마자 레이는 본능적으로 와락 끌어당겨 안았다.

"……잘 잤어?"

"아뇨."

품에 안고 잠긴 목소리로 묻는 그의 말에 도란은 심통 난 목소리로 대답했다.

"못 잤어? 왜?"

레이가 의아스런 눈으로 쳐다봤다. 으으윽, 그걸 꼭 내 입으로 말해야 하냐고! 당신이랑 응응 해서 내가 아파 죽겠다고!! 불퉁한 표정으로 눈썹을 찌푸리는 도란의 표정을 보고 레이가 눈치를 챈 모양이다.

"많이 아파?"

"……네."

레이가 단단한 팔로 그녀를 꼬옥 껴안았다.

"미안. 아프게 해 놓고 나만 잘 잤군. 내가 좀 더 제어를 했어야 했는데 너무 좋아서 도저히 그럴 수가 없었어. 정말 미안."

"……."

막상 미안하다는 말을 들으니 또 금방 마음이 풀린다. 여자 마음은 갈대라더니…….

"됐어요. 용서해 줄게요."

도란은 아직 뾰로퉁한 목소리로 웅얼거리며 그의 넓은 가슴에 얼굴을 비볐다. 레이는 그녀의 작은 어깨를 끌어안고 동그란 머리에 살짝 입을 맞췄다.

"사랑해."

"……그 말 어제 질리도록 한 거 알아요?"

"그랬나."

레이가 쿡쿡거리며 웃음을 터뜨리자 도란도 마주 웃었다.

참 이상하다. 그렇게 부끄럽더니 이렇게 살갗을 맞대고 부비적대는 것이 너무나 자연스럽게 느껴지고 기분이 좋다니……. 정말 기분이 좋은 나머지 도란은 그에게 안긴 채로 다시 잠 속으로 빠져들어 갔다.

한잠 더 자고 일어나 보니 레이가 브런치를 준비해 둔 상태였다.

"어? 이거 다 레이가 만든 거예요?"

"별건 아니야."

레이가 싱긋 웃으며 스크램블과 과일, 신선한 샐러드 등이 담긴 트레이를 침대 위에 올렸다. 도란이 시트를 가슴까지 끌어 올려 둘둘 말고는 포크를 집으려는데 레이가 먼저 낚아챘다.

"먹여 줄게."

"네? 혼자 먹을 수 있……."

도란이 손을 내젓는 건 아랑곳하지도 않고 레이는 그녀의 입술 안에 작은 방울토마토 하나를 쏙 넣어 줬다. 도란이 미간을 찌푸리면서도 입술을 오물거리며 먹는 모습을 레이가 사랑스러운 시선으로 바라봤다.

"잘 먹네. 자, 아."

레이가 다정하게 말하며 베이컨을 집어 주자 도란은 마치 아이가 된 것처럼 얌전히 받아먹을 수밖에 없었다. 그렇게 디저트로 아이스크림까지 레이의 손으로 떠먹임을 받는 호사를 누린 뒤에야 레이도 식사를 했다.

"욕조에 물 받아 놨어."

"아, 고마워요."

도란은 레이의 일방적인 떠먹임으로 동그랗게 나온 배를 두드리며 시트로 온몸을 둘둘 만 채로 욕실로 걸어갔다.

욕실이 무슨 수영장만 해?

거대한 욕실 안에 놓인 넓은 욕조 안에 하얀 거품이 소복하게 올라온 목욕물이 담겨 있었다. 도란이 조심조심 뜨거운 물속으로 들어가자 에구에구, 하는 앓는 소리가 절로 나왔다. 온몸에 근육통이 욱신거리고 은밀한 곳에는 열이 오르듯 얼얼했다. 끙끙거리며 한참 앉아 있으니 신기하게도 통증이 조금 나아졌다.

"휴, 이제야 조금 살겠네."

도란이 욕조 안에서 몸을 길게 펴고 누워 노인네처럼 중얼거렸다. 그런데 이러고 앉아 있으니 새벽의 레이의 거친 숨결과 쫀득하던 근육들이 막 생각나는 것이…….

그 때 갑자기 레이가 욕실 안으로 불쑥 들어왔다.

"앗, 깜짝이야! 왜, 왜 들어와요?!"

마치 나쁜 짓을 하다 들킨 것처럼 도란이 깜짝 놀라 빽 소리를 질렀다. 어젯밤의 일을 혼자 떠올리며 남몰래 되새김질하고 있던 것을 레이가 알게 된다면 정말 이 거품 물에 코를 박고 죽으리라!

"움직이기 힘들 거 아냐. 내가 씻겨 줄게."

"아니 괘, 괜찮아요. 혼자 할 수 있어요."

"말 들어."

아랑곳없이 다가온 레이가 욕조 앞에 걸터앉았다. 손수 샤워기의 물 온도를 맞추고 도란의 머리를 뒤로 고정시킨 뒤 머리를 감겨 주기 시작했다. 큼지막한 손으로 머리를 부드럽게 감겨 주니 잠이 솔솔 올 정도로 기분이 좋았다.

도란이 지그시 눈을 감고 그의 손길을 느끼다가 갑자기 깜빡 눈을 떴다.

"레이."

"응?"

레이가 손은 계속 부드럽게 움직이며 도란을 바라봤다. 그녀는 눈을 가늘게 뜨고 그를 보고 있었다.

"왜 이렇게 잘해요? 혹시 다른 여자 머리도 자주 감겨 주고 그랬던 거예요?"

의외의 말이었던지 잠시 그대로 도란을 바라보던 레이가 픽, 하고 웃음을 터뜨렸다.

"머리 감기는 실력이 좋다는 칭찬으로 들으면 되는 건가?"

"말 돌리지 말고요."

고개를 젖힌 채로 도란이 매섭게 그를 올려다봤다. 거꾸로 보이는 레이의 얼굴을 도란이 어서 대답하라는 듯 빤히 쳐다보자 레이가 어깨를 으쓱했다.

"없어. 네가 처음이야."

"정말이죠?"

"맹세하지."

레이의 말에 도란은 헤헤, 웃으며 다시 눈을 감았다. 도란의 얼굴을 귀엽다는 듯 바라보던 레이가 머리에 샴푸칠을 하다 말고 고개를 숙여 그녀의 동그란 이마에 살짝 입을 맞췄다.

정성껏 물 온도를 조절해 가며 머리를 감겨 주고 거품을 가득 내서 몸을 구석구석 씻겨 주고 눈이 마주칠 때마다 입술에 키스를 해 주는 레이 덕분에 도란은 잔뜩 기분이 들떴다.

이 남자는 정말 사람 마음을 둥실둥실 띄우는 재주가 있나 봐.

"예뻐."

거품을 씻겨 주며 몸 여기저기에도 레이가 키스를 했다. 정말 소중하다는 듯이. 사실 별로 예쁘지도 않은 몸인데 정말 예쁘다는 듯 그가 손가락에도, 어깨에도. 무릎에도, 하나하나 소중하게 입을 맞췄다.

하아, 큰일이야.

쉴 새 없이 쏟아져 내리는 레이의 키스세례를 받으며 도란은 후끈 달아오르는 몸을 들키지 않으려 애를 써야 했다.

『레이 블레어, 완벽 부활!』

『3시합 연속 골 잔치! 단숨에 리그 득점 2위로 껑충!』

『이 순간을 기다렸다! 팬들 환호!!』

요즘은 확실히 레이의 시즌이다. 몇 년 만에 찾아온 포텐 폭발에 전 세계 축구팬들과 축구 시장은 거대한 물결로 출렁였다. 온갖 언론들도 물 만난 고기마냥 레이의 복귀 기사를 쏟아 내고 오랜 부진에서 탈출한 스타플레이어의 활약을 문체로 뽑아내기 바빴다.

엘튼 소속인 도란의 단골 펍도 그야말로 축제 분위기다. 팀 간판 스트라이커가 이제야 살아났으니.

특히 레이 팬인 폴은 아주 입이 귀에 걸릴 지경으로 만나기만 하면 침 튀겨 가며 레이를 찬양하는 중이시다.

아니, 그런데 왜 내가 레이 부활의 산 제물이 된 것 같지? 솔직히 이런 말하기도 민망하지만 요즘 레이는 아주 날 죽일 작정인지 훈련 시간 외에는 날 침대 위에서 벗어나지 못하게 하고 있다고!

"레, 레이……!"

도란은 레이의 침대 위에서 다급한 신음을 흘리며 정신없이 흔들리는 중이다.

그는 오늘만 벌써 세 번째. 이건 정말 농담이 아니다. 운동선수는 스태미나가 좋다더니, 이건 좋은 정도가 아니라 솔직히 인간인지 짐승인지 모르겠다.

"학, 학, 레이. 그만……."

아니 그만하라는데 왜 저놈의 허리질이 더 빨라지냐고! 나 정말 죽겠다니까요??

레이는 도란의 몸을 옆으로 휙 돌리더니 하얀 다리를 벌리고 통통한 엉덩이 사이에 자리를 잡았다. 촉촉이 젖은 꽃잎 사이로 그의 잔뜩 팽창된 남성이 가르고 들어오자 달아오른 속살이 그의 몸을 힘껏 조이기 시작했다.

"아아, 란……! 사랑해."

레이가 낮게 탄성을 터뜨리며 둥글고 탄력 있는 엉덩이를 거칠게 움직이기 시작했다. 뒤에서 도란의 젖가슴을 움켜쥐고 가느다란 다리를 넓게 벌리며 퍽퍽 쳐올리자 도란의 고개가 뒤로 한껏 젖혀졌다.

"아으윽! 레이! 사, 사……!"

"나도 사랑해. 란……! 크윽."

절정에 다다른 두 사람의 몸이 합쳐진 상태에서 팽팽하게 당겨졌다. 아찔한 쾌감이 감은 눈 사이로 번개처럼 쏟아져 내리고 연이어 깃털처럼 노곤하게 풀어졌다.

"하아…… 정말 최고야. 란."

그가 땀범벅이 된 채 만족스런 목소리로 속삭이며 그녀를 옆으로 끌어안았다. 도란은 억울한 심정으로 죽을 듯이 헉헉거렸다.

아니, 내가 '사……'라고 한 건 사랑해요가 아니라 '살려줘요!'

였다고요!!

레이는 도란의 절박한 심정을 아는지 모르는지 강한 팔로 으스러질 듯 그녀를 끌어안으며 땀에 젖은 발간 뺨에 입술을 맞췄다. 그의 몸에서 빠져나가려고 아등바등해 봤지만 손끝 하나 움직일 힘이 없었다.

"레, 레이. 이러다 저 죽겠어요."

도란이 힘이 들어가지 않는 눈에 억지로 힘을 줘 흘겨보며 말하자 레이가 싱긋 웃었다.

"어서 적응시켜야지. 나도 란이 힘들어해서 참느라 힘들다고."

"헉! 차, 참는 거라니! 이게 참는 거라니? 말도 안 돼요!"

"내가 얼마나 참고 있는지는 나중에 알게 될 거야."

레이가 은근한 눈빛을 빛내며 속삭이자 도란은 입이 쩌억 벌어졌다. 헉……. 이, 이 남자는 정말 사람이 아냐! 이러다 얼마 안 가서 뼈만 앙상해지는 거 아냐? 레이는 시합마다 골을 쏙쏙 넣고, 난 산 제물마냥 기를 쪽쪽 빨리는구나…….

그래도 물론 레이가 골을 넣는 건 기분 좋은 일이지만.

"레이, 훈련 시간 다 되지 않았어요? 어서 나가 보는 게……."

이대로 안겨 있으면 얼마 안 가 또 당할지도 모른다는 압박에 도란이 슬쩍 물었다.

"오늘은 훈련 없어. 기자들이 귀찮게 굴긴 했지만 인터뷰는 다 거절했고."

"네? 그래도 돼요? 에이전시에서 가만히 있지 않을 텐데?"

"난 지금 이게 더 급하니까."

레이가 속삭이며 힘주어 도란을 껴안았다.

"에엑?"

벌써 세 번이나 했는데! 엉덩이 부분에서 굵고 단단한 무언가가 훅 하고 치솟으면서 위용을 뽐어내는 게 느껴지자 도란은 소스라치게 놀랐다.

　"어서 란의 몸을 적응시켜야겠어. 아직 한참 모자라다고."

　"꺅! 레이!!"

　아아. 이젠 정말 반항할 힘도 없다.

8.

나와는 너무 다른 당신

"헉! 눈 밑이 시커매!!"

주말 내내 레이 집에 잡혀 있다가 겨우 탈출해서 기숙사로 돌아와 거울을 보던 도란이 깜짝 놀라 소리쳤다. 진한 다크서클이 턱까지 내려올 정도다. 하긴 몸에 힘이 하나도 없을 정도니. 레이가 부지런히 뭔가 만들어서 먹이고는 있지만 그 열 배에서 삼십 배 정도의 에너지를 소모시키니 아무리 먹어 대도 소용이 없다.

혹시 그 짓에 에너지를 지나치게 소모한 나머지 경기에 영향을 주지나 않을까 내심 걱정도 되는데 요즘 시합마다 펄펄 날아오르는 레이를 보니 다행히 그런 것 같지는 않고……. 펍에 들를 때마다 부활한 팀의 중심 공격수 덕에 올해는 정말 모든 리그에서 우승컵을 싹쓸이할 수 있을 것 같다며 다들 기대가 장난이 아니었다.

누구보다 골에 가장 목말랐던 사람은 레이 본인이었을 테니, 그 의지도 대단하고…… 레이 말로는 뭐 나만 있으면 득점왕은 문제없을 것 같다나?

"후훗, 그렇다면야~ 내 기꺼이 적응해 드리리다!"

어쨌든 학교도 가야 하고 요즘 코빼기도 안 보인다고 닦달하는 진희도 만나 봐야 해서 서둘러 가방을 챙겨 기숙사를 나섰다. 버스를 타러 거리를 걷는데 우와, 여기저기 죄다 레이 사진이네?

상점가고, 빌딩이고 레이의 사진들이 즐비했다. 골을 넣는 모습, 레이가 찍은 스포츠 의류 광고 사진, 음료 광고 사진 등등. 그가 부활한 게 이 정도로 큰 영향을 미치는구나……. 온 거리가 레이의 사진으로 뒤덮인 모습을 보니 그가 얼마나 대단한지 다시 깨닫게 된다. 나 정말 대단한 남자를 만나고 있는 거네?

"헤헤, 멋지다! 내 남자!"

도란은 레이의 사진으로 도배된 거리를 씩씩하게 걸어서 당당하게 엘튼 선수들과 레이 사진이 큼지막하게 붙어 있는 빨간색 이층 버스에 올랐다. 창밖으로 지나가는 풍경을 보다 보니 가을이 깊어 가는 런던 거리에 벌써부터 크리스마스 디너 예약 피켓이 여기저기 걸려 있었다. 크리스마스는 아직 두 달이나 남았는데. 하긴 런던이니까.

런던의 크리스마스 시즌은 온 도시가 개점휴업 상태가 되어 버린다. 모든 사람들이 집에 내려가서 식구들과 크리스마스 디너를 먹으면서 오붓하게 보낸다. 그게 영국 사람들의 오래 된 풍습인 것 같다. 우리나라는 크리스마스는 연인들의 시즌인데 말이지. 거기다 대중교통까지 올스톱에 기숙사에서도 쫓겨난다. 왜냐하면 기숙사 관리인들도 집으로 돌아가서 식구들과 크리스마스 파티를 해야 하기 때문이다.

그래서 작년엔 룸메이트인 애니네 집에 꼽사리 껴서 지낸 통에 얼마나 눈치가 보이던지…… 그 화목한 가정에 나 홀로 이방인이 된 느낌이었다.

그래서 올해는 미리 근처 호텔이라도 예약해 둘 생각이었는데 지금은 레이가 있으니까 상황이 조금 달라졌다. 나는 지금처럼 크리스마스 시즌에도 그와 함께 있게 될까? 만약 레이와 헤어진다면 난 학기가 끝나는 봄까지 버티지 못하고 한국으로 날아가 버릴지도 모르겠다.

그와 헤어지고도 레이로 가득 찬 이 도시를 버틸 자신이 없으니까.

작년 이맘때쯤엔 온통 다니엘과 축구경기, 펍과 학교, 기숙사 친구들도 있고 진희도 있고 모든 일상이 즐거웠는데…… 팬질과 학교생활이 내 생활의 전부였으니. 그런데 지금은 레이가 모든 것을 점령해 버렸다.

"이제 다시는 그를 모를 때의 생활로 돌아갈 수 없을 것 같아."

도란이 가을 물이 잔뜩 들어 있는 거리를 보며 중얼거렸다. 창 밖에 보이는 건 작년과 똑같은 풍경인데, 난 전혀 다른 사람이 되어 버린 것 같다.

헨리는 이번에도 성대한 파티를 열었다. 파티광인 헨리가 파티를 여는 이유쯤이야 그날 완벽한 쾌변을 했다, 라는 것만으로도 충분히 성립이 될 정도로 다양했지만 이번 파티는 레이의 완벽한 부활을 축하하는 의미가 컸다.

도란은 당연히 마스코트 걸로서 당당히 참여 중이다. 트레이드마크인 봉지와 선글라스를 착용하고 샴페인 잔을 들고 이리저리 나르는데 조이가 싱글거리며 다가왔다.

"레이 요즘 정말 대단하죠?"

"네. 다행이죠. 뭐."

도란이 마스코트 걸의 상징인 비닐봉투를 살랑살랑 흔들거리며 웃었다.

"요즘 레이가 해외에 자주 나가서 못 봤겠어요? 란은 안 따라온 것 같던데."

큰 경기와 해외원정 경기까지 연달아 있던 터라 한동안 레이와는 문자 연락밖에 못 했다. 그것도 정말 급하게 하는 연락인지 레이의 문자는 대부분 단답이었다.

"음, 저도 학교 일이 좀 있어서요. 졸업은 해야 하니까."

도란이 웃으며 말하자 조이가 의미심장한 미소를 지었다.

"그래요? 레이가 힘들겠어요. 한창 좋은 때인 것 같은데."

순간 도란의 눈이 가늘어졌다.

"……레이가 뭐라고 했어요?"

"네? 아뇨. 딱히 그런 건 아닌데."

그럼 왜 그렇게 능글맞게 웃고 있는 거죠, 조이? 도란이 미심쩍은 표정으로 지그시 쳐다보자 조이는 술잔을 들고 다른 곳으로 황급히 가 버렸다.

흐음, 수상해. 레이가 무슨 소릴 한 거지? 그나저나 레이는 언제 오려나? 아직 도착한 것 같진 않은데…….

파티장 안엔 온갖 화려한 인물들이 넘쳐났지만 주인공인 레이는 아직 보이지 않았다. 도란이 힐끗거리며 파티장 입구를 보고 있는데 엄청난 플래시 세례를 받으며 어떤 여자가 들어오는 게 보였다. 또 누구람? 플래시가 터져 대는 걸 보니 꽤 유명 인사 같은…… 헉?!

"맙소사! 소, 소피?"

당당한 걸음걸이로 걸어 들어오는 사람은 그 유명한, 레이의 전 애인인 소피 알렌이었다.

화려한 금발에 조막만 한 얼굴에 자리 잡은 육감적인 입술, 완벽 S라인을 자랑하는 몸매와 길쭉한 다리를 가진 그녀는 당당한 걸음걸이로 파티장 안으로 들어오고 있었다.

그녀가 레이의 전 애인이고 현재 넘버원 공격수 가이시아의 피앙세라는 사실을 모르는 사람은 없기에 모든 시선이 소피에게 집중됐다.

"이런! 이게 웬 의외의 인물이지?"

헨리가 요란스러운 차림으로 소피를 맞았다. 중세시대 기사 차림을 하고 있는 헨리의 옆에는 말 복장을 하고 있는 웸이 서 있었다. 마치 근육질 말처럼 보이는 웸에게 힐끗 시선을 준 소피가 입술 끝을 살짝 비틀어 올렸다.

"당신의 파티는 누구나 들어올 수 있는 자리가 아니던가요? 오랜만이에요. 헨리."

"음. 분명 그렇긴 하지. 하지만 주인공이 좋아할지가 의문인데?"

헨리가 싱글싱글 웃고 있었지만 묘하게 눈은 웃지 않고 있었다. 소피도 섹시한 입술을 한껏 휘어 올리곤 헨리를 도발하듯 쳐다봤다.

"걱정 말아요. 설마 옛정이 있는데 인사는 해 주지 않겠어요? 정말 축하해 주고 싶어서 온 거니까."

"호오, 전 애인이자 현 라이벌의 애인의 축하라? 레이의 반응이 기대되는군. 그럼 이왕 온 거 재미있게 즐기다 가시길."

"물론이에요, 헨리. 그럼."

헨리와 소피는 시종일관 웃는 얼굴로 보이지 않는 빠직빠직한 전류를 튀기더니 홱 뒤돌았다. 그 모습을 보고 있던 도란은 고개를 갸웃거렸다. 헨리 성격에 저 정도 대사면 엄청 싫어한다는 건데……

그걸 빤히 알고 있는 듯한 저 소피라는 여자도 정말 대단하네.

쳐다보고 있으려니 소피는 시종일관 오만할 정도로 도도했다.

물론 저렇게 생기면 오만과 편견이 아니라 오만과 도도를 충분히 가질 수 있기야 하겠지만…… 마치 살아 있는 마론 인형 같은 소피의 육감적인 뒷모습을 홀린 듯 바라보던 도란은 자기도 모르게 유리에 비친 자신을 쳐다봤다.

"허억, 웬 난쟁이가."

방금 전에 10등신의 소피를 본 안구가 그 여자와 비교하자면 난쟁이 똥자루 같은 자신을 보길 거부했다. 도란은 오만상을 찌푸리고는 중얼거렸다.

"레이가 눈이 삐었어."

소피보다 내가 더 예쁘다니, 저 여자를 보고 어떻게 그런 말이 나와? 분명 저 여자가 과거가 되어 버리고 눈앞에서 안 보여서 그렇지, 옆에 두고 보면 레이도 확실하게 알 거다. 이건 거의 슈렉의 변신 전, 변신 후의 피오나 공주 모습이라는 걸! 아아, 싫다. 이런 꿀꿀한 기분 정말 싫은데 말이지.

도란은 착잡해진 마음에 그냥 말없이 한구석에서 술만 들이켰다. 레이는 왜 안 오는 거람? 술을 마시니 더 우울해지는 것 같아. 안 되겠어.

이런 기분으로는 축하는커녕 레이를 봐도 무척 싫은 말이 나갈 것 같다. 질투로 이글이글 불타는 모습을 보여 줄 바에야 그냥 오늘은 핑계를 대서라도 사라지는 게 나을 것 같았다.

도란은 어디에 있든 한눈에 들어오는 헨리의 옆으로 슬쩍 다가가 말했다.

"헨리. 저 먼저 갈게요."

"곧 레이 올 텐데? 우리 마스코트 걸이 축하해 줘야죠. 그걸 레이가 제일 기뻐할 테니까요."

"아뇨. 오늘은 그냥 갈래요. 레이는 따로 보죠. 뭐."

힘없이 말하는 도란을 헨리가 의아스럽게 쳐다봤다.

"왜요? 혹시 몸이 안 좋아요?"

"네에. 몸도 좀 안 좋은 것 같고……."

도란이 아픈 척을 하며 이마를 짚는데 갑자기 입구 쪽이 시끌시끌해졌다.

"엇! 왔나 보군. 왔으니 얼굴만이라도 잠깐 보고 가요. 알았죠?"

"아, 아니 그게……."

헨리는 입구 쪽으로 서둘러 사라졌다. 플래시 세례가 엄청나게 터지는 것이 지금 도착한 것은 이 자리의 주인공이 분명해 보였다.

에잇, 모르겠다. 일단 피하고 보자.

도란이 선글라스를 올려 쓰고 슬금슬금 뒷문이 어딨나 찾고 있는데 뒤에서 그 주인공의 목소리가 들렸다.

"란."

윽! 엄청 빨리도 찾아내네.

도란이 어정쩡하게 뒤돌아보자 날렵한 턱시도 차림의 레이가 싱글싱글 웃으며 다가오더니 손을 덥석 잡았다.

"마중도 안 나오고 뭐해?"

이 남자가 주변 의식도 안 하고서 손을 답삭 잡고 난리야.

"그, 금방 찾았네요?"

"당연하지. 이게 있으니까."

레이가 도란의 머리 위에 살랑거리는 비닐봉투를 가리켰다. 젠장, 망할 비닐봉지 같으니라고.

"기자들 기다리는데 가서 인사 먼저 하고 와요. 사람들 우리 다 쳐다보고 있는 거 안 보여요?"

도란이 잽싸게 속닥거리며 얼른 잡힌 손을 빼내려 했다.

"쳐다보면 안 돼?"

"그, 그야 안 되죠! 이거 얼른 놔요. 얼른요."

필사적으로 그의 손을 빼내려는 도란을 가만 내려다보고 있던 레이가 살짝 빠져나간 도란의 손을 세게 움켜잡고는 파티장 쪽으로 걸어가기 시작했다.

"앗! 레이?"

당황한 도란이 소리쳤지만 레이는 들은 척도 안 하고 사람들의 인사를 받으며 걷기만 했다. 그의 손에 잡힌 자신에게 쏟아지는 사람들의 시선에 도란은 당혹을 감추지 못했다.

"이것 좀 놓고 가요, 레이!"

레이는 빠른 걸음으로 사람들을 헤치며 도란을 이끌고 파티장 안이 아닌 2층으로 향하는 계단으로 올라갔다. 노란 비닐을 머리에 동여맨 채 뭐라 고래고래 소리를 지르는 여자와 그녀의 손을 움켜잡은 레이의 뒷모습에 모든 사람들의 시선이 쏠려 있었다.

"뭐야? 주인공이 어디로 가는 거야? 오자마자."

"어? 그러고 보니 저 여자 그 엘튼 마스코트 아냐? 레이가 왜 저 여자를 데려가는 거지?"

파티장 안의 사람들이 레이와 도란이 사라진 쪽을 쳐다보며 숙덕거렸다. 그들 사이에서 소피도 팔짱을 낀 채 주인공이 사라진 계단을 응시하고 있었다.

2층은 엘튼 관계자만 들어갈 수 있는 곳이었다. 레이는 길게 뻗어 있는 고급스러운 복도를 지나 안쪽 룸으로 도란을 데리고 들어갔다. 그가 문을 닫고 나서야 그녀의 손을 놔주자 도란이 발갛게 달아오른 얼굴로 씩씩거렸다.

"여, 여기로 오면 어떻게 해요? 지금 사람들 당신만 다 쳐다보고 있는데!"

"지금 나한테 그게 중요하다고 생각해?"

……어라? 이 남자 표정 왜 이리 살벌해?

레이가 무서운 눈으로 쳐다보고 있었다. 기가 눌린 도란이 슬쩍 입을 다물었다. 레이는 자신의 머리칼을 성마르게 쓸어 넘기며 도란을 똑바로 바라봤다.

"왜 그러는 거야?"

"뭐, 뭘요?"

"오랜만에 만난 건데 표정이 왜 그런 거냐고. 왜 내 시선을 피해? 그새 마음이 변한 건가?"

도란은 어이없다는 듯한 표정을 지었다.

"그게 무슨 소리예요? 무슨 사람을 후딱후딱 맘 변하는 냄비같이 보고."

"아니면. 왜 날 피하냐고."

레이가 점점 다가오며 낮은 목소리로 추궁하듯 물었다. 도란은 자기도 모르게 한 발 한 발 뒷걸음질 치며 선글라스를 추켜올렸다.

"피하지 않았……어요."

"이봐, 지금 날 바보로 아는 거야?"

레이는 위압적인 말투로 말하며 그녀를 벽에 바짝 밀어 세웠다. 등에 벽이 닿자 흠칫 놀라 뒤돌아보는 도란의 얼굴을 잡아 휙 돌리고는 거칠게 선글라스를 벗겼다.

허엄.

갑자기 가림막이 사라져 버리자 도란이 숨을 삼켰다. 레이는 고개를 숙여 도란에게 얼굴을 가까이 가져간 뒤 똑바로 시선을 맞췄다.

"날 바보로 아는 게 아니면, 대답해. 왜 날 피하는 거야?"

"……."

"어서 말해 보라니까."

도란이 고개를 숙이자 레이가 더욱 얼굴을 가까이 대며 으르렁거렸다.

"……소피."

"!"

뜻밖에 나온 이름인 듯 레이는 잠시 멍한 표정을 지었다. 소피? 여기서 그 여자 이름이 갑자기 왜 나오는 거야?

"그 여자가 뭐."

미간을 바짝 좁힌 레이가 성마르게 재촉했다. 부르면 사라질 이름도 아닌데 이름 하나 부르고 입술을 꾸욱 다물고 있던 도란이 지속되는 그의 성화에 못 이겨 다시 입을 열었다.

"소피가……."

"소피가?"

"너무 예뻐서요."

"……뭐라고?"

레이의 매끈한 이마가 사정없이 구겨졌다. 도대체 무슨 소릴 하려나 했더니 이게 무슨…….

"소피가 왔는데, 소피가 너무…… 예뻐서. 지, 질투가…… 나서요."

도란이 화르륵 불탈 듯 발갛게 달아오른 얼굴로 떠듬떠듬 말했다.

험악한 표정으로 도란을 응시하고 있던 레이의 입술에서 별안간 웃음이 터져 나왔다.

"하! 하하핫. 그런 거였어? 하하!"

"우, 웃지 말아요!"

놀림을 당한 것 같은 기분이라 무지하게 부끄러워진 도란이 버럭 소리쳤다.

"하하. 미안. 귀여워서 그래. 정말 뭐 이렇게 귀여워?"

레이가 품 안에 도란을 껴안고 귓가에 속삭였다. 그러자 도란이 당황한 듯 떠듬거렸다.

"귀, 귀엽긴 뭐가요. 하나도 안 귀여운데……."

"설마."

레이는 도란의 얼굴을 살짝 들어 올리고 고개를 숙여 그녀의 도톰한 입술을 가볍게 머금었다. 도란이 눈을 감자 달콤하게 그의 혀가 밀려 들어왔다.

"음……."

맞닿은 입술 사이로 축축한 혀가 부드럽게 들어와 뒤섞였다. 사로잡히듯 몇 번이나 잡혔다 풀려나자 머릿속에 종이 울리듯 순식간에 아득해지고 아랫배가 꽉 조여드는 기분이었다.

"하아."

달짝지근한 소리를 내며 입술이 살짝 떨어지자 레이가 몽롱해진 도란의 눈을 바라보며 말했다.

"내 눈엔 네가 제일 예뻐. 세상에서 제일 귀엽고, 사랑스러워. 어느 누구보다…… 나 스스로도 난감할 정도로."

"……정말요?"

"이런, 내가 아직 충분히 알려 주지 않았나? 온몸으로 말한 것 같은데 말이지. 여기에서 지금 뼈에 새겨질 정도로 알려 줄까?"

레이가 은밀한 눈빛을 빛내며 옆의 소파 쪽을 턱으로 가리켰다.

"아! 아뇨! 아, 알겠어요. 충분히!"

화다닥 놀라 급히 고개를 끄덕이는데 머리 위에 달린 풍선이 격하게 흔들리며 레이의 얼굴을 퍽퍽 쳤다.

"헉, 미안해요!"

"괜찮아."

레이가 턱을 쓰다듬으며 싱긋 웃었다.

"그런데 안 나가 봐도 돼요? 레이가 주인공이잖아요."

도란이 묻자 레이는 그제야 생각났다는 듯 손목시계를 봤다.

"아, 그렇군. 밖에서 사람들이 기다릴 테니 일단 나가 봐야겠지만 나중에 파티 끝나고 제대로 알려 주지. 기다려. 다신 헛소리 못하게 해 줄 테니까."

레이가 도란의 볼에 쪽, 하고 입을 맞추고는 그녀의 손을 잡아끌었다. 그 상태로 그가 다시 문 밖으로 나가려고 하자 황급히 말했다.

"아! 자, 잠깐만요!"

도란은 얼른 말하고는 잽싸게 바닥에 떨어진 선글라스를 집어 들어 얼굴에 착 끼웠다.

"됐어요. 가요."

"그거 안 불편해? 얼굴의 반을 가리는데."

"전혀요. 신경 쓰지 말고 어서 나가요."

도란이 헤헤 웃으며 레이를 이끌었다. 레이는 통 모르겠다는 표정으로 앞서 가는 도란의 머리 위에서 살랑살랑 흔들리는 비닐봉지를 바라봤다.

예상은 했지만 역시나 계단 아래 모든 사람들의 시선이 이쪽을 향하고 있는 게 보였다. 도란은 제 얼굴에 걸쳐진 선글라스를 매만지며 숨을 들이켰다.

이게 있으니까 괜찮아. 기자들도 파티장 안으로는 못 들어오니까 사진 찍힐 일도 없을 거고. 만에 하나 찍힌다 해도 뭐 이게 가려 줄 거니까.

도란이 결심한 듯 끄덕거리고 내려가려는데 레이가 그녀의 손을 잡았다. 당황하는 표정으로 도란이 올려다보니 레이가 싱긋 웃고는 그대로 내려가기 시작했다. 어엇, 이, 이래도 괜찮을까?

뭔가 혼란스럽기도 하고 레이의 웃는 얼굴을 보니 에라 될 대로 되라 싶기도 하고…….

"이런! 레이. 피앙세를 이렇게 공개해 버려도 되는 거야? 그건 내가 어마어마하게 성대한 파티를 준비하고 있었는데 말이지!"

헨리가 너스레를 떨며 말하자 반신반의하며 쳐다보던 사람들의 눈이 놀라움으로 바뀌었다.

"오! 혹시 했더니, 정말 저 여자와 레이가?"

"레이! 정말이야?"

엘튼 선수들도 흥미로운 얼굴로 다가와 묻자 레이는 싱긋 웃으며 잡고 있는 도란의 손을 척 들어 올렸다.

"보시는 대로."

"맙소사!"

맙소사!

도란도 마음속으로 외쳤다. 레이, 정말 이렇게 공개해 버리는 건가요?

다들 놀라운 얼굴로 서로를 쳐다보는데 뒤에 있던 다니엘이 다가

와서 레이의 어깨에 손을 턱 하니 올렸다.

"이제 자세히 들을 때가 됐군. 말해 봐, 레이. 도대체 언제부터 그런 거야?"

"설마 여기서 하나하나 설명하라는 건 아니겠지?"

"왜 아니야? 어서 불어. 낱낱이."

"이런, 지금 이거 취조하는 건가?"

레이와 다니엘이 웃는 얼굴로 농담을 하는 사이에 도란이 꿰다 놓은 보릿자루마냥 레이의 손에 잡혀 있었다. 아까부터 사방에서 자신에게 쏟아지는 시선에 얼굴이 새빨갛게 돼선 어찌할 바를 모르고 있는 중이었다.

그 때 한 발짝 뒤에서 도란을 가만히 보고 있던 애슐리가 다가와서 레이에게 말했다.

"레이. 그녀가 부끄러워하는데 괜찮겠어요? 레이는 오늘 주인공이니 여기저기 끌려 다녀야 되잖아요. 제가 챙기고 있을 테니 저한테 넘기세요."

그제야 도란의 토마토 같은 얼굴을 발견한 레이가 그녀의 어깨를 감싸며 말했다.

"아, 그게 낫겠군. 부탁해. 애슐리."

"걱정 말아요. 란이라고 했죠? 우리 저쪽 조용한 곳으로 갈까요?"

"네, 네에."

도란은 선글라스로 얼굴의 반을 가리고 있었지만 손바닥을 좍좍 펴서 얼굴 위에 부채 같은 가드를 치며 애슐리 뒤를 쫄쫄 따라갔다.

구석진 자리로 도란을 데리고 간 애슐리가 와인 잔을 두 잔 가지고 와 한 잔을 손에 쥐어 줬다.

"아마 오늘부터 사방에서 관심이 쏟아질 테니 각오는 해 두는 게 좋겠어요. 여기도 사람 사는 동네고 레이가 워낙 특별하다 보니까 그에 관한 소문은 빛보다 빠르게 퍼지기 마련이거든요."

"이, 이게 있으니까 괜찮아요."

도란이 생명줄 같은 선글라스를 가리키며 헤헤 웃었다. 애슐리는 부드러운 미소를 지으며 잔을 내밀어 도란의 잔에 살짝 부딪혔다.

"란은 마스코트 걸로 유명해서 안 그래도 만나 보고 싶었어요. 이런 기회에 대화하게 되고 좋은데요?"

"저, 저도 애슐리 님은 꼭 만나 뵙고 싶었어요!"

이런. 긴장 상태인지라 목소리가 약간 뒤집어졌다.

"어머, 나를?"

와인을 마시던 애슐리가 눈을 동그랗게 떴다.

"네. 제가 사실 다니엘 팬이었잖아요. 그래서 마스코트 걸도 하게 된 거 아시죠? 그래서 애슐리 님 사진도 많이 찾아보고 그랬거든요. 항상 다니엘과 함께 있어서 엄청나게 부럽…… 으헉, 죄, 죄송해요! 제가 그렇다고 어떻게 해 보려는 생각이 있던 게 아니라 그, 그냥 팬으로서……!"

당황하는 도란을 애슐리가 깔깔거리며 다독거렸다.

"괜찮아요, 괜찮아. 다니엘을 그렇게 좋아해 줬다니 내가 고맙죠. 란은 유학생이라고 알고 있는데 런던에 오기 전부터 원래 축구를 좋아했어요?"

"네. 저희 집에는 남자들만 득실득실한데 다들 축구광이거든요. 게다가 큰아버지부터 아버지, 오빠들까지 엘튼의 오랜 팬이고요. 전 오빠들만큼은 아니었는데 축구의 본토에서 유학생활을 하다 보니 직접 경기 볼 기회가 생기게 되고, 그러다 보니 어느 순간 다니엘 빠순이가 되어 있더라고요."

"아, 그랬군요. 그런데 저 레이에게 찜 당했으니 인생은 참 알 수 없어요. 그죠?"

"맞아요……. 저도 그건 정말 아직까지 믿기지가 않아요."

도란이 고개를 끄덕였다. 아직도 이 남자가 내 남자인지 깜짝깜짝 놀랄 때가 많다는 게 솔직한 심정이니.

애슐리가 레이와 다니엘 쪽을 한 번 쳐다보고는 말했다.

"사실 얼마 전까지 레이 상태가 많이 안 좋았어요. 란도 엘튼 팬이라면 잘 알겠지만 그는 정말 뛰어난 선수였잖아요. 그런데 축구계에선 한 번 부진의 늪에 빠지면 영영 헤어 나오지 못하는 나오는 선수도 많으니까…… 그래서 다니엘이 걱정이 많았어요."

"아아…… 역시 상냥하네요. 다니엘."

역시 좋아하던 시간이 헛되지 않은 좋은 사람이라니까.

"레이는 저도 예전부터 봐 왔던지라 걱정이 많이 됐었는데 란을 만나고 레이가 정말 많이 변하더니 이렇게 완벽하게 부활까지 했잖아요. 얼마나 다행인지 몰라요."

"네? 아뇨! 부활한 건 다 레이가 노력해서 그런 거예요. 저는 진짜 한 게 없어요."

도란이 파다닥 손사래를 치자 애슐리가 부드럽게 웃었다.

"그렇지 않아요. 축구 선수에게 심리적인 안정이 무엇보다 중요하다는 건 내가 누구보다 잘 알거든요. 후훗, 우리 다니엘이 이렇게 안정적인 플레이를 펼칠 수 있는 것도 다 나의 내조 덕 아니겠어요?"

"아. 물론이죠. 네!"

도란이 열심히 고개를 끄덕이자 머리 위의 노란 비닐봉투가 위아래로 빠르게 흔들렸다. 그 모습이 재미있어서 한참 보고 있던 애슐리가 물었다.

"레이 많이 좋아하죠?"

"아…… 네에."

도란이 수줍게 끄덕이자 애슐리가 잔잔한 목소리로 말했다.

"레이는 사랑에 있어서 무척 차가운 사람인 줄 알았어요. 하지만 아까 란을 바라보는 레이의 표정을 보고 내 생각이 잘못되었다는 걸 깨달았어요. 레이는 그저 뜨겁게 사랑할 누군가를 못 만났을 뿐이었던 것 같아요. 지금의 레이는 아주 보기 좋아요."

애슐리가 멀리 사람들과 웃고 있는 레이와 다니엘 쪽으로 다시 고개를 돌렸다. 도란도 시선을 돌려 레이의 모습을 봤다. 턱시도 차림의 레이는 그림을 그려 놓은 듯 멋졌다. 물론…… 가장 멋진 건 경기장에서의 모습이지만. 골을 넣은 뒤 포효하는 그의 모습은 눈부시도록 반짝반짝 빛나 보였다. 그것보다 빛나는 건 세상에 없을 만큼.

그때 레이가 습관적으로 도란에게 시선을 주다가 눈이 마주쳤다. 선글라스 안에서지만 눈이 마주쳤다는 걸 도란은 확실히 느꼈다. 눈이 마주친 순간 레이는 부드럽게 눈매를 휘며 아주 근사한 미소를 지었다. 도란도 환하게 마주 웃어 주며 생각했다.

그냥 저 남자는 어디서든 반짝반짝 빛나는구나. 경기장에서건 어디서건 말이지.

미소를 나누는 두 사람을 소피가 멀찍이서 바라보고 있었다. 날카로운 눈빛으로 도란을 쏘아보며 관능적으로 부푼 가슴 위로 팔짱을 꼈다.

도대체 저 여자는 누구야?

레이가 지금 만나는 여자가 있다는 것도, 그것도 동양인인 것도 금시초문이었다. 더구나 오늘 레이의 태도는 자신을 없는 사람 취급하는 태도였다. 레이와 사귈 때도 언론에 공개한 건 자신이었고, 레이는 되레 기자들 앞을 꺼려했다. 그런데 이렇게 공개적인 자리에서 여자 손을 이끌고 자기가 공개한다?

'설마, 저런 동양인에게 진짜로 빠진 건가?'

그럴 리가. 전혀 아름답지도, 몸매가 뛰어나지도 않은 여자인데. 혹시, 동양의 공주쯤 되나?

도란을 뚫어지게 쳐다보고 있던 소피는 벌떡 일어나서 레이가 있는 쪽으로 걸어갔다.

"레이."

그녀가 레이를 부르자 주변이 일순 조용해졌다. 레이와 대화를 나누던 사람들은 다들 한 발짝씩 떨어져서 흥미로운 시선으로 두 사람을 바라봤다.

"가이시아가 보낸 건 아닐 테고, 여긴 어쩐 행차이실까?"

레이 옆에 있던 다니엘이 노골적으로 싫은 기색을 하며 빈정댔다. 소피는 다니엘을 향해 특유의 입꼬리만 살짝 올리는 섹시한 미소를 지으며 말했다.

"다니엘. 그때는 안 그랬는데…… 조금 까칠해졌네? 레이와 할 말이 있는데 잠깐 비켜 주겠어?"

"하! 꼭 그래야 하나?"

"개인적인 말이라서 말이야. 누군가 듣기엔 조금 곤란한."

소피가 살짝 허스키한 목소리로 말하자 레이가 쿡, 하고 웃었다. 말도 섞기 싫다는 듯 다니엘이 다른 쪽으로 가 버리자 소피가 레이에게 빙글 몸을 돌렸다. 그러고는 그에게 화사한 미소를 지어 보였다.

"축하해. 요즘 물이 올랐더라."

"그거 고맙군."

레이는 무표정한 표정으로 조금 심드렁하게 대답했다. 소피는 그가 무관심한 척을 하는 건지 정말 무관심한 건지 순간적으로 레이의 표정을 스캔하고는 웃으며 말했다.

"레이, 오해는 하지 말아 줘. 그냥 축하해 주러 왔을 뿐이야. 항상…… 신경 쓰였거든."

"내가?"

"응, 당신이 나 때문에 부진을 겪는 것 같아서 늘 마음이 쓰였어. 그런데 요즘 다시 원래의 모습을 되찾아서 정말 다행이야."

또 미묘한 표정으로 레이가 쿡쿡 웃었다. 그의 반응이 원하던 반응이 아닌지 소피는 조금 더 적극적으로 레이 쪽으로 한 걸음 다가섰다.

"레이, 저기……."

소피가 뭔가 말하려고 할 때 다른 곳을 바라보고 있던 레이가 손을 들어 그녀의 말을 끊었다.

"아, 다음에 얘기하지."

"뭐? 레이?"

자신의 앞에서 휙 몸을 돌려 성큼성큼 걸어가는 레이를 소피가 당혹스럽게 쳐다봤다. 레이는 뒤도 돌아보지 않고 애슐리와 도란이 있는 자리로 걸어갔다. 도란은 어느새 엘튼 선수 몇 명에게 둘러싸여 곤혹을 겪는 중이었다.

"마스코트 걸. 내가 레이보다 훨씬 낫지 않아?"

"왜 이래? 너보단 내가 낫지. 내가 훨씬 발도 빠르고 몸값도 높은데. 어때? 레이보다 내가 낫지 않아?"

"네? 아, 아니 그, 그게에……."

"아유, 참. 란 씨 난감하게 왜들 이래요? 짓궂게."

애슐리가 나름 방어를 했지만 들어 먹을 상대들이 아니었다. 장난치기로 작정을 한 듯 도란에게 자기가 더 낫지 않느냐며 떠벌이는 선수들을 밀고 레이가 나타났다.

"이봐. 내 여자와 대화하려면 나한테 허락받고 하라고."

레이가 커다란 몸으로 도란을 가리고 싱긋 웃자 다들 오버스러운 표정을 지었다.

"이 녀석 봐? 네 여자이기도 하지만 우리 마스코트 걸이기도 하거든?"

"그렇게 가드하면 더 해 보고 싶지, 인마. 어디 좀 보자. 뭐가 그렇게 좋은지."

"안 돼. 닳아."

"에엑!"

레이가 표정 하나 바꾸지 않고 말하자 다들 놀라운 표정으로 레이를 위아래로 쳐다봤다. 마치 같은 사람 맞느냐는 듯이. 애슐리는 그 틈을 타서 잽싸게 도란을 데리고 그들 사이를 빠져나왔다.

"란 정말 사랑받네요? 봤어요? 저 레이가 득달같이 달려오는 거."

"그, 그런가요? 아하하."

도란이 손부채질을 하며 난감한 표정으로 웃었다. 아, 덥다. 에어컨 빵빵 돌아가는 곳인데 도대체 왜 이리 더울까?

"허!"

씩씩거리며 파티장을 빠져나온 소피가 대기하고 있던 리무진에 거칠게 올라탔다. 레이에게 여자가 있다는 것도 의외였지만 자신을 본 척도 안 하는 것도 의외였다. 일부러 그러는 건가 싶어서 표정을 살폈는데 정말 레이는 자신을 앞에 두고도 아무 감정이 없어 보였다.

'차라리 애증이라도 보였으면 좋았을 것을.'

그녀가 상상하던 재회의 모습은 적어도 이런 방식은 아니었다. 솔직히 자신을 앞에 두고 그 동양 여자에게 확 달려가는 것도 기분이 상했고.

무엇보다 오늘 본 레이는 분명 그녀가 알던 레이가 아니었다. 그 동양 여자를 바라보는 레이의 눈빛…… 그 눈빛은 정말 자신에겐 단 한 순간도 보인 적이 없었다.

'설마, 진심이라는 거야? 레이. 누구에게도 진심인 적 없었으면서.'

신경질적으로 풍성한 금발을 쓸어 넘긴 소피는 팔짱을 끼고 창밖을 쳐다봤다. 날카로운 눈빛을 빛내는 소피의 눈동자에 초조함이 훑고 지나갔다.

"왜 그랬어요? 레이."

파티가 끝나고 레이의 집으로 돌아온 도란은 울상이었다. 재킷을 벗던 레이는 의아스러운 표정으로 돌아봤다.

"무슨?"

"왜 날 사람들 앞에 공개했냐는 말이에요. 앞으로 뒷감당을 어떻게 하려고."

"싫어? 사람들한테 공개되는 게?"

레이의 눈썹이 삐죽 올라갔다.

"싫다는 게 아니라…… 앞으로 내 개인 신상이 다 털리게 생겼단 말이죠. 세계적으로 얼굴 팔리게 생겼는데 이제 어떻게 해요?"

"난 내가 사랑하는 여자 숨기고 싶지 않아."

"하지만 레이, 솔직히 레이가 너무 유명한 사람이라 난 조금 감당하기가 힘들어요. 마음의 준비도 아직 안 됐는데 벌써부터 공개되고 그러면 무섭단 말이에요. 난 아주 평범한 사람인데."

도란이 레이를 올려다보며 강아지 같은 눈빛으로 애원하듯 말하자 그는 순간적으로 마음이 약해졌다.

"알았어. 란이 그렇다고 하면 공식석상에서의 공개는 당분간 보류하지. 그리고 헨리한테 란의 신상에 대한 관리를 확실히 해 달라고 말해 놓을게. 그래도 좀 새어 나가긴 하겠지만 크게 기사가 나진 않도록 할 순 있을 거야."

"정말이죠? 고마워요."

그제서야 도란은 안도의 한숨을 내쉬었다. 벌써부터 파파라치에 쫓기고 싶지 않은 마음도 있었지만 솔직히 세계적으로 유명한 남자의 여자로 사람들 앞에 세워지는 게 무섭기도 했다. 한마디로 아직은 마음의 준비가 필요한 것 같단 말이지.

도란의 안심한 듯한 방글거리는 표정을 보며 레이가 고개를 삐딱하게 숙였다.

"난 왜 그래야 하는지 모르겠어. 공개적인 자리에도 같이 가고 싶고 그런데 말이지."

"지금도 공개적인 자리에 같이 있잖아요."

도란이 둥그런 눈을 멀뚱거리며 말하자 레이가 고개를 저었다.

"마스코트 걸로서가 아니라, 애인으로서."

"아……."

애인으로서라니. 그 말에 왜 이렇게 허파에 바람 든 것마냥 간질간질하고 이상한 기분이 드는 걸까? 내가 이 사람에게 그런 존재가 되는 것을 감당할 수 있을지는 모르겠지만 어쨌든 그 말 자체는 참 사람을 기분 좋게 했다.

레이가 도란을 잡아 끌어당겨 품에 안았다. 그러고는 도란의 귓가에 입술을 대고 낮게 속삭였다.

"내 욕심인가? 그러고 싶은 건."

"아뇨. 조금만…… 기다려 주세요."

내가 당신을 믿을 수 있게 되기까지.

"알았어."

레이는 소파 팔걸이에 기대선 채로 고개를 숙여 도란의 얼굴에 입을 맞췄다. 살짝 입술이 닿은 뒤에 떨어지고 레이의 푸른 눈동자가 포박하듯 도란을 가뒀다.

"하지만 너무 기다리진 않게 해 줘. 난 내 모든 것을 너와 함께하고 싶으니까 거기에는 어떤 제약도 없었으면 좋겠어."

"네……."

도란이 작게 대답하며 살짝 웃었다. 왠지 마음이 아프다. 왜일까? 이 남자는 이렇게 잘해 주는데, 마치 세상에서 나만 바라보듯 하는데, 그런데 왜 이렇게 마음이 아프고 불안한 걸까?

레이, 가면 갈수록 겁쟁이가 되어 가는 것 같아요. 난 어떡하면 좋을까요?

시선을 맞춘 채로 부드럽게 도란의 얼굴을 쓰다듬던 레이가 고개를 기울여 도톰한 그녀의 입술을 살며시 빨아 당겼다.

따뜻한 입술이 닿자마자 심장이 찌르르 통증을 냈다. 그 기분 좋은 통증에 아찔한 감각을 느끼며 도란이 그의 남자다운 뒷목을 끌어안았다. 입술이 벌어지고 급박하게 혀가 얽혀 들자 레이는 거친 키스를 퍼부으며 그녀의 허리를 강하게 끌어안았다.

"하아…… 으음."

야릇한 신음이 도란의 입술에서 흘러나왔다. 오랜만의 키스라 그런지 레이는 평소보다 더욱 뜨겁게 그녀에게 파고들었다. 달콤한 타액을 맛보고 고른 치아를 훑은 뒤 말캉한 혀를 휘어 감았다. 호흡이 한껏 거칠어지자 레이는 입술을 놔주고 마치 소유권을 주장하듯 여린 목덜미와 작은 귓불, 그리고 오목한 쇄골에 하나하나 입 맞췄다. 그의 뜨거운 입술이 지나간 곳마다 붉은 열꽃이 피어났다.

"보고 싶었어."

레이는 도란이 입고 있는 칵테일 드레스의 훅 파진 어깨끈을 이로 물어 끌어 내리며 속삭였다. 욕망에 젖은 거친 숨을 몰아쉬며 훤히 드러난 동그란 어깨를 진하게 빨아들이자 도란의 고개가 뒤로 한껏 젖혀졌다.

"앗."

고개를 젖히고 어쩔 줄 몰라 하며 레이의 셔츠를 움켜잡는데 레이가 그녀의 드레스 지퍼를 내렸다. 꽃잎이 벌어지듯 드레스가 벌어지자 레이는 이글거리는 눈빛을 빛내며 수줍게 드러난 젖가슴을 응시했다. 그의 강렬한 시선에 도란의 얼굴이 발갛게 물들었다.

"보지 마요. 레이……. 아!"

레이가 참을 수 없다는 듯 새하얀 젖가슴과 그 위에 꼿꼿이 일어선 분홍 정점을 삼켰다. 그 아찔한 감각에 도란의 허리가 한껏 휘어지며 부르르 몸을 떨었다.

"레, 레이…… 읏!"

적나라하게 밝은 조명 아래 노골적으로 꼭지를 희롱하듯 핥아 대는 레이의 혀가 민망하리만치 자극적이었다. 도란은 숨을 할딱거리며 얼굴을 가렸다. 아아, 그, 그렇게 계속 그러면…….

레이는 가슴을 문 채로 스커트 속으로 손을 집어넣어 토실한 엉덩이를 확 움켜잡았다.

"아, 앗."

작은 도란의 엉덩이를 잡고 주무르며 그가 하체를 바짝 밀착했다. 무서울 정도로 단단히 팽창된 그의 남성이 적나라하게 느껴지자 도란은 머릿속이 팽글팽글 돌았다. 어쩌지? 정말 어쩌면 좋지?

타액에 젖어 번들거리는 도란의 젖가슴이 방만하게 흘러내려간 드레스 위로 고스란히 노출됐다. 레이는 도란의 목덜미에 고개를 묻고 으르렁거리며 밀착한 하체를 은밀하게 밀어 올렸다.

"레, 레이……! 아, 아웃."

흥분으로 한창 예민해진 실크 브리프 위를 레이의 굵고 강한 남성이 쿡쿡 찌르며 문지르자 도란의 입술이 절로 벌어지며 가쁜 숨을 터뜨렸다. 그의 어깨를 움켜잡고 필사적으로 버티려 했지만 레이가 도란의 엉덩이를 잡고 끌어당기며 허리를 음란하게 튕겨 올릴 때마다 두 발이 공중으로 쳐올려졌다.

"들어가고 싶어."

"아, 훗, 으, 아아!"

레이가 낮게 잠긴 목소리로 내뱉고는 더욱 힘차게 허리를 튕겨 올리자 도란의 허리가 확 휘어졌다. 아랫배가 확 조여들고 다리 사이가 뜨거워졌다. 그가 주는 자극으로 이미 질펀하게 젖어 버린 드레스용 실크브리프가 도톰한 속살에 찰싹 달라붙어 있었다.

"들어와요. 레이, 어서……."

도란이 그에게 꽉 잡혀 있는 엉덩이를 다급하게 옴찔거리는데 레이가 번쩍 도란을 들어 넓은 소파 손잡이 위에 앉혔다. 그러고는 도란을 앉히자마자 그녀 앞에 무릎을 꿇고 앉았다. 도란이 발갛게 달아오른 얼굴로 자신의 앞에 앉은 레이를 바라봤다.

서, 설마……

그는 어둡게 가라앉은 눈빛으로 도란을 강하게 응시하며 그녀의 양 발목을 낚아채 넓게 벌렸다.

"아, 안 돼요!"

깜짝 놀란 도란이 황급히 막으려고 했지만 어느새 방만하게 벌어진 다리 사이로 그가 얼굴을 밀어 넣고 있었다.

맙소사……!

헉, 하고 놀랄 사이도 없이 뜨겁고 축축한 무엇이 그녀의 찰싹 달라붙어 있는 브리프 위, 은밀한 곳에 닿았다. 매끈한 혀가 달아오른 도톰한 꽃잎을 아래에서 위로 길게 핥아 올리자 도란의 몸이 튕겨쳐 나갈 듯 크게 흔들렸다.

"아학!"

흥건히 젖어 있는 브리프는 은밀한 꽃잎의 모습을 노골적으로 보여 주고 있었다. 레이는 달콤한 꽃잎의 맛을 보듯 뜨거운 입술로 빨고 날렵한 혀로 핥아 올렸다. 도란은 숨도 쉬지 못할 엄청난 자극이 쉴 새 없이 몰아치자 정신이 아찔해지는 공포가 느껴졌다.

"하, 하윽, 으읏……"

도란이 그에게 붙잡힌 다리를 바들거리며 신음을 쏟았다. 그의 입술과 혀가 스칠 때마다 등줄기에 짜릿하고 소름이 지나갔다. 이대로 있으면 죽어 버릴 것 같았다.

뭐, 뭐지? 이 느낌은……. 아아, 이상하지만 기분이 너무……!

죽을 것만 같은데도 그는 집요하게 공격을 멈추지 않았다. 달아오를 대로 달아오른 속살을 입술 안에 담고 혀로 굴리자 도란이 고개를 저어댔다.

"레이, 제발……"

"제발 뭐?"

도란이 탁해진 눈빛으로 애원하듯 말하자 레이가 잔뜩 허스키하게 갈라지는 목소리로 물으며 뾰족하게 솟아오른 둥근 정점을 살짝 깨물었다.

"아흐읏!"

도란이 소리를 내지르며 엉덩이를 달싹였다. 정말 죽을 것 같다구요!

"그만할까?"

레이가 슬쩍 입술을 떼어내고 말하자 도란이 눈물이 방울방울 매달린 눈으로 그를 바라보며 고개를 저어댔다.

"아, 아뇨. 아뇨. 그런 게 아니라……."

레이는 거친 숨을 몰아쉬며 미치광이처럼 들끓는 욕망을 참아 내려 애썼다. 저 눈, 하, 미치겠군.

도란의 저 발갛게 달아오른 얼굴과 물기 어린 눈동자를 볼 때마다 무서울 정도로 강한 욕망이 날뛰어 댄다. 참을 수 없을 만큼…….

"그게 아니면 뭔데."

레이가 억눌린 목소리로 내뱉고는 이로 얇은 브리프를 잡아 우두둑 뜯어냈다.

"학."

그 반동으로 도란이 움찔 몸을 떨었다. 열기에 휩싸인 몸이 부끄러움을 잊은 듯 가림막 하나 없이 그의 얼굴을 앞에 두고도 도란은 어서 다시 그 입술이 닿기를 열망하고 있었다.

어떻게든, 어떻게든 해 줘요. 제발…….

"레이. 레이……."

할딱거리며 도란이 애원하듯 말하자 레이가 그녀의 양다리를 벌린 채로 시선만 들어 위를 바라봤다. 허리까지 흐트러져 내려간 드레스 위에 육감적으로 출렁이는 젖가슴과 관능적으로 벌어진 입술, 그리고 그를 원하는 도란의 흐릿한 눈동자가 시야에 잡히자 레이는 이를 악물었다.

"제길."

레이는 참지 못하고 거칠게 도란의 맨살점을 입술로 크게 삼켰다. 그의 뜨거운 입술 안에 은밀한 여성이 삼켜지자 도란의 눈이 놀란 듯 크게 떠지며 학, 하고 숨을 몰아쉬었다.

"아, 아아! 아홋, 레, 레이!"

거침없이 피가 몰려 있는 흥분된 살집을 빨아 당기다가 살짝 깨물자 도란이 교성을 내지르며 레이의 머리칼을 움켜잡았다. 그가 우윳빛 애액을 남김없이 핥은 뒤 바들거리는 둥근 정점을 길게 핥아 올렸다.

"흐아앗!"

레이의 부드러운 머리칼을 움켜잡은 채로 도란이 허리를 확 휘었다. 그의 손아귀에 고정된 다리가 바들바들 떨리고 놀랍게도 그의 입술 안에서 절정으로 치달아 버렸다.

미쳤나 봐!

도란이 부끄러움으로 얼굴을 가리고 엉덩이를 뒤로 빼려고 했지만 레이는 잽싸게 토실한 엉덩이를 움켜잡아 움직이지 못하게 고정했다.

"놔, 놔줘요, 레이, 레이, 아, 아으윽……."

창피함에 몸부림을 치는 도란의 몸을 움켜잡고 레이는 그녀의 달짝지근한 절정의 꿀물을 모조리 받아 마셨다. 그의 뜨거운 입술 안에서 아찔하게 부서지며 절정을 쏟아 낸 도란은 살짝살짝 움직이는 그의 혀와 입술 때문에 옴찔거리며 몸을 떨었다. 그 움직임으로 엉덩이까지 길게 흘러내린 꿀물을 혀로 남김없이 핥아 올리고서야 레이가 고개를 들었다.

"흐읏……. 너무해."

눈꼬리에 매달린 눈물을 닦아 내며 도란이 울먹였다. 그의 번들거리는 입술이 둥글게 휘어지더니 레이가 몸을 일으켰다.

"맛있었어, 아주."

헉! 그, 그런 말을……!

음란스러운 말에 도란의 얼굴이 새빨갛게 달아올랐다. 레이는 쿡쿡거리며 자신의 셔츠 단추를 몇 개 풀어냈다. 미소를 짓고는 있지만 위험할 정도로 낮게 가라앉은 목소리와 그의 눈빛에 어른거리는 욕망의 불길에 도란의 몸은 또다시 달아오르고 있었다.

세상에, 나 이렇게 야한 여자였어?

그가 셔츠단추를 풀자 드러나는 탄탄한 가슴근육과 빨래판 같이 쩍쩍 갈라진 복근을 보며 도란의 가슴은 세게 방망이질 치기 시작했다.

나 야한 여자 맞는 것 같아…… 어쩌지? 그의 야생마 같은 명품 근육을 보자 이미 한 번 절정으로 가 버린 다리 사이가 무언가를 원한다는 듯 속수무책으로 뜨겁게 조여들었다. 레이가 달칵거리며 바지의 버클만 푼 채 그녀의 몸을 소파 벽 쪽으로 밀어 붙이며 낮게 말했다.

"하지만 부족하군. 제대로 먹질 못한 기분이야."

그의 근육에 찰싹 달라붙은 셔츠를 움켜잡고 도란이 숨을 몰아쉬었다. 이상하다. 분명 부끄럽고 민망한 말인데……왜 이렇게 흥분이 되는 걸까? 뜨겁고 은밀한 기대감이 맞붙은 단단한 몸을 더욱 강하게 움켜잡게 만들었다.

밀착된 아랫도리를 성난 남성으로 쿡쿡 찌르며 레이가 으르렁거렸다.

"이도란을 전부 다 온전히 먹어 치우고 싶어. 이 안에 들어가 나라는 남자를 각인처럼 새겨 놓고 싶어⋯⋯."

레이가 도란의 허벅지를 잡고 넓게 벌렸다. 그의 바지가 좀 더 내려가고, 터질 듯 압박되어 있던 거대한 남성이 자유로워졌다.

"⋯⋯홋!"

아까와는 달리 어떤 것도 가리지 않은 맨몸이 서로를 스치자 도란은 전류에 감전된 듯한 강한 자극을 느꼈다. 뭉툭하고 강한 끝이 흠뻑 젖은 그녀의 속살을 살살 문지르다가 당장이라도 뚫고 들어올 듯 찔러 대기 시작했다.

"레이, 어서, 어서⋯⋯요."

도란이 그의 셔츠 깃을 움켜잡고 할딱이며 속삭였다. 자기도 모르게 그가 들어오기 쉽도록 엉덩이를 달싹이며 흔들자 그 자극에 레이의 몸이 딱딱하게 경직되며 숨결이 거칠어지는 것이 느껴졌다.

"못 참겠어. 란⋯⋯!"

"참지 마요. 어, 어서⋯⋯ 하악!"

허리를 크게 퉁기며 단숨에 그가 아주 깊은 곳까지 짓쳐들어왔다. 도란은 고개를 뒤로 확 젖히며 신음을 터뜨렸다.

아아, 너무 좋아⋯⋯!

참을 수 없는 강한 충족감이 그녀의 온몸을 가득 메웠다. 너무 거대한 남성 때문에 그곳이 찢어질 것 같은 강한 압박감에도 그를 온전히 가졌다는 충만한 소유욕이 더 컸다.

"하! 윽! 아훗!"

한 손으로 소파를 움켜잡고 한 손으로 도란을 지탱한 채 레이가 격렬하게 움직였다. 그가 힘차게 허리를 쳐올릴 때마다 도란의 작은 몸이 부서질 듯 위아래로 크게 흔들렸다. 그때마다 유혹적으로 출렁거리는 그녀의 훤히 드러난 젖가슴을 빨아 대며 레이는 그녀의 안으로 더욱 깊이 침투해 들어갔다.

"레이, 레이……!"

부서질 듯 흔들리면서도 도란은 필사적으로 그를 껴안으며 그의 이름을 불렀다. 레이가 한 번 강하게 쳐올릴 때마다 소파에 몸이 파묻힐 듯 밀렸다. 조개 같은 속살을 손가락으로 넓게 벌리며 더욱 깊이 들어오자 도란이 교성을 내지르며 고개를 저어 댔다.

"아흐윽! 안 돼! 모, 못 참겠어요!"

도란이 못 참겠다는 듯 엉덩이를 야하게 들썩거리며 절정으로의 길로 재촉하자 레이는 움직이지 못하도록 도란의 몸을 움켜잡고 그녀의 귓가에 낮게 속삭였다.

"쉬이, 가만. 급하게 하지 마."

"싫어. 싫어요 레이, 레이……."

그녀의 귓속으로 헐떡이는 레이의 섹시한 숨결이 밀려들자 도란은 더욱 참을 수가 없어 천천히 속도를 늦추는 그의 엉덩이를 움켜잡았다.

이런!

단단한 근육이 꿈틀거리는 둥근 엉덩이를 움켜잡고 자신에게 깊이 들어오도록 끌어당기자 레이가 이를 악문 채 허리를 빳빳이 세웠다. 필사적으로 속도를 늦추려는 듯 얼굴을 딱딱하게 굳힌 그의 이마에 송골송골 땀이 맺혀 있었다.

"후욱, 후욱, 말…… 안 들을 거야? 지금 날 자극하면 위험해."

레이가 그녀의 안으로 깊숙이 들어간 채로 으르듯 말하자 도란이 그 쾌감에 진저리 치며 엉덩이를 달싹였다.

"하, 하지만…… 너무 좋은걸요."

도란의 둥근 까만 눈동자가 짙은 열기에 휩싸여 있었다. 쾌감으로 흐릿해진 눈동자와 신음을 흘리며 벌어지는 붉은 입술을 내려다보며 레이가 으득 이를 깨물었다.

"난 분명 경고했어."

낮게 경고한 레이가 도란의 몸을 뒤집더니 탱글한 엉덩이를 확 잡아당겼다.

"아!"

얼떨결에 소파를 잡은 채 엎드린 자세가 되자 도란의 눈동자에 당황스러움과 기대감이 스쳤다. 그녀가 뒤를 돌아볼 새도 없이 도란의 엉덩이 뒤에 허리를 세우고 선 그가 터질 듯 부푼 자신의 단단한 남성을 힘껏 밀어 넣었다.

"아학……!"

자궁까지 치고 들어올 듯 깊숙이 그가 밀고 들어오자 도란의 입술이 속절없이 벌어졌다. 찢어질 것 같은 강한 통증과 믿기지 않는 엄청난 쾌감이 동시에 그녀의 몸을 뒤흔들었다.

쿵! 쿵! 쿵!

레이는 무서운 힘으로 하얗고 탐스러운 그녀의 엉덩이를 움켜잡고 그 안으로 자신의 욕망을 밀어 넣었다. 힘껏 밀고 들어가면 그녀가 힘들어할 것임을 알면서도 너무나 강한 쾌감에 움직임을 멈출 수가 없었다.

"아훗! 아, 아아! 아!"

땀에 젖은 손으로 소파를 움켜쥔 채 도란의 몸이 앞뒤로 정신없이 흔들렸다. 그가 강하게 짓쳐들어올 때마다 힘껏 조여드는 내부의 감각에 참을 수 없는 쾌감이 내리꽂혔다.

"후욱, 란, 란. 돌아 버릴 것 같아⋯⋯!"

레이가 흥분이 가득 찬 목소리로 으르며 그녀의 허리를 더욱 강하게 움켜잡았다. 눈앞에서 아찔하게 흔들리는 하얀 엉덩이가 그로 하여금 더욱 참을 수 없게 만들고 있었다. 격정적으로 허리를 튕겨 올릴 때마다 온몸의 털이 다 곤두서 버릴 만큼의 쾌락이 온몸을 휘감고 지나갔다.

"아윽! 악! 레, 레이!"

격하게 흔들리던 도란이 고개를 홱 젖히며 소리를 질렀다. 절정의 입구에 다다른 듯 힘껏 그의 몸을 죄어 들자 레이는 불끈거리는 허벅지에 단단히 힘을 주고 달리기 시작했다. 두 사람의 몸이 뜨거운 불덩어리처럼 뜨겁게 달아오르며 빠르게 움직였다.

"학! 아학! 아아앗!!"

부서질 듯 격렬하게 움직이던 레이가 허리를 빳빳하게 세우고 둥글고 탄탄한 엉덩이를 관능적으로 움직이며 절정을 쏟아 냈다.

"크읏, 란⋯⋯."

"아⋯⋯ 아읏⋯⋯."

그녀의 안으로 모든 것을 쏟아붓는 그의 열기를 느끼며 도란은 그대로 소파 위로 풀썩 무너져 내렸다. 그녀의 등 위로 레이의 뜨거운 입술이 와 닿았다. 거친 숨을 몰아쉬며 땀에 젖은 등에 살짝 키스한 레이가 뒤에서 그녀를 안으며 속삭였다.

"사랑해⋯⋯. 란."

아아, 사랑하는 나의 레이스 속옷님이 가셨습니다.

도란은 다음 날 바닥에 널브러져 있는 처참한 모습의 속옷을 발견하곤 민망함에 3단 공중돌기라도 할 수 있을 정도였다. 그걸 해서 당장 여길 탈출할 수 있다면…….

어제의 그건 내가 아냐! 내가 아니라구! 어젯밤의 그 엄청난 일을 벌인 게 나일 리가 없어!

도란은 애써 자신을 부인하며 어떻게 하면 단기기억상실증에 걸릴 수 있을까를 고민했다. 드라마에서 보면 허구한 날 걸리던데…….

레이는 태연하게 일어나서 샤워 중이었다. 그가 일어나서 샤워하러 갈 동안 눈을 질끈 감고 자는 척을 하다가 이제야 일어나서 어젯밤의 증거물을 찾아내곤 충격을 받은 상태다. 이 너덜너덜한 팬티를 보니 그 엄청나게 야한 여자는 분명 자신이 맞다. 아……. 기억상실증에 걸릴 수 없다면 이대로 인어공주처럼 물거품이 되어 사라지고 싶다. 흑.

그 때 샤워실 문이 발칵 열리자 도란이 화다닥하고 손에 들고 있던 넝마가 된 속옷을 잽싸게 뒤로 감췄다.

"아…… 잘…… 잤어요?"

시선을 마주칠 수가 없어 레이의 어깨 근방 어딘가를 보며 도란이 어정쩡한 웃음을 지었다.

"음. 아주 잘."

그가 만족스럽게 웃고 있는 모습이 시야 끄트머리에 살짝 잡혔다. 근데 지금 그게 문제가 아니라 저 남자가 아무것도 안 입고 있는 것 같은데……? 지금 내 시야에 잡히는 저거 말근육 맞지?

도란이 토끼눈을 하고 놀란 얼굴로 쳐다보고 있자 레이가 아무렇지도 않게 성큼성큼 다가와선 몸을 숙여 도란의 귓가에 속삭였다.

"맛있었어, 아주."

헉…….

레이는 도란의 볼에 쪽, 하고 키스를 하고는 콧노래를 부르며 지나갔다. 도란은 얼굴이 시뻘겋게 달아오른 채 굳어 버렸다.

"이거."

"네, 네?"

어느샌가 다시 다가온 레이는 다행히 허리에 긴 타월을 두르고 있었다. 도란이 잘 익은 토마토 같은 얼굴을 돌리자 레이가 네모난 작은 상자를 내밀었다.

"이게 뭐예요?"

도란이 숨기고 있던 민망한 속옷을 얼른 드레스 치마 밑으로 숨기며 물었다.

"열어 봐."

진한 미소를 짓고 있는 레이의 얼굴을 갸웃거리며 바라보던 도란은 상자의 고급스러운 포장을 벗겨 냈다. 그러자 작고 네모난 벨벳 케이스가……

"바…… 반지다!"

도란이 깜짝 놀란 얼굴로 소리쳤다. 케이스 안에는 반짝반짝 영롱하게 빛나는 핑크색 보석이 달린 반지가 위풍당당하게 들어 있었다. 두 눈을 둥그렇게 뜨고 반지에 시선을 박고 있는 도란을 보며 레이가 말했다.

"이번에 원정 갔다가 돌아오는 길에 샀어. 음, 다니엘은 괜찮다고 하던데…… 맘에 들어?"

"비, 비, 비싸 보여요!!"

도란은 무심결에 속마음을 버럭 토해 버렸다.

"이, 이건 보석에 대해 잘 모르는 내가 봐도 너무 비싸 보여요. 이렇게 비싼 걸 어떻게 받아요?"

"안 비싸."

레이가 눈썹을 치켜 올리며 말하고는 도란의 손을 잡아끌었다. 그러고는 그녀의 손가락에 케이스 안의 반지를 껴 주었다.

"음. 동양인 손가락에 맞는 작은 걸로 대충 설명했는데 다행히 잘 맞는군."

맞춘 듯 쏘옥 들어가는 반지를 보며 레이가 만족스럽게 싱긋 웃었다. 손가락 위에서 별이 빛나듯 반짝반짝 빛나는 반지를 도란이 희번덕한 흰자를 보이며 쳐다보고 있었다.

"아무리 그래도 이건 좀……."

"괜찮다니까. 내가 끼워 준 거니까 앞으로 절대 이 손에서 빼는 일 없어야 돼. 알겠어?"

레이가 반지 낀 손을 들어 올려 만족스러운 미소를 띤 채 바라보고는 살짝 깍지를 꼈다. 도란과 시선을 맞추는 그의 진한 사파이어빛 눈동자가 매혹적으로 빛났다. 샤워를 끝낸 지 얼마 안 된 레이의 머리카락이 아직 촉촉이 젖어 있고 상쾌한 스킨향이 났다.

항상 레이에게서 나는 향기.

"레이. 난…… 솔직히 이걸 받을 자신이 있는지 모르겠어요."

도란이 자신의 손가락에서 반지를 슬쩍 빼내려 하자 레이의 얼굴이 일순 딱딱하게 굳었다. 반지를 빼내려는 도란의 손을 저지하며 레이가 말했다.

"자신이 없다니?"

"어려워요. 물론 난 레이가 좋고…… 레이도 지금의 내가 좋다고 하지만 난 레이와는 솔직히 너무 다른 사람이라."

"뭐가 다른데."

레이가 낮은 목소리로 묻자 도란이 한숨을 내쉬며 어깨를 으쓱거렸다.

"그냥 평범한 사람이잖아요, 난. 거기다 지금껏 평범한 사람과도 연애해 본 적이 없는데 레이는 전 세계 사람들 대부분이 알 정도로 대단한 사람이라……."

"대단한 사람? 내가? 설사 그렇다고 해도 그게 무슨 상관이야?"

도란이 고개를 들었다. 레이는 정말 그게 무슨 상관이냐는 표정으로 자신을 내려다보고 있었다.

"그러니까 레이는 내가 어떤 마음인지 전혀 이해하지 못하는 거예요. 난 당신과 국적도, 사는 세계도, 사고방식도 전혀 달라요. 난 레이처럼 그렇게 쉽게 그런 말 하지 못해요. 이 반지도 쉽게 받아들이지 못한다고요."

"쉽다니. 내가 쉽게 여자에게 이런 거나 내미는 남자로 보여?"

레이가 사납게 묻자 도란이 고개를 저었다.

"그런, 그런 의미는 아니에요. 그런 걸 말하려는 게 아니라 난 다만 우리가 다르다는 걸 말하려는 것뿐이에요."

"젠장. 다르다는 게 도대체 뭐가 문제야? 네가 국적이 어디든 나와 얼마나 다른 사람이든 그게 뭐가 중요해?"

레이가 화가 난 얼굴로 머리칼을 쓸어 올리며 말하자 도란이 멍한 얼굴로 그를 마주 봤다.

"거봐요. 레이는 하나도 모르잖아요. 내가 다르다고 말하는 이유, 알려고도 하지 않잖아요."

따박따박 말한 도란이 일어나서 홱 몸을 돌렸다.

"란!"

레이가 한 걸음에 따라붙어 거칠게 그녀의 몸을 돌려세웠다. 도란이 뒤돌아보자 잔뜩 화가 난 레이의 얼굴이 눈에 들어왔다.

"내가 제대로 알아듣게 말해. 내가 뭘 모르는 건데, 왜 내가 알려고도 하지 않는다는 거냐고!"

레이는 사나운 표정으로 으르렁거렸다. 도란은 그의 얼굴을 빤히 바라보며 말했다.

"난요. 그냥 평범하게 축구 좋아하는 남자 만나서 평범하게 같이 축구 중계나 보면서 살 줄 알았어요. 그 화면 한복판에서 스포트라이트 받는 당신과 이렇게 될 줄은 정말 꿈에도 몰랐다고요."

"하! 내가 평범하지 않아서 그게 싫다는 거야? 그럼 내가 평범해져야 되는 건가? 축구든 뭐든 다 그만두고?"

"그런 의미가 아니잖아요!"

"그럼 도대체 어떻게 하라는 거야!"

레이가 답답함에 소리를 버럭 내질렀다. 도란은 눈물이 그렁그렁 차오른 눈으로 레이를 쳐다보더니 그의 팔을 뿌리치고 나가 버렸다.

뒷문으로 레이의 저택을 빠져나온 도란은 눈물을 뚝뚝 흘리며 차도까지 걸어갔다.

아, 요즘 왜 이렇게 눈물이 많아지는 거지? 난 이런 성격이 아닌데. 그냥 처음 레이같이 잘난 남자가 나 좋다는데 한번 경험하는 셈 치고 만나 보자 했던 마음 그대로였다면 이렇게 반지 받고 맘이 아프지도 않을 거 아닌…….

"아! 반지."

아까 레이에게 빼는 걸 저지당해서 고대로 손가락에 껴 있는 핑크색 보석이 박힌 반지를 도란이 멍하니 쳐다봤다.

기쁘지 않았던 건 아니다. 하지만 반지를 받고 나서 무척 마음이 무거워졌다. 물론 레이가 아무 여자에게나 이런 반지를 줄 사람이라고는 생각하지 않았다. 그치만…… 너무 두려웠다. 벌써 이만큼 마음이 커져 버렸는데, 저 화려한 세계에 있는 레이가 언제 마음이 변할지 모르는 불안감에 도리어 그걸 레이에게 떠넘겨 버린 거다. 유치하게…….

그렇게 말하면 레이가 소피니 쭉쭉빵빵이니 다 필요 없이 너만 있으면 된다고, 네가 최고라고 말해 줄 거란 음흉한 속내 때문에 그를 떠보려고 한 거다.

치사하고 나쁜 이도란. 너 이렇게 한심한 애였어?

도란은 음울한 얼굴로 손에 낀 반지를 살살 쓰다듬으며 훌쩍거렸다.

불안한 건 레이가 아니라 나였어.

내가 그를, 그리고 나를 못 믿는 거야. 자격지심 때문에.

9

겨울이 오기 전에

다니엘은 걱정스러운 표정으로 레이를 바라보고 있었다.

"또 왜 저러는 거야?"

레이는 표정을 굳힌 채 훈련이 끝났는데도 계속 훈련장을 달리고 있었다. 달리는 것도 적당히 달려야 되는데 쉬지 않고 벌써 두 시간째였다. 아무리 말려도 듣지 않자 코치가 걱정스럽게 하는 말에 다니엘까지 훈련장으로 다시 나와 있었다.

"레이!"

보고 있던 다니엘이 결심했는지 레이를 부르며 다가갔다. 들리지도 않는 듯 레이가 멈추지 않자 다니엘이 뛰어가서 레이를 잡았다.

"어이, 적당히 해, 적당히."

"……다니엘?"

땀투성이가 되어 거칠게 숨을 몰아쉬는 레이가 그제야 다니엘을 바라봤다.

"부른 것도 못 알아들었냐? 너 여기서 한 바퀴만 더 돌면 쓰러져. 겨우 올라온 체력 바닥내고 싶지 않으면 그만 달리고 쉬어."

레이는 가슴을 들썩이며 급하게 숨을 몰아쉬었다. 심장이 터질 것 같은 걸 보니 정말 오래 달리긴 달린 모양이다. 시간을 확인한 레이가 미간을 찌푸리는 걸보며 다니엘이 물병을 건네줬다.

"마셔. 도대체 무슨 일이야?"

"뭐가."

레이가 물을 받아 벌컥벌컥 마시며 되물었다.

"너 스트레스 받으면 달리는 버릇 있는 거 몰라? 부활 이후로 한동안 잠잠하더니 이번엔 무슨 일로 이렇게 미련하게 달려 대?"

"……아무것도 아냐."

레이는 물병을 닫아 다니엘에게 휙 던져 주곤 그대로 뒤돌아 걸어 갔다. 운동장을 가로 질러 건물로 들어서는 레이의 뒷모습을 보던 다니엘은 왜 그러는지 궁금하긴 했지만 뒤따라가진 않았다.

'뭐 달리는 건 멈췄으니 된 거겠지.'

"빌어먹을."

샤워실에서 쏟아지는 물줄기를 맞으며 레이가 낮게 내뱉었다. 신경질적으로 머리를 털어 내자 그의 뜨겁게 달아오른 강한 근육들이 꿈틀거렸다.

'그럼 도대체 어떻게 하라는 거야!'

그 말을 들을 때의 도란의 상처받은 얼굴……. 그 얼굴이 도저히 머릿속에서 떠나질 않았다.

왜, 왜 그랬을까?

생전 처음으로 여자에게 반지를 사 줬는데 받을 자격이 있느니 없느니 하는 말에 화가 났었다. 평범하지 않느니 어울리지 않느니 하는 말에도 화가 났다. 마지막에 다른 평범한 남자와의 연애 부분에선 진심으로 열이 뻗쳐서 정말 꼭지가 돌아 버리는 줄 알았다.

하지만 그래도 그런 식으로 화를 내선 안 됐던 거였는데……

도란의 그 물기 어린 까만 눈동자가 내내 머릿속에서 떠나질 않는다. 죄책감과 서운함. 그 두 가지 상반된 감정 속에서 레이는 어떻게도 하지 못하고 있었다.

오랜 단골 바의 구석진 자리에 앉아 레이는 술을 들이켰다. 도무지 이해되지 않는 말만 한 채 도란은 그의 연락을 피하고 있었다. 그러자 거짓말처럼 불면증이 도졌다. 다시 잠이 오지 않고 극심한 불면증에 시달리게 되자 습관처럼 술을 찾았다.

"후우."

답답한 듯 미간을 찌푸린 채 술잔을 응시하고 있는데 뒤에서 목소리가 들렸다.

"여전히 혼자 술 마실 땐 여기로 오나 봐."

레이가 고개를 돌리자 풍성한 금발 머리를 쓸어 넘기는 소피가 서 있었다. 그녀는 자신의 칵테일 잔을 들어 보였다.

"나도 그런 중인데, 옆에 앉아도 될까?"

칵테일 잔을 흔들며 다가온 소피가 그의 옆에 앉았다. 레이는 대답 없이 투명한 보드카를 한 모금 마셨다. 옆에 누가 앉든 말든 신경 쓰고 싶지 않은 기분이었다. 쫓아내는 일조차 귀찮을 정도로 모든 것이 무기력했다.

대단하군, 그 여자. 사람을 이렇게 들었다 놨다 할 줄이야. 겉보기엔 생글생글 웃으면서 아무 생각 없어 보이지만 정말 무서운 여자다.

날 이렇게 만들다니…….

그 때 옆에서 갑자기 소피의 목소리가 들렸다.

"레이가 어떻게 생각할지 모르겠지만 그땐……."

"과거 얘기는 하고 싶지 않군."

레이가 높낮이 없는 톤으로 말을 끊자 소피가 돌아봤다.

"뭐?"

"이미 다 지난 이야기해서 뭐하겠냐는 말이야. 구차하기만 하지 않나?"

표정 없는 얼굴로 자신을 바라보는 레이를 소피가 당혹스럽게 쳐다봤다. 그녀는 칵테일을 들이켜고는 숨을 골랐다.

"난 그냥 미안하다는 말을 하고 싶었을 뿐이었어."

"미안할 것도 없어. 난 아무렇지도 않으니까."

너란 여자는 지금의 나에게 아무런 존재도 되질 못해.

그렇게 말하듯 레이가 소피를 바라보는 눈에선 아무런 감정이 느껴지질 않았다. 헤어지자는 말에 단 한 번도 잡지 않았듯이 정말로 레이는 자신을 딱 그 정도로만 생각하는 것 같았다. 그 사실이 소피의 오기를 더욱 부채질했다.

"나를 전혀 사랑하지 않았다는 거야?"

"지나간 이야기 하고 싶지 않다니까. 그리고 말해 두는데 떠난 건 너였어. 착각하지 마."

"그건 알아. 하지만 난 레이가 잡아 주길 바랐었어."

정상을 달리는 내내 달라붙어 있다가 부상의 그림자가 덮치자마자 떠나선 곧바로 다른 놈도 아닌 가이시아와 염문설을 뿌린 여자가, 복귀에 성공하자마자 다시 나타나선 잡아 주길 바랐었다고?

"하."

레이는 소피의 가식적인 멘트에 헛웃음이 나왔다. 어쨌거나 지금 와서 그때 일을 시시콜콜 이야기하는 것도 짜증이 난다. 지금은 이도 란, 그 여자 생각만으로 머리가 돌아 버릴 지경이니까.

"영 못 알아듣는 모양이군. 과거 타령이 계속하고 싶다면 혼자 해."

레이가 지체 없이 일어났다. 갑자기 일어날 줄은 생각 못했던 듯 소피가 당황하는 표정으로 레이를 쳐다봤다.

"레이! 잠깐, 잠깐만 기다려."

소피가 레이의 팔을 잡고 간절한 얼굴로 올려다봤다.

"난 지금도 잊지 못하고 있어. 레이, 난 당신 아직 사랑해."

"……후음."

소피의 고백에 레이가 피곤한 듯 한숨을 내쉬었다.

"안 들은 걸로 하지."

잡혀 있던 손을 완고하게 뿌리친 레이가 뒤돌아 가게를 빠져나갔 다. 사라지는 레이의 뒷모습을 믿기지 않는다는 눈빛으로 소피가 쳐 다보고 있었다.

벌써 몇 년째 세계에서 가장 섹시한 여자 상위권에 랭크되고 있는 그녀였다. 레이한테도, 어떤 남자한테도 먼저 추파를 던져서 거부당 했던 적은 단 한 번도 없었다. 하지만 그 자존심을 철저히 뭉개 버린 남자가 레이였다.

그는 만나는 내내 그녀에게 진심으로 보였던 적이 단 한 번도 없 었으니까. 하지만 늘 자존심에 상처를 입으면서도 가장 화려하며 누 구나 탐내는 남자였기에 그 모든 것을 감내했다.

그리고 그에게 부상으로 슬럼프의 징조가 보이고 화려함이 사라져 버리자 미련 없이 떠났다. 그의 라이벌이라 불리는 남자에게. 솔직히 어디 한번 당해 봐라, 라는 복수심도 있었다. 놓친 고기가 되어 그가 질투심에 몸을 떨어 주길 남몰래 바랐다.

하지만 부족했다. 물론 가이시아도 축구계에서 손꼽히는 섹시남이라 불리는 남자이긴 했지만 부상의 여파를 이겨 내고 다시 전성기를 맞이한 레이 블레어만큼 탐나는 남자는 아니다. 그만큼 화려한 스타는 없으니까.

더구나, 그 쪼끄마한 동양 여자를 보고 있는 그의 얼굴을 본 이상 어떻게든 이 남자를 다시 손에 넣고 싶어졌다. 내가 못 가진 걸 그 여자가 가질 수 있을 리가 없다. 레이가 진심으로 그 동양 여자를 사랑할 리가 없다. 그게 착각이라는 걸 증명해 내야만 했다. 하지만 레이는 꿈쩍을 하지 않고 있으니……

"어떻게든 가질 거야. 당신. 두고 봐."

소피가 표독스럽게 눈을 빛내며 남은 칵테일을 신경질적으로 들이켰다.

"하아……."

그 쪼끄만 동양 여자는 기숙사 방에 틀어박혀 이불을 뒤집어쓴 채 반지를 앞에 두고 고민 중이었다.

이거 왜 가져와 버렸을꼬? 그치만 돌려주면 그건 완전히 관계를 끝내자는 의미가 될 것 같아 그러지도 못하겠고, 그렇다고 계속 가지고 있기도 그렇고, 하아. 이건 뭐 계륵도 아니고 말이지…… 도대체 어쩌면 좋단 말인가?

"란! 변비 걸린 고양이 소리 좀 그만 내!"

이불 속에서 끙끙 앓고 있자니 침대 아래층에서 애니가 빽 소리를 질렀다.

"아, 미안. 시끄러웠어?"

"넌 고민 있으면 맨날 이불 뒤집어쓰고 끙끙대더라. 무슨 일 있어?"

"아……아무것도 아냐……."

도란은 중얼거리듯 말하곤 다시 이불을 뒤집어썼다.

레이에게서 연락은 오고 있었지만 도저히 받을 자신이 없었다. 그렇게 이기적으로 구는 내 속의 뻔뻔한 모습까지 알아 버리자 더욱 자신이 없어져 버렸다. 그때 일을 설명하면 분명 내 이기심까지 설명해야 되는데…… 내가 자격지심에 당신을 시험했어요. 그 말을 어떻게 하라고?

"하아아……."

정말 다니엘 팬질을 할 때가 훨씬 행복했던 것 같아. 그땐 이렇게 힘들지도, 불안하지도 않았는데. 그냥 중계 보고, 응원하고, 시합에 지면 괴롭긴 했지만 그래도 그냥 팬으로 있을 땐 이런 힘든 감정은 없었는데…….

하지만 그랬다면, 레이를 몰랐다면…… 그게 정말 더 행복했을까? 이렇게 좋아하게 됐는데 이 감정 전부가 날아가 버린다면 정말 그래도 괜찮을까?

그건 역시 아닌 것 같아. 아무리 힘들고 괴로워도 레이를 모르던 그때로 돌아가고 싶진 않다. 레이에게 받은 사랑을 기억에서 없애 버리면 그건 너무너무 슬플 것 같으니까.

하지만 사랑 하나로 모든 걸 다 이겨 낼 수 있을까? 레이라는 남자를 감당해 낼 수 있을까? 솔직히 그것도 자신이 없어서 괴로웠다.

도란이 터덜터덜 길을 걷고 있는데 뒤에서 갑자기 클랙슨 소리가 울렸다. 혹시 레이? 하는 생각에 깜짝 놀라 뒤돌아보니 거기엔 의외의 인물이 있었다.

"이봐. 너 엘튼 마스코트 걸 맞지?"

화려한 스포츠카 창문 밖으로 라틴계의 구릿빛 피부를 가진 남자가 선글라스를 낀 채 얼굴을 내밀었다.

……가이시아?

가이시아가 어떤 인간인가? 엘튼의 라이벌인 셀틴의 주전공격수로서 리그에서 오랜 기간 레이와 득점왕 경쟁을 벌여 온 인간이다.

엘튼과 레이의 라이벌. 즉 나의 라이벌이란 소리지. 더더군다나 소피가 레이에게서 갈아탄 인간이잖아? 그런데 그 인간이 왜 날 부르는 거지?

"저는 왜 부르시는데요?"

도란이 살쾡이 눈을 뜨고 묻자 가이시아는 선글라스를 위로 올리며 의미심장하게 웃었다.

"내가 누군지 아는 모양이군."

"엘튼 마스코트로서 당신이 누군지도 모르는 게 말이 되나요?"

"하긴, 그럼 어쨌든 설명할 건 없겠군. 타."

가이시아가 자신의 옆자리 문을 지잉 올리며 말하자 도란은 어이없다는 듯 인상을 팍 썼다.

"하, 이 사람 정말 웃기는 사람이네? 내가 당신 차를 왜 탑니까?"

"왜일 거 같아?"

저 남자가 왜 저렇게 느물느물 웃어 대? 생긴 것도 느물느물하게 생겨선…….

사실 가이시아는 레이 다음으로 축구계에서 인기가 많은 남자였다. 일단 실력에서 그랬고 무슨 섹시하다느니 어쩐다느니 하며 여자들이 좋아한다. 그런데 그건 아무리 봐도 서양 여자들의 관점인 것 같다. 동양 여자인 자신이 보기엔 그냥 버터 바른 느끼남으로 보일 뿐이니. 특히 저 소시지같이 진한 쌍꺼풀!

"그건 알 필요 없고요. 한 가지 알려 드리자면 저한테 선수들 기밀 같은 거 캐물을 생각으로 오셨다면 그건 정말 잘못 생각하신 거예요. 한국인은 원래 의지가 겁나 강하거든요. 목에 칼이 들어와도 배신은 안 해요."

도란은 콧대를 한껏 세우고 당당하게 내가 조선의 국모요! 말하는 투로 쏘아 댔다. 그랬더니 가이시아가 피식 웃더니 또 느끼하게 웃었다.

"내가 그런 유치한 이유로 찾아왔다고 생각하나? 타."

"싫어요."

도란은 민망하게 활짝 열려진 문을 본 체도 안 하고 홱 뒤돌았다. 그녀가 총총 걸어가자 뒤에서 가이시아의 조금 낮아진 목소리가 들려왔다.

"타라고 했다."

위압적인 가이시아의 목소리에 도란이 고개를 홱 돌려 빈정거리듯 말했다.

"전 싫다고 했습니다. 이유가 뭐건 간에 전 당신 같은 근육쟁이 남자는 별로거든요."

빈정대는 듯한 도란의 말을 들은 가이시아의 표정이 살벌하게 변했다. 아차, 너무 건드렸나? 도란은 본능적으로 위험을 감지하고 뒤돌아서 냅다 달리기 시작했다.

"야! 너 거기 안 서?"

도란은 잔뜩 화가 난 가이시아의 목소리를 사뿐히 씹어 주고 달렸다. 너보단 내가 이 동네는 빠삭하단다. 지금 내려서 달려와도 못 잡을…… 엇? 진짜 내리네?

근육쟁이 놈이 화가 단단히 난 표정으로 쾅! 소리 나게 차 문을 닫더니 엄청난 속도로 달려오기 시작하는 게 보였다.

"저, 저런 미친놈이……!"

도망쳐야 해! 저 근육질 몸에 잡히면 죽는다!!

생명의 위협을 느낀 도란은 날다람쥐처럼 파다닥 상점가 골목 안으로 숨어들었다. 곧이어 미친 듯이 내달리는 소리가 멀리서부터 무서운 기세로 가까워지더니 쏜살같이 지나갔다.

휴우, 다행히 지나친 모양…… 얼래?

분명 지나간 거 같은데 왜 다시 다가오는 발소리가 나지?! 축구 선수는 뒤에도 눈이 달렸나요?! 아니면 짐승 같은 근육쟁이라 짐승의 감이라도 있는 건가?

도란이 숨을 멈추고 바짝 벽에 붙어 숨어 있는데 한 발 한 발 점차 다가오더니 이윽고 골목 바로 코앞에서 멈췄다.

흐으윽. 귀신같은 놈!

문득 어렸던 어느 날 남의 집 벨을 누르고 미친 듯이 도망가다가 전봇대 뒤로 숨었는데 슬쩍 고개만 내밀고 보니 그 집 주인 아저씨가 피식피식 웃으며 점점 다가오던 그 날의 공포가 오버랩 됐다. 아아, 다시 생각해도 머리칼이 쭈뼛 곤두서는 것이…… 정말 다시는 떠올리기 싫은 기억이었는데.

"멍청하긴. 아무리 빨라도 여자 발로 그 짧은 순간에 이 길에서 갑자기 사라질 리가 없잖아. 숨는다면 이런 골목에 숨어들었겠지."

"헉!"

그 가이시아 놈이 입꼬리를 올리며 위에서 위압적으로 내려다보고 있었다.

"친히 여기까지 달려오게 만든 대가는 일단 차로 돌아가서 받고 싶군."

가이시아는 그 느끼 터지는 말투로 느릿하게 말하며 천천히 고개를 숙였다. 도란은 얼른 뒤로 물러나며 말했다.

"왜, 왜 제가 당신 차에 타야 되냐고요!"

"흥, 발발 떨면서 말은 잘하는군그래."

레이 차에 억지로 태워졌다가 그 날 꼬박 잡혀 있었던 기억이 생생한데 니놈 차는 더더욱 탈 리가 없지 않은가? 셸틴의 가이시아는 엘튼 팬에겐 역적 수준인데.

"뭔지는 모르겠지만 할 얘기가 있다면 여기서 하세요. 전 당신 차엔 죽어도 안 탈 거니까."

"내가 억지로 태울 수도 있다는 생각은 안 해 봤나?"

"그랬다간 동양여성 납치사건으로 〈THE MOON〉에 특종으로 나올 각오는 하셔야 할걸요?"

똑바로 자신을 쳐다보며 바락거리는 여자를 내려다보더니 가이시아가 피식하고 웃음을 터트렸다. 도란은 온몸에 소름이 돋을 것만 같았다. 아니 이 남자가 나오기 전에 버터를 녹여 사발로 퍼마시고 왔나!

"왜 사람 앞에 두고 실실 웃어요? 기분 나쁘게."

"쿡쿡, 내가 그렇게 맘에 안 드나?"

"저 엘튼 팬질 15년 차예요, 15년 차. 엘튼 팬에게 당신이 어떤 존재인지는 스스로 잘 알고 있을 텐데요?"

"흐응. 뭐 그건 아무래도 좋은데 말이지. 네가 레이의 여자라는 게 사실이야?"

"저, 전 모르는 일인데요?"

헉. 당황해서 나도 모르게 말을 더듬고 말았다. 그랬더니 가이시아가 눈을 가늘게 뜨며 내려다본다. 날카로운 시선으로 훑어보더니 도란의 손가락에 끼워진 반지를 발견하곤 입술 끝을 기울였다.

"흐음……. 사실인 모양이군."

도란의 손가락에 끼워져 있는 건 소피가 사 달라고 조르던 거라서 그도 익히 알고 있었다. 전 세계에 단 3세트밖에 없는 고가의 핑크 다이아몬드였으니까.

"아니라니까요? 그리고 그게 왜 궁금해요? 셀틴 7번이 참 한가롭기도 하시네."

가이시아가 입꼬리를 기분 나쁘게 말아 올리며 웃었다. 그렇게 좀 웃지 마요! 느끼하다니까!

"엘튼 9번의 것은 다 관심 있어. 어떤 여자를 만나는지, 그 여자의 침대 위에서의 반응이 어떤지."

윽, 저질. 도란은 가이시아의 야한 말에 미간을 찌푸리고 손을 휘둘렀다.

"관심이 지나치신 거 아니에요? 당신 애인한테나 관심 가지라고요."

"그 여자의 침대 반응은 지겨울 만큼 잘 알고 있으니까."

가이시아는 자꾸 도망치는 도란 쪽으로 더욱 다가가며 느릿하게 말했다.

"그렇다고 왜 레이의 여자에 대해 관심이시래? 레이한테 열등감 심하신가 봐요? 하긴 우리 레이의 부상기간 빼고는 당신은 항상 2인자였으니 열폭할 만도 하네요."

역시 그 부분이 아킬레스건인지 가이시아의 관자놀이가 꿈틀거리는 게 선명하게 보였다.

"입조심하지그래. 난 여자라고 봐주지 않는 성미라."

가이시아의 얼굴에서 여유 있던 표정이 한순간에 사라지더니 눈에 핏발을 세우곤 으르렁거렸다.

"그러니까 저한테 관심 끄란 말이죠. 당신 열 받는 소리 앞으로도 세 시간은 이 자리에서 떠들 수 있거든요? 기분 안 좋아지는 경험을 굳이 사서 할 필요는 없을 거예요. 안 그래요? 아셨으면 앞길 좀 비켜 주시죠. 무슨 벽에 갇혀 있는 것 같네."

"싫은데? 말했잖아, 난 레이의 여자에 대해 지대한 관심이 있다고."

"전 관심이 없어요. 전혀."

관심은커녕 당신은 가문의 원수라니까 이 사람아. 제발 내 말 좀 들으라고.

도란의 말을 들은 가이시아가 그 느끼한 입술을 끌어 올리며 웃었다.

"이제야 인정하는군."

아차! 이 남자의 페이스에 말려들어 나도 모르게 인정하고 말았다는 생각에 도란이 난감한 얼굴을 했다.

"에, 엘튼 마스코트 걸로서 관심이 없단 뜻이에요."

"쿡쿡, 완고하군. 여자는 가능한 한 많은 남자, 특히 유명인은 많이 접근해 올수록 좋아하는 동물 아니던가? 아닌 척해 봐야 오래 못 갈 텐데?"

"하하…… 어이없어서 웃음이 다 나오네요. 어쨌든 제가 좀 바쁘거든요, 비켜 달라구옷."

이 남자와 대화를 더 이어 가 봐야 좋을 게 없다는 걸 분명히 알았다. 그러니까 가능하면 빨리 빠져나가는 게 이득인 것이다.

도란이 남자의 거대한 몸을 빠져나가려고 옆을 비집고 나가려는데 가이시아가 우악스런 손으로 낚아채더니 다시 벽에 밀어붙였다.

"내 얘기 아직 안 끝났어."

가이시아가 허리를 낮춰 양손을 벽에 댄 채 그 사이에 도란을 가뒀다. 시종일관 느물거리는 웃음을 지으며 꼼짝도 못하게 하자 도란은 더 이상 참을 수 없을 만큼 화가 났다.

"전 할 얘기가 없다니까요?! 영국 남자들은 왜 사람 말을 콧구멍으로도 안 듣는 거야? 진짜!"

도란이 버럭 짜증을 내자 가이시아가 그녀의 귓가에 입술을 바짝 갖다 대고는 훅, 하고 뜨거운 숨을 불어 넣었다. 아, 쫌! 도란이 진저리를 치며 고개를 옆으로 빼는데 그가 느릿하게 말했다.

"결국 너도 나한테 오게 될 거야. 소피 그 여자도 결국 그랬듯이. 왜냐면 내가 그놈 거는 다 빼앗을 거거든."

"헐……!"

도란이 어이없는 표정으로 올려다보자 가이시아는 입술 끝을 말아 올린 채로 가까운 거리에서 그녀를 내려다봤다.

이놈은 열등감에 미쳐 버린 남자가 확실하다. 그렇지 않고서야 이딴 말을 술술 떠벌일 리가 없지. 어쨌든 지금은 이 미친 근육쟁이에게서 빨리 탈출하는 게 시급하다.

도란이 인상을 찌푸리고 뒤로 물러서자 가이시아는 순식간에 고개를 숙여 도란의 입술을 핥았다.

"꺅! 무슨 짓이에욧!"

도란이 기겁을 하며 가이시아를 밀쳐냈다. 그러고는 더럽다는 듯 퉤퉤퉤! 침을 뱉어 대자 가이시아는 재미있다는 듯 웃어 댔다.

"하하! 반응이 정말 신선하군. 레이도 이런 면에 반한 건가? 뭐, 좋아. 원래 반항하면 할수록 구미가 당기는 법이지."

"신고할 거예욧! 성희롱으로 고소할 거라고요욧!"

도란이 분개하며 소리를 지르자 가이시아는 입술 끝에 느끼한 웃음을 매단 채로 손을 흔들며 뒤돌았다.

"그럼 또 보지."

"다음엔 경찰서에서 만나게 될 거예욧!!"

도란의 버럭거리는 소리에도 아랑곳하지 않고 느긋한 걸음걸이로 그 남자가 골목을 빠져나갔다. 그 뒷모습을 보는 도란은 진심으로 어이가 없었다.

원체 가이시아가 여자 밝히고 사이코라는 소리는 많이 들었지만 실제로 보니 정말 충격적이다. 저런 미친놈이었다니……. 그럼 소피는 레이를 떠나서 저런 변태와 사귀는 건가? 맙소사……! 어쨌거나 제대로 똥을 밟은 게 틀림없다. 아, 기분 나빠! 어서 기숙사에 가서 입술도 벅벅 문질러 닦고 당장 양치해야겠어!

도란은 진저리를 치며 필사적으로 기숙사로 뛰어갔다.

세 번씩 양치와 가글을 끝낸 도란이 가방을 챙겨 들고 기숙사 방을 나가려는데 언제 들어도 경건해지는 엘튼 응원가 벨소리가 울렸다.

— 승리의 엘튼! 엘튼! 엘튼! 런던의 붉은 심장…….

혹시? 하는 마음에 도란이 얼른 휴대폰을 찾아 들었다. 하지만 액정에 뜬 이름을 확인하자 기대감이 무너져 버렸다.

"헨리. 저예요."

— 오, 마스코트 걸. 잘 지내고 있나요? 최근 못 봤는데.

"네. 저야 뭐 잘 지내고는 있는데 무슨 일이에요?"

솔직히 잘 지내는 건 아니지만 시시콜콜한 이야기를 늘어놓을 수는 없어서 도란이 대충 둘러댔다.

— 금요일에 영국 축구계의 대부 로먼 영감 생일파티가 있는데 마스코트 걸도 데리고 가려고요. 조이 보낼 테니 그날 같이 오면 될 거예요.

"파티요? 알았어요."

— 올해 얼마 안 남았으니 마지막까지 힘을 내 줘요, 마스코트 걸. 알았죠?

"네."

억지로 밝게 대답한 도란은 전화를 끊고 작게 한숨을 내쉬었다. 선수들은 참여하려나? 레이도 온다면…… 마주치게 될 텐데 괜찮을까?

솔직히 보고 싶긴 하지만 지금의 어정쩡한 상태에서 차가워진 그를 보게 된다면 억장이 무너질 것만 같아 걱정스럽기도 했다.

걱정이 해소되지 않은 채로 파티 당일이 되었다. 도란은 조이와 샵에 들러 마스코트 걸에 걸맞는 발랄한 드레스를 입고 선글라스와 커다란 비닐을 착용한 채 파티장으로 향했다.

"조이, 살이 더 빠졌어요?"

차 안에서 왠지 조이 얼굴이 어두워 보여 도란이 묻자 그가 씁쓸한 미소를 지었다.

"기사 아직 못 봤어요? 헨리 애인 두 명이 친자소송 걸었어요. 동시에."

"아아……."

헨리는 정말 대단한 남자다. 나도 모르게 조이의 손에 위장약을 사다가 쥐여 주고 싶어졌다.

"란도 얼굴이 안 좋은데요? 무슨 일 있어요?"

"네? 아, 아뇨. 아무것도. 하하."

도란이 얼렁뚱땅 넘어가려는 사이 파티장에 도착했다. 막상 도착하니 파티의 규모가 생각보다 컸다. 영국 축구계의 대부라더니 전 클럽의 관계자들은 죄다 온 모양인지 중세 성같이 생긴 파티장의 주차장부터 인파가 넘실거렸다.

여기저기서 기자들의 플래시가 터지고 포토라인도 몇 군데나 됐다. 도란은 크게 심호흡을 하곤 선글라스를 척 낀 채 조이와 웹의 에스코트를 받으며 파티장 안으로 들어갔다.

"마스코트 걸! 도착했군요?"

또 웬 금발 미녀들에게 둘러싸여선 축구공 무늬의 양복을 입고 있는 헨리가 반갑게 손짓을 했다.

"오늘은 축구공이네요?"

"후후. 그래요. 로먼에 대한 내 애정을 이 옷에 듬뿍 담았달까?"

그럼 전에 오스틴파워 의상은 무엇에 대한 애정을 담은 것이고 거울 의상은 무엇에 대한 애정을 담은 건가요? 헨리.

"그런데 파티 한번 요란하네요. 유명한 선수들도 많이 보이고…… 전 클럽이 다 모이나 봐요."

"그렇죠. 로먼은 이쪽 계에서 정말 유명한 영감이니까."

"아, 그렇군요……"

문득 도란은 주변의 따가운 시선이 느껴져서 둘러봤다. 그랬더니 헨리의 금발 애인들이 따가운 눈초리로 자신을 노려보고 있었다. 헉, 난 헨리의 8번째인지 9번째인지의 애인이 될 마음은 절대 없거든요?

"헤, 헨리. 그럼 전 저쪽에 가서 음료수 좀 마실게요. 목이 말라서……."

도란은 헨리 옆에서 잽싸게 떨어진 뒤 얼른 조이와 웹을 끌고 사사삭 사라졌다. 파티장 안을 둘레둘레 둘러보며 지나는데 시합에서만 보던 유명 선수들이 많이 보였다. 헨리 때문에 파티장을 몇 번 다니긴 했지만 이 정도로 많은 축구 선수를 모아 놓은 파티장은 처음이었다.

레이가 보이지 않는 걸 보니 엘튼 선수들은 아직 도착하지 않았나? 그 때 조이가 도란에게 슬쩍 말했다.

"곧 우리 선수들이 도착할 것 같으니 웹과 잠시 다녀올게요. 먼저 둘러보고 있어요. 란. 금방 올게요."

"아, 그래요."

도란이 끄덕이자 조이와 웹이 파티장 입구 쪽으로 사라졌다. 혼자 남은 도란은 음식이 있는 쪽으로 다가갔다.

큰 파티답게 음식도 뷔페식이었고, 종류별, 국적별로 어마어마하게 차려져 있었다. 와인부터 위스키, 맥주, 칵테일 등 술도 정말 많았다.

안 그래도 레이를 만날 수도 있다는 생각에 바짝 긴장해 있는 터라 목이 탔다. 연거푸 와인을 들이마시는데 갑자기 눈앞에 벽이 떡 나타났다.

"어?"

도란이 고개를 들자 어디서 많이 본 느끼한 근육쟁이 남자가 싱긋 웃고 있었다.

"또 만났군그래."

갑자기 나타난 벽의 정체는 다름 아닌 가이시아였다. 그러고 보니 이놈도 그 잘난 셀틴 7번이니 이런 자리에 안 올 리가 없었다.

"알은척하지 마세요. 전엔 정말 고소하려다 참은 거니까."

가이시아임을 알아보자마자 도란의 표정이 뭐라도 씹은 듯 찌푸려 졌다. 그는 그녀의 표정이 재미있다는 듯 더욱 다가가며 느릿하게 말 했다.

"고소라니. 내 키스를 못 받아서 안달인 여자가 얼마나 되는지 말 해 줄까?"

"뭐라고요? 참 웃기는 남자네. 얼마나 되는진 모르지만 적어도 난 거기에 끼지 않거든요? 어쨌든 난 엘튼 마스코트 걸로서 여기 왔으 니 라이벌인 셀틴 선수는 가던 길이나 가세요."

도란이 파리 쫓듯 손을 휘이휘이 젓자 가이시아는 피식 웃으며 고 개를 숙였다.

"기억 안 나는 모양이군. 난 너한테 무척 관심이 있다니까?"

귓가에 버터 바른 허스키한 음성이 들리자 도란이 인상을 찌푸리 고 한 걸음 뒤로 물러났다.

"기억도 안 날뿐더러 기억하고 싶지도 않아요. 비켜 달라니까요? 아, 그냥 내가 뒤돌아가는 게 낫겠네요."

말이 안 통한다는 듯 도란이 휙 돌아서자 앞에 레이가 서 있었다.

"……레이!"

레이는 차가운 얼굴로 우뚝 선 채로 날카로운 시선으로 도란과 가 이시아를 번갈아 쳐다봤다. 왜 둘이 같이 있는 거냐는 물음이 그의 얼굴에 노골적으로 떠올라 있었다. 도란은 오해받기 딱 좋은 상황이 되었다는 것을 직감하고 얼른 입을 열었다.

"레, 레이. 이 사람은……."

"오랜만이군. 레이."

가이시아는 도란의 뒤에서 그녀의 허리에 자연스럽게 팔을 두르며 레이에게 말했다.

이 남자가 미쳤나!

도란이 가이시아의 팔을 떼어 내려고 안간힘을 썼지만 진드기처럼 떨어지질 않았다. 레이는 가이시아의 팔이 둘러 있는 도란의 허리에 시선을 박은 채 냉기가 뚝뚝 떨어지는 목소리로 물었다.

"왜, 둘이 같이 있는 거지?"

"이 여자가 나와 만났다는 걸 너에게 말하지 않은 모양이지?"

"그, 그게 무슨 오해받을 소릴……!"

레이는 무섭게 가이시아를 노려보다가 도란에게 시선을 돌렸다.

"저놈을 만났어?"

"아, 그게, 만나긴 했는데 아주 짧게 만난 거라……."

오랜만의 만남에서 왜 이런 변명을 하고 있어야 하는지 모르겠지만 도란은 레이의 무서운 표정 때문에 식은땀이 날 지경이었다.

"이리 와."

레이가 도란의 팔을 낚아채자 가이시아의 손에서 그제야 벗어날 수 있었다. 그녀의 손을 잡고 끌고 가는 레이의 뒤에 웃음기 섞인 가이시아의 목소리가 들렸다.

"또 보자고, 란."

레이가 걸음을 멈칫하더니 싸늘한 시선으로 돌아봤다.

"이 여자한테 접근하지 않는 게 좋을 거다."

"호오, 그건 경고인가?"

능글거리는 미소를 지으며 가이시아가 도발하듯 말했다. 도란의 손을 잡고 있는 레이의 손에 힘이 꽉 들어갔다.

"레이, 저 남자 말 신경 쓸 거 없어요. 무시해요."

도란이 얼른 레이에게 속삭였지만 아예 레이를 도발하려고 작정한 듯 가이시아는 이죽거리며 말을 이었다.

"그 여자가 네 소유라도 되나? 네 거라고 표시라도 해 뒀냐고. 나도 가지고 싶으면 가질 수 있는 거 아니야?"

저 남자가 정말 미쳤나? 왜 저래? 도란이 어이없어서 황당하게 쳐다보는데 레이가 사납게 으르렁거렸다.

"이 여자한테 손끝 하나라도 대 봐, 가만두지 않을 테니."

"손끝? 이런, 이를 어쩌지? 이미 혀까지 대 버렸는데."

"……!"

레이가 충격을 받은 얼굴로 가이시아를 노려보더니 도란에게 시선을 돌렸다. 도란은 얼굴이 새파랗게 질린 채로 입만 뻐끔거리고 있었다. 뭐라도 말해야 하는데, 당황으로 입이 떨어지질 않았다.

"설마, 아니지?"

"아니라고 할 순 없을걸? 안 그래?"

"넌 입 닥쳐. 네가 대답해, 란. 저놈 말이 사실이야?"

무서운 얼굴로 가이시아에게 일갈한 레이가 도란을 똑바로 쳐다봤다.

"아, 아니에요 레이. 그, 그건 저 남자가. 저 남자가……."

몹시 당황하며 도란이 설명하자 레이의 눈동자가 흔들렸다.

"……사실이었어?"

"아뇨! 그게 아니라 그 일은 단지……."

"난 거짓말은 하지 않아. 크큭. 그 여자 입술, 통통하니 끝내주던데."

레이가 으득 이를 깨물고 가이시아에게 몸을 날리려 하자 깜짝 놀

336

란 도란이 필사적으로 그를 막았다.

"앗! 레이! 안 돼요!"

"포, 폭력은 안 됩니다! 출전정지 먹어요!"

조마조마하게 보고 있던 조이와 웹도 얼른 달려와서 레이를 막았다. 가이시아는 그 모습을 보며 쿡쿡 웃고는 미련 없이 그 자리에서 사라졌다.

가이시아가 사라지고 나서야 조이와 웹이 포박하고 있던 레이를 놓아줬다. 가슴을 들썩이며 숨을 몰아쉬던 레이가 얼굴을 무섭게 굳히더니 몸을 홱 돌려 성큼성큼 걸어갔다.

"레, 레이?"

뒤도 돌아보지 않고 그대로 파티장을 빠져나가는 레이의 뒷모습을 바라보며 도란은 쫓아가지도 못하고 어찌할 바를 몰라 발을 동동 굴렀다.

레이는 거칠게 차를 몰았다. 머릿속에 뜨거운 열기가 뻗쳐 아무리 속도를 내도 숨도 쉬지 못하게 답답했다.

'손끝? 이런, 이를 어쩌지? 이미 혀까지 대 버렸는데.'

'레이. 그, 그건 저 남자가. 저 남자가…….'

'크큭. 그 여자 입술, 통통하니 끝내주던데.'

콰앙!

레이는 이를 악물고 주먹으로 핸들을 내려쳤다. 그 자식과 도란이 키스를 하고 있는 상상만 해도 심장이 터져 버릴 것만 같았다. 소피 때는 이렇지 않았다. 그땐 이렇게 미칠 것같이 화가 나지 않았다. 이렇게 배신감에 시뻘건 분노가 일지도 않았다.

"빌어먹을, 빌어먹을!"

주체할 수 없는 분노에 욕설을 내뱉으며 사납게 차를 몰아 집 앞에 도착했다. 입구로 들어가려 하자 갑자기 차 앞으로 여자가 달려들었다.

"……!"

급브레이크를 밟은 레이는 차가 멈추자 놀란 얼굴로 밖으로 나왔다. 뭐지? 설마 치인 건 아니겠지? 나와 보니 다행히 치진 않았지만 아슬아슬한 위치에서 금발 여자가 주저앉아 있었다.

"……소피?"

여자가 누군지 확인한 레이가 미간을 좁히고 묻자 눈물범벅이 된 얼굴을 들어 올린 소피가 벌떡 일어났다.

"흑! 레이!"

소피가 그를 와락 껴안았다. 레이는 자신을 안고 우는 소피를 억지로 떼어 내며 말했다.

"이게 무슨 짓이야?"

"레이, 레이……. 난 역시 당신이 없으면 안 돼. 살 수가 없어. 레이…….."

눈물을 흘리며 소피가 애원하듯 말했다.

"부탁이야. 내가 다 잘못했으니까, 당신 배신한 거 다 잘못했으니까 당신 곁에 있게만 해줘. 응? 레이. 부탁이야. 제발…….."

"하……."

레이는 어이없는 표정으로 소피를 밀어내고는 차 쪽으로 몸을 돌렸다.

"레이!"

"죽고 싶으면 다시 뛰어들든가."

차갑게 내뱉은 레이가 다시 차에 올라타 시동을 걸었다. 그가 주저 없이 차를 몰고 집 안으로 들어가는 모습을 소피가 망연자실 서서 보고 있었다.

이제 제법 겨울 날씨 같아졌다.

얼마 전까지만 해도 가을 같기만 했는데 오늘은 바람 끝에서 매서운 차가움이 묻어났다. 도란은 고생고생해서 완성시킨 논문이 드디어 통과돼서 이제 겨우 한시름 놓았다. 졸업만 기다리는 몸이 되었으니까.

크리스마스 시즌을 앞둔 런던의 겨울은 온갖 설렘으로 넘쳐난다. 올해는 도란도 그럴 예정이었다. 바로 얼마 전까지는…….

"하아아."

도란이 길게 한숨을 내쉬었다. 파티장에서의 그날 이후 레이와의 연락이 두절된 상태이다. 오해를 풀기 위해 도란이 먼저 연락을 시도해 보았으나 레이는 받지 않았다. 마스코트 걸의 공식 활동도 마감한 뒤라 경기를 보는 일 외엔 그를 만날 수 있는 일이 없었다.

조금 그의 마음이 풀리길 기다렸다가 오해를 풀 생각을 하는 사이에 시간은 점점 흘러갔다. 정말 이래도 되는 걸까? 이렇게 기다리기만 해도 되는 걸까? 혹시 레이는 단지 화가 난 게 아니라 아예 나와는 끝났다는 생각을 하고 있는 게 아닐까?

"아, 진짜 그 가이시아 놈은 내가 전생에 무슨 죄를 지었다고!"

도란은 그 능글맞은 뻔뻔한 놈의 얼굴에 손톱자국을 확 내 주질 못한 게 한스러울 정도로 그가 미웠다. 왜 쓸데없이 오해를 불러일으킬 말을 하느냐고! 왜!

지이이잉.

분기에 차오른 도란이 갑자기 울린 휴대폰 진동 소리에 깜짝 놀랐다.

"호, 혹시?"

레이일까 싶어 몸을 날려 휴대폰을 잡아챘다. 그런데 확인해 보니 모르는 번호였다. 누구지? 혹시 몰라 전화를 받았다. 발신자는 의외의 인물이었다.

— 란 맞죠? 나 소피 알렌인데요. 여기 당신 기숙사 근처 카페인데 잠깐 볼 수 있을까요?

소피가 나한테 무슨 볼일이?

도란은 갸웃거리며 두꺼운 카디건을 챙겨 입고 소피가 말한 카페로 갔다. 문을 열고 들어가니 선글라스를 낀 채 섹시하게 다리를 꼬고 있는 금발 미녀가 눈에 확 들어왔다. 보는 것만으로도 기가 눌리는 기분이었지만 도란은 마음을 단단히 먹고 그녀에게 걸어갔다.

"내가 란인데요. 무슨 일이시죠?"

도란이 소피의 맞은편에 앉아서 맞다리를 척 꼬아 줬다. 길이는 조금 안습이었지만 도도함만은 지지 않으려 턱을 치켜들었다. 소피는 선글라스를 머리 위로 걸치고 고혹적인 미소를 지었다.

"내가 누군지는 알죠? 예전에 파티장에서도 봤었고."

"이 나라에서 당신 모르는 사람 없을 것 같은데…… 어쨌든 할 얘기가 뭔데요?"

도란이 뱁새눈을 하곤 소피를 응시했다.

"고민은 좀 했는데, 아무래도 내가 먼저 말을 해 주는 게 좋을 것 같아서요."

"뭘요?"

소피가 자신의 백에서 무언가를 꺼내려 부스럭거리자 순간 도란은 뭔가 예감이 좋질 않았다. 저 여자가 꺼내는 것이 뭔진 모르지만 무척 기분이 나쁠 것 같은 예감이······?

"이걸 봐요. 얼마 전 레이가 로먼의 파티에 참석했던 날 찍힌 사진이에요."

소피가 탁자 위에 사진을 늘어놨다. 그 사진을 본 도란의 눈이 큼지막해졌다.

"이건······?"

소피가 꺼내 놓은 사진들은 뒤에서 찍히긴 했지만 레이와 그녀가 껴안고 있는 사진이었다. 그것도 그의 집 앞에서.

"파파라치가 보내온 사진이에요. 실수로 키스하는 장면을 들켰는데······ 이건 본보기고 더 강한 사진이 있다고 하더라고요."

키스? 껴안고 있는 사진이 아니라 키스하는 사진이라고?

가슴이 철렁 내려앉아서 계속 사진을 보고 있으니 그렇게 보이기도 했다. 레이가 로먼 파티가 있던 그날 소피와 이러고 있었다고?

"우리 쪽에선 가능한 한 협상해 보려고 했는데 레이 쪽에서 원치 않았어요. 그도 슬슬 밝히는 게 좋다는 입장이라······."

······이게 지금 무슨 소리지?

"아마 내일 〈파파라치〉지를 통해 특종보도 될 것 같아요. 그 전에 당신에게 미리 말을 해두는 게 좋을 것 같아서요."

그 뒤로 소피가 뭐라 뭐라 했지만 아무 말도 귀에 들어오지 않았다. 그저 눈앞에 펼쳐진 믿기지 않는 사진들만 뚫어지게 쳐다봤다. 아무리 봐도 합성은 아니······지?

굳어 있는 채로 사진만 노려보는 도란을 보며 소피가 입술을 둥글게 휘어 올리며 말했다.

"이렇게 된 김에 고백하자면 나랑 레이, 이런 관계 된 지 꽤 됐어요. 내가 대외적인 애인이 있기에 그가 날 생각해서 기다려 주고 있던 것뿐이죠. 이번 일로 그냥 속 시원하게 밝히기로 했으니 나도 마음은 편하네요."

"……."

도란은 사진만 계속 노려보고 있었다. 뭐라 말은 해야 하는데 머릿속이 새하얘져선 아무 생각도 안 났다.

이 여자 말이 거짓말일 수도 있어. 레이가 그럴 리가 없잖아. 하지만 이 사진은? 그는 이런 소리 나한테 한 적도 없는데. 하긴 소피와 다시 만난다, 라는 얘기를 나한테 할 리도 없겠지만 이렇게 빼도 박도 못하는 확실한 증거가 있는데…… 그래도 이 여자 말이 거짓일 수도 있지 않을까?

헛된 기대에 매달리듯 도란의 머릿속에선 두 가지 생각이 치열하게 다투고 있었다. 그 때 테이블 위에 놔뒀던 소피의 휴대폰 진동이 울렸다.

"어머, 레이네?"

소피의 말에 도란의 눈이 저절로 소피의 휴대폰에 가서 꽂혔다. 액정 위에는 정말 레이의 번호가 버젓이 떠 있는 게 아닌가.

"미안해요. 잠깐만."

소피가 자리에서 일어나며 전화를 받았다.

"응, 나야, 자기."

그 여자는 당당하게 레이를 자기라고 부르며 저 앞쪽으로 걸어갔다.

― 자기? 헛소리하지 말고 설명해. 이 사진 뭐야. 네가 꾸민 거였나?

소피는 밖으로 나가 황급히 주위를 살피며 목소리를 낮췄다.

"꾸민 거라니, 레이. 나 억울해. 나도 파파라치한테 당해서 받은 사진이란 말이야. 지금 돈을 요구받고 있다고. 내가 얼마나 힘든지 당신이 알기나 해?"

— 잔말 말고 내게 연결해.

"아니야. 내가 해결할 수 있으니까 신경 쓰지 마. 나 때문에 이런 사진 찍힌 건데, 내가 해결해 볼게."

전화기 저편에서 비웃음 소리가 났다.

— 수 쓰지 마. 그럼 굳이 나에게 이런 사진 보낸 이유가 뭔데? 파파라치 쪽도 아니고 네가.

소피는 순간 허를 찔린 기분이었지만 당황하지 않고 여유 있는 웃음을 지었다.

"오해하지 마. 레이, 정말 아니니까. 그건 그냥 나도 당황해서 함께 의논하자는 차원에서 보낸 것뿐이야."

— 하……. 말해 두는데 그게 그대로 지면 타게 만들면 가만 안 돼. 네가 감당할 수 없는 문제면 부풀릴 생각하지 말고 나에게 넘겨.

"걱정 마. 절대 그럴 일은 없을 테니까."

이 사진의 목적은 다른 데 있거든.

소피가 날카로운 눈을 빛내며 카페 안을 바라봤다.

도란이 망부석처럼 앉아 있는데 한참을 통화하고 돌아온 소피가 자리에 앉았다.

"레이와 통화해 보니 이번 사진까진 막을 수 있을 것 같네요. 에이전시 차원에서 그 사람 이미지 문제로 조금 더 시간을 두고 밝히기로 했대요."

"아아……."

혼이 빠져나간 얼굴로 도란이 끄덕거렸다.

"말해 두지만 먼저는 나고, 나중에 끼어든 사람이 당신이니까 너무 억울해하진 말아요. 그 사람 잠시 공백이 있긴 했지만 원래 나와 함께 했던 사이인 거 알죠?"

"아아⋯⋯."

초점 없는 눈으로 어딘가를 바라보며 도란이 또 끄덕거렸다. 솔직히 어떤 말도 귓속으로 들어오지 않았다. 아까부터 저 여자가 뭐라는지도 잘 모르겠다. 하늘이 무너지는 느낌까진 아닌데 하늘이 노래진 것 같기도 하고⋯⋯.

"그럼, 알아서 잘 정리하리라 믿을게요. 레이에게는 나와 만났다는 거 비밀로 해 주면 좋겠고요. 그 사람 몰래 당신 위해서 특별히 말해 주는 거니까."

"아아⋯⋯."

망부석같이 가만히 앉아 있던 도란이 먼저 일어서는 소피를 따라 힘없이 일어섰다.

카페에서 나와 그 여자와 어떻게 헤어졌는지도 기억나지 않았다. 휘적휘적 기숙사로 걷다가 다시 한 번 생각한다.

정말일까? 아니지. 그 여자가 거짓말할 수도 있는 거잖아? 하지만 사진과, 분명 레이의 전화번호를 이 두 눈으로 똑똑히 봤다.

그 여자는 무려 '자기'라는 호칭으로 전화를 받았지. 자기, 자기라고⋯⋯.

어라? 숨이, 쉬어지질 않아.

도란이 켁켁거리며 주먹으로 가슴을 쾅쾅 쳤다. 후두둑 떨어지는 눈물과 함께 숨이 가쁘게 내뱉어졌다. 충격으로 숨 쉬는 것조차 잊고 있었던 모양이다.

꾸역꾸역 눈물과 숨을 내보내며 도란은 생각했다.

그랬구나.

나, 농락당한 거였어.

10.

Good Bye, London

도란은 한국행 비행기를 타고 있었다.

소피와 헤어진 이후 기숙사로 돌아가 급한 짐만 챙겨서 곧장 공항으로 향했다. 마스코트 일을 하며 번 돈 덕분에 바로 비행기 표를 구할 수 있었다. 활동 마감을 하며 정말 수고가 많았다며 헨리가 보너스를 두둑이 더 얹어 줬다. 그렇게 생각하니 헨리는 참 고마운 사람이다. 이 비행기 표를 얻을 수 있는 돈을 벌게 해 줬으니까.

도란은 어떻게든 오늘 안에 비행기를 타야만 했다.

왜냐하면…… 내일 영국 전역에 뿌려질 그 사진을 볼 자신이 없었으니까.

"이렇게 영국과 작별하게 되는구나……."

도란은 넋 나간 표정으로 비행기 안의 창문으로 밖을 내다보면서 중얼거렸다. 한국에 가면 축구고 뭐고 싹 끊고 당분간 놀고먹어야겠다. 영국에 있는 동안 못 본 사람들 실컷 만나고, 놀고 마셔야지. 아,

그러고 보니 기숙사에 남은 짐이랑…… 졸업식은 어떡하지? 영국 땅은 두 번 다시 밟고 싶지 않은데…….

도란은 억지로 눈을 감았다.

일단 자자. 자고 나서 한국에서 지내면서 천천히 생각해 봐야지.

숨 쉬는 것만 잊게 되는 게 아니다. 내내 눈가에 흐르는 눈물도 이미 몇 시간 내내 까맣게 잊고 있었다. 도란은 따갑다 못해 눈물로 짓무를 지경이 된 눈을 겨우 감고 잠을 청했다. 동그맣게 말고 있는 작은 몸이 오소소 떨려 왔다.

그 시간 런던.

레이는 영국 내 전 구단의 축구 선수들을 위한 연말 파티에 참석해 휴대폰을 노려보고 있었다. 혹시 하는 마음에 파티장으로 와서 주변을 둘러봤지만 익숙한 노란 봉지는 눈에 보이지 않았다.

"헨리, 마스코트 걸은 안 와요?"

어느새 마스코트 걸에 익숙해진 기안이 주변을 둘러보며 묻자 헨리가 어깨를 으쓱했다.

"마스코트 걸은 임기가 끝나서 말이지. 내년에 재계약을 할까 하는데 란이 연락을 안 받는군. 레이, 혹시 무슨 소리 못 들었어?"

"……네."

레이는 짧게 대답하고 휴대폰만 노려봤다. 그래, 그래서 안 보였던 거군…….

요즘 어디서도 도란이 보이지 않기에 이상하다고 생각하고 있었다. 레이는 휴대폰을 노려본 채로 생각에 잠겼다. 불면증 때문인지 신경이 날카롭게 곤두서 있었다.

넌 어떻게 그럴 수가 있지?

어떤 이유에서건 도란이 자신과 가이시아를 저울질했다는 건 용납이 되지 않았다. 하물며 키스까지 한 관계라면…….

키스를 떠올리자 레이의 얼굴이 딱딱하게 굳었다. 아직도 그 생각만 하면 온몸에 불길이 일었다. 만나서 따져 묻고도 싶었지만 이런 상태에서 그녀를 만나면 질투로 무슨 짓을 할지 몰랐다.

게다가 오늘 이 파티에 셀틴의 선수들도 와 있다는 것을 알고 있다. 레이는 그들이 있는 곳은 쳐다도 보지 않았다. 가이시아를 보게 되면 참고 있던 분노를 결국 분출할 것만 같아서.

내가 이렇게 한심한 남자였던가? 자기 자신 하나 컨트롤하지 못하는, 그런…….

레이가 인상을 구기고 있는데 갑자기 기안이 생각났다는 듯 레이를 툭툭 쳤다.

"아, 그렇지. 레이. 너에게 선물 줄 게 있어."

"……선물?"

미간을 좁힌 채로 레이가 뒤돌아보자 기안이 히죽 웃으며 휴대폰을 들어 보였다.

"기다려 봐. 지금 전송할 테니까."

"전송이라니 뭘…….."

그 때 레이가 내내 노려보며 들고 있던 휴대폰에서 문자 알림음이 울렸다. 의아스러운 눈빛으로 레이가 자신의 휴대폰 액정으로 시선을 돌렸다. 그러자 순간 그의 동공이 흔들렸다.

"네 프리티와 예전에 스페인에 다녀오는 비행기에서 그러고 자고 있기에 내 폰으로 찍어 둔 거야. 어때? 그때 기억이 새록새록 나냐?"

기안이 레이의 어깨에 팔을 올리고 싱글거렸다. 레이는 숨도 멈춘 채 액정에 떠 있는 사진을 바라봤다. 스페인으로 원정 경기를 떠났을 때. 도란의 대접을 발로 차 버리고, 술 취한 도란을 업고 숙소로 돌아와 하룻밤을 보냈던 그때. 그때는 아직 그녀도, 자신도 서로에 대한 감정을 전혀 깨닫지 못하고 있을 때였다.

스페인에서 영국으로 돌아오던 비행기에서 옆자리에 도란을 억지로 앉히고 잠들었었다. 그때 우리가 이러고 잠들었던가? 이런 식으로……

행복한 연인처럼 찰싹 달라붙어 서로 머리를 기댄 채 잠들어 있는 사진 속의 자신과 도란을 바라보던 레이는 숨이 거칠어졌다. 그러더니 벌떡 일어섰다.

"잠깐 나갔다 올게."

"어? 어, 그래."

기안은 무서운 기세로 성큼성큼 밖으로 걸어 나가는 레이의 뒷모습을 보며 고개를 갸웃거렸다. 자식, 화장실이 급한가? 표정 한번 다급하군.

레이는 얼굴을 굳힌 채 복도를 걸어 나갔다. 답답한 파티장 안에 있으니 더 숨이 막히는 기분이었다. 탁 트여 있는 곳으로 서둘러 걸음을 옮기던 그 때 기둥 뒤에서 익숙한 뒷모습이 보였다.

"가이, 네 말과 다르잖아? 이번 파티 때는 네 애인으로 데려온다고 했었던 것 같은데."

"쉽지 않아. 날 보기만 하면 전속력으로 도망치는데 완전 전염병 취급이야."

'가이'가 가이시아의 애칭이고 그 뒤에 들려오는 목소리가 가이시아임을 안 레이의 몸이 빳빳하게 굳었다.

"하하하! 그래? 그거 정말 특이한 타입이군. 네 페로몬이 안 먹히는 여자도 있다니.”

“하긴, 레이한테 있던 여자잖아. 솔직히 너도 매력은 넘친다지만 그 레이에게 되겠냐?”

“헛소리하지 마. 소피 보면 몰라?”

“소피야 레이가 그때 부상 때문에 성과가 안 좋아서 그랬던 거지, 남자로서의 네 매력에 반한 건 아니잖아. 그 여자는 원래 가장 화려한 남자를 가지려 드니까. 내 생각엔 소피, 레이한테 다시 찝쩍댈 걸? 네가 레이의 여자에게 찝쩍대듯이.”

“야야. 그런 말해서 또 이 자식 자극 주지 마. 안 그래도 레이 자식 거 못 뺏어서 안달인 놈인데, 더 자극해서 좋을 거 뭐 있어. 어쨌든 이번엔 실패한 거 인정해라. 네 입으로 이번 파티 때 네 여자로 데려온다고 했던 거였으니.”

“기다려 봐. 난 포기한 게 아니니까. 두 달 안에는 반드시 그 여자를 내 걸로 만들어 보일 테니.”

가이시아가 힘주어 말하는 순간, 그의 앞에서 낄낄거리고 웃고 있던 동료들의 얼굴이 한순간 사색이 됐다.

“가, 가이.”

“뭐야? 왜 그래?”

이상한 분위기를 눈치챈 가이시아가 뒤로 고개를 돌렸다. 그러자 그의 얼굴에 벼락같이 주먹이 내려박혔다.

퍼억!

가이시아의 커다란 몸뚱이가 뒤로 넘어지고 그 위를 올라탄 레이가 무서운 얼굴로 가이시아의 얼굴을 주먹으로 내려치기 시작했다.

“맙소사! 레이!”

지나가던 조이와 웸이 깜짝 놀라 레이를 뜯어말리려 했지만 어디서 그런 힘이 솟아났는지 레이는 주먹질을 멈추지 않았다.

그날 밤의 레이의 폭력사태는 다음 날 모든 언론에 대서특필됐다.

「아니, 얘가 왜 말도 없이 돌아왔어?」

「내려오라고 그렇게 말할 땐 한 번도 안 내려오고 전화로 때우더니 이게 웬일이래?」

갑자기 나타난 도란을 본 어머니 김 여사와 아버지 이필삼의 눈이 큼지막해졌다. 도란은 머플러로 얼굴을 칭칭 감고 트렁크를 끌고 현관으로 들어가며 말했다.

「그거야 비행기 표 비싸니까 그랬지. 지금은 완전히 돌아온 거야. 논문 통과도 돼서 이제 졸업만 남았으니까.」

「그럼 말이라도 하고 오지. 무슨 애가 이렇게 사람을 깜짝깜짝 놀래켜?」

「그러니까, 엄마. 얘 도란이 맞지? 내가 헛것 보는 거 아니지?」

둘째도 도란의 머리를 쿡쿡 찌르며 물었다.

「아유, 나 맞다니까. 쓸데없는 소리 그만하고 비행기 타고 오느라 힘들었으니까 먼저 잘게. 내 방 아직 그대로지?」

「그, 그거야 그대로지만 밥이라도 먹고 자지? 오랜만에 왔는데 오빠들이랑 얘기도 좀 하고.」

「내일 할게. 오늘은 너무 피곤해. 둘째 오빠. 나머지 오빠들 오면 오빠가 잘 전해 줘.」

도란이 초췌한 얼굴로 트렁크를 들고 방으로 들어가는 걸 보며 김 여사와 이필삼, 그리고 둘째는 이상하다는 표정으로 빠르게 시선을 교환했다.

「갑자기 돌아온 것도 그렇고 얘가 얼굴이 왜 반쪽이래? 무슨 일이 있었나?」

「애가 머리가 나빠서 논문 쓰다가 아주 런던에 학을 떼고 돌아온 거 아닐까요?」

「그런 거면 차라리 좋겠는데…….」

식구들이 걱정스럽게 한마디씩 나누는 것도 모른 채 도란은 방 안에 들어가자마자 칭칭 동여맸던 머플러를 풀고 침대로 쓰러졌다. 지금 이 얼굴을 보이면 식구들이 걱정할 건 불 보듯 뻔했으니까. 괜히 걱정하게 할 필요는 없지 않은가. 사랑, 그게 뭐라고.

익숙한 방. 익숙한 향기가 콧속으로 밀고 들어오자 안심이 되었는지 또 수도꼭지를 튼 마냥 눈물이 줄줄 흐른다. 이놈의 눈물은 어쩜 이렇게 계속 흐를 수가 있을까? 이러다 내 몸 안의 모든 수분이 다 빠져나가 버리면 어쩌지?

참 신기하다. 바로 반나절 전까지만 해도 난 영국에 있었는데 한국에 오자마자 마치 꿈에서 깨어난 사람마냥 여기가 현실 같고, 런던에서 있었던 모든 일들은 다 꿈같다. 학교도, 친구들도, 펍 사람들도, 다니엘과 조이, 웸, 애슐리, 헨리, 그리고…… 레이.

레이가 생각나자 가슴이 무너지듯 아팠다. 심장을 도려내듯 아파서 도란은 몸을 동그랗게 말고 숨을 몰아쉬었다. 이렇게 현실감각이 좀 더 살아나다 보면 레이를 그냥 꿈속의 사람으로 치부해 버릴 수도 있을까?

그러면 참 좋을 텐데. 이렇게 심장이 찢어질 듯 아픈 감각이 일주일만 유지돼도 정말 죽어 버릴 것 같으니까.

예상은 했지만 다음 날이 되자 눈 전체와 얼굴이 말도 못하게 팅팅 부어 있었다.

「헐…… 이게 웬 찐빵이냐, 보름달 빵이냐……. 아니 팬더인가?」

도란은 거울 속의 자신을 바라보고는 인상을 찌푸렸다. 이 얼굴을 식구들에게 보일 순 없지. 할 수 없이 모자와 머플러로 중무장을 하고 식구들이 다 자고 있는 꼭두새벽에 살금살금 집을 나섰다.

「후아.」

밖으로 나오자 겨우 안심이 됐다. 무척 추운 날이라 머플러를 꽁꽁 동여매며 동네를 거닐다 보니 기분이 새로웠다. 아직 3년밖에 안 됐는데 아주 오래전에 떠나온 곳으로 돌아온 기분. 내친김에 도란은 버스를 타고 시내로 나가 봤다.

여긴 여전하구나. 여전히 좁고, 복작복작하고, 시끄럽달까.

특히 크리스마스를 앞둔 요즘은 뭔가 전체적으로 더 정신이 없어진다. 그래도 이런 엉망인 기분에선 흥청망청한 이 분위기에 휩쓸려 있는 것도 나쁘진 않을 것 같다. 로밍 문제도 그렇고 환전 문제도 그렇고 여러 가지 해결해야 할 것들이 많은데 일단은 아무것도 생각하고 싶지 않았다.

뭔가 거대한 나사가 머리에서 툭 하고 빠져 버린 듯 머릿속이 텅 비어 버린 것 같아…….

하루 종일 사람들의 물결에 휩쓸려 이리저리 다니면서 구경하고 영화도 보고 사람 구경도 하고 아이 쇼핑도 했다. 백화점엔 스포츠 매장에 축구 선수 사진이 걸려 있을 수도 있으니 일부러 가지 않았다. 언뜻 지나가다 스포츠 신문 가판대에서 영국 축구스타의 스캔들을 대대적으로 보도한 사진을 본 것도 같은데 잘 모르겠다.

그냥 정처 없이 걷다 보니 시간은 잘만 흘러갔다.

휴대폰도 없이 하루 종일 그러고 돌아다니다 집에 오니 한밤중이었다. 현관문을 조용히 열고 들어오자 김 여사가 화가 잔뜩 난 얼굴로 득달같이 달려왔다.

「코빼기도 안 보이고 어딜 나가서 하루 종일 싸돌아 다니다 돌아온대? 오빠들 서운하다고 난리다.」

「이 사람 저 사람 만나느라 좀 바빴어. 오빠들은 왔어?」

「너 왔다길래 데이트도 취소하고 집에 짱 박혀 기다리는 중이었다.」

「기다리다 목 빠지겠네. 어딜 갔다 이제 들어 오냐?」

다섯 오빠들이 줄줄이 방에서 나오자 도란이 헤헤 웃었다.

「우와, 오빠들 정말 오랜만이다. 간만에 보니까 반갑지?」

「그래. 아주 눈 튀어나오게 반갑다! 말도 없이 갑자기 와 놓고 오라비들에게 인사도 없이 사라졌다가 밤늦게 들어오는 건 영국 매너냐? 몹쓸 매너 아주 뜯어고쳐야겠어!」

「한국의 예의범절을 아주 뼛속까지 깊게 심어 주마!」

오형제가 도란을 데리고 시끌시끌하게 주방으로 들어가는 모습을 김 여사가 흐뭇한 얼굴로 보고 있었다. 이렇게 온 식구 다 모인 게 얼마만인지.

「와, 이거 다 내가 좋아하는 건데.」

식탁 앞에 앉은 도란이 눈을 크게 뜨고는 소리쳤다. 도란이 밖에서 방황하는 내내 딸이 좋아하는 반찬 열심히 만들어 두신 모양이다. 식탁 다리가 휘어져라 푸짐하게 차려진 밥상을 보고 도란은 순간 가슴이 뭉클했다.

「그럼 하나밖에 없는 딸내미 좋아하는 것도 모를까 봐? 많이 있으니까 부지런히 먹어.」

따뜻한 김이 모락모락 올라오는 밥도 고봉으로다가 두툼하게 쌓아 올리며 김 여사가 말했다.

「거기서 엄마가 해 준 밥 많이 먹고 싶었는데. 헤헤. 잘 먹겠습니다!」

어제부터 아무것도 목구멍에 넘기기 힘들었는데 괜히 엄마 밥이 아닌 모양이다. 도란은 열심히 수저를 움직여 밥 한 그릇 뚝딱 해치우고 후식으로 귤도 열심히 까 먹었다.

「영국 물은 좋디? 축구경기는 많이 봤어?」

「응? 그, 그럼. 많이 봤지.」

도란이 흠칫하는 것도 모른 채 오빠들은 그녀가 두려워하는 화제를 기어코 끄집어냈다.

「너도 알지? 엘튼 마스코트 걸, 그 여자 한국인이라는 소리 있던데 거기서 혹시 직접 봤냐?」

「그러게. 머리에 쓴 비닐봉지도 우리나라에서 나온 문화라고 말 많았잖아.」

「머, 멀리서 보긴 했는데 선글라스 끼고 있어서 잘 모르겠던데……. 동양인들은 생긴 게 다 거기서 거기잖아.」

「하긴.」

오빠들이 끄덕이더니 다른 데로 화제를 넘기는 것을 보며 도란은 가슴을 쓸어내렸다.

휴우, 그 여자가 나라는 걸 알면…… 그야말로 가문의 수치겠지?

다행히 그 후로 런던유학생활에 대해 묻는 김 여사의 질문세례로 민감한 질문은 피할 수 있었다. 축구팬인 아버지와 오빠들 때문에 수시로 화제가 축구 쪽으로 돌아가긴 했지만 겨우겨우 위기를 넘긴 도란은 피곤하다는 핑계를 대고 일찌감치 방으로 들어갔다.

도란이 방으로 들어가고 나자 큰형 방에 모인 형제들은 은밀히 숙덕거리기 시작했다.

「애가 뭔가 분위기가 달라졌어. 얼굴은 퀭하고, 살도 많이 **빠졌던** 데.」

「그러게, 좀 어두워진 것 같은데 예**뻐지긴** 했네.」

「형. 여자는 사랑을 하면 예**뻐진다잖아.** 란이 혹시 거기서 허여멀 건 놈 만나서 연애질한 거 아닐까? 나이도 나이고.」

「란이가 그럴 리가 없어. 저 순진한 애가 연애질은 무슨 연애질이 야?」

「그래도 혹시 모르잖아. 사실 나이로 하면 한창 연애할 때고 거긴 우리 통제 영역에서 벗어난 곳인데……. 갑자기 돌아온 것도 이상하 지 않아? 영국 놈이랑 눈 맞아서 연애질하다 버림받아서 충격 먹고 급히 돌아온 거 아닐까?」

「흐음…….」

「어떤 놈이고 간에 우리 도란이 눈에 눈물 낸 놈은 가만 안 두지. 찾아만 내면 영국이든 어디든 지구 끝까지 따라가서 그 자식 반 죽 여 버릴 거야.」

동생바보 오빠들의 비장하게 숙덕거리는 소리는 까맣게 모른 채 도란은 완전 지쳐서 에너지 방전 상태로 새근새근 잠들어 버렸다.

「넌 돌아왔으면서 어떻게 말 한 마디 없냐? 수란 형한테 듣고 깜 짝 놀랐잖아.」

「아, 그게에. 미안. 내가 정신이 좀 없었어.」

한규가 아까부터 계속 툴툴거리고 있었다. 이 녀석은 한동네에 사 는 소꿉친구로 어렸을 때부터 오빠들이랑 자연스럽게 같이 축구도 하고 축구도 보고 축구…… 아 축구 이야긴 하지 말자. 어쨌든 소꿉 친구이다. 오빠들과 같이 지내서 그런지 남동생이 하나 더 있는 기분이랄까?

「그래도 잠깐 들어온 것도 아니라면서. 내가 널 그렇게 안 키웠는데, 오빠 정말 서운하다.」

한규가 못내 못마땅하다는 듯 투덜거리자 도란이 눈썹을 모았다.

「생일 두 달 빠른 걸로 오빠 흉내 내지 말랬지. 자식이.」

어릴 땐 안 그러더니 커 가면서 한규는 학교도 1년 빨리 들어갔고 생일도 두 달 빠르다고 꼬박꼬박 오빠 행세를 하려고 든다. 한 번도 먹힌 적도 없으면서 십 년 넘게 오빠 욕망을 버리지 못하다니 참 대단한 녀석이지.

「저 말하는 본새 여전한 거 보소. 넌 영쿡물을 먹어도 왜 애가 바뀌지를 않냐?」

「그럼 내가 영쿡물을 먹으면 영쿡인이 되냐? 시시껄렁한 소리 그만하고 드시고 싶다던 고기나 드셔. 그렇게나 사 달라고 애원하셨으면.」

밖에서 고기 먹을 기분은 아니었는데 이놈이 아침부터 득달같이 전화해선 왜 말도 안 했니 서운하니 어쩌니 하면서 고기를 사라고 하도 강짜를 놓는 통에 마지못해 나온 자리였다. 사실 아직 누구랑 농담 따먹기나 하고 하하호호 웃고 그런 상태가 못 되는데…… 나 아직 멘붕 상태라고. 그래도 비싼 고기니 많이 먹어야지.

도란이 그렇게 생각하며 꾸역꾸역 고기를 입안에 밀어 넣고 있는데 문득 한규가 물끄러미 쳐다보는 게 느껴졌다.

「뭘 보냐? 입가에 쌈장 묻었어?」

도란이 손가락으로 입 주위를 닦아 내며 묻자 한규가 도란의 술잔에 소주를 따라 줬다.

「아니. 너 말랐다. 거기서 무슨 일 있었어?」

이 녀석이 이런 데 눈치는 빨라선…… 하긴 그러니까 인기가 많은 거겠지. 남들은 하나 갖기도 힘들다는 소꿉친구도 많고 초등학생 때부터 알던 인간들을 아직까지 연락하며 죄다 끌고 다니는 무서운 녀석이다. 저런 인간이니 별명이 유재석이지. 유씨도 아닌 놈이.

「솔직히 말해 봐. 무슨 일 있었지?」

도란이 대답 없이 소주를 들이켜고는 말했다.

「……한규야.」

「응. 말해.」

한규가 눈을 진지하게 뜨곤 안경을 치켜 올렸다.

「하아…… 아니다.」

「뭔데. 말해 보라니까.」

도란은 녀석의 성화에 내리깔았던 얼굴을 다시 들었다. 도란의 얼굴에 말로 표현 못 할 애처로움의 그림자가 한 조각 묻어났다. 정말 무슨 일이 있던 걸까? 한규의 표정이 진지해졌다.

「……있잖아, 한규야.」

「어.」

한규가 침을 꿀꺽 삼켰다. 이렇게 뜸을 들이는 걸 보니 보통 일이 아닌 것 같다는 예감이 뇌리를 스쳤다. 도대체 무슨 일이지? 무슨 일이기에 그 단순한 애가 어울리지도 않게 이렇게 말을 골라? 한규가 숨까지 멈추고 도란의 입이 떨어지길 기다리고 있었다. 이윽고 도란의 입술이 천천히 열렸다.

「……에휴, 아니다. 고기나 먹자.」

「야! 이도란! 사람 말려 죽일 일 있냐? 아, 말을 하라고. 말을!!」

한규가 바락 소리를 지르자 도란이 깜짝 놀라선 눈을 둥그렇게 떴다.

「놀랐잖아. 왜 소리를 지르고 그래?」

「답답해서 그러지, 인마. 도대체 무슨 일이냐고.」

「일은 무슨 일. 아무것도 아니라니까 그러네. 진짜 별거 아니니까 고기나 먹자, 응? 엇! 고기 다 탄다, 야!」

도란이 오버스럽게 웃으며 고기를 뒤집자 한규의 시선이 날카로워졌다.

「이도란. 내가 너 일이 년 봐? 하루 이틀 만난 사이야, 우리? 내가 바보 멍청이냐? 이십 년 가까이 만나 온 친구 표정 하나 못 알아보는 놈일 거 같냐고.」

「……미안.」

한규의 진지한 얼굴에 도란이 시무룩하게 사과했다. 히히 웃으면 대충 넘어갈 줄 알았던 게 오산이다. 하긴 이 녀석이 보통 녀석이 아니긴 하지. 눈치 없을 것 같아 보이는 데 알고 보면 눈치가 28단 찍고 3단 정도는 더 올라가는 녀석이다. 게다가 어릴 때부터 이상하게 정의감이 넘쳐서 주변에 맞고 울고 있는 애는 다 닦달해서 지가 복수하러 달려가는 애고.

「형들은 속여도 난 못 속인다. 그러니까 말해. 무슨 일이야? 무슨 일이 있었기에 얼굴이 반쪽에 반쪽이 되선 그 땡땡하던 볼살 다 날려 먹었냐고.」

「…….」

도란이 말없이 소주잔만 만지작거렸다. 둘이 말이 없는 사이 동네 삼겹살집의 시끌시끌한 소음이 자리를 차지했다. 술 취해서 거나해진 아저씨들의 점점 올라가는 목소리. 지글거리는 고기 굽는 소리. 불판에서 뿜어져 나오는 연기. 술잔을 부딪치고, 기울이는 소리.

이 모든 소리들이 다시 한 번 자신이 한국에 돌아왔다는 현실을 생생하게 자각시켰다. 익숙한 삼겹살집의 모든 소리들이 한국에서 나고 자란 이도란의 실체를 되새겨 주듯 이제 영국과는 영영 국경을 넘어 버린 자신의 처지를 상기시키는 것이다.

여기엔, 레이가 없다.

레이가 없어. 아무 데도.

내가 아는 한 레이가 한국에 온 적도 없다. 앞으로도 없을 것이다. 그 유명한 축구계 스타가 다시 월드컵을 여기서 치르지 않는 이상 이 작은 나라에 올 가능성은 거의 없을 테니……

그 생각을 한 순간, 숨이 또 막혀 버렸다. 숨을 쉬는 법을 잊어버린 것처럼 숨이 쉬어지질 않았다.

「……아.」

「야, 왜 그래? 괜찮아?」

갑자기 얼굴이 시뻘겋게 되더니 컥컥거리며 가슴을 두드려 대는 도란을 보자 한규가 놀란 얼굴로 벌떡 일어나 등을 두드렸다.

「왜 그래? 속 안 좋아? 토할 것 같아?」

걱정스럽게 재차 묻는 한규의 어떤 말에도 도란은 대답을 할 수가 없었다. 아무 말도 귓속으로 들어오지 않는다. 한국에 온 이후로 내내 묻어 뒀던 레이 블레어라는 사람이 떠오르자 모든 것이 사라지고 그 사람만이 가득해졌다.

막힌 숨을 내보내려고 했는데 눈물이 눈에서 주르륵, 하고 제멋대로 내보내져 버렸다.

잊고 있던 괴로움이 다시 떠올라 버렸는데 그게 너무 아팠다. 너무 아프고 아파서 그저 어깨를 들썩이며 눈물을 쏟아 내는 것밖엔 아무것도 할 수가 없었다. 아마 한국에 온 그날같이 온몸의 수분을 다 뺄 것처럼 쏟아 내야 눈물이 멈출 것 같았다.

「……도란아.」

한규의 목소리가 안타까움에 물들었다. 적어도 한규가 아는 도란은 웬만한 일로는 이렇게 서럽게 울 정도로 약한 성격이 아니었다. 정말 밝고 강한 아이였다. 그래서 한 번도 이렇게 무너지는 도란을 본 적이 없었다.

「뭐래? 사랑싸움인가?」

웬 아가씨가 울고, 남자가 달래 주고 있는 걸 보니 가게 안에 사람들은 목을 빼고 한참 구경하더니 흔한 사랑싸움으로 결론을 내리곤 다시 자신들의 화제로 돌아갔다. 그래도 저 젊은 남녀의 사랑싸움의 원인이 뭔지 궁금한지 귀는 한껏 열어 두고 있었다.

「하아…… 너 남자 만났구나. 그렇지?」

한규가 낮게 물었다. 어깨를 떨며 흐느끼던 도란이 고개만 간신히 끄덕였다.

「남자?」

「들었지? 남자래. 남자.」

「그럼 저 여자가 바람을 피운 건가? 순박하게 생겨선 안 그래 보이는데…….」

「뭐 바람피는 사람이 얼굴에 나 바람피는 인간이요라고 써 붙이고 다니는 거 봤수? 어쩐지 아까부터 저 아가씨가 죄인처럼 고개 푹 숙이고 있더라고.」

주위 테이블에서 은밀히 숙덕거리며 방금 흘러나온 정보에 대한 정밀한 분석이 이어졌다.

「그런데 왜 돌아왔어. 이렇게 힘들 거면 어떻게든 거기서 버티고 있지. 멍청아.」

답답한 표정의 한규의 말에 사람들은 새로운 정보를 얻고 분석하기 시작했다.

「여자가 시집갔다 돌아왔나 봐. 상당히 앳돼 보이는데.」

「시집가는데 요즘 나이가 어딨어. 아무튼 다른 남자한테 시집 갔는데 저 남자를 못 잊은 게지.」

「그럼 아까 남자 만났다고 하는 건 뭐야? 저 남자한테 돌아와선 또 바람피는 거?」

「허허…… 순진해 보이는 처자가 요부네, 요부.」

도란과 한규의 의사와는 다르게 주위 사람들이 그들을 두고 이상한 결론에 다다르려는 순간, 삼겹살집 문이 거칠게 열리더니 까만 정장 차림의 훤칠한 백인 남자가 헉헉대며 들이닥쳤다. 그러곤 주위를 정신없이 두리번거렸다.

「어어?」

「뭐여? 웬 외국인이여? 모델인가? 훤칠하니 잘생겼구만.」

도란과 한규에게 모아져 있던 시선이 지금 막 가게로 들어온 잘생긴 백인 남자에게 단번에 이동했다. 가슴을 들썩이며 거친 숨을 몰아쉬던 백인 남자는 웅크리고 울고 있는 도란과 그녀를 달래 주는 한규를 발견하자마자 눈을 크게 떴다.

「……!」

순식간에 얼음장 같은 시선으로 그들을 노려본 남자는 거침없이 그들 쪽으로 다가가기 시작했다. 한규는 가게 안의 이상한 분위기를 감지하고 도란을 달래 주는 상태에서 고개를 들었다. 그리고 자신에게 다가오는 남자를 발견하고는 멈칫했다.

「헉?! 레, 레이?!」

자신의 눈앞에 떡하니 해외 축구 스타가 서 있다니? 이거 지금 환상? 몰카? 뭐지? 한규는 자신의 눈이 보고 있는 게 진짜인지 믿기지 않았다.

　한규의 레이라는 말에 고개를 푹 숙이고 있는 도란의 어깨가 움찔거렸다.

　……레이? 지금 TV 화면에 레이가 나오는 건가? 이 삼겹살집에선 이 시간엔 맨날 드라마만 나오는데 주인아줌마가 웬일로 축구를 틀었지? 아, 여기서까지 레이를 봐야 된다니…… 안 그래도 죽을 것 같은데.

　하지만 사람의 욕망이란 어쩔 수 없는 것인지 너무 울어서 머리가 깨질 듯 아픈 와중에도 그 순간 화면을 쳐다보고 싶은 본능을 참을 수가 없었다. 도란이 슬쩍 고개를 들어 TV 화면을 쳐다보려는 순간 이글거리는 눈빛으로 자신을 내려다보고 있는 한 남자와 눈이 마주쳤다.

　"레…… 레이?"

　도대체 여기 왜 레이가 있는 걸까? 꿈인가? 도란은 눈물범벅이 된 얼굴로 한참 레이를 쳐다보고만 있었다. 그때 죽일 듯이 자신을 노려보고 있던 레이가 미처 말릴 새도 없이 한규의 멱살을 움켜쥐었다.

　"뭐야? 이 자식. 이 여자랑 무슨 관계야?"

　「커억, 레, 레이?!」

　멱살을 잡은 채 낮게 내뱉는 레이의 영어를 한규가 제대로 알아듣긴 역부족이었다.

　"말해. 내 여자 머리를 니가 왜 쓰다듬는 거냐고, 개자식아."

　「저, 저기 이, 일단 이것 좀 놓고 말……. 컥컥.」

　한규가 얼굴이 시뻘개져선 숨이 넘어갈 듯 켁켁거리자 그제서야 현실감각이 돌아온 도란이 펄떡 뛰쳐 올라서 레이의 손을 붙잡았다.

　"헉! 레이! 아니에요!! 얘는 친구예요, 친구!"

"넌 입 다물어."

레이가 차갑게 도란을 노려봤다. 그 눈빛이 너무 차가워서 도란은 흠칫 놀랐다.

「커헉, 허허헉.」

한규가 숨이 꼴딱꼴딱 넘어가고 있었다. 맙소사! 그대로 놔두면 레이가 한규를 죽일지도 모른다는 공포에 도란은 레이에게 다시 매달렸다.

"어, 어쨌든 이거 먼저 놓으라고요! 얘 죽어요!!"

도란이 필사적으로 매달려서 손을 떼어 놓자 레이가 도란을 노려보는 눈에 핏발이 섰다.

"그렇게 말릴 만큼 이 남자가 소중해? 혹시, 이 남자 때문에 한국으로 돌아온 건가?"

"레이. 그건 아니에요. 그게 아니라…… 앗, 레이!"

레이가 도란의 팔을 우악스럽게 움켜잡고 그대로 가게 밖으로 끌고 나갔다.

「헉, 헉…… 앗! 도란아!!」

켁켁거리며 숨을 고르던 한규는 도란이 끌려 나가는 걸 보고 깜짝 놀라 황급히 뒤따라 나갔다. 하지만 이미 레이는 앞에 세워 둔 차에 억지로 도란을 밀어 넣고 차를 출발시키고 있었다.

부아아아앙 소리를 내며 순식간에 도로로 빠져나가는 고급 외제차의 뒤꽁무니를 보며 한규는 혼란스러운 표정을 지었다.

「이, 이게 도대체 무슨?」

영국에서 남자를 만났다더니 그게 설마 레이 블레어란 소린가? 아깐 정신이 없어서 잘 못 들었는데 지금 생각해 보니 레이 블레어가 분명 '내 여자'라는 표현을 썼고, 도란이 황급하게 '그 애는 친구'

라고 강조했었지. 잠깐, 그, 그렇다는 건 설마⋯⋯?

「하⋯⋯ 말, 말도 안 돼.」

한규는 이미 차가 완전히 사라진 밤거리를 보며 믿기지 않는다는 듯 고개를 설레설레 저었다.

거칠게 도로를 질주하는 레이의 옆모습을 아직 눈물자국이 남아 있는 벙찐 얼굴로 도란이 보고 있었다.

이 사람⋯⋯ 레이 맞지? 정말 그 레이 맞지?

혹시 한국 소주를 너무 오랜만에 마셔서 술김에 헛것을 보는 건가, 라는 생각을 잠시 했지만 지금 눈앞에 있는 사람은 아무리 봐도 그 레이가 맞았다.

여전히 조각같이 아름다운 옆모습의 레이는 어금니를 꽉 깨물고 있는 듯 강한 턱에 힘이 단단히 들어가 있었다. 핏발 선 눈으로 전방을 노려보며 운전을 하고 있는 모습을 보고 있다 보니 도란의 정신이 서서히 돌아왔다.

잠깐, 이거 웃기잖아?

이 사람을 피해서 도망치듯 한국으로 돌아왔는데 왜 우리 동네 삼겹살집에 레이가 떡하니 나타나서 날 차에 구겨 넣고 달리는 거지? 지금 영국에서 한창 스캔들 때문에 곤혹을 치르고 있을 사람이 왜 여기 있는 거냐고.

"⋯⋯세워 줘요."

도란이 눈을 가늘게 뜨고 말했다.

"⋯⋯."

"세워 달라고요."

아무 말도 없이 계속 전방만 노려보며 운전하고 있는 레이에게 도란이 다시 말했다. 한국도 모르는 남자가, 운전해서 어딜 가고 있단 말인가?

"레이!"

그때 차가 커다란 건물 앞으로 미끄러져 들어갔다. 시내에 있는 별 다섯 개짜리 호텔이었다.

"여, 여긴 왜 온 거예요? 여긴……."

거기가 어딘지 깨닫자마자 도란이 당황해서 말을 잇지 못했다. 이 남자 지금 제정신인가? 생각하고 있는데 정문 앞에 차를 세운 레이가 문을 벌컥 열고 밖으로 나갔다. 주차요원들과 직원들이 헐레벌떡 튀어 나와서 꾸벅 인사를 하는 데는 아랑곳하지 않고 레이는 도란 쪽으로 가서 억지로 그녀를 끌고 내렸다.

"놔요! 이거 놔 달라니까요?"

도란의 손목을 꽉 움켜잡은 채 그가 로비로 들어서자 레이 블레어가 지나가는 길 내내 모든 직원들이 옆으로 비켜서서 허리를 굽혔다. 도란이 버둥거리는 데는 아무도 신경 쓰지 않았다. 결국 도란은 레이 손에 이끌려 그대로 VIP전용 엘리베이터에 태워졌다.

"이것 좀 놓으라고요! 놔요!"

도란은 이대로 룸까지 끌려 들어갈 순 없다는 생각에 필사적으로 잡힌 팔을 빼어내려 노력했지만 레이는 꿈쩍도 하지 않았다. 그녀가 난리를 칠수록 더욱 강하게 힘을 주어 팔을 움켜잡았다. 엘리베이터가 멈추고 어두운 복도로 레이가 그녀를 끌고 갔다. 레이는 반항하는 도란을 로얄 스위트룸으로 밀어 넣은 채 거칠게 문을 닫았다.

"꺅!"

방에 들어오자마자 레이는 던지듯이 도란을 침대 위로 내팽개쳤다. 그 엄청나게 큰 침대에 내던져진 도란은 황당한 표정으로 그를 올려다봤다. 레이는 침대 쪽으로 천천히 다가오며 도란을 노려보고 있었다.

"미쳤어요? 도대체 왜 이러는 거예요? 여긴 왜 온 거고, 나한테 이러는 이유가 뭐냐고요!"

도란이 레이를 똑바로 노려보며 소리쳤다. 아무리 생각해도 레이가 이러는 건 부당했다. 자신을 배신해 놓곤 이렇게 사람을 자기 물건 취급하는 건 너무한 거다.

"왜 이러는 거냐고?"

그 차가운 눈빛에 도란은 오소소 소름이 끼칠 정도였다. 마치 한 마리의 미끈한 표범을 앞에 둔 것 같은 위압감이 그에게서 풍겨 나왔다. 도란은 침대 가장자리로 황급히 물러났다.

"왜 한국에 와서, 왜 너에게 이러고 있는 거냐고 묻는 건가?"

레이가 답답한 듯 미간을 잔뜩 좁히고 성마른 손길로 셔츠 단추를 몇 개 풀었다. 도란은 그의 분노가 이글거리는 눈빛을 똑바로 응시하며 숨을 삼켰다.

"네. 레이가 나한테 이럴 이유 없잖아요."

"하!"

레이는 입술 끝을 비틀고 거칠게 머리칼을 쓸어 넘겼다. 그의 찰랑이는 금발이 힘줄이 돋아난 기다란 손가락 사이로 빠져나가는 것을 바라보며 도란은 주먹을 꼭 움켜쥐었다. 도대체 이 남자가 왜 이러는 거지?

레이가 이렇게 화가 난 모습은 한 번도 본 적 없었다. 지금의 그는 마치 온몸에서 분노를 뿜어내는 것 같았다. 입가에 칼날 같은 미소를 매단 채로.

"난 너에게 뭐였지?"

"……뭐라고요?"

"단지 영국에 있는 동안의 유흥이었나? 한국에서 저 남자가 기다리니까?"

"레이, 그게 무슨……."

도란이 인상을 찌푸렸다. 저 남자라니, 누가 날 기다린다는 거야? 설마 한규를 말하는 건가?

"아까 그 남자를 말하는 거라면 잘못 짚었어요. 한규는 그저 오래된 친구일 뿐이에요."

"우습군. 그걸 내가 어떻게 믿지? 한 마디 말도 없이 한국으로 사라져 버렸으면서 지금 나에게 그 말을 믿으라는 건가?"

"한국으로 오게 한 건 레이잖아요! 레이야말로 어쩌면 그렇게 뻔뻔할 수 있죠? 날 배신해놓고 이렇게 갑자기 와선 말도 안 되는 이유로 몰아세우고!"

"배신?"

레이의 목소리가 무서우리만치 낮게 가라앉았다. 그의 얼음장처럼 싸늘해지는 시선에 도란은 순간 흠칫했다. 레이는 위험하게 일렁이는 어두운 눈동자로 도란을 똑바로 바라본 채로 침대 위에 한쪽 무릎을 올렸다. 출렁, 침대 한쪽에 체중이 실리자 도란은 숨이 가빠 오기 시작했다. 자기도 모르게 뒤로 더 물러서려는데 침대 헤드가 등에 닿아 그럴 수가 없었다.

그녀 앞으로 바짝 다가온 레이가 한 손으로 도란의 턱을 잡아 올렸다.

"내가 널 배신했다? 그걸 지금 핑계라고 대고 있는 건 아니겠지? 란."

레이의 번뜩이는 시선을 똑바로 마주 보는 도란의 눈동자가 흔들렸다. 그녀의 눈에 어느새 눈물이 가득 차올랐다. 날 배신한 당신에게 그따위 말 듣고 싶지 않아!

"핑계 따위가 아니에요. 우린 끝났어요. 몰라요? 끝났다고요! 그러니 이거 당장 치워요!"

도란이 그의 손아귀에서 빠져나가기 위해 힘껏 고개를 돌리자 레이의 눈에서 시퍼런 불꽃이 튀겼다.

"누구 맘대로!"

레이가 순식간에 도란의 셔츠를 움켜잡고 거센 힘으로 잡아당겼다. 우두둑 소리와 함께 셔츠의 단추가 뜯어져 나가자 도란이 당혹스러운 얼굴로 소리를 질렀다.

"레, 레이!"

레이는 달아나려는 도란을 붙잡아 침대 위로 거칠게 눕히고 양손을 한 손으로 포박해 머리 위로 올렸다. 단추가 떨어져 양쪽으로 넓게 벌어진 셔츠 사이로 앙증맞은 브래지어와 새하얀 젖가슴이 보였다. 레이는 거침없이 한 손으로 도란의 바지 버클을 풀고 팬티와 함께 단번에 끌어내렸다.

"안 돼요!"

순식간에 다리 사이로 빠져나가는 바지의 감촉에 도란은 경악했다. 그녀의 셔츠를 잡아 찢어 버린 레이는 브래지어마저 잔인하게 벗겨 냈다. 지금껏 그를 만나며 단 한 번도 느껴 보지 못했던 아무런 배려도 없는 거친 손길에 도란은 옷과 함께 마음이 갈기갈기 찢겨 나가는 느낌이었다.

"레이, 안 돼! 하지 말라고요!"

"입 다물어."

짓눌린 듯 흘러나오는 그의 목소리는 얼음장보다 차가웠다.

"아앗……!"

완전하게 나체가 된 그녀의 몸을 레이가 화염같이 뜨거운 혀로 점령하기 시작했다. 포박당한 손을 움직이려 필사적으로 몸을 비틀었지만 레이는 도란의 가녀린 목덜미와 동그란 어깨, 그리고 쇄골까지 뜨거운 입술로 덥고 거칠게 빨아 당겼다.

그의 입술이 지나간 자리마다 벌건 열꽃이 아릿한 통증과 함께 돋아났다. 할딱이는 동그란 젖가슴을 사정없이 입안에 담자 도란의 허리가 확 휘었다.

"아, 안 돼!"

레이는 한 손으로 가슴을 움켜쥐고 본능적으로 팽팽하게 부풀어 오른 핑크빛 젖꼭지를 강하게 빨아 당겼다. 그의 입술이 커다랗게 삼키고 축축한 혀가 예민한 돌기를 휘어 감았다. 그러고는 아플 정도로 세차게 빨자 도란의 입술에서 참을 수 없는 신음이 터져 나왔다.

"으읏……."

신음을 삼키려 입술을 깨물어도 역부족이었다. 그의 입술과 혀가 주는 쾌락에 익숙해진 몸은 그를 더욱 강하게 바라고 있었고 마음은 그보다 더 큰 갈증으로 그를 원하고 있었다.

이러면 안 돼. 안 돼…….

도란은 눈물이 방울방울 맺힌 눈으로 천장을 바라보다가 머리를 붕붕 흔들었다. 아니, 이건 아니야. 이건, 이러는 건 아니야.

"하지 마요! 하지 말라니까!"

다시 그녀가 강하게 반항하기 시작하자 레이는 이를 악물고 도란의 하얀 다리를 붙잡아 양쪽으로 활짝 벌렸다.

그리고 벌린 다리 사이로 그의 머리가 거침없이 밀고 들어왔다.

"아, 안 돼……. 싫어어어엇!!"

도대체 당신, 나한테 왜 이러는 거야…….

난 당신 좋아한 죄밖에 없고 사랑한 죄밖에 없는데 왜 날 이렇게 엉망으로 만들어. 왜 이렇게 비참하게 만들어. 왜 도망도 못 치게 이러냔 말이야.

"흐읔……."

도란의 눈물이 볼을 타고 옆으로 흘러내렸다. 감각도, 뜨거움도, 레이도, 지금의 그녀에게는 감당하기 벅찼다.

도란의 흐느끼는 소리에 레이가 우뚝 움직임을 멈췄다. 거친 숨을 내쉬며 잠시 멈춘 그대로 있던 그가 다리 사이에 묻고 있던 얼굴을 들어 그녀를 바라봤다.

"……!"

그제야 레이의 눈에 도란의 상태가 들어왔다. 침대 위 무참히 찢겨진 셔츠, 여기저기 벌겋게 손자국이 남은 피부, 엉망으로 헝클어진 머리, 그리고 양손으로 가린 얼굴을 타고 흘러내리는 그녀의 눈물.

내가, 내가 지금 무슨 짓을 하고 있는 거지? 그녀를 사랑해서, 그녀 없이는 살 수 없을 것 같아서 되찾겠다고 먼 곳에서 날아왔는데.

레이는 질투에 눈이 먼 자신이 한 짓이 무엇인지 엉망이 된 도란의 상태를 본 후에야 절감했다.

그녀의 다리를 단단히 잡고 있던 레이의 손에서 힘이 서서히 빠져나갔다. 그러자 힘이 빠져나가기 무섭게 도란이 다리를 재빨리 모아 옆으로 돌아누워 몸을 둥글게 말았다.

"흐흑……."

도란은 풀려났는데도 흐느낌을 멈추지 않았다. 레이는 안타까운 얼굴로 그녀의 작은 몸을 뒤에서 살포시 감싸 안았다. 그리고 그녀의 어깨에 얼굴을 묻은 채 한참을 그대로 있었다.

……어?

눈물이 멈추고 진정이 된 도란은 아까부터 미동도 없이 조용한 그와, 맨어깨에 느껴지는 흥건한 물기가 이상했다.

뭐, 뭐지? 이 축축한 건? 혹시…… 침? 설마 이 상황에서 한가롭게 퍼질러 자는 거야?

정말 그럴지도 모른단 생각이 들자 도란이 분노에 휩싸여 벌떡 일어났다.

"지금 뭐 하는……!"

버럭 소리를 지르며 도란이 벌떡 일어나자 레이가 한 손으로 자신의 눈을 가렸다. 가린 손 아래로 한 줄기 눈물이 흘러내렸다.

"레이……."

그의 눈물을 보는 순간 도란도 울컥하고 목이 메어 왔다. 그의 파르르 떨리는 턱으로 끊임없이 눈물이 타고 흘렀다. 그 눈물이, 도란의 억장을 무너지게 만들었다.

"레이, 왜 울어요?"

"……."

"레이."

"도망치지 마."

짓눌린 듯 흘러나오는 그의 목소리에 도란의 가슴이 또 한 번 무너졌다. 레이가 손을 내리고 눈물이 맺힌 충혈된 눈으로 도란을 절박하게 응시했다.

"제발, 도망치지 마……. 내가 잡을 수 없는 곳으로 가지 마. 네가 사라진 걸 안 순간 숨을 쉴 수가 없을 정도로 괴로웠어. 다신, 다신 그런 고통 느끼게 하지 마."

도란은 아무 말도 할 수 없었다. 흔들리는 눈빛에서, 떨리는 목소리에서, 이 남자의 절절한 진심이 느껴졌다. 자신이 떠나온 데 대해 이 남자가 얼마나 불안해했는지를 느낄 수 있었다.

"소피와는……확실히 정리된 거예요?"

"……소피?"

레이의 얼굴이 일그러졌다.

"지금 그 여자 이름이 왜 나오는 거지? 소피는 널 만나기 훨씬도 전에 정리한 사람인데."

맙소사.

레이의 진심으로 이해할 수 없다는 표정을 보며 도란은 자신이 지금껏 이 남자를 오해하고 있었다는 것을 깨달았다. 그녀의 표정을 보고 레이도 눈치를 챈 것인지 얼굴이 험악해졌다.

"설마, 그 여자가 뭐라고 헛소리라도 지껄인 건가? 넌 그 말을 듣고 오해한 거고?"

"미안, 내가 미안해요."

도란이 레이를 와락 껴안았다.

"레이, 내가, 내가 미안해요. 내가 당신을 오해한 것 같아요. 난 정말 그런 줄도 모르고……."

그녀가 레이를 꽉 껴안고 말하자 레이가 가슴을 들썩이며 크게 숨을 내쉬었다.

"그래서 도망친 거야?"

"……미안해요. 미안."

도란은 미안하다는 말밖에 할 수가 없었다. 소피 때문이라는 핑계는 대고 싶지 않았다. 소피 말에 넘어가 레이를 못 믿은 건 사실이었으니. 설사 레이가 거짓말을 할 수 있더라도 만나서 얘기라도 해 보고 결정했어야 옳았다. 그의 눈빛을 보면 진실이 뭔지 분명 알 수 있었을 텐데 그걸 확인하는 게 무서워 도망친 거였으니까.

"난 내 사랑이 배신당했다고만 생각했어요……. 그게 당신을 배신하는 일일 줄은 그땐, 아니 지금까지도 몰랐어요. 용기를 내서 물어봤어야 하는 건데 당신에게 자신이 없었나 봐요. 미안해요."

그가 얼굴을 찡그린 채로 도란을 쳐다봤다. 레이의 눈물 젖은 상처투성이의 눈빛이 아프게 가슴에 박혀 왔다.

"아니, 나도 오해한 부분이 있었어. 네 탓만은 아니야. 나 역시 너와 가이시아 사이를 오해하고 질투해서 그런 식으로 대했으니까."

잠시 고개를 숙인 레이가 도란을 껴안으며 낮게 한숨을 내쉬었다.

"미안해. 널 좀 더 믿지 못해서. 힘들게 해서."

"아뇨. 나도 미안해요."

도란이 고개를 붕붕 저으며 레이의 가슴에 얼굴을 묻고 깊게 껴안았다. 그제야 그가 안심한 표정으로 그녀의 귓가에 속삭였다.

"다신…… 아무 말 없이 떠나지 마."

"응. 안 떠날게요."

"정말, 미치는 줄 알았어. 내가 여기 오기까지 얼마나……."

말을 잇지 못하고 레이가 고개를 흔들었다.

"하아……."

그가 고개를 돌려 한숨을 쉬더니 잠시 숨을 골랐다. 그러곤 다시 도란을 바라봤다.

"날 죽게 할 생각이 아니라면 절대, 다시는 이러지 마. 란."

도란이 말없이 레이의 눈을 바라보며 고개를 끄덕였다. 그런 그녀의 눈가와 볼의 물기를 손바닥으로 쓸어내리더니 그가 천천히 다가와 입술을 덮었다. 그의 입술이 닿자 도란도 눈을 감고 그의 입술과 혀를 받아들였다. 아까와는 달리 익숙하고 부드러운 레이의 키스가 뿌려졌다.

감정이 화산처럼 터진 직후라서 그런지 감미로운 키스의 감각에도 마음속에 뭉클하고 뜨거운 감정이 솟아나왔다.

"아합……."

입술을 크게 벌려 점점 더 많이, 그를 받아들였다. 두 사람의 혀가 서로를 갈구하듯 뜨겁게 엉기기 시작했다. 타오르듯 불같은 무언가가 가슴을 지나 배 아래 저 깊은 곳까지 후끈 자극시켰다.

다급한 둘의 몸짓이 침대 위에서 부대끼며 엉겼다. 침대 위를 이리저리 휩쓸며 정신없이 키스를 나눴다. 서로의 얼굴, 눈, 코, 입, 볼, 이마, 턱까지 빠짐없이 부지런히 입술을 옮겨 가며 키스했다.

그녀의 헐벗은 몸을 아래에 두고 레이가 몸을 일으켜 얼굴에서부터 차곡차곡 훑어 내려왔다. 오랜만에 돌아온 자신의 영역에 하나나 다시 영역표시를 하듯 소중하게 키스의 열꽃을 뿌려 갔다. 마침내 그의 혀가 말캉한 젖가슴을 훑고 내려가 꼿꼿하게 솟아오른 유두에 다다랐다. 축축한 혀가 동그란 정점을 길게 훑어 올리자 그 아찔한 쾌감에 도란의 허리가 뒤로 휘어졌다.

"아웃…… 아!"

그녀의 가슴을 한 입에 삼키곤 살살 빨아 대던 레이가 아직까지 그의 아랫도리를 구속하고 있는 바지와 속옷을 단번에 벗어 냈다. 그러고는 그녀의 한 손을 잡고 이끌어 자신의 중심으로 가져갔다. 손 안에 커다랗고 단단한 무언가가 느껴지자 도란의 눈이 크게 떠졌다. 앗! 이, 이건!

"후우, 란…… 란."

그녀의 손이 닿기만 했는데도 레이는 엄청난 쾌감에 몸을 떨었다.

도란은 무척 놀란 기분이었지만 레이의 선정적으로 일그러지는 얼굴을 보고는 숨을 삼켰다. 저렇게 좋은 걸까……? 궁금했다. 그리고 그를 더 흥분시키고 싶은 이상한 욕망이 꿈틀거렸다.

도란이 손안에 든 커다란 것을 두 손으로 움켜잡았다. 그러자 레이의 가슴이 들썩거리며 거친 숨이 흘러나왔다.

"아……."

정말 좋은가 봐! 도란이 발갛게 달아오른 얼굴로 손을 더 움직여보려고 꼬물거리는데 레이는 못 참겠다는 듯이 탄탄한 근육질 몸으로 그녀를 강하게 껴안았다.

도란도 팔을 뻗어 레이의 단단한 등을 감싸 안았다. 팔 안에 가득 들어오는 그가 도란의 볼과 어깨선에 진하게 키스를 하곤 귓가에 속삭였다.

"날 원한다고 말해 줘……."

흥분에 잔뜩 찬 허스키한 목소리가 귓속으로 들어오자 도란은 짜릿한 흥분에 몸이 떨려 왔다.

"지금 당장, 날 원한다고 해. 어서."

"하아, 레이…… 당신을 원해요."

도란의 속삭이는 목소리에 레이의 온몸에 불끈 힘이 들어가는 것이 느껴졌다. 레이는 두 손으로 그녀의 다리를 잡아 한껏 벌리고 거침없이 그녀의 안으로 짓쳐 들어갔다.

"하앗!"

침대가 거세게 출렁거릴 만큼 강하게 그가 밀고 들어오자 도란의 고개가 뒤로 확 젖혀졌다. 몸 전체를 관통하는 듯한 강철 같은 단단함에 도란은 순간 숨을 쉴 수가 없었다. 그의 바짝 힘이 들어간 몸에 저도 모르게 손톱을 박자 레이가 낮게 신음을 내뱉었다.

"으음."

그녀의 뜨거운 속살이 그를 힘껏 조이자 온몸에 소름이 돋을 것 같은 강렬한 쾌감이 일었다. 레이는 그녀의 다리를 자신의 허리에 감게 한 뒤 상체를 숙여 양손을 도란의 등 뒤로 밀어 넣었다.

그가 통통한 엉덩이를 힘껏 움켜쥐고 그녀의 안으로 더욱 깊게 밀고 들어갔다. 흐읏, 소리와 함께 도란이 밭은 숨을 내쉬었다. 머릿속이 팽글팽글 돌 정도로 강한 자극이 사정없이 몰아치기 시작했다. 레이는 그녀의 엉덩이를 움켜쥔 채로 천천히 허리를 위아래로 움직이기 시작했다. 도란도 양손을 뻗어 그의 엉덩이를 잡자 꿈틀거리는 엉덩이의 근육이 고스란히 느껴졌다.

"아, 아웃······."

천천히 깊게 들이쳐 오는 두꺼운 남성에 그녀의 속살은 점차 뜨겁게 열기에 젖어 갔다. 한껏 젖은 꽃잎이 그의 단단한 몸을 움켜쥘 듯 조여 대자 레이의 입술에서도 거친 신음이 흘러나왔다.

"크읏. 너무 조여."

도란의 어깨에 이를 박은 채로 으르렁거리며 레이는 엉덩이를 힘차게 밀어올리기 시작했다. 거친 움직임에 침대 시트가 한껏 말려 올라갔다.

"으흑! 레, 레이······ 아! 아윽!"

머릿속에 팡팡 터지는 쾌감의 불꽃에 도란은 정신을 차릴 수가 없었다. 레이는 꽉 움켜쥐고 있던 그녀의 탱글한 엉덩이를 놔준 뒤 손바닥으로 침대를 지탱하고 상체를 일으켜 세웠다. 그러고는 그녀의 두 다리를 들어 올려 자신의 어깨에 걸쳤다.

"하으윽!"

그가 좀 전보다 더욱 깊숙이 찔러 들어오자 도란의 몸이 팽팽히

당겨진 활시위처럼 크게 휘었다. 레이는 도란의 몸 쪽으로 더욱 가까이 상체를 숙이며 탄력적으로 허리를 밀어 올렸다. 그의 거친 움직임에 그녀의 다리에 힘이 잔뜩 들어가서 발가락 끝까지 오그라들었다.

레이는 허리를 세우고 그녀의 다리를 넓게 벌리며 거세게 치고 들어갔다.

하, 주, 죽을 것 같아!

도란은 숨도 쉴 틈 없이 밀고 들어오는 압박감에 정신이 하나도 없었다. 그의 남성적인 등에 배어난 땀이 등 근육 사이로 흘러 엉덩이 골 사이로 섹시하게 흘러 들어갔다. 탄력적으로 흔들리는 도란의 젖가슴을 뜨거운 시선으로 바라보던 레이는 양다리를 잡고 있던 손을 떼더니 유혹적으로 흔들리고 있는 그녀의 가슴을 움켜잡았다.

"아……! 레, 레이!"

레이가 모아 쥔 가슴의 빳빳하게 솟구친 돌기를 엄지로 문지르자 도란은 자지러질 듯 신음을 터뜨렸다. 열락으로 벌어진 붉은 입술과 파르르 떨리는 그녀의 속눈썹을 노려보며 레이는 더욱 속도를 빨리했다.

"학, 아, 아으읏!"

침대시트를 힘껏 그러쥔 도란의 몸이 그가 밀어 올리는 대로 정신없이 흔들렸다. 도란의 얼굴이 쾌감으로 한껏 일그러지자 레이가 그 순간 세게 골반을 퉁겨 올렸다.

"하악!"

도란은 참을 수 없는 쾌감에 허리를 확 젖히곤 허공에 손을 휘저었다. 레이는 그녀의 손을 맞잡고 깍지를 낀 채 허리를 퉁겨 올렸다.

"예뻐. 란……. 예뻐. 한없이."

그의 움직임에 리드미컬하게 흔들리는 그녀를 내려다보며 레이가 속삭였다. 열락에 젖은 도란의 얼굴과 땀에 젖어 흔들리는 몸이 그를 미치게 만들고 있었다. 아아, 정말 참을 수가 없군.

레이는 그녀의 안에 깊게 몸을 묻은 채로 도란의 허리를 잡고 옆으로 돌렸다. 그러고는 그녀의 한 다리를 자신의 어깨에 걸치고 엉덩이를 들어올려 옆으로 가위질하듯 쑤셔 들어갔다.

"너, 너무 깊어요. 레이!"

몸을 옆으로 살짝 비튼 채 정신없이 흔들리며 도란이 고개를 저어 댔다. 레이는 손을 뻗어 탐스러운 가슴을 움켜쥔 채로 탄력 있는 둥근 엉덩이를 힘차게 밀어 올렸다.

"조금만, 조금만 더⋯⋯."

오랜만에 느끼는 그녀의 안은 그로 하여금 모든 이성과 자제력을 상실하게 만들 정도로 좋았다. 도저히 참을 수 없는 강한 쾌감을 느끼며 레이는 땀으로 범벅된 몸을 빠르게 움직였다.

"헉, 헉⋯⋯ 란, 너무 좋아⋯⋯."

그도 이렇게 흥분한 건 처음인지 섹시한 저음의 목소리로 연신 신음하고 있었다.

"아아, 레이!"

정신없이 흔들리던 도란은 아무래도 귀에 성감대가 있는 게 아닐까 생각했다. 그의 흥분에 가득 차서 짓이겨지는 목소리를 들으면 자기도 모르게 아랫배가 더욱 뜨겁게 조여드는 기분이었다. 도란은 근육이 꿈틀거리는 그의 팔을 움켜잡고 음란하게 허리를 비틀어 댔다.

"아, 웃⋯⋯. 미칠 것 같아⋯⋯ 헉."

그녀가 허리를 아찔하게 비틀어 댈 때마다 레이의 얼굴이 쾌감으로 일그러지며 움직임이 더욱 격렬해졌다. 레이는 참을 수 없는 듯 그녀의 허리를 움직이지 못하게 꽉 움켜잡고 격렬하게 들이치기 시작했다.

"하웃! 레, 레이! 아! 아아! 앗!"

"사랑해. 사랑해. 란. 미칠 것같이 사랑해!"

"학, 학. 나도, 나도…… 아웃, 응! 사랑……해요. 훗!"

레이는 쾌감에 진저리치는 도란의 몸을 잡은 채로 상채를 숙여 격정적으로 흔들리는 가슴을 빨았다. 흥분으로 터질 듯 바짝 곤두선 젖꼭지를 빨아 대자 도란이 가쁜 교성을 터뜨리며 허리를 한껏 비틀었다.

"제길, 란!"

그가 미칠 듯한 쾌감에 더 이상 참지 못하고 그녀의 젖가슴을 문 채로 부서질 듯 격렬하게 움직이기 시작했다. 그 움직임이 믿어지지 않을 만큼 빨라지더니 그가 상체를 위로 바짝 곧추세웠다.

"아, 아아! 아……안……하으윽!"

"허억……!"

눈앞이 하얗게 부서지는 쾌감이 두 사람에게 폭죽처럼 쏟아져 내렸다. 그대로 팽팽히 당겨진 실처럼 휘어졌던 몸이 거친 숨소리와 함께 침대 위로 무너져 내렸다.

"아차!"

레이의 품 안에 안겨 그대로 잠들어 버렸던 도란이 깜짝 놀라 깨어났다.

"……왜 그래?"

눈 뜨자마자 본능적으로 품속의 그녀를 확인하고 강하게 껴안은 그가 물었다.

"크, 큰일 났어요! 그러고 보니까 어제 고깃집에서 그러고 나온 채로 외박해 버렸으니 집에선 지금쯤 난리가 났을 텐데!"

도란이 얼굴이 새하얘져선 일어났다.

아마 그대로 한규가 우리 집에 가서 식구들에게 알리고, 식구들은 경찰에 신고했을지도 모른다. 외국인이 딸 납치범이라고. 이를 어째? 핸드폰도 어제 급하게 레이에게 끌려나오느라 고깃집에서 챙겨 나오지도 못했다.

"걱정하지 않아도 돼."

레이가 느른하게 말하며 도란의 팔을 당겨 다시 품으로 끌어안았다. 그러자 도란이 답답하다는 듯 손바닥으로 그의 탄탄한 가슴을 찰싹찰싹 쳤다.

"어떻게 걱정이 안 돼요? 한국은 영국같이 자유롭지 못하단 말이에요! 말없이 외박했다간 머리털 다 쥐어뜯길지도 모른다고요!"

"내 말은, 지금 너희 집에 헨리가 가 있을 거란 말이야."

"네에? 헤, 헨리가 우리 집은 왜요?"

도란의 눈이 뚱그렇게 커졌다.

"내가 네가 있는 식당을 어떻게 찾아갔을 것 같아?"

"아, 그러고 보니 거긴 어떻게 알⋯⋯."

"어제 널 강제로라도 다시 영국에 데려갈 생각으로 비행기를 타려는데 어떻게 안 건지 헨리가 나타나더니 자기가 전용기로 태워 주겠다고 하더군. 그러더니 한국은 유교사상이 깊은 나라니 딸을 데려오려면 먼저 부모한테 허락을 받아야 하는 거라고 너희 집으로 데려갔어."

"헉⋯⋯!"

도란의 새하얘진 얼굴이 잿빛이 됐다.

"아, 아, 아니 당사자인 나한테 아무 말도 없이 그러면 어떻게 해요?"

"난 강제로라도 데려올 생각이었다니까?"

태연한 얼굴로 보쌈도 불사하겠다고 말하는 레이를 보고 도란은 말문이 막혔다.

아니 이 사람이 어제 그렇게 울던 사람 맞나?

"시, 식구들이 뭐랬는데요?"

"흠. 대동한 통역이 란과 결혼하기로 했다니까 순순히 네가 어디 갔다고 알려 주던데?"

"정말요?"

하긴 엄마를 제외하곤 우리 집에서 레이 블레어가 누군지 모르는 사람은 없다. 맨날 축구경기나 축구 게임에서만 만날 수 있던 레이 블레어가 갑자기 집으로 찾아왔으니 오빠들은 얼마나 놀랐을까? 더군다나 결혼 운운했으니 말이다. 아버지는 우황청심환을 드셨을지도 모르겠다.

"잠깐, 그런데 언제 우리가 결혼하기로 했어요?"

도란이 퍼뜩 생각난 듯 레이에게 물었다. 그러자 레이가 기분 나쁘다는 듯 한쪽 눈썹을 추켜올렸다.

"그럼 넌 나와 결혼 안 할 생각이었어?"

"아…… 아니 그게…… 물론 결혼은 하……할 거지만 아직 구체적인 생각은 한 번도 해 본 적이 없는데…….."

"지금 생각해 보면 되잖아. 어차피 헨리가 아직 너희 집에 있으니까 같이 가서 다시 한 번 부모님께 말씀드리는 게 낫겠군."

한국 온 김에 아예 쐐기를 박으려는 듯 레이가 시계를 확인하며 몸을 일으켰다. 도란이 눈을 동그랗게 뜨고 물었다.

"네? 헨리는 왜 우리 집에 있는데요?"

"란 식구들한테 고? 스톱?을 전수받아야 한다고 밤샜다던데? 이 기회에 배워 둬야 한다며."

"에엑……?"

도란의 입이 쩌억 벌어졌다. 도대체 내가 어제 삼겹살 먹으러 나와 있던 사이에 무슨 일이 있던 걸까?

"어쨌든 일단 준비하지."

"네? 아, 네."

레이가 도란을 달랑 안아 들고 욕실로 향했다.

레이의 말에 반신반의하며 집으로 가 보니 뜻밖에도 집엔 아무도 없었다. 거실에 메모지만 달랑 놓여 있었다.

도란아. 헨리 씨가 자기 소유인 우리나라 별장에서 파티를 벌이는데 연예인들 많이 오기로 했다고 식구들을 다 초대해서 다같이 간다. 이 기회에 사인이나 받아 볼까 해서 같이 가기로 했는데…… 근데 도란아. 이게 지금 사실이니? 너 그 레이 뭐라는 사람이랑 정말 결혼할 사이니? 네 아빠가 그러는데 그 남자가 세계에서 엄청나게 유명한 축구 선수라는데, 사실이야? 니 넷째 오빠 어제 그 남자 보고 기절했어. 무슨 다 큰 사내애가 기절까지 하는지……. 어쨌든 갔다 와서 얘기하자.

— 엄마가.

메모를 확인한 도란이 이마를 살짝 찌푸렸다.

"헨리 우리나라에도 별장 있어요?"

"음. 그런 것 같던데? 아마 헨리는 이슬람 국가를 제외하곤 세계에서 파티를 벌이지 않은 나라가 없을 테니."

"아아……."

도란이 납득한 듯 끄덕였다. 하긴 그 사람은 파티 광이니…… 어떤 나라에서든 벌이려면 못 벌일 것도 없지. 근데 무슨 대낮부터 파티를 연다고 식구들을 다 끌고 갔지?

도란이 메모를 보며 구시렁대고 있는데 레이는 어제 제대로 못 본 그녀의 집을 차근차근 훑어보고 있었다.

"한국인들은 정말 작은 집에 사는군."

레이가 놀라운 얼굴로 중얼거리는 걸 보고 도란이 뱁새눈을 하고는 말했다.

"누구 집이 지나치게 큰 거거든요? 하긴 왕실 같은 누구 씨 집이랑 비교하면 이 집은 콩알만 한 거지, 뭐."

"흐응."

레이가 진지한 눈빛으로 한 바퀴 휘 둘러보더니 말했다.

"네 방은 어디야?"

"예에? 내 방이요?"

"난 네 집에 온 거니까 네 방이 궁금해."

"에…… 그게…… 저기, 방은 좀 그런데……."

식은땀을 삐질거리며 시선을 회피하는 도란을 레이가 삐딱한 시선으로 쳐다봤다.

"말해 주지 않을 셈인가? 좋아. 뭐 하나하나 열어 보면 알겠지. 문도 몇 개 안 되니까."

"자, 잠깐만요!"

레이가 그대로 앞의 방문을 열려는 걸 도란이 헐레벌떡 잡았다.

"시, 식구들도 없는데 우리 나가죠? 레이 한국 처음 온 거죠? 하, 한국이 의외로 구경할 데가 많…… 앗!"

레이는 도란이 손을 잡은 상태로 손잡이를 돌려 방문을 열었다. 그러자 보란 듯이 커다란 다니엘의 브로마이드가 벽의 전면에 펼쳐져 있었다. 그뿐 아니라 방 여기저기에 온통 다니엘 사진과 브로마이드가 다닥다닥 붙어 있었다.

그걸 확인한 레이의 얼굴이 험악하게 굳어졌다.

"너……?"

"저, 저번 명절 때 와서 붙여 놓은 건데 하, 한국 와서 아직 정리할 시간이 없었어요. 넋 나가 지내느라 아직 못 뗀 것뿐이에요."

도란의 변명에 레이가 눈을 가늘게 떴다.

"하. 넋 나가 지낸다는 애가 남자랑 고기 구워먹으면서 술을 퍼마시고 있어?"

"헉! 그, 그건……."

도란이 아무 말 못 하고 허둥지둥 시선 둘 곳을 찾고 있는데 레이의 눈빛이 야릇하게 빛났다.

"흐응, 좋아."

"네?"

"저 다니엘 자식 사진 앞에서 제대로 한번 안아 주지. 앞으로 다니엘 사진은 창피해서라도 다 떼 버리도록 말이야."

도란의 얼굴이 경악으로 물들었다. 어젯밤의 후유증 때문에 아직도 그곳이 저릿저릿하고 힘든데 지금 또?!!

"아, 아니! 저건 지금 뗄 거예요! 뗀다니까요?!!"

도란의 완강한 거부에도 레이가 슬슬 웃으면서 다가왔다.

"레이! 안 된다니…… 꺄악!"

둘은 앙증맞은 도란의 침대 위로 풀썩 쓰러졌다.

아, 난 몰라.

진짜 이제 다니엘 얼굴을 어떻게 보지?

에필로그
1. 당신만을 위한 세레모니

　헨리는 도대체 우리 식구들을 어떻게 구워삶은 건지 파티에 다녀온 식구들은 레이와의 결혼에 무조건적인 찬성을 보내왔다. 심지어 김 여사까지도.

　「망설일 거 뭐 있니? 빨리 날 잡자. 어차피 세계적으로 공인된 사이라면서.」

　「에? 엄마. 난 아직 마음의 준비가…….」

　"오! 마음의 준비가 뭐가 필요해요? 마스코트 걸은 그런 거 전혀 신경 쓸 필요 없이 그냥 결혼식만 생각하면 돼요."

　"헨리!"

　헨리가 노프라블럼을 블라블라 외쳐 대자 도란이 난처한 얼굴로 소리쳤다. 이게 도대체 무슨 상황이냐는 말이다. 헨리가 시아버지도 아닐진대 왜 우리 결혼에 이렇게 발 벗고 나서는 거냐고. 자기 애인 정리나 좀 할 것이지.

"하아, 레이도 없이 이게 웬 날벼락인지……. 헨리는 왜 안 돌아가요?"

도란이 지끈거리는 머리를 꾹꾹 누르며 헨리에게 물었다. 레이는 도란의 식구들을 만난 뒤 시합을 위해 바로 런던으로 복귀한 상태였다. 그런데 구단주는 왜 우리 집에 남아 있냐고?

"아아, 난 아직 김 여사를 이기지 못했어요."

헨리는 시무룩한 얼굴로 말했다. 통역원이 전달해 주자 김 여사가 호호 웃었다.

「난다 긴다 하는 우리 집안에서도 날 이기는 사람이 없거든요. 아마 쉽지 않을 거예요. 오호홋!」

「이게 무슨 말이에요?」

도란이 눈을 둥그렇게 뜨고 묻자 통역원이 말했다.

「고스톱 말씀입니다.」

「아…… 그럼 고스톱 때문에 런던에도 안 돌아가고 이러고 계신 거예요?」

통역원이 말없이 고개를 끄덕이자 도란은 한숨이 포옥 나왔다. 도대체 헨리는 무슨 생각으로 사는 걸까? 고스톱으로 김 여사를 이기는 데 역사적 사명을 가지고 있기라도 한 걸까? 도저히 모르겠다.

"레이, 헨리 좀 데려가요. 우리 집이 맨날 도박판이 되고 있다고요."

방 안에 들어와 전화기를 붙잡고 도란이 투덜거리자 전화기 너머로 낮게 웃는 소리가 들렸다.

— 안 그래도 지금 조이가 데리러 간다는군. 잠깐 다녀온다던 구단주가 한국에 박혀서 돌아오질 않고 있다고.

"아아. 불쌍한 조이……. 조이 위장에 난 구멍은 헨리가 책임져야 돼요. 순전히 헨리 탓이니까."

그 말에도 레이는 웃었다. 그의 웃는 소리가 참 듣기 좋다고 생각하며 도란이 말했다.

"오늘 훈련은 잘 했어요? 컨디션은 어때요?"

— 음. 괜찮아. 누가 자꾸 방해하는 것만 빼면 대체적으로 양호한 상태지.

"어머머. 누가 우리 레이 훈련을 방해한대요? 몹쓸 사람 같으니. 내가 혼내 줄까요?"

도란이 분기탱천하여 전화기를 부여잡고 버럭거렸다.

— 머리에 비닐봉지 달고 다니는 여자가 있는데, 그게 안 보이니까 영 집중이 안 돼. 안 보이니까 자꾸 아른거리고…….

레이의 말에 도란은 숨을 삼키고 입술에 침을 발랐다. 이 남자 이거 이상한 데서 사람을 감동시키네?

— 안 혼내 줄 거야?

"호, 혼내 줘야죠. 내가 찾아내면 꼭 혼내 줄 테니까 레이는 그런 데 신경 쓰지 말고 열심히 해요. 다음 시합 전엔 꼭 갈게요."

도란이 흠흠 헛기침을 하고 말하자 레이가 웃음기 섞인 목소리로 대답했다.

— 빨리 오도록. 기다리다가 죽을 지경이니까.

"알았어요."

방싯방싯 웃는 얼굴로 도란이 대답하고는 전화를 끊었다.

하아, 보고 싶다. 지구 반대편에 떨어져 있는 사람인데 목소리를 들으니 더 보고 싶었다. 이럴 줄 알았으면 식구들이 서운해하더라도 레이가 영국으로 날아갈 때 같이 날아갈 걸 그랬나?

그치만 헨리도 남아 있고, 오랜만에 만난 식구들과 너무 짧은 시간만 보냈기에 한동안은 여기에 남기로 한 거였다. 그런데도 이렇게 보고 싶어질 때마다 자꾸 그 선택을 후회하게 된단 말이지.

이러니까 남자에게 미치면 애미 애비도 못 알아본다는 말이 생긴 걸까? 엄마, 아빠. 미안해요. 하나밖에 없는 딸이 아무래도 남자에게 미친 것 같아요.

도란이 베개를 끌어안고 씁쓸한 표정으로 자책하고 있는데 노크 소리가 들렸다.

"란. 나 헨리인데 들어가도 돼요?"

"헨리? 들어와요."

도란이 침대에서 일어나 바로 앉자 헨리가 싱글싱글 웃으며 방 안으로 들어왔다. 책상 앞 의자에 턱하니 앉는 헨리를 보다가 도란이 먼저 물었다.

"집 안에서도 꼭 그거 쓰고 있어야 돼요?"

"아, 이거요? 물론이죠. 이 의상의 포인트는 이거니까."

헨리가 머리 위에 쓰고 있는 까만 갓을 어루만지며 당연하다는 듯 끄덕거렸다. 옛날 선비들이 입던 옥색 두루마기에 하얀 양단 쾌자를 덧입고 풀색 술띠를 맨 헨리는 머리 위에는 당당히 갓을 쓰고 있다.

음, 푸른 눈동자의 선비라니…….

보기에는 매우 이질감이 도는 모습이었지만 정작 헨리는 그 의상이 아주 만족스러운지 벌써 며칠 내내 색색별로 선비 코스프레를 하고 있었다.

"란. 이번 시합 전에 영국으로 돌아갈 계획이라고 했죠?"

"네. 중요한 시합이니 가서 직접 응원하고 싶어서요. 근데 왜요?"

헨리가 갑자기 고개를 숙이더니 한숨을 푸욱 내쉬었다.

"실은 지금 조이가 날 잡으러 오고 있대요."

"아아……. 아쉽겠어요."

그럼 가서 일을 해야죠. 헨리. 여기 언제까지 눌러앉아 있으려고요? 당신은 구단주거든요. 도란은 뒷말은 속으로 삼키며 위로의 눈빛을 보냈다.

"아직 한국에서 즐길 게 많은데 잡으러 온다니 할 수 없이 우선 영국으로 돌아가야 될 것 같거든요. 하지만 곧 다시 올 거예요. 영국에서 김 여사를 이길 수 있는 작전을 짜서 기필코 이길 거니까요."

헨리가 승부욕으로 이글이글 불타는 눈빛으로 비장하게 말했다. 참 독특한 사람이라니까.

"그래서 말인데요. 란도 어차피 앞으로 결혼 준비도 그렇고, 한국에는 자주 드나들어야 되지 않겠어요? 그러니까 내가 내일 조이와 영국으로 돌아갈 때 같이 갔다가 내가 한국으로 올 때 내 전용기로 같이 오는 게 어때요?"

"네? 정말요?"

헨리의 말에 도란의 얼굴이 기대감으로 환해졌다. 헨리는 그 얼굴을 보며 흡족한 표정으로 고개를 끄덕거렸다.

"레이 보고 싶다고 얼굴에 써 있어서 말이죠. 레이도 이런 서프라이즈 이벤트에 무척 기뻐할 것 같고."

"저야 감사하죠, 헤헤. 솔직히 얼른 가고 싶긴 했어요."

도란이 열심히 고개를 끄덕거렸다. 엄마, 아빠. 미안해요. 딸은 역시 남자에게 미쳤나 봐요.

"대신 조건이 있어요."

"조건요? 무슨……."

헨리가 매우 진지한 표정을 짓자 기뻐하던 도란도 덩달아 표정을 정비했다. 헨리는 갓을 만지작거리며 도란에게 슬쩍 고개를 가까이 하고 조용히 말했다.

"김 여사를 이길 방법을 몰래 알려 줘요. 약점이라든가 뭐 그런 거 없어요? 나 정말 이기고 싶은데 김 여사."

헬기는 어느덧 런던 시내로 진입 중이었다. 헨리의 전용기는 무척 크고 호화스러워서 이것저것 게임도 하고 놀다 보니 시간 가는 줄 모르고 빨리 왔다. 공항에 도착한 뒤엔 대기시켜 둔 헨리의 전용 헬기를 타고 순식간에 엘튼 파크 옥상에 도착했다.

"고마워요. 헨리."

곧 레이를 볼 수 있다는 기대감에 도란이 방긋 웃으며 감사를 표했다. 헨리는 조이에게 끌려 내리면서 의기소침한 얼굴로 마지못해 끄덕였다.

"뭘요. 당연한 건데. 난 아직 오고 싶지 않았지만요."

"어서 움직이세요. 보스."

"알았어. 알았으니까 그만 닦달하라고."

헨리가 투덜거리며 조이에게 끌려 엘리베이터로 향하는 걸 보면서 도란은 다시 한 번 조이에게 동정을 느꼈다.

자, 그럼 이제 레이에게 가 볼까? 도란은 캐리어 대신 짊어지고 온 커다란 가방을 들고 헨리가 대기시켜 준 리무진에 올라탔다.

"으차. 내가 리무진을 다 타 보네."

번쩍번쩍한 리무진에 올라탄 도란은 푹 눌러썼던 모자를 벗고 창 밖을 기웃거렸다. 아, 오랜만이구나. 런던……. 시간상 그리 오래된 건 아닌데 마치 아주 오랜만에 돌아온 것 같은 느낌이었다. 이왕이면

이 거리를 직접 두 발로 걷고 싶었는데 굳이 헨리의 리무진을 타게 된 데는 이유가 있었다.

"파파라치가 따라붙네요."

"아, 또요?"

옆에 앉아 있던 경호원이 하는 말에 도란이 흠칫 놀라 밖을 내다봤다. 과연 무서운 속도로 그들을 따라붙는 차가 보였다. 그 차를 보자마자 도란은 미간을 찌푸렸다. 아, 망할 파파라치 같으니!

레이가 한국에 도란을 찾아왔다는 것이 밝혀진 순간부터 모든 언론들이 난리가 났다. 즉시 레이는 그녀의 온 식구들에게 전용 경호원을 붙여 줬고 기자들이 다가오지 못하도록 바리케이드를 쳐 줬다. 도란의 개인적인 기사가 최대한 나가지 못하도록 헨리도 힘을 보탰다.

하지만 그럼에도 불구하고 한국에 있을 때부터 바깥출입이 쉽지 않을 정도로 파파라치들이 도란의 일거수일투족을 감시하려 들었다. 덕분에 파파라치의 '파' 자만 들어도 진저리가 쳐지고 파가 들어간 음식도 먹고 싶어지지 않을 정도다.

레이도 그래서 파파라치한테 학을 뗀 거였구나. 잠깐 시달린 나도 이럴진대 근 십 년을 시달렸으니 얼마나 힘들었을까 레이는.

도란이 짠한 마음으로 레이를 생각하고 있을 때 리무진이 호텔 앞에 도착했다. 경호원은 도란이 헨리가 예약해 둔 스위트룸으로 무사히 들어갈 때까지 가드해 줬다. 한 층에 하나밖에 없는 VVIP룸인 데다 전용엘리베이터가 있는 곳이라 외부인은 출입하지 못하는 곳이니 아래층에서 대기하고 있겠다고 하고 경호원은 내려갔다.

"경호원이니 리무진이니…… 이게 도대체 어떻게 돌아가는 건지 모르겠네. 내 인생."

경호원을 배웅한 도란이 중얼거리며 룸 안으로 들어갔다. 앞으로 이런 생활에 익숙해질 거라고 생각하면 왠지 무섭기도 했다. 파파라치에게 늘 쫓겨야 하고 언제 내 사생활이 오픈될지 모르는 공포에 떨어야 하다니……. 하지만 레이 블레어라는 잘난 남자를 만난 대가이겠거니 해야지 어쩌겠는가?

"그나저나 이제 슬슬 레이에게 연락이 올 시간이 됐는데 말이지."

도란이 시계를 힐끗 쳐다봤다. 훈련이 끝날 시간이니 레이는 평소처럼 전화를 할 것이다. 아마 깜짝 놀라겠지? 분명 한국에 있는 줄 알 테니까.

"헤헤헤."

도란은 헤죽헤죽 웃으며 커다란 창으로 넓게 펼쳐진 런던 시내의 전경을 바라봤다. 이제 곧 레이를 만날 수 있다고 생각하니 둥글게 올라간 입가로 웃음이 절로 새어 나왔다.

그 시간 레이는 한국으로 향하는 비행기 안에 타고 있었다. 한국을 오가기 위해 특별히 장만한 전용기를 처음 시승하는 중이었다. 도란과 편히 오갈 수 있도록 침실과 리빙룸, 영화관까지 신경 써서 설계한 전용기였다.

"곧 한국에 도착할 예정입니다. 와인 한 잔 더 준비할까요?"

승무원이 커다란 소파에 앉아 있는 레이에게 다가와 물었다. 창밖을 바라보며 은은한 미소를 짓고 있던 레이가 끄덕였다.

"아, 그리고 도착 전에 그것도 준비해 둬요."

"알겠습니다."

승무원이 와인 바가 있는 곳으로 사라지자 레이는 다시 창 쪽으로 고개를 돌렸다.

도란에겐 말하지 않았지만 오늘은 훈련이 없는 날이라 새벽같이 비행기에 탑승했다. 내일 훈련시간 전까지 도착하려면 한국에서 함께 있을 수 있는 시간은 고작 두 시간 남짓. 그래도 곧 도란을 볼 수 있다는 생각을 하니 벌써 온몸이 뜨거워진다.

"조금만 기다려. 란."

지중해 바다처럼 아름다운 그의 푸른 눈동자가 짙어졌다.

"이상하다? 왜 전화가 안 오지?"

도란은 휴대폰을 쥔 채로 고개를 갸웃거렸다. 평소 같았으면 훈련이 끝나자마자 전화가 올 텐데 오늘은 올 시간이 진즉 지났는데도 전화가 오지 않았다. 고민에 빠진 도란의 머리 위에서 노란 비닐봉지가 아닌 핑크빛 커다란 리본이 흔들거렸다.

서프라이즈를 위해 헨리가 특별히 커다란 리본까지 준비해 줬는데……

전화가 올 때까지 기다릴 작정이었지만 이렇게 된 이상 계획을 수정할 수밖에 없었다. 할 수 없이 먼저 전화를 걸어 보기로 했다.

"헉. 뭐야. 전화기가 꺼져 있잖아?"

도란의 얼굴이 당황으로 물들었다. 도대체 어떻게 된 거지?

도란의 넷째 오빠 이한란은 눈앞에 펼쳐진 눈부시도록 빨간 장미 다발과 그것을 들고 서 있는 평소 존경해 마지않는 레이 블레어 앞에서 무척 당황하고 있었다.

"란은 안에 있습니까?"

「아, 그, 그러니까 란, 란을 찾아온 걸 텐데……」

한란은 얼굴이 시뻘겋게 달아오르고 심장이 입 밖으로 튀어나올 지경이었다. 처음 만났을 땐 기절까지 했고, 그 후로도 가까이에서 얼굴을 마주친 적이 있었지만 아직도 그 일이 꿈인지 생시인지 믿기지 않는데 눈앞에 장미꽃을 들고 있는 레이, 레이 블레어라니…….

도란의 오빠라는 사람이 지나치게 얼굴이 빨개져선 무척 당황하는 모습을 보이고 있어 레이가 눈썹 끝을 치켜올렸다. 함께 있을 수 있는 시간은 겨우 두 시간 남짓. 일분일초가 아쉬운 판에 문 앞에서 이러고 있을 시간이 없단 말이다.

"실례 좀 하죠."

레이가 그대로 현관 안으로 들어가려 하자 그제야 퍼뜩 정신을 차린 한란이 소리쳤다.

「레, 레이! 지금 란은 집에 없는데……. 어, 그, 그러니까 란 이즈 낫 홈! 쉬, 쉬 이즈 고 투 더 잉글랜드……?」

당황해서 아는 영어는 하나도 떠오르지 않아 되는대로 지껄이고 있는데 용케 알아들었는지 레이의 미간이 잔뜩 좁혀졌다.

"잉글랜드? 란이 잉글랜드에 갔단 뜻입니까?"

「예쓰! 낫 홈! 고 잉글랜드!」

한란이 필사적으로 고개를 끄덕이며 외쳤다. 레이는 얼굴에 싹 핏기가 가셔서 놀래켜 주기 위해 일부러 꺼 두고 있던 휴대폰을 켰다. 인상을 쓴 레이가 휴대폰을 귀에 대며 몸을 돌려 대문을 빠져나가려 하자 한란이 뒤에서 얼른 물었다.

「가, 가시려고요?」

한란의 말에 레이는 휴대폰을 귀에 댄 채로 돌아보고는 손에 들고 있던 장미를 한란의 손에 던지듯 쥐여 줬다.

「어엇.」

한란이 레이가 던진 꽃다발을 겨우 떨어뜨리지 않고 손에 쥐고 고개를 들자 레이는 이미 차를 세워 둔 저 앞까지 급히 걸어가고 있는 상태였다. 한란은 장미꽃을 손에 든 채로 벌겋게 상기된 얼굴로 레이가 차를 타고 사라지는 모습을 가만히 지켜보고 서 있었다.

이런 제길!

전용기를 타고 꼬박 열 시간을 날아온 길을 다시 돌아가게 생긴 레이는 죽을 맛이었다. 그냥 런던에 있었더라면 지금쯤 재회의 기쁨을 만끽하고 있었을 텐데 왜 하필 오늘!

'레이? 전화기는 왜 꺼져 있던 거예요? 나 지금 런던에 와 있는데…… 놀래켜 주려고 몰래 왔는데 연락이 안 돼서 한참 걱정했단 말이에요!'

도란의 목소리를 듣고 온몸의 힘이 주욱 빠지는 기분이었다. 지구 반대편을 날아왔는데 다시 지구 반대편에 놓이게 되다니…… 이런 잔인한 경우가 도대체 어디 있단 말인가?

'미안. 급하게 참석해야 할 파티가 있어. 아마 새벽쯤에야 끝날 것 같아. 늦더라도 갈 테니까 먼저 자고 있어.'

그녀도 똑같은 마음으로 지구 반대편까지 날아왔는데 자신과 똑같은 기분을 느끼게 할 수는 없어 그렇게 급히 둘러대고 최대한 빠른 속도로 런던으로 날아가는 중이었다.

잠시만 기다려, 란.

자신만 기다리며 혼자 호텔방에 있을 도란을 생각하니 초조함으로 입안의 침이 바짝 말라 왔다.

총 스무 시간 가까운 비행 끝에 레이는 다시 런던으로 복귀했다. 조금의 지체도 없이 곧바로 도란이 머물고 있는 호텔로 달려간 그의 몸은 어느새 땀범벅이 되어 있었다.

"후욱. 후욱."

엘리베이터에 올라탄 레이는 거친 숨을 몰아쉬며 초조한 눈빛으로 바뀌는 숫자만 응시했다. 이미 새벽 늦은 시간이니 도란은 자고 있을 것이다.

마침내 최상층에 도착한 엘리베이터가 멈추고 문이 열렸다. 지체 없이 엘리베이터에서 내려 입구로 들어서자 리빙룸 안에 환한 조명이 켜진 테이블이 바로 눈에 들어왔다.

"란?"

레이는 샴페인 잔 두 개와 아기자기한 음식들이 놓인 테이블 앞 의자에 앉아 동그마니 몸을 웅크리고 잠들어 있는 도란을 보고 걸음을 멈췄다.

테이블 쪽으로 천천히 다가가자 머리 위에 달린 리본이 눈에 들어왔다. 핑크빛의 커다란 리본 때문에 작은 머리가 더욱 작아 보였다. 그걸 본 레이의 이마가 찡그려지며 주체할 수 없는 웃음이 밀려나왔다.

사랑스러운 란.

레이는 잠든 도란 앞에 살짝 한쪽 다리를 꿇고 앉았다. 무릎 위에 얼굴을 올리고 무방비하게 잠든 얼굴이 눈에 들어오자 입을 맞추고 싶은 마음을 참을 수가 없어졌다. 그의 입술이 도란의 동그란 뺨에 내려앉았다.

"으음."

얼굴 위에 닿는 부드러운 감촉에 도란이 깜빡 눈을 떴다. 어라? 눈앞에 웬 동화책에서 보던 금발 왕자님이……. 근데 이 왕자 왠지 낯이 익은……데?

"어엇, 레이? 언제 왔어요?"

도란이 잠에서 깨어 화다닥 고개를 들자 레이가 미소를 지으며 그녀의 얼굴을 두 손으로 잡고 끌어당겼다. 그의 입술이 머금고 싶던 도란의 입술을 깊게 빨아 당겼다. 도란은 눈을 깜빡이다가 지그시 감고 입술을 벌렸다. 그의 혀가 도란의 입술 안을 휘젓고 말캉한 혀를 감쌌다.

"하아."

그리도 기다려 왔던 레이의 키스에 도란은 달콤한 한숨을 내쉬며 입술을 더욱 크게 벌려 그를 받아들였다. 레이의 한쪽 손이 부드럽게 젖혀지는 그녀의 뒷목을 잡아 지탱하고 깊게 혀를 밀어 넣었다. 하루가 일 년같이 느껴지던 긴 시간 동안 내내 그립던 그녀의 체취를 담뿍 빨아들였다. 금방 타액으로 물들어 촉촉해진 입술이 달짝지근한 소리를 내며 떨어졌다.

속눈썹이 닿을 듯 가까운 거리에서 두 사람의 시선이 엉켜들었다.

"겨우 만났군."

레이의 목소리가 낮게 흘러나왔다. 그의 입술이 움직일 때마다 서로의 입술이 맞닿았다 떨어졌다.

"응. 보고 싶었어요."

도란이 레이의 목에 팔을 두르며 미소 지었다.

"미안해. 나 없는 동안 오래 기다렸지?"

"아뇨. 보고 싶었다는 것만 빼면 괜찮아요. 레이는 안 피곤해요?"

"전혀……. 널 보는 순간 모든 피곤이 다 사라지는 기분이야."

레이의 입술이 매력적으로 휘어지며 다시 도란의 입술을 덮쳤다. 뜨겁게 몰아쳐 오는 그의 키스 세례에 도란의 눈이 저절로 감기며 그를 껴안았다. 레이의 입술이 그녀의 입술을 퉁퉁 부어오를 정도로 거칠게 빨아 당기다가 작은 귓불과 하얀 목덜미까지 자잘한 키스를 남기며 훑어 내려갔다. 그의 손이 도란의 얇은 원피스 위로 봉긋 솟아오른 젖가슴을 움켜쥐자 그녀의 입술에서 짤막한 탄성이 새어 나왔다.

"……아!"

레이는 지체 없이 몸을 일으켜 도란을 달랑 안아 들었다. 그의 목에 팔을 두른 채로 도란은 꿈꾸는 시선으로 레이를 응시했다. 열기에 젖은 그녀의 까만 눈동자를 마주 보며 레이는 도란의 입술에 끊임없이 뜨거운 키스를 퍼부었다.

스위트룸의 푹신한 침대 위로 도란을 눕히자 그녀의 머리 위에 묶여 있던 리본이 통 소리를 내며 흔들렸다. 레이의 시선이 머리 위로 향하자 도란은 그의 시선을 보고 그제야 깨달았는지 머리 위의 리본을 매만졌다.

"아. 이거……. 선물이에요."

"선물?"

"네. 아까 헨…… 으음."

입술이 떨어질 시간을 주지 않고 레이가 자꾸만 입술을 겹쳤다. 부드럽게 입술이 닿고 빨아 당기는 간질거리는 감촉에 도란은 키득거리며 웃음을 터뜨렸다.

"레이. 간지러…… 음, 아합…… 워요……. 하아."

입술이 살짝 떨어지는 순간 도란이 얼른 말했다.

"헨리가, 헨리가 줬어요."

"……헨리가 줬다고?"

다른 남자가 줬다는 게 마음에 들지 않는지 레이의 미간이 순간 찌푸려졌다. 도란은 그의 찡그려진 미간에 살짝 입을 맞췄다.

"응. 내가 레이에게 선물을 주고 싶다고 했더니 아마 레이가 이걸 제일 좋아할 거라고……. 정말 그래요?"

도란이 리본이 매진 자신을 가리키며 생글생글 웃자 레이의 눈에 금방 미소가 차올랐다. 그가 고개를 기울여 도란의 귓가에 입술을 대고 낮게 속삭였다.

"대단하군. 헨리는 역시 자신의 선수가 뭘 원하는지 가장 잘 알고 있어. 능력 있는 구단주임에 틀림없군."

"아, 레이! 간지러워요. 아하하."

레이가 그녀의 귀를 할짝이자 도란이 웃음을 터뜨렸다. 레이는 간지러워 고개를 돌리는 그녀의 얼굴을 잡고 고정한 채 속삭였다.

"사랑해. 란."

그의 뜨거운 고백에 도란의 얼굴이 붉게 달아올랐다. 레이는 싱그러운 사과 같은 그녀의 뺨을 담뿍 베어 물었다. 포장을 뜯듯 머리 위의 리본을 벗겨 내고 하늘거리는 원피스를 단번에 머리 위까지 끌어 올려 벗겨 냈다.

"……!"

순간 레이의 눈에 힘이 들어갔다. 늘 입던 발랄한 속옷과 달리 새하얀 속살과 핑크빛 정점이 아슬아슬하게 비칠 듯한 과감한 디자인의 브래지어와 거뭇한 숲이 고스란히 내비치는 망사팬티가 레이의 시선을 붙잡고 있었다.

"아, 이, 이건 저기……."

빤히 쳐다보는 시선에 도란이 얼굴을 붉히고 더듬거렸다. 아찔한 부위에 시선을 맞춘 채로 레이가 낮게 물었다.

"이것도 헨리가 준 건가?"

"네? 아, 아뇨. 이건 제가……."

"네가?"

믿기 어렵다는 듯 레이가 눈을 가늘게 떴다. 그의 물음에 도란은 더욱 얼굴이 화끈거렸다.

아, 어쩜 좋아. 괜히 했나 봐.

"그냥 저기…… 나, 남자들이 이런 것을 좋아한……다기에……."

얼굴에 화르륵 불이 오르는 것을 참으며 도란이 어물어물 말했다. 레이의 굳어 있는 표정을 보니 괜히 했다는 생각이 역력했다. 아, 한국에서 이런 거나 알아보고 있었다고 생각하면 부……부끄러운데.

도란이 난감한 얼굴로 그런 생각에 휩싸여 있는 동안에도 레이는 굳은 채로 움직이지 않았다. 아니 이 정도로 충격이란 말인가.

"그렇게 이……상해요?"

낭패감에 빠진 도란이 암담한 표정으로 레이에게 물었다. 그러자 레이는 한 손으로 눈을 가린 채 어깨를 들썩이며 깊게 숨을 내쉬었다.

"후우."

"하, 한숨까지 쉴 것까진……. 그리고 지금 눈 가린 거 맞죠? 아무리 그래도 너무한 거 아닌…… 꺅!"

레이가 도란의 몸을 확 끌어당긴 뒤 데구루루 굴러 자신의 몸 위로 그녀를 올라오게 했다. 도란은 한순간에 레이의 몸을 깔고 누운 자세가 되어 버리자 그를 내려다보며 눈을 깜빡였다.

"레이?"

"위험해."

"위험하다니…… 뭔가요?"

레이가 진지한 얼굴로 올려다보며 말하자 도란도 덩달아 진지한 얼굴로 물었다. 레이는 미간을 좁힌 채로 도란의 어깨에 매달린 아슬아슬한 어깨끈을 손가락으로 살짝 끌어 내렸다.

"안 그래도 위험한데 이렇게 위험한 걸 걸치면 어쩌겠다는 거야?"

이게 그렇게나 위험한 것이었단 말인가? 이 야한 속옷이 세계 평화를 위협할 정도로 끔찍하다는 소리인지…… . 도란이 알 수 없는 얼굴로 내려다보자 레이는 그녀의 등으로 손을 돌려 브래지어 훅을 풀었다.

"아."

보일 듯 말 듯 아슬아슬하게 그녀의 가슴을 가리고 있던 브래지어가 풀어지며 위로 살짝 들려 올라가자 레이는 도란의 허리를 잡아 아래로 끌어당겼다.

"아앗…… ."

그의 뜨거운 입술이 아래쪽으로 몰린 탱글한 젖가슴을 삼키자 그녀의 허리가 확 휘어졌다. 동그란 젖꼭지를 혀로 살살 굴리다 힘껏 빨자 도란이 헉, 소릴 내며 고개를 뒤로 젖혔다. 어깨가 올라가고 그에게 잡힌 허리가 휘어지며 내려가자 은밀한 부위가 맞닿았다.

…… 핫!

하반신에 닿는 엄청난 감촉에 도란의 눈이 커다래졌다. 위, 위험하다는 게 이런 뜻이었나?

"레, 레이…… . 하웃."

레이는 입술로 타액에 젖은 젖가슴을 빨며 양손으로 도란의 엉덩이를 움켜잡고 움직이지 못하도록 고정시켰다.

아랫도리를 밀착한 채로 그가 은밀히 허리를 움직이자 도란의 숨소리가 더욱 가빠졌다. 터질 듯 빳빳하게 곤두선 단단한 남성이 실크 팬티 위를 쿡쿡 찌르듯 자극했다. 그가 기다란 손가락으로 엉덩이에서부터 아래쪽으로 아찔하게 이어진 계곡을 어루만지며 흠뻑 젖은 도톰한 살집을 문질렀다.

"아, 하, 아홋!"

은밀한 부위를 문지르며 빠르게 허리를 퉁기자 도란은 자지러지듯 몸을 비틀었다. 완벽히 옷을 입고 있는 그와는 달리 흐트러진 브래지어와 흠뻑 젖은 팬티만 입은 채로 음란하게 허리를 움직이고 있는 것이 부끄러웠다. 하지만 그가 주는 아찔한 자극에 도저히 멈출 수가 없었다.

"으, 으웃, 레, 레이……."

어느새 도란은 허리를 세우고 두 손으로 탄탄한 그의 가슴근육을 짚고 지탱한 채 탱탱한 가슴을 리드미컬하게 흔들고 있었다. 당장이라도 쑤셔 들어올 듯한 성난 기둥이 보풀아 오른 정점을 찔러 댈 때마다 번개 같은 쾌감이 등허리를 아찔하게 훑고 지나갔다.

레이는 발갛게 익은 뺨으로 탐스러운 입술을 벌린 채 연방 열락의 신음을 흘리고 있는 도란에게 시선을 박은 채 그녀의 골반을 움켜쥐고 거칠게 허리를 쳐올렸다. 그가 쳐올릴 때마다 흐트러진 브래지어 사이로 탐스러운 젖가슴이 위아래로 정신없이 흔들렸다.

바짝 흥분되어 팽팽해진 유두 끝이 거세게 흔들릴 때마다 브래지어에 쓸리자 도란은 그 쾌감으로 숨을 쉴 수가 없었다.

"더는, 더는 못 참겠어요."

더 이상 참을 수가 없어진 도란이 급한 손놀림으로 그의 터틀넥을 벗겨 냈다. 허리에서부터 어깨 위로 터틀넥을 잡아당겨 벗겨 내자 조각 같은 그의 탄탄한 근육질 몸이 드러났다. 오랜 트레이닝으로 빨래판처럼 쩍쩍 갈라진 복근을 황홀한 표정으로 매만지는 도란을 진한 시선으로 올려다보며 레이가 말했다.

"아래도 벗겨 줘."

도란은 떨리는 심정으로 앞섶이 불룩 솟아오른 그의 바지를 바라보곤 침을 꿀꺽 삼켰다. 손을 뻗어 벨트를 풀고 지퍼를 내리려는데 너무 팽팽히 솟아오른 남성 때문에 잘 내려가지 않았다.

"아! 레이. 잘 안 돼요."

도란이 답답한 얼굴로 낑낑거리자 레이는 입술 끝을 말아 올리곤 살짝 허리를 들어 그녀의 움직임을 도왔다. 말벅지라 불리는 돌덩이같이 단단한 허벅지를 지나 바지를 벗겨내니 당장 화보를 찍어도 남성지의 표지를 장식할 수 있을 만큼 훌륭한 몸이 온전히 드러났다. 타이트한 드로어즈만 입은 채로 레이는 도란의 몸을 잡아 눕히고 그 위로 올라갔다.

발갛게 달아올라 있는 도란의 얼굴을 손가락으로 쓸며 그가 어둡게 잠긴 시선으로 눈을 맞췄다.

"잘했어. 이제 내 차례야."

"네? 레이는 아까 했잖…… 흡."

눈을 동그랗게 뜨는 도란의 입을 입술로 막은 레이는 거칠게 키스하며 그녀의 몸 위에서 브래지어를 완전히 벗겨 냈다. 맨살에 그의 단단한 맨몸이 닿자 도란은 흠칫흠칫 몸을 떨었다. 그가 이미 흠뻑 젖어 찰싹 달라붙어 있던 그녀의 팬티를 움켜잡아 힘을 주자 우지직 소리와 함께 얇은 팬티가 찢어져 버렸다.

헉!

도란이 놀란 사이 레이는 찢은 팬티를 발목 아래로 벗겨 내 버리고 다리를 벌렸다. 동시에 도란의 입술을 놔주고 상체를 빠르게 아래로 내려 달콤한 꿀을 담뿍 흘리고 있는 촉촉한 숲을 입술로 크게 물었다.

"아훗……!"

한껏 달아오른 여성이 뜨거운 입술 안에 갇히게 되자 도란의 온몸이 쾌감으로 바르르 떨렸다. 레이는 허기진 사람처럼 그녀의 우윳빛 애액을 남김없이 핥아먹었다. 그의 혀와 입술이 스칠 때마다 움찔거리던 도란의 엉덩이가 그가 쾌감의 중추인 동그란 정점을 삼키자마자 크게 튕겨 올랐다.

"으, 아웃!"

그 상태로 그녀의 골반을 움켜잡은 레이가 집중적으로 터질 듯 흥분된 음핵을 빨아 대기 시작했다. 숨이 턱턱 막히는 쾌감에 도란이 고개를 저으며 그의 머리를 밀어내려고 버둥거렸다.

"아, 안 돼요, 학, 레이, 안 돼……!"

도란이 헐떡대며 허리를 달싹였다. 밀어내려고 해도 그가 꿈쩍을 하지 않자 어쩔 줄 몰라 시트를 움켜쥐는데 아주 맛있는 사탕을 빨 듯 쪽쪽 빨아 대던 레이가 이로 그것을 살짝 깨물었다.

"아하앗— !"

그 순간 도란의 눈앞에서 폭죽이 펑펑 터지더니 별이 쏟아져 내렸다. 불꽃같이 치솟아 올라간 강렬한 쾌감이 온몸을 뒤흔들었다. 절정과 함께 엉덩이까지 흘러내린 열락의 꿀물을 그가 기다랗게 핥아 올렸다.

"흐……으웃……."

그 움직임에 작게 몸을 떨며 도란이 쾌감에 겨운 눈꺼풀을 겨우 들어 올렸다. 레이가 상체를 세운 채 그녀를 진한 시선으로 똑바로 응시하며 타액으로 젖은 자신의 입술을 손등으로 훔쳤다. 그 숨 막힐 듯 섹시한 눈빛에 순식간에 그녀의 온몸이 다시 뜨거워졌다.

"이제 들어갈 거야."

거친 숨을 몰아쉬며 자신의 드로어즈를 벗겨 낸 그가 도란의 안으로 힘껏 밀고 들어왔다. 터질 듯 팽팽하게 발기된 남성이 거침없이 짓쳐들어오자 그녀의 입술에서 막힌 신음이 터져 나왔다.

"헉……!"

레이의 얼굴도 쾌감으로 사정없이 일그러졌다. 지속된 흥분으로 터질 것 같던 욕망이 그녀의 안으로 들어간 순간 이성을 잃고 폭주하기 시작했다.

"아! 학! 아아!"

좁은 여성 안을 빡빡하게 밀고 들어온 두꺼운 남성이 길게 빠져나갔다가 단숨에 다시 치고 들어왔다. 퍽! 퍽! 소리와 함께 깊숙한 곳까지 밀고 들어갈 때마다 도란의 몸이 크게 흔들리며 위로 밀려 올라갔다. 레이는 꿈틀거리는 온몸의 근육에 빳빳하게 힘을 주며 둥글고 탄탄한 엉덩이를 힘차게 밀어 올렸다.

"아, 끊어질…… 것 같아. 크읏."

잔뜩 일그러진 그의 이마에 땀이 송골송골 배어 나와 정신없이 흔들리는 도란의 하얀 가슴 위로 뚝뚝 떨어졌다. 야생마처럼 거침없이 움직이는 그의 움직임에 도란은 정신을 차릴 수가 없었다. 레이는 허리를 숙여 시뻘겋게 달아오른 도란의 얼굴에 입을 맞추곤 물었다.

"괜찮아?"

"하, 아웃, 괘, 괜찮, 아요, 아훗!"

도란이 겨우 대답하고는 레이를 끌어안았다. 땀으로 번들거리는 근육질 등을 필사적으로 끌어안고 매달리자 레이는 그녀의 어깨에 이를 박고 거친 숨을 내쉬며 빠르게 움직였다.

"란, 란……!"

그녀를 향한 마음을 주체를 하지 못하는 듯 레이는 폭주하듯 격정적으로 움직이며 으르렁거렸다. 땀에 젖은 두 사람의 몸이 터질 듯한 거친 호흡과 함께 미친 듯이 빨라졌다. 정신없이 푹푹 들이쳐 오는 힘찬 몸짓에 필사적으로 매달리던 도란이 허리를 뒤로 확 꺾었다.

"아으읏! 레이……!"

터져 나오는 교성과 함께 그녀의 몸이 또다시 절정으로 치솟아 올랐다. 끊어 버릴 듯 뜨겁게 레이의 몸을 조이는 여성에 레이는 이를 악물고 가슴을 들썩였다.

"하아. 하아……. 훗."

절정 뒤에 자잘한 떨림에도 극도로 예민하게 자극하는 그녀의 몸 안에서 그가 쑤욱 빠져나가자 도란이 바르작거렸다. 레이는 앉은 채로 땀에 젖어 미끈거리는 도란의 몸을 자신의 무릎 위로 앉히고 마주 봤다.

"으음. 하……."

그가 젖은 도란의 머리칼을 쓸어 넘겨 주며 입술에 진하게 키스하자 도란의 입술에서 달짝지근한 한숨이 흘러나왔다. 너무 강한 쾌감 앞에 도란은 머리가 어떻게 될 것만 같은 기분이었다.

"레이……. 내 몸이 꼭 내 몸이 아닌 것 같아요."

입술이 떨어진 순간 도란이 열락에 휩싸인 목소리로 말하자 레이는 그녀의 엉덩이를 잡아 살짝 들고 아직도 바짝 힘이 들어간 채 곤두서 있는 자신의 뭉툭한 끄트머리를 보풀아 오른 꽃잎 사이에 갖다 댔다.

"그럼 어떤데?"

그가 낮게 물으며 끝을 살짝 밀어 넣자 도란이 그를 끌어안은 채로 학, 하며 고개를 젖혔다.

"모, 모르겠어요. 온몸이 뜨겁고…… 숨을 쉴 수가 없을 만큼 기분이…… 좋은 것 같아……."

"좋으면 느껴. 날."

레이가 낮게 말하며 그녀의 안으로 힘껏 밀고 들어갔다.

"흐읏!"

아래에서 찔러 들어오는 거대한 압박감에 도란의 몸이 위아래로 크게 흔들렸다. 레이는 한 손으로 그녀의 골반을 잡고 도망치지 못하게 꽉 고정한 채 힘차게 허리를 퉁겨 올리기 시작했다.

"하! 앗! 아훗!"

정신없이 흔들리며 도란이 필사적으로 그를 끌어안았다. 움직임이 격렬해질수록 아래가 화끈거리고 더 강한 쾌감이 밀려 올라왔다. 레이는 근육이 꿈틀대는 몸으로 쉴 새 없이 몰아쳐 갔다. 도란의 엉덩이를 움켜잡고 아래로 내리치며 강하게 허리를 쳐올리자 도란은 머리가 어떻게 돼 버릴 것 같았다.

"아아! 더, 더는 견딜 수가……!"

도란이 고개를 저으며 엉덩이를 힘껏 비틀었다. 그 순간 거친 숨을 내뿜던 레이의 입술에서도 절박하게 으르렁대는 소리가 터져 나왔다.

"제길, 란……!"

흥분에 가득 찬 그가 그녀의 안으로 강하게 내질러 들어가며 으스러지도록 껴안았다. 참을 수 없는 절정의 격렬한 쾌감이 두 사람의 몸을 세찬 파도처럼 뒤흔들었다.

"에구구구."

새벽부터 아침까지 내내 레이에게 붙잡혀 있는 통에 도란의 눈 밑엔 다크서클이 진하게 내려와 있었다. 아주 온 기를 쪽쪽 빨아먹을 것 같은 그의 미칠 듯한 절륜함에 도란은 호텔을 빠져나오며 혀를 내둘렀다.

"이래 놓고 자긴 아무렇지도 않게 훈련하러 가고……. 이 남자가 진짜 날 자기처럼 국대급 체력으로 아나. 에구구구."

"뭐라고 하셨습니까?"

"아! 아무것도 아니에요. 아하하. 날씨 좋죠?"

어느새 뒤따라 붙은 경호원이 묻자 도란이 화들짝 놀라 웃으며 얼버무렸다. 아니 이 사람은 쥐도 새도 모르게 나타나서 사람을 당황시키고……. 도란이 흠흠거리며 경호원이 열어 준 차 안으로 올라탔다.

"바로 엘튼 파크로 가면 되겠죠?"

"네. 그래 주세요."

기사가 묻자 도란이 끄덕거렸다. 오늘은 헨리와 약속이 있었다. 무슨 약속이냐면…….

"아놔, 헨리! 거기서 그걸 내면 싼다고 몇 번을 말해요?"

도란이 버럭거리자 똥을 먹겠다며 비범하게 똥광을 내던지고 뒤집으려던 헨리가 움찔했다.

"싸, 싼다고? 이거 뒤집으면 지금 싼다는 건가? 그걸 뒤집지도 않았는데 란이 어떻게 알죠?"

헨리가 눈치를 보며 잡았던 패를 뒤집자 어김없이 똥이 튀어나왔다.

"거봐요! 싼다니깐."

"헉! 진짜네? 이게 어떻게 된 거죠?"

"그야 아직 똥이 하나도 안 나왔잖아요. 헨리가 가지고 있을 리도 없고 나도 없고."

"그래도 이 많은 패 안에 이게 똥인지 어떻게 아는데요? 혹시 초능력? 김 여사도 그렇고, 란도 그렇고…… 동양인은 초능력이 있는 건가요? 아, 이게 바로 그 신기?"

헨리가 무척 신기한 눈으로 도란을 바라보고 똥 한 번 보고, 도란 한 번 바라보고, 똥 한 번 보며 물었다.

"왜 멀쩡한 사람을 무당으로 만든대요? 신기가 아니라, 음······. 아무튼 오래 하다 보면 알게 되는 게 있어요. 촉이랄까."

그걸 어떻게 말로 설명한단 말인가. 뒤집기 전에 쌀 것 같은 그 야릇한 예감. 머릿속에서 대충 가늠한 최악의 수를 피해 간다고 해도 그 촉을 이기긴 힘들다. 우리 집안이 그 촉 쪽으로는 강한 편인데 그중에서도 김 여사가 가장 강하다. 누구도 김 여사를 이길 수 없으니. 그런데 헨리는 그 김 여사를 화투로 이기고 싶어서 안달복달하는 것이다. 근데 그걸 말로는 제대로 설명할 순 없는 노릇이니 도란은 대충 둘러대며 다시 패를 섞었다.

"촉은 어떻게 해서 생기는 건데요?"

헨리가 진지한 눈동자로 물었다. 도란은 화투짝을 골고루 섞어 야무지게 손으로 착착착 뒤섞으며 말했다. 헨리는 그 신들린 듯한 손놀림을 경외감에 찬 눈빛으로 바라보고 있었다.

"그건 그냥 오래 하다 보면 알게 되는 거라니까요."

"난 전혀 모르겠는데?"

"하다 보면 헨리도 알 거예요. 자, 다시 돌려 볼게요."

도란이 패를 돌리자 헨리는 다시 새로운 판에 집중했다. 도대체 이게 뭐라고 헨리는 이렇게 화투에 매달리는 거고 김 여사를 이기겠다고 런던에 와서까지 나에게 과외를 받는 걸까. 이래서 도박은 무서운 거라고 생각하며 도란은 패를 돌렸다.

"그런데 란."

"네?"

도란은 눈으로는 헨리를 보면서 손으로는 신들린 패돌림을 멈추지 않으며 대답했다. 헨리는 화투짝에서 시선을 떼고 도란을 가만히 바라보고 있었다. 그가 진지한 얼굴을 하는 건 흔하지 않은 일이라 도란의 손이 느려졌다.

"레이, 혼자 자라 온 거 알고 있죠?"

"아. 들었어요."

레이를 레이첼로 만들어 바에 갔을 때 들었던 말이 생각나서 도란이 고개를 끄덕였다.

"누구보다 성공했지만 외로움이 큰 녀석이에요. 사실…… 다른 사람에게 정 주는 거 못 봤는데, 란에게 하는 걸 보고 의외라고 생각했어요."

"그랬어요?"

"음. 레이, 잘 부탁해요."

헨리가 싱긋 웃으며 말하자 도란이 눈을 깜빡였다.

"헨리 그렇게 말하니까 꼭 레이 아빠 같아요."

"이런, 아무리 나라지만 열다섯에 애아빠 된 것처럼 말하다니, 너무한 거 아닌가요?"

"아~ 말이 그렇다는 거죠. 말이. 자, 마저 패 돌립니다?"

도란이 헤헤 웃으며 야무진 손놀림으로 패를 쏙쏙 돌렸다. 다시 자신의 패에 집중하는 헨리의 모습을 힐끗 본 도란이 생각했다.

흠, 겉보기엔 안 그래 보여도 헨리는 누구보다 레이를 생각하는구나……. 그래서 걱정돼서 화투를 핑계로 한국에도 같이 간다는 걸까? 어쩌면 헨리는 보기와는 전혀 다른 사람일 수도 있겠다는 생각이 들었다.

"뭘 하고 있다고?"

도란이 묵고 있는 호텔로 돌아온 레이가 미간을 좁혔다.

"화투라고 한국의 민속놀이 같은 게 있는데…… 헨리가 우리 집에 왔을 때 내내 손에 잡고 있던 거 있잖아요. 그걸로 우리 김 여사를 이겨 보겠다고 투지에 불타 있거든요. 그래서 그거 과외해 주고 왔어요."

도란이 소파 위에 앉아 재밌다는 듯 말하자 레이가 그녀 옆자리에 앉으며 눈을 가늘게 떴다.

"내일도 가?"

"응. 가기로 했는데, 왜요?"

"가지 마."

"네??"

도란이 눈을 크게 떴다. 레이는 그녀에게 고개를 바짝 붙이고는 말했다.

"며칠 후면 내 시합이 있잖아. 그런 데 가지 말고 물 떠다 놓고 나 시합 잘하라고나 빌라고."

"에이, 그거야 당연히 하죠."

"빌고 빌고 또 빌면 되잖아. 아니면 나 훈련하는 거 구경하든지."

"내가 가면 괜히 방해될 수 있잖아요."

"그럴 리가 없잖아."

"레이야 그렇겠지만 다른 선수들은 다르죠. 근데 왜 가지 말란 거예요?"

도란이 영문 모를 표정으로 묻자 레이가 인상을 찌푸리며 말했다.

"……헨리와 같이 있는 거, 싫어."

"네? 싫다니…… 설마 내가 헨리의 여덟 번째인지 아홉 번째인지 애인이 될까 봐 그런 거예요?"

"열 번째야. 어쨌든 싫어."

그새 애인이 더 늘었나? 한국과 영국을 왔다 갔다 하는 그 짧은 사이에 정말 헨리는 대단하구…… 아, 이게 문제가 아니지.

도란이 인상을 쓰고 있는 레이에게 얼굴을 가까이 대고는 빤히 쳐다봤다.

"레이. 지금 질투해요?"

"……."

틀린 말이 아닌지 레이는 표정을 굳힌 채로 입을 열지 않았다. 도란은 왠지 그런 그의 모습이 귀여워서 웃음이 비어져 나오려는 걸 참고 레이의 어깨에 고개를 기댔다.

"헨리는 고마운 사람이에요. 헨리가 없었다면 난 레이와 만나지도 못했을 거고…… 물론 애초에 엘튼 팬이라서 그렇긴 했지만. 뭐 어쨌든 레이와 이렇게 가까워진 데에 헨리의 도움이 크죠. 헨리가 마스코트 걸로 만들어 주지 않았다면 우리가 어떻게 이렇게 같이 있겠어요? 그리고 헨리가 말은 안 해도 레이 걱정 많이 하던데요?"

"……알아. 그래도 네가 헨리와 있는 게 싫은 걸 어떡해?"

레이가 토라진 듯 불퉁한 목소리로 되물었다.

우와, 세상에. 이 남자, 너무 귀여워. 도란은 살살 눈웃음을 치며 레이의 손에 깍지를 끼고는 그를 올려다봤다.

"레이. 내 눈에는 레이만 보여요. 이렇게 멋진 남자인데, 세상 모든 여자가 탐내는 남자인데 이렇게 잘난 애인을 두고 내가 어떻게 다른 생각을 하겠어요? 안 그래요?"

속살거리는 도란의 말에 레이는 그래도 맘에 안 든다는 듯 표정을 풀지 않고 그녀와 시선을 맞췄다.

"앞으로도 헛생각하지 말고 나만 봐. 다른 데로 시선만 돌리면 가만 안 둘 줄 알아. 알겠어?"

"당연하죠. 레이가 이렇게 반짝반짝 빛나는데 내가 어떻게 다른 데를 봐요."

도란이 활짝 웃으며 확신을 주듯 그의 입술에 쪽, 하고 입을 맞췄다. 레이는 그제야 매혹적인 눈웃음을 지으며 그녀의 턱을 잡아 올리고 진하게 키스했다. 달달한 키스가 오간 뒤 도란은 그의 품에 포옥 안겨 헤실헤실 웃었다. 아, 언제 안아도 좋은 이 근육질 몸.

"시합, 모레죠?"

레이의 팔뚝의 튼실한 근육을 조물락거리며 도란이 물었다.

"맞아."

"달님에게 열심히 빌고 있으니까 잘할 거예요."

레이는 도란이 만지작거리는 팔에 단단히 힘을 주어 그녀를 더 가까이 끌어안으며 속삭였다.

"떨어져 있는 동안 하루에도 수십 번씩 한국으로 달려가고 싶다는 생각을 했어. 네가 보고 싶어서. 잠깐이라도 보고 싶어서……."

그의 낮은 목소리를 들으며 도란이 고개를 들어 사파이어빛 눈동자를 바라봤다.

"이제 네가 없는 세상은 상상조차 하고 싶지 않아. 내가 어디에 있든 내 옆엔 항상 네가 있어 줬으면 해. 앞으로도 계속…… 란, 언제까지나 내 옆에 있어 줘. 늘 내 시선이 닿는 곳에."

"레이……."

도란이 감동받은 얼굴로 눈가에 눈물을 그렁그렁 채우고선 레이를 올려다봤다. 이 남자는 도대체 어디까지 나를 감동시킬 작정인 걸까? 그의 짙게 빛나는 푸른 눈동자가 도란을 똑바로 향했지만 마음이 벅차 쉽게 말을 꺼낼 수 없었다. 입술만 달싹이던 도란이 겨우 말을 꺼냈다.

"레이. 나도…… 읍."

레이가 도란의 입술에 입술을 겹치고 자신의 마음을 보여 주듯 뜨겁고 강렬하게 키스했다. 눈이 핑핑 돌 정도로 격정적인 키스에 도란은 정신을 차릴 수가 없었다. 겨우 입술이 떨어지고 나자 도란은 하아, 하고 막힌 숨을 터뜨렸다. 그녀의 열기에 휩싸인 흐릿한 눈동자를 보며 레이가 말했다.

"대답은 이번 시합에 내가 골을 넣으면, 그때 말해 줘."

"네, 네?"

도란이 무슨 뜻인지 몰라 눈을 크게 떴다. 레이는 진한 미소를 띤 채 그녀의 입술을 살짝 머금고는 말했다.

"앞으로 내 골은 모두 너를 위한 것이야. 내 모든 세레모니는 널 위한 것이고……. 그걸 보여 줄게. 너만을 위해 골을 넣을 테니 그때 대답해 줘, 란."

레이의 눈동자가 진지하게 빛났다. 마치 골을 넣을 때의 그의 눈빛같이 강렬한 빛을 띠는 눈동자를 보며 도란은 침을 삼켰다. 레이는 숨을 멈추고 도란의 대답을 기다리고 있었다.

"……그럴게요."

도란이 고개를 끄덕이자 레이가 환하게 웃으며 그녀를 힘껏 껴안았다.

"고마워. 널 위해 꼭 골을 넣을 테니 지켜봐."

도란은 그를 마주 안으며 귓가에 속삭였다.

"응. 눈 크게 뜨고 지켜볼게요."

세상에서 오직 한 사람을 위한 골.

한 사람을 위한 프러포즈…….

도란은 가슴이 한없이 벅차올랐다.

"와아아아아!"

엘튼의 홈구장인 윔블러 경기장에 터질 듯한 함성 소리가 들끓어 오르고 있었다.

— 네! 완벽히 부활한 엘튼의 푸른 사자, 백넘버 9번의 레이 블레어! 오늘도 눈부신 기량을 아낌없이 선보이고 있습니다! 오늘 그의 라이벌 가이시아가 있는 셀틴과의 경기는 당초 치열한 접전으로 예상됐는데요. 그 예상을 크게 깨뜨리고 레이는 경기에 참여한 후반 시작 15분 만에 2득점을 성공시켰습니다.

— 가이시아는 저번 레이와 얽힌 불미스러운 사건 이후 폼이 많이 떨어진 걸로 보이는데요.

— 맞습니다. 사실 그 사건으로 레이 블레어도 한동안 경기에 나오지 못했죠. 하지만 여론을 의식해서인지 레이의 출전정지는 빨리 풀린 편이고요. 가이시아는 바로 얼마 전 복귀했는데 역시 기량을 회복하지 못한 상태입니다. 어쨌든 그 후로 세간의 관심을 집중시키고 있는 두 사람이니만큼 오늘 경기 참 기대됩니다.

캐스터들이 흥분해서 떠드는 것과는 관계없이 도란은 죽을 맛이었다. 이미 두 번이나 골을 넣은 레이는 골을 넣을 때마다 자신을 향해 금발을 흩날리며 달려와 멋지게 세레모니 했다. 그런데 정작 자신은 제대로 반응을 해 주지 못하고 있었다.

망할 카메라 같으니!

예상은 했지만 그가 골을 넣을 때마다 모든 중계 카메라는 도란이 있는 VIP석을 비추며 그녀를 잡았다. 이미 레이와의 관계가 좍 퍼진 다음이라 카메라도 미리 그렇게 세팅해놓은 것인지 커다란 전광판에 그녀의 모습이 잡힐 때마다 도란은 흠칫흠칫 놀랐다.

선글라스와 노란 비닐이 절실했지만 레이의 연인으로 이미 알려진 마당에 그런 꼴을 하고 있는 건 레이에게 누가 될 것 같아 참았다. 그래도 신경 써서 나름 샵에도 가고 꾸미고 나왔는데……. 아아, 죽겠네. 이렇게 되면 준비한 것을 할 수 없잖아?

도란은 무릎 위에 들고 있는 천을 움켜쥐고 초조하게 남은 시간을 노려봤다. 이제 남은 시간은 10분. 그 안에 레이가 골을 못 넣으면……. 아니 지금 상태에선 넣어도 문젠가?

"란. 표정이 왜 그래요? 똥 마려운 강아지같이."

헨리가 와인을 홀짝이다 이상한 표정으로 도란에게 물었다.

"하하…… 아, 아무것도 아니에요."

도란이 애써 태연한 표정을 지으며 경기장으로 시선을 돌렸다. 그때 경기장이 다시 커다란 함성 속에 뒤덮였다.

"와아아! 레이! 레이!"

— 네! 레이 블레어, 골킥으로 차올린 볼을 받아 순식간에 세 명을 제치고 단숨에 골문 앞까지 달려갑니다! 아주 절묘하게 오프사이드를 피해 간 위치였어요! 대단합니다!

레이가 현란한 개인기를 선보이며 골대 앞까지 무서운 기세로 밀고 들어가자 이미 그에게 두 골을 먹은 셀틴의 골키퍼는 당황하는 기색이 역력했다.

— 한 골만 더 성공시키면 셀틴을 상대로 해트트릭을 달성하는 레이! 과연 골을 성공시킬 수 있을지! 아! 슛……? 이 아니군요! 다니엘에게 패스!

골키퍼와의 일대일 상황에서 레이는 왼발로 차려는 듯 훼이크를 준 후 빠르게 오른발로 바꿔서 건너편으로 달려온 다니엘에게 패스했다. 바짝 긴장했던 골키퍼가 당황하여 다니엘 쪽으로 몸을 돌린 순간 다니엘이 레이에게 길게 크로스 패스해 줬다. 그 순간을 놓치지 않은 레이가 몸을 붕 띄워 점프한 뒤 옆으로 오버헤드킥을 날렸다.

— 레이 슈웃!

슛하는 순간 도란은 다른 관중들과 함께 벌떡 일어났다. 모두의 시선이 쏠린 가운데 레이가 발로 쏴 올린 공이 출렁, 하고 골망에 내리꽂히자 경기장이 들썩일 듯 커다란 함성이 쏟아져 나왔다.

"와아아아!"

— 골!! 들어갔습니다! 레이 블레어, 놀라운 오버헤드킥을 성공시킵니다!

골을 넣자마자 레이는 마치 금빛 사자처럼 포효하며 도란이 있는 관중석 쪽으로 달려왔다. 무릎으로 길게 슬라이딩하며 도란을 향해 손키스를 날리자 경기장 안이 들썩들썩했다.

"꺄아아아악!"

이윽고 그에게 달려온 선수들이 레이의 몸을 얼싸안으며 기쁨을 토하자 도란은 주먹을 불끈 움켜쥐었다.

지금이야!

도란이 자리에서 벌떡 일어나 들고 있던 커다란 천을 양옆으로 좌악 펼쳐 들자 커다란 대형화면에 그 천이 제대로 잡혔다.

"하하하! 저건 뭐야!"

그녀가 내건 현수막을 본 관중들은 일동 폭소를 터뜨렸다. 그 소리에 선수들에게 깔려 있던 레이도 몸을 일으켜 도란을 쳐다봤다. 얼굴이 시뻘겋게 달아오른 채 현수막을 들고 있는 도란을 본 레이의 눈이 커다래졌다. 현수막엔 정성스레 한 땀 한 땀 수놓은 글씨로 이렇게 써 있었다.

《내 사랑, 말벅지! 사랑해요, 말벅지! 나와 결혼해 줘요!》

그 날 인터넷엔 세계적인 축구 스타의 결혼 소식과 축구장에서의 기발한 프러포즈 소식이 대대적인 이슈를 뿌리며 모든 뉴스란을 장식했다.

그 날 밤.
레이는 자신의 집에서 도란을 껴안은 채로 입을 맞췄다. 그들 앞의 테이블에는 분위기 있는 초가 켜져 있고 승리의 축하주를 마신 흔적이 달콤한 케이크와 함께 펼쳐져 있었다.
"으음."
달달한 와인 맛이 나는 혀가 도란의 혀를 휘감아 빨아 당기자 아찔한 신음이 흘러나왔다. 도란은 그의 무릎 위에 앉은 채 레이의 얼굴을 두 손으로 잡고 쪽쪽 맛있게 입술을 맛봤다. 그의 목을 끌어안은 채로 입술을 살짝 떼고 도란이 말했다.
"축하해요. 레이."
레이가 촛불에 일렁이는 진한 눈동자로 그녀를 지그시 바라봤다. 그러고는 도란의 입술에 다시 촉촉하게 입술을 맞추곤 낮게 말했다.
"그럼 날 위한 세레모니를 해 줘."
그의 말에 도란이 뜨악한 눈을 했다.
"네? 아, 아까 다 했잖아요! 전광판에 다 나와서 얼굴이 얼마나 팔렸는데요!"
그 창피함이 다시 생각난 듯 도란의 얼굴이 확 하니 붉어졌다. 레이는 쿡쿡 웃으며 그녀의 손을 잡아 자신의 가슴 위에 올렸다.

"이 안에."

그 손을 다시 자신의 입술로 가져가 레이가 부드럽게 입을 맞췄다.

"골인한 기념으로."

"앗!"

그가 귓가에 낮게 속삭이며 도란의 티셔츠 안으로 손을 집어넣고 말캉한 가슴을 움켜쥐었다.

"나만을 위한 세레모니를 해 줘. 핫(Hot) 하게."

"꺅! 레이!"

레이는 그대로 도란을 안은 채로 몸을 일으켜 침대 위로 뛰어들었다. 침대 위에서 도란의 간지러운 듯한 웃음소리와 함께 레이의 낮게 웃는 소리가 기분 좋게 퍼져 나갔다.

에필로그

2. 셜록과 왓슨의 비밀

영국의 유명 방송국 NNC 화면에 미모의 앵커가 자신감 넘치는 표정으로 말하고 있었다.

— 세계적인 축구 선수이자 모든 여자들의 마음을 설레게 만든 레이 블레어와 결혼에 골인한 한국 여성에게 세간의 이목이 집중되고 있습니다. 철통 보안으로 가려져 있는 그녀를 취재하기 위해 런던에서 유학생활을 할 때 그녀가 즐겨 찾던 펍으로 알려진 곳에 가 봤습니다.

화면에는 폴과 에드워드 할아버지, 그리고 마이클이 얼떨떨한 얼굴로 마이크를 들고 서 있었다.

— 아, 그러니까…… 저희는 설마 란이 그 레이와 결혼할 줄은 꿈에도 몰랐어요.

— 그녀가 레이와 비밀 연애 중일 때 함께 이 펍에 나타난 적은 없었나요?

― 네. 저희가 알기로 란은 늘 혼자 경기를 보러 왔어요. 아, 딱 한 번인가 웬 섹시한 여자와 함께 온 적은 있는데 그것 빼곤……. 어쨌든 결혼하기 전에 란이 한 번 찾아와서 그동안 고마웠다고 선물을 돌린 적이 있었는데 그때 함께 오긴 했어요. 그날 레이가 직접 사인도 해주고, 와, 지금 생각해도 정말 믿어지지 않네요.

믿기지 않는 듯 고개를 절레절레 젓는 마이클에서 다시 미녀앵커에게로 화면이 넘어갔다.

― 이렇듯 주위에서도 열애발표 전까진 전혀 몰랐었다는 반응인데요. 이쯤에서 저희 쪽에서 특별히 입수한 한국에서의 비밀 결혼식 화면을 보내 드리겠습니다.

화면이 바뀌더니 한국에서 이뤄졌던 레이와 도란의 결혼식 모습이 펼쳐졌다.

― 영국과 한국 두 차례 결혼식을 올린 레이와 그의 피앙세의 모습입니다. 엘튼의 전 선수와 모든 축구 관계자가 참석했던 영국에서의 호화 결혼식과는 달리 한국에서는 전통혼례라는 방식의 한국 고유의 결혼식을 채택했다고 합니다. 지금 레이가 입고 있는 옷이 한국의 전통의상이라고 하는군요.

화면에는 짙은 청색의 비단 단령포를 입고 사모를 쓴 레이의 모습과 연꽃과 모란꽃이 가득 수놓인 색동 전통혼례복을 입고 족두리를 쓴 도란의 모습이 나오고 있었다.

― 이날 엘튼의 구단주 헨리를 비롯해서 평소 레이와 사이가 돈독하기로 알려진 다니엘 커플이 영국에 이어 한국의 결혼식까지 참석한 모습을 담을 수 있었습니다. 레이의 삼촌으로 알려진 알렉스 블레어도 영국 결혼식엔 참석하지 않았지만 이 자리엔 참석했는데요. 듣기로는 레이의 영국에서의 결혼식 이후에 결혼 소식을 듣게 되어 남아프리카 공

화국에서 급히 돌아왔다고 하네요. 그런데 헨리는 머리 위에 뭘 쓰고 있는 걸까요?

헨리는 마패를 차고 암행어사 복장을 하고 있었기 때문에 머리에는 어사꽃이 더듬이처럼 길게 달린 모자를 쓰고 있었다. 신랑신부보다 더 튀는 차림을 하고 있는 그를 보며 사람들이 쑥덕대는 모습이 고스란히 화면에 잡혔다.

하지만 정작 본인은 커다란 부채를 펄럭거리며 무척 즐거운 표정이었다.

— 이어지는 화면은 신혼여행이 끝난 후 레이와 그의 피앙세가 전용기를 타고 한국으로 날아갔을 때의 화면입니다. 살벌한 경호로 인해 가까이서 찍을 수는 없었지만 한국에서의 그들의 신혼집을 담을 수 있었습니다.

높은 주상복합 건물의 최상층 펜트하우스를 가리키며 미녀 앵커는 마치 특종을 잡은 표정으로 비장하게 말했다.

— 바로 저 집인데요. 지금 휴가를 맞이한 레이는 바로 저 집 안에 그의 피앙세와 함께 있다는 극비 정보를 입수했습니다. 한국에서 오랜 시간 취재해 본 결과 한국에 있을 때 레이 부부는 대부분의 시간을 저 집 안에서만 보낸다고 합니다. 그들 부부의 모습을 찍기 위해 혈안이 되어 있는 기자들 때문일까요?

"아! 학! 레이, 그만…… 그만요!"

커다란 욕실 안에서 뒤돌아선 채 벽을 짚은 도란의 몸이 세차게 흔들리고 있었다. 레이는 그녀의 뒤에서 손을 뻗어 거품이 묻은 새하얀 젖가슴을 움켜쥔 채 엉덩이 사이로 단단한 남성을 밀어 넣고 있었다.

"아홋! 레이!"

"크읏, 란……!"

정신없이 흔들리던 도란의 몸이 종아리까지 빳빳하게 굳어지며 바르르 떨렸다. 그녀의 안에 힘껏 자신의 욕망을 분출한 레이는 온몸이 흐물흐물해진 도란의 몸을 안고 욕조 안으로 들어갔다.

"학, 학, 물 다 식었잖아요. 비누칠만 해 준다고 했으면서…… 학, 학. 거짓말쟁이."

도란이 발갛게 달아오른 얼굴로 할딱거리며 눈을 흘기자 레이는 나직하게 웃으며 뜨거운 물을 틀었다.

"나도 그러려고 했는데 란이 너무 예뻐서 그래."

"그런 게, 학, 어딨어요? 학."

아주 죽겠다. 침실에서는 말할 것도 없고, 목욕물 받는 동안에도 하고, 비누칠해 준다면서 또 하고, 머리 감겨 주겠다고 하고 의자 위에서 또 하고……. 그런 목적으로 저 미용실용 의자를 산 것일 줄은 정말 꿈에도 몰랐는데!

"이번에도 아무 데도 못 가게 생겼다고요. 레이에게 한국의 이곳 저곳을 많이 구경시켜 주려고 했는데…… 또 일주일간 집 밖엔 거의 나가지도 못했잖아요."

도란이 불퉁한 얼굴로 투덜거리자 레이가 뒤에서 도란을 끌어안은 채로 그녀의 동그란 어깨에 입술을 맞췄다.

"미안. 하지만 시즌 중에는 시합에 집중하느라 제대로 만나지도 못했잖아. 그러는 동안 너무 쌓인 탓이라고. 란이 이해해 줘."

"그, 그건……."

제대로 만나지 못했다고는 하지만 만날 때마다 매번 다음 날 걸어 다니지도 못할 정도로 만들었잖아요. 도란은 차마 그 말을 하지 못하고 삼켰다. 도대체 이 남자는 가면 갈수록 더 절륜해지니 도저히 감당이 안 된다고. 아아…….

늘 그렇지만 계획과는 다르게 한참 길어진 목욕이 끝난 뒤에 욕실을 나오자 도란은 뽀르르 침실로 달려가 서랍을 열었다.

"약?"

"네. 잊어먹을 뻔했어요."

도란이 작은 알약을 꺼내 물과 넘기는 걸 레이가 못마땅한 표정으로 바라봤다. 사실 그와 첫 관계 후 바로 도란은 피임약을 먹기 시작했다. 레이는 그게 못마땅했다.

"결혼했는데 왜 아직 약을 먹는 거야?"

"그야…… 아이가 생기면 레이 응원 다니기 힘드니까 그렇죠. 지금 레이 중요할 때니까 최대한 응원 다닐 수 있을 만큼 따라다니고 싶어서요. 우린 나이도 아직 어리잖아요."

담백하게 말하는 도란의 말에 레이가 납득한 듯 끄덕였다.

뭐 그런 이유라면야. 조금 늦게 가져도 괜찮겠지.

어서 도란을 빼다 박은 딸을 낳고 싶은 마음도 컸지만 그것보다는 당장 그녀를 독점하고 싶은 마음이 더 컸다. 아이를 봐야 한다고 경기장에 그녀가 오지 못하면 아쉬울 것 같고…….

그 때 도란의 휴대폰 문자 알림음이 삐로롱 울렸다.

"어? 진희네?"

메세지를 확인하던 그녀의 눈이 커졌다.

"진희라면 런던에서 같이 학교 다녔다는 친구?"

"네. 기숙사도 같이 있었어요. 같은 방은 아니었지만. 진희가 레이랑 열애설 터지고 난 다음에 어찌나 놀랐던지……. 그래도 그 후로도 종종 만나거든요. 진희도 아직 런던에 있어서. 그런데 사진함을

426

정리하다가 재밌는 사진을 발견했다고 보낸대요."

"재밌는 사진? 같이 봐."

레이는 목욕가운을 입은 채로 몸을 일으켜 도란의 등 뒤로 다가가 그녀를 가볍게 껴안았다.

휴대폰을 잡고 서 있는 도란의 액정을 어깨 너머로 응시하고 있는데 삐로롱 하는 소리와 함께 사진이 첨부된 문자가 도착했다. 도란이 메시지를 열자 두 사람의 몸이 굳었다.

헉.

사진은 도란의 기숙사 시절 그녀의 방 안에서 술에 만취한 도란이 다니엘의 거대 브로마이드에 찰싹 달라붙어 뽀뽀를 하는 사진이었다.

[예전에 이런 시절도 있었는데 말이야. 그 레이의 와이프가 되다니? 사람 일은 참 알다가도 모르겠어. 그치? 아, 이건 남편 없을 때 혼자 봐! 알았지?]

……그 말은 사진을 보내기 전에 해 줬어야지. 진희야.

도란은 사진을 연 채로 굳어 있었다. 돌아보지 않아도 펄펄 날리는 냉기에 그의 얼굴이 걸쳐 있는 우반신이 꽁꽁 얼어 버릴 지경이었다.

"레, 레이. 그, 그러니까 이건 레이를 만나기 전의 사진으로서……."

"흐응. 그래?"

이 남자 또 삐졌다. 착 가라앉아 있는 레이의 목소리를 들으니 그의 기분이 매우 좋지 않음을 알 수 있었다. 어떻게 풀어 줘야 하나 고민하고 있는데 사진을 노려보던 레이가 말했다.

"……저 사진은 뭐야?"

"네? 무슨……. 아!"

레이의 손가락이 가리킨 부분을 보다가 도란의 눈이 커졌다.

거기엔 한창 보이즈 러브가 유행하던 그때, 레이와 다니엘이 땀에 범벅이 된 몸으로 격하게 세레모니를 하며 바닥에서 뒹구는 사진이 있었다.

어둠의 축덕녀들이 본인들의 욕망을 마음껏 펼치며 더욱 므흣한 분위기로 재편집한 그 사진에 떡하니 떠 있는 문구는 그거였다.

《레이&다니엘, 그들의 금지된 사랑을 위하여》

"금지된 사랑?"

레이가 기분이 나쁜 듯 인상을 찌푸리자 도란이 그의 허리를 쿡쿡 찌르며 웃었다.

"에이, 뭐 어때요? 셜록도 그 맛에 보는 건데."

"뭐라고?"

영문을 알 수 없다는 듯 레이가 더욱 미간을 좁히자 도란이 그것도 몰랐냐는 얼굴로 말했다.

"어머머, 레이 몰랐어요? 셜록이랑 왓슨이랑 그렇고 그런 사이인 거."

"하! 그 발칙한 뇌를 당장 뜯어고쳐 줘야겠군. 이리 와!"

"꺄악! 레이! 이거 놔줘요!"

레이가 도란을 달랑 안아 들고 침실로 향하자 도란이 뒤이어 벌어질 무시무시한(?) 일을 직감하곤 그의 가슴을 팡팡 쳤다. 레이는 도란의 버둥거림쯤은 사뿐히 무시한 채 그녀를 안고 지체 없이 침실로 향했다.

감히, 다니엘의 브로마이드에 키스를 해?

레이의 머릿속엔 전혀 다른 복수심이 활활 불타오르고 있었다. 그리고 그날 밤도 도란은 질투의 화신, 레이로 인해 처절한 응징을 당해야만 했다.

—fin

작가 후기

바나이옵니다.

월드컵 시즌을 맞이하여 기획적으로 축구물을 썼구나, 라고 생각하시는 분들도 계시겠지만 사실 이건 초창기 원고랍니다.

처음에는 출판을 목표로 쓰다가 과도한 발랄함에 역시 안 되겠어, 이북으로라도 낼까? 하는 생각으로 이래저래 묵혀 오다가 이번에 월드컵이고 해서 다시 꺼내어 손질도 하고 예쁘게 포장도 해 내놓게 된 것이지요.

오래 묵혀 둔 원고라 다시 꺼냈을 때 소······손발이 오그라드는 느낌에 괴로웠지만 그래도 지금이 아니면 또 꺼낼 엄두가 나지 않을 것 같아 오그라든 손을 대패로 좍좍 밀어 가며 작업한 원고랍니다. 그래서 대책 없이 발랄한 초반의 분위기가 물씬 묻어 있어요. 다시 보니 또 새롭네요. 와, 정말 끝도 없이 발랄하구나······ 이건 뭘까. 뭐라고 표현하고 싶은데 표현할 말이 없네요. 그냥 발랄하다고밖에.

그렇게 해서 저의 6번째 책이 완성되었답니다.

항상 제 글을 받아 주시는 뿔미디어 식구들께 감사 말씀 드립니다. 저의 담당 시혁 씨(맨날 이렇게 불러서 죄송합니다. 정시연 팀장님. 후후.) 오타 많은 원고 늘 잡아 주시느라 수고가 많으세요.

이 책을 작업하는 동안 세월호 참사라는 마음 아픈 사건도 있었어요. 아직도 그 멘붕이 쉬이 나아지지 않고 있는데…… 다시는 이런 슬픈, 가슴 무너지는 일이 벌어지지 않았으면 해요. 그러려면 이 일은 끝까지 잊지 않는 게 중요할 것 같고요.

다시 한 번 희생자분들의 명복을 빕니다. 잊지 않을게요.

끝으로 제 글을 읽어 주신 모든 분들께도 감사의 말씀드립니다. 언제나 말씀드리지만 제 글을 읽으며 조금이라도 피식피식하는 웃음이라도 지어 주셨다면 더 바랄 게 없네요. 그럼 해피한 다음 글로 찾아오겠습니다. 다들 건강하세요!

—— 바나 드림

핫 세레모니

1판 1쇄 찍음 2014년 6월 23일
1판 1쇄 펴냄 2014년 6월 27일

지은이 | 바 나
펴낸이 | 정 필
펴낸곳 | 도서출판 **뿔미디어**

편집장 | 이재권
기획 · 편집 | 정시연

출판등록 | 2002년 9월 11일 (제1081-1-132호)
주소 | 경기도 부천시 원미구 상동로 117번길 49(상동) 503호
전화 | 032)651-6513 / 팩스 032)651-6094
E-mail | scarlets2012@hanmail.net
블로그 | http://blog.naver.com/dahyangs
홈페이지 | http://bbulmedia.com

값 9,000원

ISBN 979-11-315-2512-8 03810